게이트우드
할머니의 발자국

GRANDMA
GATEWOOD'S WALK

GRANDMA GATEWOOD'S WALK

게이트우드
할머니의 발자국

숲으로 걸어간 할머니,
엠마 게이트우드의 놀라운 여정

벤 몽고메리 지음   우진하 옮김

수오서재

"우리는 숲을 망치기 위해서가 아니라
오히려 숲을 보호하기 위해 그 안으로 들어선다.
우리는 그저 우리가 편안해질 정도만
주변을 다듬을 뿐이다."

—조지 워싱턴 시어스

"지금이 아니면 다시는 기회가 없다."

—헨리 데이비드 소로

"나이가 들수록 내 몸은 더욱더 날렵해진다."

—엠마 게이트우드

목차

제 1 장

도무지
종잡을 수 없는 곳으로

GRANDMA
GATEWOOD'S
WALK

1955년 5월 2~9일

어느 늦은 봄, 자신이 심은 꽃들이 모두 만개했을 무렵 그녀는 짐을 꾸렸다. 그리고 오하이오주의 갈리아 카운티를 떠났다. 갈리아 카운티는 평생을 통틀어 그녀가 자신의 고향이라고 부를 수 있는 유일한 곳이었다.

그녀는 차를 얻어 타고 웨스트버지니아주의 찰스턴에 도착했다. 그리고 다시 버스로 공항까지 간 후 이번에는 비행기를 타고 애틀랜타로 향했다. 애틀랜타 공항에서 탄 버스가 향한 곳은 조지아주의 재스퍼로, 그녀는 그 이름을 작은 그림엽서 속에서 확인했다. '최초의 산악 마을'이라고도 불리는 곳이었다. 이제 그녀는 자신의 고향인 오하이오주에서 800킬로미터는 족히 떨어진 딕시랜드, 즉 미국 남부에 와 있다. 택시 뒷자리에 앉아 차가 이리저리 덜그럭거리는 소리를 들으며 마침내 오글소프라는 이름의 산 위를 오르자 두 귀가 먹먹해졌다. 택시 운전기사는 이런 식으로 한 사람만 태우고 계속 다니다간 오늘 하루를 공치게 될 거라고 투덜거렸다. 그녀는 조용히 차창 밖을 통해 몇 킬로미터나 펼쳐진 조지아주의 흐릿한 모습을 지켜보았다.

택시는 심하게 경사가 진 좁은 자갈길에 들어섰다. 기사가 마침내 차를 세웠을 때 산꼭대기는 불과 400미터 정도로 가까워졌다.

그녀는 물건들을 챙기고 기사에게 5달러를 건네며, 이어 1달러를 팁으로 주었고 기사는 기분이 좋아져 산을 내려갔다. 사라지는 택시의 미등, 주변을 둘러싼 먼지, 그리고 엠마 게이트우드라는 이름의 한 나이 든 여성이 산 위에 홀로 남았다.

엠마는 골판지 상자 하나를 들고 몇 분 정도 걸어 산 정상으로 향했다. 나무가 우거진 곳에 들어가 상자를 열어 두꺼운 천으로 만든 바지와 운동화를 꺼내 갈아입었다. 그동안 걸치고 있던 수수한 치마와 가벼운 신발은 그 자리에 내려놓았다. 엠마는 다시 상자 안에서 입구를 끈으로 졸라매게 되어 있는 자루 하나를 꺼냈다. 그녀가 집에서 남는 천으로 손수 만든 자루였다. 주름진 손가락이 끈을 더듬으며 자루 입구를 열었다. 그녀는 자루 안에 상자 속 나머지 물건들을 모조리 집어넣었다. 비엔나소시지와 건포도, 땅콩, 물에 풀어 먹는 고체 수프와 가루우유 등이었다. 또 반창고가 든 깡통에 소독약 한 병, 머리핀 몇 개, 만병통치약이라고 알려진 빅스 연고도 있었다. 엠마는 아까 벗어두었던 옷가지들을 차려입어야 할 때를 대비해 다시 챙겼다. 두꺼운 외투와 비옷을 대신할 욕실의 방수 커튼, 마실 물 약간, 스위스 군용 칼, 손전등, 박하사탕, 그리고 볼펜과 초등학생용 작은 공책 등이 남은 짐이었다. 그녀는 고향 마을의 한 가게에서 25센트를 주고 공책을 샀다.

엠마는 텅 빈 골판지 상자를 근처에 있는 닭장 안으로 던져버리고 자루 끈을 꽉 조여 맸다. 그러고는 한쪽 어깨에 둘러멘 후 마침내 자리에서 일어섰다. 운동화 끈도 단단히 묶여 있었다.

1955년 5월 3일, 세상에서 가장 길게 하나로 이어진 도보길인 애팔래치아 트레일, 그 남쪽 출발점의 산꼭대기 위에 올랐다. 그녀는 자신 앞에 펼쳐져 있는 하늘까지 뻗은 검푸른 지평선 위 봉우리들을 마주했다. 그 아래 성난 강들과 위험천만해 보이는 바위들의 험악한 풍경을 바라보며 서 있는 한 사람. 그는 11명의 자녀들과 23명의 손자손녀들을 거느린 어머니이자 할머니였다. 그동안 엠마는 오하이오주의 작은 마을에 살면서 애팔래치아 트레일에 대한 생각을 마음속 깊이 품어왔다. 그녀는 작은 정원을 가꾸고 손자들을 돌보며 평온히 세상을 떠날 날만을 기다리던 늙은 여성이었다.

그녀가 마침내 고향을 떠난 것은 1955년의 일로, 당시 67세였다. 엠마의 키는 162센티미터 정도였으며 몸무게는 68킬로그램쯤 나갔다. 치아는 몽땅 다 뽑아내 전부 의치였으며 엄지발가락에는 큼지막한 혹까지 달려 있었다. 엠마에게는 지도도 침낭도, 텐트도 없었다. 안경을 쓰지 않으면 앞이 보이질 않았고, 이 길에서 종종 마주치게 될 성난 눈보라 등을 이겨낼 준비도 전혀 되어 있지 않았다. 불과 5년 전 추수감사절 무렵 애팔래치아 산맥에 엄청난 눈보라가 휘몰아쳐 300명도 넘는 사람들이 사망했다. 희생자들은 대부분 자기 집 안에 있었는데도 변을 당했다. 미처 수습하지 못한 사체는 아직도 이곳 산 근처에 파묻혀 있다.

엠마는 이번 도보 여행길을 자신만의 방식으로 준비했다. 떠나기 1년 전, 그녀는 요양원에서 일을 하며 일주일에 25달러를 받는 봉급을 모았고 그러다 마침내 국가에서 지급하는 월 52달러의 최저 생활비를 연금으로 탈 자격을 얻었다. 1월이 되자 그녀는 오하이오주 데이턴에서 아들인 넬슨과 함께 지내며 걷는 연습을 시작했다. 처음에는 동네 한 바퀴를 돌다가 매번 조금씩 다리에 쥐가 나 걷지 못할 때까지 거리를 늘려갔다. 4월이 되자 그녀는 하루에 15킬로미터 이상을 걸을 수 있었다.

이제 엠마의 눈앞에는 엄청난 넓이의 느릅나무와 밤나무, 솔송나무, 말채나무, 가문비나무, 전나무, 단풍나무, 그리고 마가목까지 자라고 있는 숲이 펼쳐져 있다. 그녀는 수정처럼 맑은 샘물과 성난 강물들, 그리고 숨이 멎을 듯 아름다운 광경을 바라보았다.

그녀 앞에는 또 장대한 산맥들이 펼쳐져 있다. 300여 개가 넘는 봉우리에 그 높이들은 해발 1,600미터가 넘었는데, 장대함이 구름까지 닿을 정도이다. 수억 년 전 고대 산맥들이 남긴 유산인 우나카 산맥, 스모키 산맥, 초어 산맥, 난타할라 산맥 등이 있고 길고 완만하게 뻗어 있는 블루리지 산맥, 키타티니 산맥, 허드슨 하일랜즈 등이 그 뒤를 잇는다. 그리고 타코닉 리지 산맥과 버크셔 산맥, 그린 산맥, 화이트 산맥, 마후서크 산맥을 거쳐 새들백과 비글로 산맥이 이어지다가 마침내 500만 걸음 저편에 목적지인 카타딘 Katahdin 산이 자리하고 있다.

물론 그 사이에는 죽음으로 이끄는 수없이 많은 위험들 또한 도사리고 있다. 지금 서 있는 이곳과 카타딘 산 사이에는 멧돼지와 흑곰, 늑대, 살쾡이, 코요테, 그리고 변두리의 불량배들과 법도 질서도 모르는 무지막지한 사람들이 웅크리고 있었다. 인간에게 치

명적인 옻나무와 덩굴옻나무, 독옻나무는 물론, 개미와 먹파리, 그리고 사슴진드기 같은 곤충들과 성질이 난폭한 스컹크, 다람쥐, 너구리들도 있었다. 뱀은 또 어떤가. 여러 종류의 독사들이 득실거릴뿐더러 그중에서도 방울뱀은 가장 심각한 문제였다. 4년 전 이곳을 지나갔던 한 남자는 신문기자에게 자신이 최소 15차례 이상 죽을 고비를 넘겼다고 이야기하기도 했다.

세상에는 꼭 구경해야 할 것들이 수백만 가지가 있지만 죽는 방법도 그에 못지않게 수없이 다양하다.

엠마 게이트우드가 이곳에 도착했다는 사실을 알고 있는 건 예의 그 택시 운전기사와 지난밤 애틀랜타에서 만난 사촌 머틀 트로브리지 두 사람뿐이었다. 엠마는 자녀들에게 잠시 어디를 좀 다녀오겠다고 말해두었는데, 당연히 그건 거짓말이 아니었고 그저 이야기를 제대로 끝마치지 않았을 뿐이었다. 어쨌거나 11명이나 되는 엠마의 자녀들은 모두 장성했고 독립해 살고 있었다. 그들은 각자의 가정을 꾸리고 하루하루를 살아가느라 정신이 없었다. 위대하지만 틀에 박혀버린 아메리칸 드림을 이루기 위해 치러야 하는 대가였다. 엠마도 똑같은 삶을 겪었다. 그녀는 이제 엽서를 보내려했다. 만일 자신이 하려고 하는 일을 자녀들에게 이야기했다면 그들은 도대체 무엇 때문에 그러느냐고 되물었으리라. 그리고 그 질문은 앞으로 몇 개월 동안 밤낮을 가리지 않고 엠마 자신도 곰곰이 생각해봐야 하는 문제였다. 앞으로 그녀의 도보 여행 소식은 마치 들불처럼 번져나가 신문기자들도 그녀에 대해 알게 되고 여정 중간중간에 기자들과 마주치게 될 것이기 때문이었다. 엠마는 그런 질문을 받을 때마다 아주 가볍게 무시하고 지나가게 될 터였다. 신문기자들뿐만이 아니다. 유명 코미디언이자 텔레비전 쇼 진행자인 그루초 막스도, 또 다른 유명 방송인인 데이브 개로웨이도, 그리고 〈스포츠 일러스트레이티드〉며 〈AP통신〉에서도 같은 질문을 할 것이다. 심지어는 미국 국회에서도.

국회에서까지 물어본다면 대답을 해야겠지. 왜 이 길을 나섰느냐고? 왜냐하면 거기에 길이 있었으니까. 그저 즐거운 소풍길처럼 생각되었으니까. 엠마는 그렇게 대답해줄 생각이었다.

그렇지만 엠마는 단 한 번도 진짜 이유를 잊어본 적이 없다. 그리고 신문기자들이며 방송국 사람들에게 자신의 부러진 이나 금이 간 갈비뼈 같은 건 절대 보여주지 않을 것이다. 음침한 비밀들을 간직하고 있는 마을이나 유치장에서 보낸 밤 같은 일도 절대 이야기해주지 않으리라. 그저 남편과 사별했다고 이야기해줘야지. 그래, 엠마는 사람들에게 자신이 자연 속에서 한 조각 위안을 얻어 걷는다고만 이야기할 것이다. 문명사회가 주는 소란스러움이나 공허함으로부터 벗어나서 말이다. 자신의 아버지는 항상 "발을 높이 들고 기운차게 걸어라"라는 말을 해주었다고 사람들에게 이야기하리라. 비가 오건 눈이 오건, 혹은 어두운 골짜기를 지나갈 때라도 엠마는 아버지의 말을 항상 충실히 따르고 있었다.

엠마는 오글소프 산 정상 근처를 돌아다니며 저 멀리 보이는 갈색과 푸른색, 그리고 회색의 형체들을 관찰했다. 그녀는 흰색의 체로키 대리석으로 만든, 하늘에 닿을 것 같은 거대한 기념비 쪽으로 걸어갔다. 엠마는 비석의 한쪽 면에 새겨진 글을 읽어보았다.

제임스 에드워드 오글소프의 업적을 기리며. 그의 용기와 성실함, 그리고 인내를 발판으로 1732년 조지아 식민지가 건설되었다.

그녀는 등을 돌려 트레일 쪽으로 내려갔다. 양치류 식물이며 작년에 떨어진 낙엽과 땅속 깊이 뿌리 박혀 있는 단단한 나무들의 벽 사이로 좁은 길이 나 있었다. 엠마는 말없이 걸었고 이윽고 지금까지 한 번도 본 적 없는 엄청나게 큰 양계장과 맞닥트렸다. 길쭉한 직사각형의 헛간들이 줄지어 서 있었고 꼬꼬댁거리는 소리가 요란스럽게 들려왔다. 그리고 집들이 보였다. 막노동꾼들이 잠을 청하고 이민자들이며 광부들, 남녀 할 것 없이 노동하는 사람들이 이 산맥에서 생계를 꾸려 살고 있었다.

한참 걷던 엠마는 목이 말라와 어느 집 문을 두드렸다. 문을 연 남자는 엠마를 조금 정신 나간 여자로 생각했지만 어쨌든 차가운 물 한 잔을 건네주었다. 그는 길을 조금 따라 올라가면 가게가 하나 있을 거라 말해주었지만 아무것도 보이지 않았다. 해가 지고 있었고 엠마는 태어나서 처음으로 어둠 속에 홀로 남게 되었다.

트레일은 어느새 잘 보이지 않게 되었고, 그녀는 주변을 확인할 만한 불빛을 찾지 못한 채 계속해서 자갈이 깔린 길을 따라 걸어 갔다. 한 3킬로미터쯤 걸었을까, 눈앞에 농가 한 채가 보였다. 집주 인인 나이가 지긋한 밀러 부부는 엠마를 하룻밤 묵게 해주었다. 엠마는 다음 날 아침 밀러 부부에게 고맙다는 인사를 전하고 길 을 나섰다. 햇빛을 받은 언덕에서는 푸른색 아지랑이가 피어올랐 다. 순간 그녀는 자신이 길을 잃어버렸다는 사실을 깨달았다. 결국 3킬로미터의 길을 도로 거슬러 올라갔다. 길옆에는 아름다운 자 주방침꽃이 활짝 피어 있었고 올스파이스나무의 향내도 풍겨왔 다. 엠마는 다시 트레일을 찾아냈고 산등성이를 따라 힘겹게 몸을 옮겼다. 평탄한 곳이 나올 때까지 움직이는 동안 온몸의 늙은 뼈 마디가 여간 쑤시는 것이 아니었다. 한 발, 한 발, 해가 지기 전까지 25킬로미터나 되는 길을 걸었다. 몸의 통증은 아직까지 아무런 문 제도 되지 않았다. 적어도 농장 일에 단련된 엠마에게는 그랬다.

엠마는 두꺼운 종이를 이어 만든 허물어져가는 작은 오두막과 마 주쳤고 다 떨어진 종이를 뜯어내 성난 바람을 막을 만한 바람막이를 만들었다. 그리고 종이 몇 장은 바닥에 깔았다. 숲속에서 보내는 첫 날 밤, 자리에 눕자마자 그녀를 반기는 친구가 나타났다. 다름 아닌 작은 들쥐로 크기는 골프공만 했으며 이내 주변을 쏘다니기 시작했 다. 엠마는 겁을 줘 녀석을 쫓아내보려고 했지만 아무런 소용이 없 었다. 마침내 그녀가 포기하고 잠을 청하려 하자 녀석은 가슴 위로 기어올라왔다. 두 낯선 존재가 숲속에서 서로 얼굴을 마주했다.

엠마 게이트우드가 힘겨운 발걸음을 옮기기도 훨씬 전에, 100년 전 이른바 애팔래치아 트레일이라는 길이 생기기도 전에, 개척자들은 이 산맥을 넘어 서쪽으로 향했다. 체로키 부족들의 땅을 통과한 아일랜드, 스코틀랜드, 잉글랜드 출신의 용감한 개척민들은 해가 지는 쪽을 향해 나아갔고 어떤 이들은 그만 뒤처지기도 했다. 그리고 또 어떤 사람들은 적당한 곳을 찾아 정착했다.

그들은 수억 년 전 변성암이나 화성암이 생기기도 전에 만들어진 이 산맥을 자신들의 터전으로 가꾸어나갔다. 애팔래치아라는 이름은 무스코기족의 인디언들이 부르던 '애팔래치Appalachee'라는 말에서 유래된 것으로, '반대편 쪽에 있는 사람들'이라는 뜻이다.

개척자들이 만들어낸 땅은 거칠지만 아름다웠다. 사람들은 도끼와 쟁기, 그리고 총을 들고 삶을 꾸려갔다. 토질이 괜찮은 땅에는 비트며 토마토, 호박과 완두콩, 당근을 심을 수 있었지만 대부분은 옥수수를 심어 길렀다. 1940년대까지 사람들은 지식이 부족했고 땅을 쉬게 하는 법도 몰랐기 때문에 토질은 점점 거칠어졌으며 수확량도 줄어들었다.

그래도 산에 뿌리를 내리고 남은 사람들이 있었다. 초기 정착민들은 세상을 떠난 뒤 황량한 언덕배기에 묻혔고 그 자손들의 초라

하고 쓸쓸했던 삶은 잊혀졌다. 한때 미국 인구의 60퍼센트를 차지했던 사람들이지만 새로운 이들이 만들어낸 역사에서 그들이 있을 자리는 없었다. 그들은 자기들 손으로 직접 만든 옷을 입고 옥수수빵이며 야생 버섯, 이따금 파이 같은 것을 먹으며 살았다. 가을이면 돼지를 잡아 소시지며 베이컨 따위를 만들어 저장해 다가올 겨울을 대비했다. 때로는 광산이나 방앗간에 나가서 일을 하기도 했으며 매일 죽을 고비를 넘기기도 했다. 누군가 그렇게 일한 덕분에 형편이 좋은 사람들은 집을 따뜻하게 밝히고 아이들에게 좋은 옷을 입힐 수 있었다. 그렇지만 정작 노동자들의 딸과 아들들은 희미한 촛불 아래서 공부하고 누덕누덕 기운 옷들을 입었다.

광산 마을, 방앗간이 있는 마을, 그리고 새로운 산업의 중심이 되는 작은 마을들이 산과 산 사이에 번창했다. 좁고 지저분한 도로와 철도가 작은 마을들을 하나로 연결했다. 그들이야말로 칭찬받아 마땅한 사람들이었으며 대부분 힘든 삶을 견뎌내고 살아남은 이들의 자손이었다. 그들은 하늘과 땅 사이에서 살았고, 모든 새소리를 구별하고, 모든 나무의 이름을 알았으며, 숲속 어디에 야생초들이 자라고 있는지도 잘 알고 있었다. 또한 찬송가를 줄줄 외우기도 했고 숙명과 자유 의지의 차이점이 무엇인지도 잘 알고 있었다. 물론 옥수수로 술 담그는 방법 같은 건 문제도 아니었다.

그 사람들은 정부의 간섭을 싫어했고 세금이 부당하게 부과되면 격렬하게 저항했다. 미국의 제19대 대통령을 지냈던 러더퍼드 헤이스가 1870년대 후반에 위스키에 대한 주류세를 부과하려고 하자 애팔래치아 산맥 근처에서는 밀주 업자들과 연방 정부의 단속관들 사이에 엄청난 폭력 사태가 벌어지기도 했다. 이 사태는 1920년대 금주법이 시행될 때까지 계속되었다. 1865년, 남북전쟁 이후 느슨해진 법과 질서 속에서 정착민들은 오해와 갈등이 일어나면 피로 피를 씻는 복수를 감행하기도 했다. 그 원한은 오래된 나무의 수액처럼 점점 더 깊고 단단하게 쌓여갔다.

산 아래쪽 땅에 아스팔트가 깔리고 강처럼 구불구불한 도로가 생겨나 자동차의 시대가 도래했다. 하지만 이는 가난과 불운의 또 다른 이름이었다. 미국의 나머지 사람들은 석탄 광산의 광부들과 밀주 업자들, 그리고 그들이 살던 마을들이 도도한 세월의 흐름에 휩쓸리는 모습을 목도했다. 1950년대가 되자 더 이상 소출을 기대할 수 없는 구식 농법과 문을 닫은 광산 때문에 애팔래치아 산맥에서는 사람들의 탈출 행렬이 이어졌다. 그럼에도 불구하고 남은 사람들은 그저 한 곳에서 견뎌내는 것만 아는 억센 사람이거나, 아예 세상 물정을 모르는 사람들이었다.

지금부터 엠마 게이트우드가 가려는 길은 바로 이런 곳이다. 사랑과 증오, 위험과 악의가 서로 얽혀 있는 도무지 종잡을 수 없는 곳 말이다. 누군가 거친 풍광을 가로질러 갈 수 있는 최고의 길을 찾아냈고 엠마는 자신보다 앞서 그 길을 거쳐 간 사람들의 뒤를 따르라는 초대를 기꺼이 받아들였다. 그들은 민간인 출신의 환경 운동가, 건설 전문가, 그리고 열에 뜬 선동가들이었고 엠마는 또 한 사람의 순례자가 되려 했다. 그녀는 산기슭부터 걸어 올라왔고,

앞으로 어떤 일이 벌어질지 정확하게 알지 못했지만, 이곳이 완전히 낯설지는 않았다.

5월 5일, 조지아주를 벗어나기 위해 오전 9시에 길을 떠난 지 얼마 지나지 않아 엠마의 다리가 욱신거리기 시작했다. 그녀는 더 이상 갈 수 없을 때까지 산악 지대를 걸었고 발은 부어올랐다. 근처 샘 근처에서 임시 숙소를 하나 찾아 더러워진 옷을 빨았다. 그리고 자루 안을 나뭇잎으로 가득 채워 근처에 있던 나무 탁자 위에 올려놓은 뒤 대강 잠을 잘 수 있는 자리를 만들었다. 다음 날, 엠마는 해가 산등성이를 넘어오기도 전에 출발했다. 체로키 부족의 땅 중심을 통과하는 이 트레일의 주변에는 진달래꽃이 가득했다. 햇살이 꽃잎 위로 떨어지자 회갈색 숲속에는 기이한 분홍색과 자주색이 번뜩였다. 엠마는 이따금씩 가던 길을 멈추고는 흰꼬리사슴이 우아한 모습으로 앞을 가로질러 숲속으로 사라지는 모습을 지켜보기도 했다. 또 나뭇가지 사이에 똬리를 틀고 있는 독사를 볼 때면 숨을 멈추고 멀찌감치 비켜갔다. 그날 밤 마을 사람들의 호의 덕분에 엠마는 버터밀크를 마시고 옥수수빵을 먹었다. 잠은 더블헤드 갭 교회에서 청할 수 있었다. 이 마을 사람들은 기꺼이 나그네를 대접하고, 교회는 집처럼 편안한 잠자리를 만들어주었지만 앞으로 만나게 될 모든 마을들이 다 그런 것은 아니었다.

엠마는 다음 날 다시 길을 떠났다. 군인들이 막사를 건설하고 철조망을 산 전체를 따라 둘러치고 있는 군 기지를 지나쳐 가기도 했다. 자연과 인간의 폭력성이 기이한 모습으로 나란히 늘어서 있는 곳이었다. 우디 갭Gap, 산의 능선이 'V'자형으로 깊이 갈라져 들어간 곳을 통과하자 주 경계선이 가까워졌다. 거기서 나이 들고 지쳐 보이는 들개 한 마리가 따라붙었지만 그녀에게 별로 대수로운 일은 아니었다.

엠마는 계속 산을 올랐고 저녁 7시쯤 지나서는 산꼭대기에 올라섰다. 해가 지고 있었기 때문에 빨리 머물 곳을 찾아야 했다. 시

냇가를 따라 계곡 안으로 내려가 보니 작은 집 몇 채가 눈에 들어왔다. 누군가 자신을 집 안으로 들이거나 최소한 헛간 문이라도 열어주지 않을까 기대했다. 어느 초라한 집 앞마당으로 들어서니 한 여자가 장작을 패고 있는 모습이 보였다. 머리는 몇 주고 빗질이라고는 하지 않은 것처럼 보였고 앞치마는 어찌나 때에 절었는지 딱딱하게 굳어 보일 정도였다. 얼굴 역시 아주 지저분했고 씹는담배를 입에 물고 있었다. 여자는 이따금 침을 뱉었다.

엠마가 다가오자 여자가 하던 일을 멈췄다.

"혹시 오늘 밤 여기서 묵어갈 수 있을까요?" 엠마가 물었다.

"오는 손님은 절대로 그냥 돌려보내지 않아요." 여자가 대답했다.

엠마가 여자를 따라 집 현관으로 들어섰다. 거기에는 나이 든 남자 하나가 그늘 아래 앉아 있었다. 남자는 여자만큼 더럽지는 않았고 똑똑해 보이기까지 했다. 그리고 그만큼 의심스러운 표정이었다. 낯선 사람들 사이에서 잠자리를 찾는 것은 이 도보 여행길에서 아주 어렵고도 불안한 일이다. 엠마는 이런 일에는 전혀 준비가 되어 있지 않았다. 적어도 어떤 거래가 필요하다는 사실을 전혀 모르고 있었던 것이다. 낯선 사람들이 살고 있는 집 앞 현관에서 엠마는 크게 당황하지도, 또 두려워하지도 않았다. 그녀가 남자에게 먼저 자기 이름을 말했다.

"신분증이라도 있소?" 남자가 물었다.

엠마는 자루에서 자신의 사회보장 카드를 꺼내 내밀었다. 남자는 등록증을 자세히 살펴보았고 거기까지 따라온 들개는 집 앞에 어디 편안한 곳이 있을까 코를 킁킁거렸다. 엠마가 이번에는 가족 사진을 꺼내들었다. 자녀들과 손자손녀가 함께 있는 사진은 또 다른 증거이기도 했다. 그렇지만 남자는 계속 미심쩍은 표정이었다.

"정부에서 이런 여행을 하라고 돈을 대주는 거요?" 남자가 물었다.

"아뇨." 엠마가 대답했다.

그녀는 혼자 힘으로 여행을 하고 있다고 설명하고는 3,500킬로미터에 달하는 구간을 끝까지 종주할 생각이라고 말했다. 단지 오늘 하룻밤 묵을 곳이 필요할 뿐이라고도 덧붙였다.

"가족들이 그런 일을 하라고 허락을 해주었다고?" 남자가 다시 물었다.

"가족들은 몰라요." 엠마가 대답했다.

남자가 엠마를 물끄러미 바라보았다. 낡은 작업복 바지와 단추를 끝까지 채운 셔츠, 그리고 흰머리가 엉망이 된 나이 든 여자였다. 입술은 얇았고 귓불은 두껍고 퉁퉁했다. 툭 튀어나온 이마는 눈 위에 그늘을 드리울 정도였는데, 엠마는 며칠 동안 거울이라고는 구경도 하지 못했지만 자신의 모습이 형편없을 거라는 사실 정도는 잘 알고 있었다.

"그러면 집으로 돌아가는 게 낫겠구먼." 남자가 말했다. "우리 집에서 재워줄 수는 없소."

엠마는 여기서 더 말해봤자 아무런 소용이 없다는 걸 잘 알고 있었다. 그녀는 자루를 어깨에 다시 짊어지고는 남자와 고생에 찌든 그의 아내를 뒤로하고 다시 걷기 시작했다.

제 2 장

할머니,
그만 집으로 돌아가세요

GRANDMA
GATEWOOD'S
WALK

체로키족 대부분은 오클라호마주로 강제 이주를 당해 거의 사라졌다. 그렇지만 그들의 이야기는 조지아주 북부의 블루리지 산맥을 관통하는 길을 따라 여전히 남아 있다.

부족의 창조 설화에 따르면 태초에 지구는 네 가닥의 줄에 매달려 하늘과 이어져 있고, 땅의 표면은 물로 뒤덮여 있었다. 그러던 중 딱정벌레 한 마리가 물속으로 뛰어들어 진흙을 가져왔고, 그 진흙이 사방으로 퍼져 육지가 생겨났다. 하늘 왕국으로부터 전령들이 하나둘씩 땅에 내려와 살 만한 곳인가를 살펴보다 마침내 거대한 독수리 한 마리가 하늘 아래 세상을 살펴보기 위한 여행길에 나섰다. 독수리가 지쳐 낮게 날기 시작하자 그 날갯짓에 땅이 요동치더니 움푹 들어가는 곳은 골짜기가, 불쑥 솟아오른 곳은 산이 되었다. 이 산맥들은 계속해서 높이 치솟았다.

마침내 물이 다 마르자 동물과 식물들이 나타났고 이들은 이레 밤을 깨어 있으라는 명령을 받는다. 이제 자신들이 각자 거주할 새로운 땅을 지켜보고 있으라는 뜻이었다. 첫날 밤이 되자 대부분 명령대로 깨어 있었지만 둘째 날 밤이 되니 잠이 든 녀석들이 나타났다. 셋째 날 밤에는 숫자가 더욱 늘어났다. 마지막 일곱째 날 밤이 되었을 때 잠들지 않고 깨어 있었던 건 소나무와 가문비나무,

월계수, 호랑가시나무, 그리고 삼나무뿐이었다. 마지막까지 잠들지 않고 깨어 있던 이들은 그 푸르름이 영원히 시들지 않고 특별한 약효를 낼 수 있는 특권을 부여받았다. 반면에 다른 나무들은 겨울이 올 때마다 그 '머리칼'이 다 빠져버리는 벌을 받은 것이다. 동물들의 경우, 흑표범과 올빼미, 그리고 몇몇 녀석들만이 잠에 빠지지 않았는데, 이들에게는 해가 진 이후에도 밝은 눈으로 밤을 지배할 수 있는 능력이 생겼다.

어둠이 내려앉았다. 엠마는 외로움을 느끼며 최대한 빠른 속도로 걸었다. 트레일을 따라 산 위로 향한 그녀는 마침내 벌목꾼들이 사용하는 좁은 길 하나를 발견하고 서둘러 내려갔다. 중간쯤 가다 보니 밤 10시 반이 될 무렵에는 거대한 기계장치가 있는 공장 비슷한 곳에 도착할 수 있었다. 엠마는 그 안으로 들어가 바닥에 담요를 펼쳐놓고는 문단속을 단단히 했다. 개들이 짖어대는 소리며 작은 트럭 한 대가 지나가는 소리가 들려왔지만 그대로 잠이 들었다. 새벽녘의 부드러운 햇살 아래 눈을 뜬 그녀는 자신이 어느 여름 야외 캠프장 한가운데에 들어와 있다는 것을 알아차렸다. 하지만 캠프장은 텅 비어 있었고 호루라기를 불어대는 교사도, 아침 체조를 하는 아이들도 전혀 눈에 띄지 않았다.

엠마의 자녀들은 어머니가 이곳에 있다는 사실을 전혀 몰랐다. 애초에 11명 중 누구라도 애팔래치아 트레일이 무엇인지 알고나 있을지 확신할 수 없었다. 이 길이 얼마나 오래전부터 그녀를 끌어들였는지, 그리고 지금껏 어떤 여성도 이 길을 혼자 완주하지 못했다는 사실에 그녀가 얼마나 매료되었는지도.

자녀들도 어머니가 유난히 걷는 걸 좋아한다는 사실은 알고 있었다. 엠마는 갈리아 카운티의 언덕들을 오르내리며 숲이 주는 고요함과 아름다움에 감탄하곤 했다. 자녀들은 어린 시절 어머니와 함께 숲을 돌아다녔고 그럴 때마다 어머니는 새소리를 들어보라고도, 산딸기 덤불 사이에 있는 뱀을 조심하는 법을 가르쳐주기도, 야생 식물들 중에서 약이 될 만한 것들을 알려주기도 했다. 마치 언젠가 자녀들이 각자의 여정을 떠날 수 있도록 준비를 시키는 것처럼.

수년간 악착같이 일하며 단련된 엠마의 결심은 여전히 굳건했다. 그녀는 이끼와 덤불숲, 나무들이 무성한 곳을 따라 홀로 걸어갔다. 떡갈나무와 히코리나무, 포플러나무가 무성한 넓은 숲도 지나쳐갔다. 숲속에는 양귀비꽃과 제비꽃, 국화꽃과 백합, 그리고 난초와 이름 모를 야생화들이 만개해 있었다. 숲이 다 끝나가자 무엇인가 그녀를 향해 손짓하는 것이 눈에 들어왔다. 앞으로 남은 3,000킬로미터의 여정에서 다시는 보지 못할, 마치 체로키족의 선물과도 같은 그것은 분홍빛의 층층나무였다.

엠마는 올해 이렇게 먼 길을 나설 것이라는 계획을 자녀 누구에게도 이야기하지 않았다. 자녀들이 알게 되면 못하게 막을 것이라는 두려움 때문이었다. 심지어 그녀는 1년 전에 한 번 같은 시도를 했다가 실패했었다는 사실도 이야기하지 않았다. 그건 하나님과 메인주 국립공원 순찰대원들, 그리고 그녀 자신만 알고 있기로 약속한 비밀이었다. 메인주 황야에서 죽을 뻔했었고, 대원들은 그녀의 목숨을 구해냈다.

⠂⠄ ⠄⠂ ⠂⠄ ⠄⠂

엠마가 처음으로 애팔래치아 트레일에 대해 알게 된 것은 고향의 병원 대기실에서였다. 아무렇게나 펼쳐져 있던 1949년 8월호 〈내셔널 지오그래픽〉 잡지의 19쪽에 걸쳐 실려 있던 총천연색 사진은 그녀에게 새로운 세상을 보여주는 창이 되었다. 사진 속의 새끼 곰은 나무 위에 매달려 있었고, 웃통을 벗은 남자들이 메인주 수목 한계선 위의 이끼가 낀 바윗돌들 위로 올라가고 있었다. 버몬트주의 셔번 패스에 있는 바위산 꼭대기를 오르는 10대 도보 여행자들의 모습도 보였고, 그랜저 피크를 내려다보는 도보 여행자들에, 뉴욕주 베어 산 근처 좁은 바위 틈새를 통과하는 '여자 도보 여행자'의 모습도 보였다. 엠마는 그레이트 스모키 산맥을 지나는 한 여행자가 깊은 협곡을 내려다보고 또 거기에서 옥수수 밭을 일구는 여윈 사내를 바라보고 있는 내용의 기사를 읽었다. 험준한 절벽 때문에 협곡은 도저히 접근할 수 없는 곳처럼 보였기에 이 도보 여행자는 소리쳐 묻는다. "거기 어떻게 내려갔어요?" 그러자 남자가 대답했다. "나도 몰라요. 전 여기서 태어났거든요."

엠마는 기사를 통해 영혼을 일깨우고 발길을 붙잡는 이 트레일이 너비는 트럭 한 대가 지나갈 만하고, 음식을 조달하기 쉬우며,

길가에는 하루에 걷는 거리마다 일정하게 쉼터들이 충분히 마련되어 있다는 사실을 알게 되었다.

"애팔래치아 트레일, 보통 'AT'로 알려져 있는 이 개방된 오솔길은 야외 활동을 즐기는 사람들 사이에서는 가히 경이로운 곳이라 할 만하다." 〈내셔널 지오그래픽〉 잡지 속 기사는 이렇게 계속되었다. "지평선 너머로 캐나다를 바라보며 카타딘 산으로부터 한 발 한 발을 내딛는다. 그렇게 저 멀리 애틀랜타의 불빛들을 호령하는 오글소프 산까지 도착한다."

나이 든 여인은 그만 깊이 매료되고 말았다.

"보통 정도의 건강 상태를 유지하는 사람이라면 누구라도 이 길을 즐길 수 있도록 계획을 짤 수 있다. AT를 걷기 위해서는 특별한 기술이나 훈련이 전혀 필요치 않다."

이 기사가 실린 1949년 8월까지 이 애팔래치아 트레일 전체를 한 번에 쉬지 않고 걸어서 종주한 사람은 공식적으로 단 한 사람뿐으로, 얼 셰퍼Earl Shaffer라는 이름의 29세 군인이며 남성이었다. 셰퍼가 성공적으로 여정을 끝마친 후 7년 동안 5명만이 같은 일에 도전해 성공했고 그들 역시 모두 남성들이었다.

엠마는 뭔가를 한번 바꿔보고 싶었다.

"그때 내 나이 비록 예순하고도 여섯이었지만," 훗날 그녀는 일기에 이렇게 기록한다. "나는 한번 도전해보고 싶었다."

엠마는 자신이 어떤 계획을 세우고 있는지 아무에게도 이야기하지 않았다. 그리고 3,000킬로미터가 넘는 길을 떠날 때 꼭 필요한 것들, 없어서는 안 된다고 생각되는 것들을 모으기 시작했다. 앞서 그 길을 지나갔던 사람들은 여행을 떠나기 전 고급 상점에서 주문한 배낭이며 침낭, 텐트와 휴대용 식기 등으로 무장했지만 엠마는 아니었다. 그녀에게는 무게가 8킬로그램쯤 나가는 작은 자루가 전부였다.

엠마가 다섯 달간의 여정을 떠날 준비를 마친 때는 1954년 7월 무렵이었기 때문에, 그녀는 북쪽에서 출발해 남쪽으로 추위를 피해 내려가기로 결정했다. 갈리아 카운티에서 피츠버그 행 6시 15분 고속버스를 잡아탄 엠마는 다시 피츠버그에서 맨해튼까지 고속버스를 탔고 다시 메인주 오거스타까지 가는 버스를 타 다음 날 아침 일찍 그곳에 도착했다. 오거스타에서 뱅고어까지 버스를 타고 간 그녀는 페노브스콧 호텔에 하룻밤 묵기로 하고 프런트 직원에게 4달러 50센트를 건넸다. 다음 날인 7월 10일, 엠마는 택시를 잡아탔고 아침 10시 30분 무렵 피트먼 야영장에 도착했다. 그러고는 애팔래치아 트레일 북쪽의 종착역인 카타딘 산을 오르기 시작했다. 3시간 반쯤 후 그녀는 해가 지기 바로 전에 다시 내려왔다. 어느 젊은 남녀 한 쌍이 그녀를 불러 불에 구운 핫도그와 당밀과 소금에 절인 고기를 함께 끓인 베이크드빈을 대접했다. 저녁을 다 먹고 난 후 엠마는 담요를 펼치고는 카타딘 시내 야영장의 임시 대피소 지붕 아래에서 잠을 청했다. 밤새도록 근처 시냇물의 노랫소리가 그치지 않았다.

다음 날 아침이 되어 해가 미처 떠오르기도 전에 엠마는 공원 순찰대원을 찾아 1달러와 함께 자신의 옷가방을 맡기고는 오하이오로 부쳐달라고 부탁했다. 그러고는 요크 야영장을 향해 출발했다. 페노브스콧 강의 서쪽 지류, 레저용 오두막이 있는 곳이었다. 얼마 지나지 않아 엠마는 여전히 자신이 너무 많은 옷가지들을 챙겼다는 사실을 깨닫게 되었고 가방을 비워 여분의 물건들을 상자에 담은 후 야영장에서 만난 사람에게 또다시 물건을 오하이오로 부쳐 달라고 했다.

다시 길을 나선 엠마는 20킬로미터쯤 떨어져 있는 레인보우 호수로 향했다. 그곳 야영장에서 만난 친절한 가족이 지치고 늙은 여인에게 로스트비프와 파이를 대접해주었다. 그녀는 다음 날 하루를 쉬기로 하고 그곳에 이틀을 머물렀다. 이틀을 쉬고 난 후 엠마는 일찌감치 출발했다. 그러나 오래되어 다 망가져가는 표지판을 보고 잘못된 길로 접어들었다. 애팔래치아 트레일은 나무에 흰색으로 표식이 되어 있다는 사실을 몰랐기 때문에, 그녀는 길을 크게 벗어나 걷게 되었다. 정오가 되기 바로 전쯤, 숲이 갑작스럽게 끝이 났고 엠마는 고사리 같은 양치류 식물이 덮여 있는 땅으로 들어선 다음 비로소 길을 잃었다는 사실을 깨달았다. 1시간 반이 넘는 시간 동안 숲속을 헤맸지만 길을 찾을 수 없었다. 결국 그녀는 사방이 탁 트인 작은 언덕 위로 기어올라가 불을 피우고 땅바닥에 누웠다. 휘파람을 불며 잠시 노래를 부르다가 가져온 건포도와 땅콩을 조금씩 먹었다.

"이곳에서 생을 마감하게 되더라도·나는 걱정하지 않았다." 그녀는 일기장에 이렇게 적었다. "이곳은 무슨 일이 일어나든 다 어울리는 멋진 장소니까."

그렇게 점심을 때운 후 엠마는 물을 찾아 나섰다가 숲속 더 깊이 들어가버렸다. 여름이라 더욱 무성한 수목 사이로 사냥꾼들이 사용하는 오솔길을 따라간 것이다. 밤이 되자 그녀는 바위 하나를 찾아 누워 쉬려고 했지만 비바람이 몰아치자 자리에서 일어서 비가 지나가기를 기다렸다. 아침이 되어 엠마는 다시 길을 찾느라 귀중한 체력을 낭비하고 말았다. 길을 잃은 지 이틀이 되었고, 어떤 길도 그녀가 왔던 트레일로 이어지지 않았다. 준비한 식량은 점점 더 줄어들었다. 그녀는 고사리를 뽑아 뒤집혀 있는 작은 보트 아래 잠자리를 마련했다. 보트는 상록수 나무들 사이에 기대어져 있었다. 불을 피우고 커피 깡통에 물을 채운 뒤 불 위에 물을 끼얹어 다른 도보 여행자나 백스터 주립공원의 순찰대원이 피어오르는 연기를 봐주기를 기대했지만 아무도 오지 않았다.

엠마는 작은 연못에서 몸을 씻으려고 안경을 바위 위에 벗어놓다가 안경을 어디에 두었는지 그만 잊어버렸고, 발이 꼬여 비틀거리다 안경을 밟고 말았다. 반창고로 깨진 안경알을 붙여보려 했지만 소용이 없었다. 엠마는 11시가 될 때까지 몇 시간 동안 불을 계속 피웠다. 점점 땔감이 줄어들었고 몸도 지쳐갔다. 그녀는 마지막 남은 음식을 먹고 드러누웠다. 얼굴로 달라드는 날파리들을 피하기 위해 뭔가를 덮으려는 순간 소리가 들려왔다.

경비행기 한 대가 눈에 들어왔다. 나무 위로 낮게 날고 있는 경비행기의 프로펠러 소리가 산에 메아리쳤다. 엠마는 자리에서 벌떡 일어나 하얀색 옷을 마치 깃발처럼 흔들어댔다. 그러나 경비행기는 사라졌다. 그녀는 등을 기대고 누워 눈을 감았다. 먹을 것이다 떨어졌고 희망도 거의 다 사라졌다. 출발한 지 50킬로미터도 채되지 않아 광대한 황무지에서 길을 잃어버렸다. 만약 집에 돌아가면 무슨 말을 해야 할까? 사람들에게 도대체 뭐라고 설명을 해야할까? 당시에는 몰랐지만 레인보우 호수의 순찰대원은 엠마가 잘도착했는지 확인하기 위해 12킬로미터쯤 떨어진 다음 캠프에 무전으로 연락을 하고 있었다. 그녀가 도착하지 않았다는 사실을 알게되었을 때, 순찰대원들은 수색을 시작했다.

엠마는 괭이밥을 찾아 나섰다. 괭이밥은 사람이 먹고 어느 정도힘을 낼 수 있는 풀이었지만 그것조차 찾을 수 없었다. 괭이밥은커녕 조금 이르게 열리지 않았을까 기대한 크랜베리나 블루베리 열매 한 알도 찾아볼 수 없었다. 사실 그런 열매는 아직 꽃도 피우지않았던 것이다. 그녀는 다시 한번 길을 찾아보기로 했다. 물건들을챙기고 왔던 길을 되짚어갔다. 운이었을까 아니면 기적이었을까,엠마는 야영장으로 돌아가는 길을 찾아냈고 그 길을 따라 출발했다. 몇 시간을 걸어 저녁 7시 무렵 마침내 레인보우 호수에 도착했다. 그리고 말발굽 던지기를 하고 있는 남자들을 발견했다.

그동안 백스터 공원 순찰대원 4명은 미친 듯이 엠마를 찾아 헤매고 있었다. 대원들은 그녀가 다른 길을 찾고 있는 동안 그녀의야영 흔적을 발견했고 불을 피운 자리를 찾았다. 그리고 숲을 이

잡듯이 뒤지며 그녀의 이름을 불렀지만 엠마는 아무런 소리도 듣지 못한 것이다.

"어서 오세요." 한 남자가 말했다. "길을 잃으셨군요."

"길을 잃은 건 아니에요." 엠마가 말했다. "그저 길을 잘못 들어선 거예요."

거기 있던 남자들도, 나중에 찾아온 순찰대원들도 모두 화를 냈다. 모두들 엠마에게 집으로 돌아가는 것이 좋겠다고 말하기 시작했다.

"우리 어머니라면 무조건 말렸을 겁니다." 한 남자가 말했다.

엠마는 안경이 깨졌고 먹을 것이 하나도 없었으며 돈도 충분치 않았다. 어쩌면 그 남자들의 말이 옳을지도 몰랐다. 정말로 여기서 그만둬야 하는 걸까.

순찰대원 2명이 경비행기에 그녀를 태워 근처에 있는 다른 호수로 데리고 갔다. 그곳에는 백스터 공원의 총 책임자가 기다리고 있었다. 책임자는 엠마를 밀리노켓에 있는 기차역으로 데리고 가 뱅고어로 향하는 기차에 태웠다. 뱅고어에 도착한 뒤 자신을 바라보는 사람들의 시선을 뒤로하고 거리를 비틀거리며 걸어가 일주일 전 묵었던 페노브스콧 호텔 안으로 들어갔다. 길고 긴 일주일이었다.

입구의 남자가 호텔에 빈방이 하나도 없다고 말했다.

"다른 곳으로 가보시면 어떨까요?" 남자가 말했다.

"아니요." 엠마가 대꾸했다. "지난주에도 여기에 묵었는데요."

남자는 앞에 있던 종이에 뭔가를 끄적거렸다.

"오늘 밤 사용하지 않는 방이 있군요." 남자가 말했다. "그러면 이 방을 쓰세요."

호텔 직원이 엠마를 위층 방으로 안내해주었다.

"혹시 내가 누군지 기억하나요?" 엠마가 물었다.

"네, 부인." 직원이 대답했다.

"나는 그동안 산에 올라갔었어요." 엠마가 말했다.

그녀는 방문을 닫고 가방을 내려놓은 후 거울 앞에 섰다. 자기 앞에 서 있는 여인의 모습은 누군지 거의 알아볼 수 없을 정도였다. 날파리가 눈 근처를 물어뜯어 부어올랐다. 입고 있던 스웨터는 온통 찢어진 곳으로 가득했다. 머리는 엉망이었고 발은 부르텄다. 엠마는 자기가 마치 하수구에서 기어 나온 주정뱅이 같다고 생각했다. 떠돌이. 예순여섯 살이나 먹고 실패한 인생.

그녀는 이번 일을 아무에게도 말하지 않겠다고 다짐했다.

⦙⦙⦙⦙⦙⦙

이번에는 다를 거야. 엠마는 귀중한 교훈을 배웠다.

애팔래치아 트레일에 들어선 지 8일째 되는 날, 비료를 쏟은 트럭 근처에서 그것을 줍던 재럿이라는 부부의 차를 얻어 탔다. 부부는 엠마가 자기네 집에 묵을 수 있도록 해주었고 다음 날 아침에는 처음 만났던 트레일로 다시 데려다주었다. 엠마는 부부가 잔뜩 싸준 옥수수빵을 들고 그날 30킬로미터도 넘게 걸었다. 마침내

하이타워 갭에 도착했을 무렵에는 봄철의 뇌우가 몰려오고 있었다. 그녀는 시멘트로 만든 야영장 탁자 아래 잠자리를 꾸렸지만 밤새도록 잠을 자지 못하고 비를 피해 몸을 뒤척였다.

5월 14일, 엠마는 주 경계선을 넘어 조지아주를 벗어났다. 그녀는 노스캐롤라이나주의 첫 번째 산을 오르기 시작했고 햇살은 목덜미 위로 따갑게 내리쬐었다. 지친 엠마는 낙엽들을 긁어모아 그 위에 누워 낮잠을 잤다. 잠에서 깨어나니 마치 낮잠 한 번에 20년 세월이 흘러가버렸다는 이야기의 주인공 립 밴 윙클이 된 것 같은 기분이 들었다.

그날 오후 또다시 폭우가 다가올 때 숲속에서 소의 목에 다는 방울 소리가 들려왔다. 한 남자가 저 멀리서 돼지들을 불러 모으고 있었다. 그 모습을 보고 근처에 머물 곳이 있을 거라고 생각했지만 능선 안쪽으로 걸어 내려가자 아무것도 보이지 않았다. 집은 물론이고 돼지 한 마리도 없었다.

엠마가 걷고 있는 세상은 외부인을 불신한 비밀로 가득한 곳이었다. 그리고 산속에 사는 사람들과 정부 공무원들 사이의 결코 끝나지 않을 쫓고 쫓기는 술래잡기 같은 게임이 벌어지는 아름답고도 드넓은 무대였다. 이 고립된 산간 지대에서 합법적인 방식을 통해서는 가난하고 어려운 삶밖에 기대할 수 없었다. 더 잘살고 싶다면 돼지나 돌투성이 옥수수밭 이상의 무엇인가가 필요했다. 그렇지만 산은 저주인 동시에 축복이었다. 울창한 숲과 높은 봉우리, 그리고 거친 골짜기는 온갖 은밀한 거래를 위한 천연 보호막이 되

어주었고 그 안에서 사람들이 주로 하는 건 밀주 제조와 판매였다. 밀주 제조에 필요한 차갑고도 신선한 물은 석회암 틈 사이 샘에서 끊임없이 흘러나왔고, 술의 원료인 엿기름을 끓일 때 나는 연기 역시 낮게 깔리는 푸른 안개 덕분에 잘 가려졌다. 불법으로 만들어진 순도 100퍼센트의 밀주는 낡은 자동차 트렁크에 실려 아무도 모르게 디트로이트와 시카고, 인디애나폴리스 같은 미국 중서부 지방의 대도시로 팔려나갔다. 지역 경찰들은 다른 방법을 강

구해야 했다. 술 만들 때 필요한 증류기의 거래를 막기도 했지만 미봉책에 불과했다. 그런데 주 정부는 이 사태를 또 다른 기회로 인식했다. 바로 세금을 거두어들일 수 있는 기회로 봤던 것이다. 세금을 제대로 내지 않으면 가차 없이 감옥행이었고, 불만이 터져 나오는 가운데 총알 세례가 오가는 다툼이 벌어지기 시작했다.

엠마는 절대적인 금주론자였다. 그녀는 심지어 커피조차 마시지 않았으며 그런 사실을 매우 자랑스럽게 생각하고 있었다. 술을 마시지 말자는 주장을 공공연히 하기도 했지만, 보통은 술을 거부함으로써 자신의 생각을 내보였다. 엠마는 술을 둘러싼 싸움이 이 지역의 문제라는 사실을 잘 알고 있었고 따라서 이곳을 지나갈 때 될 수 있으면 조심하려고 애를 썼다.

한 남자가 나무 뒤에서 모습을 드러내자 엠마는 깜짝 놀랐다.

"이 근처에 사람들이 사는 곳이 있나요?" 그녀가 물었다.

"이 근처에는 없어요." 남자가 대답했다.

남자는 자신을 파커라고 소개했다. 그러자 버치라는 이름의 또 다른 남자가 두 사람 쪽으로 걸어왔다. 두 남자는 엠마에게 숲속에서 방목하고 있는 돼지들을 돌보고 있다고 말했다. 두 사람 모두 소에게 쓰는 방울을 가지고 있었는데, 몇 킬로미터 떨어진 곳에 있는 임시 거처에서 야영을 하고 있다고 했다. 걸어서 거기까지 갈 수 있다면 언제든 환영이라는 것이 두 사람의 설명이었다.

남자들은 친절해 보였다. 엠마는 그러겠다고 했고 버치가 짐을 대신 들어주었다. 세 사람이 목적지에 도착하니 인로라는 또 다른 이름의 남자 일행이 있었다. 그들은 엠마가 깔고 잘 만한 밀짚을 주었고 불가에 젖은 옷도 말릴 수 있도록 해주었다.

아침이 되자 남자 둘이 아침을 먹고 일어서더니 저녁 무렵에 돌아오겠다고 말했다. 엠마는 버치와 단둘이 남게 되었다. 그녀는 쑤시는 다리를 쉬게 하려고 하루를 쉬어가기로 결정했다. 남자들이 아침에 먹다 남은 삶은 감자를 이용해 전을 만들어달라고 부탁했기에 엠마는 감자와 밀가루, 달걀을 섞어 뭉근 반죽을 팬에 지져 구웠다. 엠마는 자연이 주는 평화와 고독을 찾아 트레일에 왔지만 지금 이곳에서는 남자들에게 둘러싸여 밥이나 짓는 신세가 되어버렸다.

점심 무렵이 되자 숲 관리인과 금렵구 관리인이 엠마와 버치 앞에 나타났다. 두 사람은 엠마를 버치의 아내로 생각했고, 그녀는 당황했지만 그렇다고 굳이 바로잡으려 하지는 않았다. 엠마는 자기가 애팔래치아 트레일에서 무엇을 하고 있는지 설명하고 싶지도, 왜 걷고 있는지, 왜 이렇게 멀리까지 왔는지 이야기하고 싶지 않았던 것이다.

그 남자가 엠마를 발견한 건 어둠 속에서였다.

어느 추운 날 밤, 엠마는 오하이오주 크라운 시티에 있는 교회에서 집으로 걸어 돌아가고 있었다. 그는 그녀 옆에서 딕이라는 이름의 자기 말을 타고 가고 있었다. 엠마의 사촌인 캐리 트로브리지는 읍내에 살고 있는 그 남자를 잘 알고 있었고 두 사람을 서로 소개시켜주었다.

페리 게이트우드는 갈리아 카운티에서는 꽤 인기가 있는 젊은이였다. 그는 부드럽게 그을린 피부에 짧은 갈색 머리칼을 지닌 늘씬한 남자로 골수 공화당원이기도 했다. 지역의 유력한 가문 출신이라고 했는데, 최소한 그런 식으로 자신들을 내세우는 집안인 것만은 틀림이 없었다. 그의 가족은 갈리폴리스Gallipolis에서 가구 공장을 운영하고 있었다. 나이는 스물여섯 살로 엠마보다는 여덟 살이 더 많았고, 세상 물정에 밝아 보일뿐더러, 심지어는 귀족적으로 보이기까지 했다. 오하이오 노던 대학교에서 교육학 관련 학위를 받았다는데, 이곳에서는 대학 학위가 있는 사람이 드물었다. 그리고 집 근처에 있는 건물 하나짜리의 작은 학교에서 아이들에게 읽기와 쓰기를 가르치고 있었다.

그는 함께 말을 타고 가겠느냐고 물었고 엠마는 그러겠다고 대답했다. 남자의 도움으로 엠마는 딕이라는 이름의 말 위로 올라탔다. 단 한 번도 남자 뒤에서 말을 타본 적이 없었는데, 길을 따라 달리다 보니 말 위에 제대로 앉아 있는 것조차 힘들었다. 하지만 그녀는 절대 그의 허리를 잡지 않을 작정이었다.

그는 그해 겨울 몇 번인가 엠마를 집까지 데려다주었다. 헐벗은 나무들이 괴상한 그림자를 드리우고 있는 분지를 통과해 달릴 때면 엠마는 남자의 허리에 팔을 감을 뻔했지만, 그만큼 용기를 낼 수 없었다. 그건 예의에 어긋나는 일이었다. 어느 날 밤인가는 말 위에서 미끄러진 적도 있었는데, 그는 전혀 서두르지 않고 손을 내밀어 그녀가 다시 말 위에 오를 수 있도록 도와주었다.

겨울이 가고 봄이 오자 그는 좀 더 진도를 나가기 시작했다. 엠마는 그와 함께하는 미래에 대해 깊이 생각해보지 않았지만, 3월이 되자 그는 갑자기 진지해졌다. 그녀에게 결혼하자고 이야기를 꺼낸 것이다. 아무리 생각해봐도 엠마는 왜 그가 갑자기 서두르는지 이해할 수 없었다. 그는 당장이라도 결혼을 하고 싶어 하는 듯 보였다. 엠마는 아직 그럴 준비가 되어 있지 않았고 그를 두 달 동안 멀리하며 적당한 때를 기다리기로 했다.

두 사람은 같은 동네에 살았지만 완전히 다른 세계에서 서로 다른 삶을 살았다. 엠마는 머서빌Mercerville 근처에 있는 작은 집에서 1887년 10월에 태어났다. 시냇물과 숲이 있는 곳에서 불과 1.5킬로미터 정도 떨어져 있는 곳이었다. 집 앞에는 헛간과 우물, 볼품없는 풍경이 펼쳐져 있었지만 아이들은 언덕을 오르내리며 뛰어놀았다. 당시 형제자매는 모두 합쳐 12명이었고 부모는 아이들을 몽땅 다 '코퍼'라는 이름의 임시 학교에 보내려 했다. 집안일이 없을 때라는 조건이 붙었는데, 물론 그런 경우는 매우 드물었다.

엠마의 아버지 휴 콜드웰은 남북전쟁에 참전했었고 뼛속까지 북군 출신이었다. 엠마의 조부모는 농사를 짓기 위해 스코틀랜드에서 이주해온 사람들이었다. 휴는 전투가 한창이던 때 돌 벽 위로 대담하게 고개를 쳐들고 적군의 위치를 살핀 것으로 유명했다. 그는 나중에 부상을 입었고 상처 입은 다리는 결국 잘라내고 말았다. 전쟁이 끝난 후에는 도박과 위스키에 찌든 늙은 불량배 취급을 받았다. 어머니인 에벌린 에스더 트로브리지는 영국계로, 1620년대 아메리카 대륙에 정착한 트로브리지 가문의 후손이었다. 에벌린은 레비 트로브리지와도 가까운 핏줄이었는데, 레비 트로브리지는 미국 독립전쟁 당시 토마스 클라크 대위가 이끄는 더비 중대에서 복무했고 나중에는 이선 앨런 장군의 민병대인 그린 마운틴 보이스에서 싸운 것으로도 유명한 사람이다.

열여덟 살이 될 때까지 엠마의 삶은 아주 파란만장했다. 그녀의 몸에는 여동생 에타 때문에 생긴 흉터가 아직 남아 있었다. 그날 에타는 몸을 씻기 위해 주전자에 물을 끓이고 있었는데, 불꽃이 잘못 튀어 엠마의 옷에 옮겨 붙었던 것이다. 어머니는 집에서 만든 약을 발라주었다. 엠마는 나무열매를 따먹고 사촌과 헛간 주변을 뛰어다니며 놀았다. 가족이 가이언 크리크 근처에 있는 로런스 카운티로 이사를 가게 되었을 때 아버지 휴는 새 집을 짓고 싶어 했다. 그는 기초석을 놓았지만, 나머지를 세우는 일에는 손도 대지 못했다. 그래서 엠마의 가족은 통나무 오두막집에 살게 되었고 아버지는 현관 쪽에 침실을 하나 더 만들어 붙이기도 했다. 아이들은 한 침대에 4명이 자는 경우도 있었는데, 겨울이면 눈이 판자로 만든 지붕을 뚫고 들어와 아이들은 눈이 녹아 스며들기 전에 이불을 털어내야 했다. 부모님이 보지 않을 때면 그냥 집 앞에서 볼일을 보는 경우도 많았다.

어머니 에벌린은 그 오두막에서 아이 셋을 더 낳아 엠마의 형제자매는 여자아이가 열, 남자아이가 다섯으로 모두 열다섯 남매가 되었다. 뜨거운 여름날 오후면 아이들은 시냇가에서 일부러 옷을 적셨고 들판으로 나가 옥수수나 콩, 혹은 담배를 심고 가꾸었으며 때로는 사탕수수와 밀을 거두는 등 농사일을 거들었다. 아이들은 옷이 다 마를 때까지 일을 했고 그러면 다시 물에 옷을 적셨다 일하기를 반복했다. 언젠가 호박을 심는 지루하게 반복되는 일에 싫증이 난 엠마가 호박씨 한 움큼을 언덕배기에 가져다 뿌린 적이 있었는데, 당연히 호박이 자라났고 엠마가 저지른 장난은 그만 들통나고 말았다.

일요일 아침이면 가족들은 제일 좋은 옷을 차려입고 1.5킬로미터가량을 걸어 주일학교에 갔다. 예배가 끝나면 아이들은 아직 다 자라지 않은 나무 위로 기어올라가 나뭇가지를 타고 땅으로 내려오곤 했다. 아이들은 야생화를 꺾기도 하고 눈에 보이는 모든 언덕배기는 다 기어올라갔다. 아이들은 물이 담긴 단지를 호박벌집 앞에 두고 벌집을 마구 두드렸다. 성난 벌들이 뛰쳐나오다 그대로 단지 안으로 들어가버리면 아이들은 텅 빈 벌집 안에 손을 집어넣어 꿀을 끄집어냈다.

아이들이 학교에 갈 수 있는 건 1년에 4개월뿐이었다. 언제나 집안일이 먼저였고, 어떤 때는 2개월밖에 학교에 못 갔던 해도 있었다. 아이들이 다니는 가이언 밸리 학교에는 수컷 거위 한 마리가 있었는데 아이들이 학교에 오는 모습이 보이면 거위는 목을 뻗고

양 날개를 퍼덕거리며 쉿쉿 하는 소리를 냈다. 이따금 그 거위는 어딘가에 부딪쳐 눈물을 흘리기도 했다.

1900년, 엠마가 열세 살이 되었을 때, 아버지는 살고 있던 농장을 팔고 라쿤 크리크의 와이즈먼에 있는 또 다른 농장을 샀다. 농장을 중간에 두고 1.5킬로미터쯤 위로는 와그너 우체국이, 1.5킬로미터쯤 아래로는 애즈버리 감리 교회가 있는 곳이었다. 그들은 아이들을 블레싱 학교에 보냈지만, 모두 학년에 뒤처져 있었다. 아이들은 열심히 노력해서 따라잡았지만, 그 학교는 8학년까지만 운영되었다.

엠마가 열일곱 살이 되었을 땐, 아버지가 일하다 그나마 성한 나머지 한쪽 다리마저 부러지는 사고를 당했다. 어머니는 아버지를 갈리폴리스로 데려갔고, 2개월간 병원 신세를 졌다. 그동안 엠마는 학교에 가지 않고 집안일을 했다. 아침 먹기 전에 암소 젖을 짰으며 토요일마다 빨래를 했다. 남자형제들이 돼지를 잡으면 엠마가 소시지와 머릿고기를 만들고 돼지기름을 짜 모았다. 나중에 집에 돌아온 어머니는 모든 일이 척척 진행된 것을 보고 깜짝 놀랐다. 엠마는 바느질이며 요리, 청소까지 너끈히 다 해낸 것이다.

1906년, 엠마가 열여덟 살이 되었을 때 그녀는 집을 떠나 오하이오 강 건너편에 있는 웨스트버지니아주의 헌팅턴으로 간다. 거기서 8주 동안 가정부로 일하게 된 것이다. 그녀는 그 일이 너무 싫었고 가능한 한 빨리 집으로 돌아왔다. 그해 여름, 사촌인 캐리 트로브리지가 슈거 크리크 근처에 살고 있는 자신의 할머니 피킷 부인

그린 타운십에 있는 블레싱 학교 앞에서.
왼쪽에서 세 번째가 엠마 게이트우드로, 그녀가 열일곱 살 때 찍은 사진이다.

루시 게이트우드 시즈 제공

의 집에 가서 함께 지내자고 권한다. 피킷 부인은 엠마에게 일주일에 75센트를 주었고, 대신 그녀는 빨래와 다림질, 청소, 그리고 젖짜기와 닭 모이 주는 일, 설거지와 요리에 필요한 석탄을 준비하는 등 주방일을 도맡아 하게 된다.

엠마가 페리를 만난 것이 바로 그 무렵이었다. 그녀가 집을 떠나

페리와 엠마 게이트우드가 결혼 직후에 찍은 사진.

루시 게이트우드 시즈 제공

있는 상황에서, 페리는 그녀에게 청혼했다. 엠마는 잠시 그와 거리를 두었지만 그는 자기와 결혼해주지 않으면 멀리 떠나버리겠다고, 서부로 가서 다시는 돌아오지 않겠다고 위협 아닌 위협을 했다. 엠마는 마지못해 그의 청혼을 수락하고 만다.

엠마는 학교를 그만두었고 옷가지들을 챙겨 사촌 집으로 향했다. 그곳에서는 페리가 삼촌인 아사 트로브리지와 함께 새 신부를 기다리고 있었다. 1907년 5월 5일, 두 사람은 결혼 서약을 나눴고, 엠마 콜드웰은 페리 게이트우드 부인이 되었다.

부부는 거창한 저녁 만찬으로 축하를 하고 곧 지붕이 있는 마차를 타고 오하이오 강을 거슬러 갈리폴리스로 갔다. 그리고 노섭 Northup 위쪽에 엠마의 어머니가 머물고 있는 곳으로 가서 홑이불로 꾸민 방에서 첫날밤을 보냈다. 그리고 다음 날 슈거 크리크 위쪽 언덕배기에 남편이 마련한 작은 통나무집으로 향했다.

신혼의 달콤함은 오래지 않아 끝이 났다. 페리는 자신의 아내를 마치 소유물처럼 대했고 자기가 할 일까지 아내에게 떠맡겼다. 엠마는 걸레질을 하고 울타리를 세웠으며 담배 모판을 태우고 시멘트까지 반죽했다. 엠마가 생각하던 결혼생활이 아니었다. 그렇지만 그녀는 최선을 다하려고 노력했다. 남편이 폭력을 휘두르기 시작하면서 둘 사이의 결혼생활은 사실상 3개월 만에 끝이 났다.

👣 👣 👣 👣 👣

스탠딩 인디언 마운틴이 땅으로부터 1,600미터 정도 불쑥 솟아 있었다. 그레이트 스모키 산맥 남쪽에 있는 트레일에서 가장 높은 봉우리였다. 하루 종일 휴식을 취하고 밀짚 위에서 잠까지 달게 잔 엠마는 남은 감자를 아침으로 먹고 남자들과 돼지들에게 작별을 고했다. 그녀의 케즈 운동화가 한 걸음 한 걸음 앞으로 힘차게 나아갔다.

'스탠딩 인디언 마운틴'이라는 이름은 체로키족이 붙인 것이다. 체로키족의 전설에 따르면 거대한 날개가 있는 날짐승이 그곳에 둥지를 틀었다고 한다. 어느 날 산에 벼락이 내리쳐 짐승을 죽였고, 그때 한 전사도 함께 죽어 돌로 변했다. 산은 수직에 가까운 황량한 절벽에 튀어나온 바위들이 특이한 형상을 이루고 있는 모습인데, 그 바위의 모습이 마치 인간의 모습과 꼭 닮았다고 해서 인디언 산이라고 부르게 된 것이다.

엠마는 2시간 가까이 산에 올랐고 뒤로는 그녀가 지나온 조지아주의 블루리지 산맥과 딥 갭, 머스크랫 크리크와 사사프라스 갭, 그리고 블라이 갭의 장대한 풍광이 펼쳐져 있었다. 엠마는 발 상태를 살펴보고 싶었지만 가던 길을 멈추기에는 아직 시간이 너무 일렀다. 지도조차 준비하지 않은 길이었지만 그녀는 여정의 가장 어려운 부분이 바로 앞에 기다리고 있다는 사실을 잘 알고 있었다.

비치 갭과 베티 크리크 갭을 지나가는 여정을 끝내고 엠마는 앨버트 산에 오르기 시작했다. 가는 길의 대부분은 가파른 바위들 때문에 기다시피 해야 했고, 트레일에 오른 지 13일 만에 가장 어려운 길이라 할 만했다.

32킬로미터 남짓을 걸은 그날 저녁, 엠마는 머물 곳을 찾아 트레일에서 3킬로미터가량을 벗어나 다른 곳으로 가보았다. 화이트 오크 포레스트 야영장에서 텅 빈 임시 숙소를 발견했다. 날이 추웠기에 불을 피우려 했지만 가지고 있는 성냥이 물에 젖어 불이 붙지 않았다. 그녀는 숙소 한쪽 구석으로 파고들어 담요를 뒤집어쓰고 벌벌 떨다가 잠이 들었다.

다음 날 엠마를 깨운 건 쏟아지는 빗소리였다. 그래서 그대로 걸어가는 대신 근처 사냥터지기의 집을 찾아가 도움을 요청했다. 왈드루프라는 이름의 사냥터 관리인과 그의 아내는 시내까지 가는 길에 엠마를 3킬로미터 떨어진 트레일까지 태워주었다. 엠마는 하루 종일 내리는 비를 뚫고 느릿느릿 걸어 오후 4시쯤 웨이야Wayah 야영장에 도착해, 불을 피워 젖은 옷을 말렸다. 임시 숙소는 흙바닥이었고, 매우 차가웠기 때문에 기다란 판자를 불에 달궈 그 위에서 쉬었다. 판자가 식으면 다시 불에 달구는 일을 되풀이했다.

엠마는 다음 날 아침 6시 10분에 길을 떠났다. 난타할라의 새들이 그녀를 배웅해주었다. 난타할라는 체로키족의 말로 '대낮의 햇살이 비치는 땅'이라는 뜻이다. 16세기에는 에스파냐의 모험가인 에르난도 데 소토가, 그리고 18세기에는 박물학자인 윌리엄 바트람이 이 광대한 원시림을 찾아왔다. 바트람은 "엄청난 기쁨과 환희 속에 장대함과 위압감이 만들어내는 아름답고도 두려운 광경을 바라보았다. 산 위에 산이 끝없이 쌓여 있는 세상이었다"라고 기록한다. 계속해서 그의 기록을 살펴보자.

이제 거대한 구름이 그 무시무시한 날개를 펼친다. 날개는 북쪽에서 남쪽까지 덮고 있지만 강력한 바람이 불면 속절없이 움직여 그 검푸른 날개로 음침한 하늘을 감싼다. 그 안에는 두려운 천둥과 불타는 듯한 벼락이 숨어 있다. 높이 치솟은 숲도 그 분노 앞에 몸을 숙이고 나무의 팔다리와 같은 가지들은 서로 엉켜 있다. 부들부들 떠는 산맥은 비틀거리는 듯한 모습이고 오래된 언덕배기들은 그 뿌리부터 흔들린다. 무시무시한 폭풍이 몰아치고 하늘과 계곡 사이에는 검은 안개가 자욱하다. 나는 천둥소리에 귀가 멀 지경이다. 광포한 광경에 내 영혼까지 젖어든다. 타고 있는 말을 재촉해 평원으로 내려가보려 하지만 말 역시 무서운 천둥소리에 주저앉고 말았다. 나는 평원을 향해 서둘러 달려간다.

이제 이곳에 새로운 탐험가가 나섰다. 닳아 떨어진 운동화 속 부어오른 발을 이끌고 웨이야 볼드Bald, 애팔래치아 지역에서 산 정상이나 능선에 나타나는, 나무가 거의 없는 지형를 올라간다. 20년 전 민간자원보호단 Civilian Conservation Corps에서 돌로 세운 화재 감시탑에 오른다. 눈이 어지럽지만 주변을 둘러싸고 있는 아름다운 풍광을 홀린 듯이 바라본다. 산 위에 산이 끝없이 쌓여 있는 세상에 홀로 서 있다. 행복하다.

제 3 장

철쭉과 방울뱀

1955년 5월 19~31일

웨이야 볼드를 지나가는 길은 험난했다. 트레일은 제대로 정돈되어 있지 않았고 표시도 알아보기 힘들었다. 철교를 따라 난타할라 강을 건너갈 무렵에는 배가 고프기 시작했지만 먹을 것이 다 떨어진 상태였다. 엠마는 트레일을 잠시 벗어나 숲속에서 작은 사사프라스 나무를 찾아냈다. 향이 좋아 차로도 사용되는 부드럽고 어린 잎사귀를 가지에서 떼어내 샐러드 비슷한 것을 만들었다. 또 근처에서 산딸기도 찾아냈다. 시큼하긴 했어도 맛이 괜찮았다. 웨서 볼드로 이어지는 길은 진흙탕이 되어 걷기가 힘들었다. 엠마는 필요한 물건을 사기 위해 길가의 작은 상점에 들렀다. 우유 조금과 치즈 크래커, 말린 무화과, 달걀 2개, 그리고 주머니칼을 한 자루 샀다. 예전에 쓰던 칼은 트레일 어딘가에서 잃어버렸기 때문이다.

다음 날 아침이 되자 엠마는 스웜 볼드를 오르기 시작했다. 정상까지 3시간 반쯤 걸리는 길이었는데 거의 꼭대기에 이르렀을 무렵, 미끄러운 바위 위에서 넘어지고 말았다. 그 바람에 들고 다니던 지팡이가 부러졌다. 그녀는 자리를 털고 일어나 다친 곳은 없다는 걸 확인하고 다시 서둘러 걷기 시작했다. 적당한 새 지팡이도 찾았고 오전 10시 반에는 초어 볼드에 오르고 있었다. 로커스트 코브 갭과 심프 갭, 스테코어 갭과 스위트워터 갭을 통과해 내려왔고 몹시 피곤해져서 쉴 만한 곳을 찾기 시작했다. 어디에도 여행자를 위한 쉼터는 보이지 않았고 거대한 산의 모습만이 눈앞에 드리워졌다. 해가 지고 있었기 때문에 그녀는 트레일 옆 공터를 찾아 불을 피우고 밤을 보낼 준비를 했다.

엠마는 온통 낯설고 익숙하지 않은 환경에 홀로 둘러싸여 있었다. 알지 못하는 것에 대한 호기심과 두려움, 그리고 공포가 가득했다. 그녀는 어제 만났던 돼지 키우는 남자들을 빼고 지금까지 트

레일에서 다른 사람의 흔적을 보지 못했다. 그녀의 하루 일정 대부분은 남부의 봄철을 배경으로 한 깊은 고독감으로 채워져 있었으며, 주변을 둘러싸고 있는 건 살아 숨 쉬는 자연뿐이었다. 새들은 지저귀고 벌레들은 윙윙댔지만 지금까지 인간에게 방해를 받은 적은 없었다. 그러나 이제 사정이 좀 달라진다.

●● ● ●● ● ●●

갈리아 카운티에 있는 오하이오 강을 따라가다 보면 비옥한 농지가 펼쳐져 있고, 언덕배기를 등지고 하얀색 목조 주택들이 아늑한 모습으로 점점이 박혀 있다. 이따금 양철 지붕의 헛간이 있고 외벽에는 하얀색 페인트로 '메일 파우치MAIL POUCH' 담배 회사의 광고 문구가 크게 적혀 있어 사람들의 눈길을 끌기도 했다. 그곳 주민들은 보통 홍수와 눈보라를 기준 삼아 시간을 기억했고, 가계도는 성경책 제일 앞장에 기록하며 이어갔다. 그들의 조상은 대부분 프랑스 왕당파 출신들이었으며 1789년 프랑스 대혁명 이후 재산을 빼앗기고 고향을 등진 사람들이었다. 500여 명에 달하는 귀족과 장인, 그리고 상인들이 유령회사를 통해 오하이오주에 있는 토지를 확인도 하지 않은 채 구입했고 1790년 1월에 대서양을 건너 서쪽의 신대륙으로 건너왔다. 그들은 신대륙에 도착하고 나서야 자신들의 계약서가 단지 종잇조각에 불과하다는 사실을 알게 되었다. 대부분의 사람들이 2년도 채 되지 않아 그곳을 떠났지만 스무 가정 정도는 그곳에 남아 거친 환경 속에서 불확실한 생활을 견뎌냈다. 그러다 매사추세츠주와 버지니아주의 이주민들이 옮겨 와 합류했고 강 근처에 안정된 공동체를 만들어가기 시작했다. 그곳에 '갈리폴리스', 즉 갈리아인의 도시라는 이름을 붙였다.

그로부터 100년이 지나 신문사가 생기고 전기 노면 전차가 들어왔으며 병원과 도서관도 건립되었다. 기차는 매일 마을을 지났고, 증기선은 오하이오 강을 따라 느릿하게 흘러들어왔으며, 설교자들은 주변 공터에 큰 천막을 치고 금주와 금욕 생활에 대해 소리 높여 외치기도 했다.

갈리폴리스 남쪽, 슈거 크리크 근처에 있는 오두막집에서 엠마 게이트우드는 첫아이를 임신했다. 남편이 처음으로 자신을 폭행한 지 얼마 후의 일이었다. 그는 맨손으로 아내를 후려쳤고, 날카로운 통증에 엠마는 잠시 정신을 잃었다. 그녀는 바로 그날 집에서 도망가야겠다고 생각했다. 그날 밤에도, 그리고 다음 날 아침에도 생각했다. 하지만 도대체 어디로 도망갈 수 있단 말인가? 엠마에게는 직업도 없었고 저축해둔 돈도 없었으며 받은 학교 교육이라고는 초등학교 졸업이 전부였다. 그렇다고 친정으로 가서 어머니의 짐이 될 수도 없는 일이었다. 어머니 역시 남은 아이들을 돌보느라 고된 삶을 살고 있었으니까. 엠마는 이를 악물고 페리와 계속 지내기로 했다.

1908년 10월, 엠마는 첫아이 헬렌 마리를 출산한다. 페리는 사내아이를 원했고 그 이야기를 여러 번 아내에게 했지만 이듬해인

1909년 태어난 둘째 역시 여자아이였다. 부부는 아이의 이름을 루스 에스텔이라고 짓는다. 세 번째 아이는 1911년 6월 태어났고 남편의 소원대로 사내아이였으며 처음에는 이름을 어니스트라고 지었지만 나중에는 그냥 먼로라고 부르게 된다.

1913년 봄, 페리는 빅 크리크에 있는 32만 제곱미터 크기의 농장을 사들인다. 그의 삼촌인 빌 게이트우드에게 1,000달러를 주고 산 것이다. 엠마는 돌을 치우고 담배를 심고 사과를 수확하는 것은 물론, 건초를 말리고 암소를 방목하는 등 농장 일에 매달린다. 늘어나는 가족을 먹여 살리기 위한 일이었다. 엠마는 매우 현실적인 여성이었다. 그녀에겐 1908년에 출간된 가사일과 관련된 백과사전 전집이 있었는데, 그 책들을 통해 오래된 페인트를 벗겨내거나 비듬을 치료하고 또는 개미를 쫓아내곤 했다. 그녀는 포도를 발효시켜 와인을 만드는 방법을 설명해놓은 페이지는 찢어 버렸다.

남편을 위한 농장일이나 부엌일, 혹은 아이들을 돌보고 집안을 청소하는 일을 하지 않을 때면 그녀는 어딘가 조용한 곳을 찾아가 책 속에 파묻히곤 했다. 보통은 백과사전을 읽었지만 특히 고대 그리스 문학, 《오디세이아》나 《일리아스》와 같은 모험 이야기를 좋아했다. 그녀는 시간이 날 때마다 책들을 샅샅이 읽고 또 읽었다.

네 번째 아이인 윌리엄 앤더슨은 1914년 1월에 태어났다. 이듬해 첫째와 둘째인 헬렌과 루스는 크라운 시티 근처 언덕, 주립 553번 국도 옆 사디스에 있는 작은 학교에 다니기 시작했다.

그리고 1916년에 다섯째인 로위나가 태어난다. 그로부터 3개월이 지나지 않아 엠마는 또다시 아이를 가진다. 출산 예정일을 몇 주 앞두고 페리는 다시 엠마를 폭행한다. 그는 술도 마시지 않고 담배조차 피우지 않았지만 누군가 말리지 않으면 자기 성질을 주체하지 못했고 아내의 얼굴과 머리를 주먹으로 수차례 때렸다. 폭행이 계속되는 2주 동안 엠마는 베개에 머리를 제대로 누일 수조차 없었다. 아이가 태어났고 이름은 에스터 앤으로 지었다.

1918년 12월, 그들은 3만 달러에 브라운 농장을 사들였다. 아이들이 비로소 자기들의 진짜 집으로 생각하기 시작한 곳이었다. 농장에는 그들의 언덕 위 집에서부터 4~500미터가량 떨어진 오하이오 강까지 식탁처럼 평평하게 뻗은 비옥한 저지대 밭이 있었다. 집 앞에 서면 강 너머로 웨스트버지니아주의 푸른 언덕이 보였다. 집에는 위층에 침실이 4개, 아래층에는 1개가 있었다. 또한 베란다가 3개 있고, 지하실도 있었다. 응접실에는 낡아서 소리가 잘 나지 않는 피아노가 한 대 있었으며, 침대로 접었다 펼 수 있는 말총으로 만든 소파가 있었다. 책장 옆 작은 탁자 위에는 축음기도 하나 있었다. 거실에는 난로가 하나 있었고, 주방에는 요리용 스토브와 작은 펌프가 설치된 개수대가 있어서 빗물 저장 탱크의 물을 끌어다 쓸 수 있었다. 베란다 중 한 곳에는 그네가 있었고, 겨울철에는 아이들이 사용할 수 있도록 방에 요강을 놓았다. 집 앞의 텃밭은 족히 1만 2,000제곱미터는 되었다. 엠마는 매일 아침 일찍 일어나 등잔에 불을 밝히고 일을 시작했다. 대황과 오이, 콩을 심고 길렀지만 한쪽 구석에는 나팔꽃을 키우기도 했다.

원래 있던 농장을 팔아서 마련한 돈은 5,000달러에 불과했다. 다시 말해 남은 2만 5,000달러를 갚기 위해서는 아주 부지런히 일해야 한다는 뜻이었다. 엠마는 온 힘을 다해 일을 하며 빚을 갚아나갔다. 아이들 역시 모두 다 일을 해야 했다. 두 살 무렵부터 아이들은 이미 집 안을 청소하고 달걀을 모았다. 세 살이 되면서는 난로에 땔 장작을 구해왔다. 네 살에는 설거지, 그리고 다섯 살에는 자기 옷을 직접 빨아 입을 수 있을 정도가 되었다.

페리는 매일 새벽 5시에 일어나 옷을 차려입고 아래층으로 내려가 벽을 두드리며 아이들의 이름을 불러댔다. 아이들은 자고 있던 침대에서 벌떡 일어나 튀어나왔다. 딸들은 집 안을 치우고 설거지를 했고 때로는 식사 준비를 거들기도 했다. 아침밥을 먹고 나면 모두 다 들판으로 나가 밭을 갈거나 잡초를 뽑고, 푸성귀를 따거나 담배 밭에서 해충을 잡는 일을 했다. 어린아이들은 양동이에 비료를 담아 수박밭 사이를 오가며 석회로 만든 비료를 뿌렸다.

밭을 갈기 위해 페리가 말 두 마리를 끌고 와 쟁기를 매면, 아이들은 때로 그 신기한 기구 위로 기어올라가기도 하고, 쟁기가 갈아 엎은 비옥한 땅 위를 맨발로 뛰어다니기도 했다.

엠마는 매일 들판에 나가 아이들과 마찬가지로 농장의 일꾼들과 함께 일했다. 일이 마무리되면 아이들은 집과 산 사이에 있는 오하이오 강을 향해 밭을 가로질러 달려갔다. 몇몇은 강에서 헤엄을 쳤지만 대부분은 얕은 물가에서 즐겁게 물장구를 치며 더러운 몸을 씻었다. '올드 블랙 조Old Black Joe'라는 노래를 부르며 낡아서 버려진 타이어를 가지고 놀기도 하고 서로 장난을 치며 언덕을 내려갔다.

추수를 할 무렵이 되면 가족은 머스크멜론과 수박, 토마토, 오이, 옥수수를 거둬들였다. 페리는 수확한 작물의 대부분을 헌팅턴에서 열리는 토요 시장에 가지고 갔다. 나머지는 가족이 먹거나 저장을 했고 고속도로 옆 간이 가판대에서 팔기도 했다. 머스크멜론이나 옥수수는 12개에 10센트를 받았고, 오이는 개당 1센트였다. 엠마는 여름과 겨울에 먹을 과일과 푸성귀를 수백 리터씩 병조림으로 만들어 저장했다. 서늘한 지하 저장소 선반에는 2리터 들이 병과 단지가 줄지어 늘어서 있었다.

그들은 땅에서 나고 독이 없는 것이라면 뭐든지 먹었다. 블랙베리부터 단감, 야생 라즈베리까지. 새와 들짐승들도 굶지 않는데 사람이 굶을 이유가 없다는 걸 그들은 배웠다. 나무나 덤불 사이를 뒤지면 히코리나무 열매, 밤, 호두, 단풍나무 시럽, 오디, 자두, 버찌, 그리고 월귤과 같은 먹을 것들을 구할 수 있었다. 또한 꽃이나 풀 중에서도 민들레와 질경이, 야생 상추, 개망초, 토끼풀, 제비꽃 등 먹을 수 있는 것들이 많았다. 땅에서 나는 것들 중 그냥 버려지는 것은 하나도 없었다.

이따금씩 남자들은 적당히 살이 오른 돼지를 잡았다. 그리고 200리터 드럼통에 물을 가득 채워 불 위에 올려놓았다. 해 질 무렵 남자들은 죽은 돼지를 나무에 매달고 내장을 빼냈다. 물이 적당히 끓어오르면 돼지를 물에 담갔다 꺼낸 다음 날을 잘 세운 칼로

뻣뻣한 돼지털을 긁어냈다. 돼지를 부위별로 나누고 나면 엠마가 살코기로 햄을 만들거나 훈연장에서 훈제를 했다. 돼지머리의 경우도 발라낼 수 있는 살은 모두 모아 항아리에 소금물을 넣어 절인다. 때로 식초를 약간 가미해 굳혀 머릿고기 치즈를 만든다. 잘게 썬 양배추를 피망에 채워 넣고 소금물 안에 담가두기도 했다. 돼지를 잡을 때면 아이들이 너무 많이 먹고 배탈이 나는 일도 드물지 않았다. 베이컨을 만들 때 살을 발라내고 남은 돼지 껍질을 모아 잘게 자른 후 커다란 단지에 넣고 끓인다. 그러면 라드를 추출하고 껍질을 보존할 수 있다. 그것을 그녀는 '크랙클링cracklings'이라고 불렀다. 아이들은 돼지를 잡는 날을 손꼽아 기다렸다. 돼지를 잡고 나면 학교 점심으로 집에서 만든 잼과 빵뿐만 아니라 튀긴 돼지고기도 싸 가지고 갈 수 있기 때문이었다.

엠마는 커다란 가마솥을 불 위에 올려 사과잼을 만들었다. 딸들에게는 껍질을 벗긴 신선한 사과를 기다란 나무 주걱으로 잘 저으라고 시켰다. 아이들은 가끔 솥에 너무 가까이 다가갔다가 뜨거운 사과잼이 튀어 피부가 데는 일도 있었다.

엠마는 또 이따금 닭고기 경단이나 닭고기를 넣은 국수를 만들었고 아주 특별한 날에는 닭튀김을 차려냈다. 여름이 오면 농장에 다양한 소고기 부위를 트럭 가득 싣고 오는 남자가 있었는데, 엠마는 고기를 살펴보고 가격을 흥정했다. 절대로 필요 이상의 돈을 쓰는 경우는 없었지만 이따금 큼지막한 소 어깨살을 덩어리로 사는 경우가 있었고 그런 날이면 단지 가득히 스튜를 끓였다. 소고기는 자주 맛볼 수 없는 귀한 음식이었기에 한 아이가 헛간에 들어가 소고기가 어떤 맛인지 알아보겠다고 소의 귀를 깨무는 일도 있었다.

아침밥을 기다란 식탁 위에 차리면 페리가 항상 상석에 앉는다. 때로는 농장 일꾼들이 함께하는 경우도 있었는데 그럴 때면 먹여야 할 입이 17명이나 되었다. 엠마는 주방에서 빵과 오트밀, 옥수수죽과 베이컨을 잔뜩 가져다 날랐다. 팬케이크도 내놓았지만 시럽에는 절대 맛을 첨가하지 않았다.

아이들은 큰 볼일을 보고 싶으면 집 밖에 있는 화장실을 사용했다. 아이들은 그곳을 '뒷간'이나 '변소'라고 불렀는데, 세 사람이 앉아서 볼일을 볼 수 있었고 돈을 아끼기 위해 휴지를 사는 대신 시어즈나 로벅 같은 통신판매 회사에서 나눠주는 카탈로그를 뜯어 뒤처리를 했다. 학교는 걸어서 갔고 맨발인 경우가 많았다. 아이들 각자에게 1년에 25센트짜리 신발을 두 켤레씩만 사주었고 1년을 버티기 위해서는 신발을 아껴 신어야 했기 때문이다.

크리스마스가 되면 페리는 나무 한 그루를 베어 집으로 끌고 왔다. 큰 아이들은 팝콘을 실에 꿰고, 작년에 쓰던 포장지나 길가에서 주운 담배나 껌 은박지로 장식을 만들어 나무에 매달았다. 양말을 매달아 놓으면 오렌지와 바나나, 엿, 호두, 그리고 새 연필이나 손수건으로 가득 찼다. 썰매처럼 덩치가 큰 선물이나 롤러스케이트처럼 한 켤레밖에 없는 선물은 아이들이 서로 사이좋게 나누어 가지고 놀았다. 엠마는 때로 딸들에게 톱밥으로 속을 채운 작은 인형을 만들어주기도 했다.

페리는 사색가에 뭐든지 만능이었다. 가끔 농장 일꾼들에게 과하게 임금을 지불해 주변의 다른 농장 주인들을 곤란하게 만드는 일이 있었지만 사람들은 그런 그를 높이 평가했다. 그는 농장 일에 전념하고 가족을 부양하기 위해 교사 일을 그만둘 때까지 오크 데일과 워 버텀 두 곳의 학교에서 15년을 가르쳤다. 1920년에는 쌍둥이 로버트 윌슨과 엘리자베스가 태어나 가족은 더욱 늘어났다. 그는 멀지 않은 언덕배기에 부모님을 위해 설계도를 그려 아름다운 현대식 주택을 직접 지었다. 그리고 스완 크리크에 새 학교 건물을 짓는 일을 감독하기도 했다.

이웃들은 그가 보통 이상의 똑똑한 사람이라는 사실을 잘 알고 있었다. 그는 1.5킬로미터쯤 떨어진 곳에 있는 큰 담배 창고를 100달러 주고 사들였다. 그 안에 수천 개에 달하는 나무판자의 개수를 일일이 헤아려 번호를 매긴 후 해체했고, 집 뒤편의 평지까지 운반해 다시 판자 하나하나를 똑같이 조립했다. 일을 다 마친 후에는 알루미늄으로 만든 지붕 위로 올라가 물구나무를 서 보였고 농장의 일꾼들은 그의 늘씬한 그림자를 보고 박수갈채를 보냈다.

일요일이면 그는 아이들과 함께 교회로 갔다. 스완 크리크 근처에 있는 감리 교회의 가족석을 채우고 앉아 몇 시간이고 땀을 흘리며 파리를 쫓아내야 했다. 그동안 목사는 신자들의 영혼을 영원한 징벌로부터 구해내기 위해 설교했다. 페리는 목사의 설교가 끝나면 자신도 으레 직접 회중들에게 짧은 설교를 전했다.

하지만 사람들에게 존경을 받는 얄팍한 가면 뒤에는 비열하고 잔인한 천성이 꿈틀거리고 있었다. 무엇인가가 그의 신경을 건드리기라도 하면 그는 핏대를 세우고 성난 눈을 부릅떴다. 아이들은 아버지가 말을 안 듣는 말 한 마리를 가죽 채찍으로 반쯤 죽을 때까지 후려갈기는 모습을 본 적이 있다. 그는 나무 회초리건 부지깽이건 뭐든 손에 잡히는 걸 닥치는 대로 휘둘러 자기 뜻대로 상황을 지배하려는 성향이 있었다.

그의 그런 광기는 상황에 따라서 법도 두려워하지 않았다. 엠마가 아홉 번째 아이를 출산한 1년 뒤인 1924년 페리는 사람까지 죽이고 말았다. 어느 날 오후 페리 게이트우드는 하이럼 존슨이라는 사람과 말다툼을 벌였다. 주州는 페리를 과실치사 혐의로 기소했다. 당시 열두 살이던 셋째 아이 먼로는 하이럼 존슨이 먼저 소총을 가지러 갔고, 그다음에 자신이 아버지를 위해 그의 소총을 가져다주었다고 증언했다. 하이럼이 총을 겨누려는 순간 페리는 자신의 소총을 휘둘러 존슨의 이마를 후려쳤다. 맞은 부위는 우연히도 하이럼이 얼마 전 다른 싸움으로 인해 다쳤던 부위와 가까웠다. 존슨은 의식을 회복하지 못했고 나흘 뒤 병원에서 사망했다.

존슨의 아내가 페리를 상대로 고소를 취하한 이유가 그가 병원비와 장례식 비용을 모두 내주었기 때문이라는 소문이 돌았다. 그렇지만 웨스트버지니아주 헌팅턴의 한 변호사가 다시 소송을 걸어 합의금을 요구하도록 여자를 설득했고 그녀는 재판에서 승소했다. 페리는 과실치사 혐의로 유죄 판결을 받았고 5만 달러의 배상 명령을 받았다. 다만 자녀가 9명이나 되고 꾸려나가야 할 농장이 있다는 이유로 형무소 행만은 면할 수 있었는데, 배상금의 액수가 너무 커서 땅의 절반을 팔아야 했다. 그 이후에 먹고살기가 빠듯해졌고 해를 거듭할수록 상황은 더욱 악화되었다. 1926년 도라 루이즈가, 1928년 루시 엘리너가 태어날 무렵에는 농장을 유지하는 것조차 버거워졌다.

1929년 8월, 그는 오하이오주 지역 교육 위원회에 일자리를 얻어 슈거 크리크 지역의 아이들을 크라운 시티까지 등하교시키는 일을 하며 한 달에 75달러를 받았다. 그는 낡은 픽업트럭을 임시로 통학용 버스로 개조해서 일을 했다. 이듬해 위원회는 그를 계속해서 일할 수 있도록 해주었지만 1932년에는 스탠리 스웨인이라는 사람이 7달러 더 적은 봉급으로도 일할 수 있다고 제안하며 계약을 빼앗겼다.

경제적인 어려움이 최고조에 달한 대공황 시기를 견뎌내고, 동부에서 시작해 대륙을 가로질러 대평원 지대까지 휩쓸고 간 가뭄을 이겨내느라 게이트우드 가족은 돈을 벌 수 없었다. 농작물의 가격은 폭락했고 그해 전체 노동 인구의 40퍼센트가 실업 상태였다. 이듬해에는 오하이오주 공장 노동자의 40퍼센트 이상, 건설 노동자의 67퍼센트가 직장을 잃었다. 그리고 더 이상 갈 곳이 없어진 상당수는 애크런, 털리도, 콜럼버스와 같은 대도시를 떠나 시골로 들어온다. 땅에 의지해 가족들을 먹여 살려보기 위해서.

떠돌이들이 언덕배기에 있는 집 앞에 찾아와 음식을 구걸하는 건 흔한 일이 되었다. 그들은 모두 절망에 빠진 비슷한 모습을 하고 있었다. 엠마는 정부의 구호 물품들을 받기 꺼렸지만, 엠마 자신은 언제나 친절하게 사람들을 집 앞에 앉게 하고 따뜻한 식사를 대접했다. 그녀는 도움이 필요한 사람에게 뭐라도 해주었고 종종 아픈 친구들이 건강을 되찾을 때까지 간호를 해주기도 했다. 페리는 사람들이 담배만 피우지 않는다고 약속하면 종종 헛간에서 재워주기도 했다.

1932년이 되자 진보 성향의 뉴욕지사 프랭클린 루스벨트가 이미 권위를 잃은 대통령 허버트 후버에게 도전을 했다. 오랫동안 공화당원이었던 페리는 이번에 지지하는 정당을 바꿨고 엠마는 그 결정을 받아들일 수 없었다. 선거가 시작될 무렵 위궤양으로 페리는 병상에 눕고 말았다. 여론조사원들이 집까지 찾아와 지지하는 후보를 조사하려 했지만 엠마는 그들을 집 안으로 들이지 않았다. 이 일로 부부 사이는 더욱 나빠졌다.

페리 게이트우드는 아내와 자녀들의 도움으로 간신히 버텼지만, 농장을 꾸려가는 일은 거의 불가능했다. 그리고 그는 점점 더 함께 살기 힘든 사람이 되어가고 있었다.

● ● ● ● ● ●

엠마는 무거운 발걸음으로 숲 사이를 터덜터덜 걸었다. 5월도 다 지나가고 있었다. 그녀는 걸으면서 고체 수프를 빨아 먹었다. 물은 길을 가다 구할 수 있는 곳이 있으면 해결했다. 산딸기를 발견하면 가던 길을 멈추고 들고 갈 수 있을 만큼 자루를 가득 채우기도 했다. 셕스택 산에 힘겹게 오른 후, 찌그러진 깡통 뚜껑을 발견했는데 그 위에 소량의 빗물이 고여 있었다. 엠마의 갈증을 달래기에는 충분했다. 그녀는 뚜껑을 잘 닦아 나중에 비가 내리면 쓰기 위해 보관해두었다. 절벽 위에 있는 자그마한 공간에는 화재 감시탑이 있었다. 그녀는 감시탑 입구에 잘 준비를 하고 판자 몇 개로 강한 바람을 막아줄 보호막을 만들었다.

다음 날, 엠마는 남녀 한 쌍을 마주쳤다. 트레일에서 처음으로 본 커플이었다. 먹을 것이 없었던 그녀는 자신의 사정을 설명했고 그날 하루 나들이 겸 나온 남녀는 고개를 끄덕이며 먹을 것을 나눠주었다. 엠마는 폭우를 뚫고 스펜스 야영장에 도착했지만 비가 세차게 내려 불을 피울 수 없었다. 아직 오후 4시밖에 되지 않았으나 젖은 옷을 걸쳐놓고 임시 숙소 안으로 들어가 젖은 몸 그대로 잠을 청했다. 그런데 얼마 지나지 않아 숲속에서 한 남자가 모습을 드러냈다. 그는 자신을 라이어널 에드나라고 소개했고 트레일에 길을 표시하고 있다고 했다. 길을 따라 서 있는 나무에 가로 5센티미터, 세로 15센티미터 정도의 크기로 하얀색 페인트를 칠하고 있다는 것이었다. 그는 이야기를 나누며 저녁 식사를 해 먹었고, 그런 다음 그녀 건너편에 펼쳐둔 침낭 안으로 들어갔다. 두 사람은 잠들기 전까지 두런두런 이야기를 나누었다.

엠마는 다음 날 아침 일찍 길을 나섰다. 바람이 강하게 불어 몸이 날아갈 정도였다. 남부의 5월치고는 날씨가 참 이상하다는 생각이 들었다. 오전 11시부터는 비가 내리기 시작했고, 오후 2시에 쉼터에 도착하자 오늘은 그만 쉬기로 결정했다. 엠마는 마른 나무를 주워 불을 피웠고 옷을 빨아 말렸다.

다음 날 오후, 그녀는 뉴파운드 갭에 들어서게 되었다. 그레이트 스모키 마운틴 국립공원의 중심부와 가까운 곳으로 그곳에서 지금까지 본 것 중 가장 기묘한 광경을 목격했다. 워낙 유명한 공원인지라 어디에나 사람들이 넘쳐 났다. 그중에는 서로의 등을 두드리며 마치 10대 아이들처럼 즐겁게 놀고 있는 10여 명의 수녀들도 있었다. 엠마는 그중 한 수녀가 어느 담벼락 위로 올라가 소리를 지르며 뛰어내렸고 나머지 수녀들이 깔깔대고 웃는 모습을 지켜보았다. 모두들 들뜬 모습으로 록펠러 가문을 기리기 위해 세운 기념비 주위를 즐겁게 뛰어다녔다.

엠마는 근처에 버스 정류장이 있는 것을 발견했다. 신고 있던 신발은 거의 망가졌고, 비옷 하나 없이 이 비를 뚫고 계속 걷는 건 보통 괴로운 일이 아니었다. 아무래도 몇 가지 물건이 더 필요하다는 생각이 들었다. 테네시주의 개틀린버그가 이곳에서 멀지 않은 곳에 있었기에 엠마는 버스를 타고 가보기로 결심했다. 바로 그때, 한 수녀가 다가와 그녀의 사진을 찍어도 되겠느냐고 물었다.

개틀린버그에 도착한 엠마는 신발과 비옷을 사고 밥도 먹었다. 그리고 이번에는 히치하이킹을 해서 트레일로 돌아가려고 했다. 그렇지만 아무도 차를 세워주지 않아, 결국 어느 모텔로 들어갔다.

다음 날 아침 버스를 타고 다시 트레일로 되돌아오니 오전 8시였다. 새로 산 신발을 길들이기 위해 조금 빨리 걸었다. 그날 저녁은 묵직한 안개가 스모키 산맥에 내려앉았고 날씨도 쌀쌀했다. 엠마는 몸을 따뜻하게 하기 위해 둥근 돌을 불 속에 달군 뒤 바닥에 깔고 잤다.

다음 날은 스모키 마운틴 국립공원의 끝자락에 도달했다. 노스캐롤라이나주와 테네시주 경계선 근처였다. 엠마는 철쭉과 월계수가 만발한 들판을 보고 완전히 마음을 빼앗기고 말았다. 사방 어디를 둘러봐도 꽃들이 가득했다. 트레일로 향하는 길을 잃어 지나가는 몇몇 소년들에게 길을 물은 직후였다. 빗속에서 트레일을 겨우 찾았는데 그곳은 갈아엎어진 밭이었다. 경작된 밭의 진흙이 신발에 들러붙었고, 한 걸음씩 내디딜 때마다 비틀거려야 했다. 버려진 마찻길을 따라 내려가던 중, 높이 자란 철쭉 덤불이 엉켜서 만들어낸 터널 속으로 들어섰다. 그 안은 어둡고 으스스했지만, 비가 터널 속으로 쏟아지며 만들어낸 풍경은 무척이나 아름다웠다.

엠마는 5월 28일 노스캐롤라이나주 핫 스프링스에 도착했다. 아주 힘겨운 오르막길을 오른 후였다. 프렌치 브로드 강변에 있는 이 작은 마을은 과거의 향수를 그대로 간직하고 있었다. 제1차세계대전이 시작된 1914년, 마운틴 파크 호텔이라는 이름의 리조트의 소유주는 정부와 계약을 맺고 전쟁 포로들을 이곳에 수용하기로 결정한다. 2,200명에 달하는 독일인들이 기차로 이곳에 왔는데 마을 주민보다 4배나 많은 숫자였다. 그들 대부분은 '바터란트'

라는 이름의 독일 선박에 있던 일반 승객과 장교, 승무원들이었다. 이 배는 동맹국인 영국이 독일에 선전포고를 하자 미국 항구로 피신해온 세계 최대 규모의 선박이었다.

그들은 평범한 전쟁 포로들이 아니었다. 남자들은 모두 정장을 깔끔하게 차려입었고, 여자들은 훌륭한 재봉사들이었다. 그들은 버려진 목재를 가지고 호텔 앞마당에 하나의 작은 마을을 세우기 시작했다. 담배를 담아 파는 '프린스 앨버트' 깡통을 납작하게 펴서 예배당을 세우기도 했다. 마을 사람들은 이 적성국 사람들과 친하게 지내기 시작했고, 매주 일요일 오후면 독일인 관현악단이 제공하는 음악회에 함께 참석했다. 전쟁이 끝나자 사실상 미국에서 가장 큰 규모였던 이 수용소에 있던 사람들은 조지아주 포트 오글소프로 이송되었고, 그곳은 엠마가 이번 여정을 시작한 장소이기도 하다. 이 독일 사람들 중 대부분은 19개월간의 포로 생활을 아주 즐겁게 보낸 나머지, 가족들과 함께 다시 돌아와 이곳 핫 스프링스에 정착했다.

엠마는 그 지역 사람들의 따뜻한 정을 느낄 수 있었다. 그들은 놀라울 정도로 친절했으며 마주치는 거의 모든 사람마다 그녀에게 식사를 권하고 마실 것을 내주었다. 한 여성은 버터밀크 한 잔과 케이크 한 조각을 주었는데, 트레일을 지나며 처음 맛본 케이크였다. 엠마는 아주 맛있게 먹고 마셨다. 올해 처음으로 매미가 우는 소리도 들었다. 5월 29일, 엠마는 어느 작은 가게에 들러 앞으로 있을 힘든 여정을 대비해 먹을 것을 좀 사기로 했다. 어느 가게

에서나 콩 통조림과 말린 자두 정도는 팔고 있었다. 오후 내내 딱
딱하게 말린 자두를 모두 씹어 먹으며 길을 걸었다.

터키 볼드를 올라가는 동안 태양이 뜨겁게 내리쬐었다. 아무 생
각 없이 멍하니 느릿느릿 걷고 있는데 어디선가 이상한 소리가 들
려왔다. 낮게 쉭쉭거리는 소리를 들으며 처음에는 무슨 새소리가
아닌가 하며 별다른 의심 없이 계속 걸었다. 그때 무언가가 작업복
바지에 탁 부딪히는 것을 느꼈다. 아래를 내려다보자, 방울뱀 한
마리가 똬리를 틀고 공격할 준비를 하고 있었다. 그녀는 뱀을 향해
들고 있던 지팡이 끝을 내리치고는 옆으로 펄쩍 뛰어 물러났다. 그
서슬에 아드레날린이 솟구쳤고, 짧고 날카롭게 숨을 몰아쉴 때마
다 갈비뼈 부근이 벌렁거렸다. 방울뱀은 계속 똬리를 튼 채 있었
고, 엠마는 서둘러 그 자리를 벗어났다. 한 걸음만 삐끗하면 큰 위
험을 당할 수 있다는 교훈을 간직한 채.

제 4 장

나그네들

길을 떠난 지 어느새 한 달이 다 되어갔다.

엠마의 자녀들은 어머니에 대한 아무런 소식도 듣지 못했고, 지금 어디에서 무엇을 하고 있는지 전혀 짐작조차 하지 못했다. 그러나 걱정하는 사람은 아무도 없었다. 어머니는 억세고 강인한 사람이며, 비록 집을 비우더라도 어디서든 무사하리라는 것을 그들은 잘 알고 있었다. 어머니의 숨은 뜻이 그 어떤 것이라 해도 말이다. 어머니가 한동안 집을 비우는 건 그리 드문 일이 아니었기에, 어머니의 부재에 대해 잠시 생각을 한다 해도 그리 오래 신경을 쓸 만한 일은 아니었다.

엠마는 노스캐롤라이나주와 테네시주 사이를 이리저리 비틀대며 걸어갔다. 목이 말랐고 몸은 욱신거렸으며 피곤했다. 날카로운 돌이 깔린 길 위를 걷고 가파르고 험준한 비탈길을 올라갔다. 실내보다 야외에서 밤을 지새우는 일이 더 많았으며, 자신을 야생의 한가운데로 내던졌다. 그렇게 그녀는 추억이라는 씨앗을 뿌렸고, 세상과 자기 자신의 내면을 탐구하며, 작은 공책에 도전과 그에 따르는 보상을 기록했다. 한밤중 찾아온 들개들, 야영장을 좀 더 기운차게 만들어준 아늑한 모닥불, 캠퍼들이 테이블 너머로 소시지며 샌드위치를 나누어주던 마법 같은 순간들까지.

그녀는 이렇게 쓰기도 했다.

"발이 아프다."

"물을 전혀 찾을 수 없다."

"불을 피웠다. 불은 나의 외로움도 달래주고, 위험으로부터 보호
해준다."

"1시간 가까이 가던 길을 찾을 수 없다. 음식도 거의 다 떨어져
간다."

고향인 오하이오에서 지나가는 나그네를 결코 그냥 보내는 법이
없었던 이 여인은, 이제 자신이 낯선 이들이 베푸는 초대와 음식,
친절을 기꺼이 받아들이게 되었다. 그녀는 이제 막 조심스레 걸음
마를 떼고 있으며, 애팔래치아 트레일의 길고 긴 이웃 공동체의 일
원이 되어가고 있었다.

애팔래치아 트레일은 벤턴 매카이Benton Mackaye라는 이름의 한
몽상가가 만들어낸 작품이다. 매카이는 하버드 대학교를 졸업하
고 떠난 6주간의 도보 여행에서 어떤 영감을 받았다고 이야기한다.
버몬트주에 있는 스트래턴Stratton 산 위에 올랐을 때 해당 산맥 전
체를 가로지르고 황야를 통과하는, 능선 위의 도보 여행길을 상상
했다는 것이다.

1921년 그 생각이 점점 구체화되었고 몇몇 친구들은 매카이에

게 〈미국 건축학회 저널〉에 글을 써서 실어보라고 권한다. 매카이는 자신이 생각하는 트레일의 목적은 "태고의 환경을 현대인들의 영역까지 확장하고 도시와 자연의 경계선을 설정하는 것"이라며, 동부 해안 지대를 따라 살고 있는 도시 사람들도 쉽게 접근해 거대한 자연을 접할 수 있는 기회를 제공한다고 썼다.

글이 소개된 후 매카이는 도보 여행 모임과 변호사들, 그리고 그의 계획이 결실을 맺을 수 있도록 돕고 싶어 하는 세력들을 조직적으로 끌어들이기 시작한다. 수백 명의 사람들이 모여 트레일의 구간들을 확인하고 지도를 만들었으며, 각 행정지구에서 토지 소유권 및 세금 기록을 조사했다. 일반 대중을 위한 세계에서 가장 긴 연속 도보 여행 코스를 만들고 보존하는 일이 시작된 것이다.

그로부터 10년이 지나 트레일의 절반가량이 완성되었지만 대부분은 동북부 지역에 편중되어 있었다. 동북부 지역은 이미 오래전부터 트레일이 정비되어 있었고, 하이킹 문화도 자리 잡혀 있었다. 마이런 에이버리Myron Avery라는 이름의 한 젊은 변호사가 일찌감치 큰 꿈을 품고 하이킹 모임을 조직하고 아직 정비되지 않은 구간에 대한 계획을 세우는 일을 도우며 이후의 작업을 진두지휘했다. 에이버리는 1931년 출범한 애팔래치아 트레일 협의회의 초대 회장에 취임했고, 1937년 테네시주 개틀린버그에서 새로운 회의가 개최될 무렵에는 트레일이 거의 다 완성되었다. 하지만 그럼에도 불구하고 에이버리는 애팔래치아 트레일은 '결코 완성되지 않을 것'이라고 생각했다. 그 길은 마치 생명을 지닌 것처럼 끊임없이 위치가 바뀌고 재설정되면서 계속해서 새로운 길이 만들어져 나가야 한다고 생각한 것이다. 완성의 시기란 어쩌면 이상적인 것일 수도 있었으며, 트레일과 관련된 계획이 계속 진행되지 않는다면 트레일 자체가 사라져버릴 가능성도 충분히 있었다.

20세기 초, 미국에는 포장된 도로가 고작해야 160킬로미터 남짓밖에 없었다. 그렇지만 1930년대가 되자 마치 종이 위 잉크 얼룩이 번져나가듯 도시는 팽창하기 시작했고 말과 마차를 위해 만들어진 도로는 이내 곧 쓸모없는 길이 되어버렸다. 인구는 점점 늘어갔고 미국의 자동차 산업 역시 예측 불가능할 정도의 수준으로 성장해나가고 있었다.

개틀린버그에서 트레일 보존과 관련된 회의가 열렸던 바로 그해, 사실 연방정부의 공공토목 사업관리부에서는 2,900만 달러의 예산을 승인했으며 부흥금융회사에서는 4,100만 달러 규모의 수익 채권을 사들였다. 그리고 1만 명의 인력이 밤낮없이 2,600만 톤의 흙과 돌을 옮겼고 400만 제곱미터에 달하는 강화 콘크리트를 쏟아부어 펜실베이니아주의 동서를 가로지르는 2개의 일정하고 평평한 병렬 차선을 만들기 시작했다. 이 구간에는 가속 차선, 포장된 갓길 등을 포함한 114개 이상의 새로운 다리가 포함되었다. 〈파퓰러 메카닉스〉라는 잡지에서는 이 펜실베이니아의 유료 고속도로Penn Turnpike를 일컬어 "오늘날 자동차가 진정한 성능을 발휘할 수 있는 미국 최초의 고속도로"라고 평했다. 바야흐로 고속도로의 시대가 시작된 것이다.

아이러니한 일일 수도 있겠으나, 새로 생긴 고속도로의 개념을 세운 인물이라 할 수 있는 사람은 다름 아닌 애팔래치아 트레일을 처음 구상했던 벤턴 매카이였다. 남과 북을 연결하는 '태고의 자연 환경'에 관한 그의 글이 발표된 후 몇 년이 지나 매카이는 이번에는 〈뉴 리퍼블릭〉 잡지를 통해 이런 구상을 발표했다. "말과 마차, 보행자, 마을, 그리고 각종 건널목으로부터 완전히 자유로운 고속도로, 오로지 자동차를 위한 고속도로를 건설해 아무런 방해 없이 오갈 수 있도록 해야 한다. 도로 주변에는 오직 주유소와 식당 등 꼭 필요한 시설만 있어야 한다."

2년 뒤, 트레일 개척자들이 미국의 황야를 통과해 가로지르는 도보길을 연결하고 보수하기 위해 애를 쓸 무렵, 대통령 프랭클린 루스벨트는 곧 제2차세계대전에 참전하게 될 수백만 명의 군인들이 전쟁이 끝난 후 귀국하면 국가경제 재건사업에 어떻게 투입할 것인지 여러 가지 계획을 이미 세워두고 있었다. 그리고 미국의 주요 도시들을 연결하고 지방의 농업 중심지들을 하나로 합칠 수 있는 국가적 시스템으로서의 고속도로 체계가 그 해답 중 하나로 보였다. 계획 입안자들은 즉시 6만 5,000킬로미터에 달하는 도로를 새로 건설하거나 확장하는 내용이 담긴 보고서를 작성하기 시작했다. 1939년에는 포드 자동차의 '미래의 도로'와 제너럴 모터스GM의 '지평선 끝까지 뻗은 고속도로'를 주제로 한 전시회가 뉴욕 세계박람회에서 열렸고, 미국 대중들은 고속도로망에 열광했다.

"문명이 시작된 이후, 교통은 인류 진보의 열쇠가 되었습니다. 번

영과 행복의 상징 말입니다." GM 전시관의 사회자가 이렇게 설명했다. GM은 1960년대에 등장할 새롭고 발전된 미국의 도시를 미리 선보였다. 수많은 고속도로가 거미줄처럼 얽혀 있고 멋진 차와 트럭들이 가득한 미래였다. "빠르고 안전하게 달릴 수 있도록 설계된 1960년대의 고속도로를 통해 위대하고 아름다운 미국 전역의 모습들을 마음껏 즐길 수 있게 될 것입니다."

1953년 드와이트 아이젠하워가 새로운 백악관의 주인이 되었을 때, 그의 첫 번째 국가 운영 구상 중 하나가 바로 더 나은 고속도로를 건설하는 일이었다. "미국의 도시들은 50년 전과 마찬가지로 여전히 틀에 박힌 모습과 규범, 원칙을 벗어나지 못하고 있습니다." 아이젠하워는 이렇게 말했다. "우리는 매년 국민들에게 수백만 대의 새 자동차들을 제공하고 있지만 미국의 도로 체계는 그 수요를 따라가지 못하고 있습니다."

아이젠하워는 미국의 도로 체계 자체는 나쁘지 않으나 다만 지형과 기존 원주민들이 사용하던 길, 가축들의 이동로, 그리고 마구잡이로 정해진 구획선을 바탕으로 설계가 되었으며 10년 뒤의 수요를 충족시키기 위해 철저히 재정비되거나 계획을 해서 만들어진 적이 한 번도 없다고도 말했다. 아이젠하워 대통령의 이런 뜻을 대신해 미국 48개 주의 주지사들이 모였던 애디론댁 회의에서 부통령인 리처드 닉슨은 매년 도로 위에서 4만 명의 사람이 사망하고 130만 명이 부상을 입는다는 사실, 교통 혼잡과 우회로로 인해 '수십억 시간의 손실'을 보고 있으며 교통 문제와 관련된 민사 소송도 끊이지 않는다는 사실을 알려주어 사람들을 놀라게 한다. 그리고 충격적인 발표를 한다. 500억 달러 규모의 연방 정부 고속도로 관련 계획을 향후 10년에 걸쳐 진행할 것이라고 말한 것이다.

같은 해 10월 23일, 엠마 게이트우드의 고향인 오하이오주에서는 3억 3,600만 달러 규모의 주 전체를 관통하는 유료 고속도로 건설을 위한 첫 콘크리트가 타설되었다. 오하이오주는 공공 통행로를 건설하는 데 필요한 5,600필지의 토지를 매입했고 중앙 분리대에 의해 나누어지는 너비 17미터가량의 고속도로를 건설하는 데 착수한다. 거기에는 포장된 갓길과 15개의 시야가 선명하게 트인 입체 교차로, 16개의 식당 및 주유소 구역, 통행요금소, 응급차 출동 시설 등이 포함되어 있었다. "최소 275미터 정도의 시야만 확보된다면 자신이 어디를 향하고 있는지 정확하게 알아볼 수 있는 도로다." 일간지인 〈콜럼버스 디스패치〉는 이렇게 감탄했다. "최대 경사도는 오르막이 2퍼센트, 내리막이 3.2퍼센트이기 때문에, 급경사는 전혀 없다고 볼 수 있다. 또한 최대 제한 속도는 승용차가 시속 104킬로미터, 그리고 트럭이 88킬로미터나 되기 때문에 마음껏 속도를 낼 수 있다. 굽어 있는 도로가 있어도 완만하게 만들어져 문제없이 지나갈 수 있다."

2년이 지난 후 거미줄 같은 도로가 강과 개울을 넘어 습지와 구릉을 통과해 동쪽으로는 펜실베이니아주로부터 시작되어 서쪽으로는 인디애나주까지 이어졌다. 펜실베이니아 유료 도로와 이어진 이 도로는 필라델피아에서 인디애나폴리스까지 총 980킬로미터에 달했다. 새로운 고속도로가 얼마나 흥미로운지 오하이오주 사람들은 도로 위에 설치된 육교 위에 모여들어 부드럽게 잘 포장된 도로를 따라 차들이 쏜살같이 달리는 모습을 구경했다.

1955년 무렵 미국인들의 자동차 보유 대수는 6,200만 대였다. 6월이 되어 엠마 게이트우드가 도보 여행을 떠난 지 한 달 남짓 되었을 때, 미국 자동차 산업은 크라이슬러 자동차의 회장인 텍스 콜베어와 포드 자동차 회장인 헨리 포드 2세 같은 사람들의 진두지휘 아래 유사 이래 최대 호황을 맞고 있었다. 쉐보레의 경우 6개월 만에 신차를 75만 6,317대나 등록시키는 신기록을 세우기도 했다. 잡지에는 온통 스튜드베이커와 크라이슬러, 캐딜락, 뷰익 다이나플로 같은 차들의 새로운 56년형 모델 컬러 사진이 가득했다. 시대를 앞서가는 스타일과 거기에 어울리는 현란한 성능은 마치 둥지를 지금 막 떠나려는 종달새 같았다. 어찌나 날렵한 모습인지 둥지를 떠나려는지 아니면 그대로 남아 있으려는지 전혀 알아차릴 수 없는 그런 모습 말이다. 자동차의 성지 디트로이트에서 출시되는 모든 차들은 항상 이전 모델보다 덩치가 더 커져 있었고 엔진도 점점 더 마력수를 늘려갔다. 차를 2대 이상 소유한 가정의 숫자는 5년 안에 300만 가정이 더 늘어, 전체 750만 가정이 될 것이라는 예상이었다. 다시 말해 도시를 벗어나 교외에서 사는 생활 양식도 유행하게 된 것이다. 아직까지 자신만의 차가 없는 600만 명의 가정주부들이 도시 외곽에 고립되어 있다고도 했지만 그런 모습도 곧 바뀌게 될 터였다. 올드 크로 위스키와 스텟슨 플레이보이

모자 광고 등이 퀘이커 스테이트 모터 오일과 BF 굿리치 타이어 같은 광고에 밀려나는 시대가 되었다.

1950년대는 자동차뿐만 아니라 텔레비전도 함께 유행하기 시작했다. 50년대가 시작될 때 미국에서 텔레비전 세트를 갖추고 있는 가정은 전체 9퍼센트에 불과했지만 1954년에는 50퍼센트 이상이 되었고 60년대로 들어서기 전에 그 수치는 86퍼센트까지 치솟았다. 미국인들은 발로 직접 걷는 게 아닌 자리에 앉아서 경험하는 인생을 맛보기 시작한 것이다.

그리고 깜짝 놀랄 만한 소식이 이어졌다. 엠마가 길을 떠나기 두 달 전인 1955년 3월, 로스앤젤레스에서 개최된 가정의학과 전문의 회의에서 놀라울 정도로 무기력에 빠진 아이들에 대한 논의가 오갔다. 그 자리에 참석한 2명의 운동 관련 전문가가 나쁜 소식을 전했다. 미국의 젊은이들이 걷는 방법을 잊어가고 있다는 것이다.

캘리포니아 대학교의 미식축구 코치인 페피 발도르프와 미국 올림픽 대표팀 훈련 감독인 에디 워제키는 미국 가정의학회의 제7회 연례 회의 기조연설을 통해 아이들이 불과 한 구역의 거리도 걷지 않고 차를 타고 이동하고 있다고 밝혔다. 무엇보다 충격적이었던 것은, 이런 경향이 이미 아이들의 체형에 뚜렷한 변화를 일으키고 있다는 사실이다.

두 사람은 활동과 관련된 근육을 강화해야 하는 중대한 필요성에 대해 언급했다. 이들은 걷는 활동이 크게 줄어드는 현상은 다름 아닌 자동차의 습관적인 사용에서 비롯되었다고 주장한다.

분명 미국은 중대한 전환점에 서 있는 듯했다. 선택할 수 있다면, 미국인들은 기꺼이 차 키를 선택하게 될 터였다. 거리와 도시는 이미 보행자가 아닌 자동차 위주로 설계가 되었고, 이런 현상이 벌어지는 것은 전혀 놀랄 일이 아니었다.

헨리 데이비드 소로는 엠마가 길을 떠나기 93년 전인 1862년 6월에 이런 현상을 이미 예견했었다. 〈애틀랜틱 먼슬리〉를 통해 발표된 에세이 〈산책〉에서 소로는 이렇게 이야기한다.

오늘날 이렇게 서로 부대끼며 살고 있는 상황에서 땅이 주는 가장 고마운 점은 그것이 누군가의 소유가 아니라는 점이다. 풍경의 주인은 없으며 사람들은 누구나 걸어서 그 자유를 만끽할 수 있다. 그렇지만 분명 언젠가 이런 자유로운 땅에도 주인이 생겨나고 이른바 '유원지'라는 이름으로 뒤바뀌게 될 것이 분명하다. 거기에서는 아주 극소수의 사람들만이 제한된 즐거움을 누릴 수 있다. 또한 울타리가 쳐진 땅이 늘어나고 여러 매혹적인 기계장치들이 발명되어 인간을 좁은 도로 안에 가두게 될 것이다. 그러면 하나님이 주신 대지를 걷는 일은 다른 이의 사유지를 침입하는 사악한 행위로 간주되지 않을까. 무언가를 독점적으로 누리려 한다면 인간은 결국 진정한 즐거움으로부터 스스로를 배제하게 된다. 그런 악마의 날들이 우리를 덮치기 전에 우리가 갖고 있는 기회를 더욱 발전시켜 나가야 한다.

인류학자들은 선사시대 인간은 하루에 약 30킬로미터 이상을 걸어 다녔을 것이라고 추정하고 있다. 걸어 다님으로써 얻을 수 있는 정신적 그리고 육체적인 이점은 고대 사회라고 해서 크게 다르지 않았다. 로마제국 시대의 역사학자이자 박물학자인 플리니우스는 걷기를 "의지를 강하게 만들어주는 치료약"이라고 표현했다. 고대 그리스 의사이자 의학의 아버지로 불리는 히포크라테스는 걷기를 "최고의 만병통치약"이라고도 말했다. 그리고 감정적인 문제와 환각증세, 소화불량 치료에 걷기를 처방했다. 그리스의 철학자 아리스토텔레스는 서 있지 않고 걸으면서 가르침을 전파했다. 수세기에 걸쳐 위대한 철학자와 작가, 그리고 시인들은 걷기의 미덕을 끊임없이 설파해왔다. 르네상스 시대의 천재 레오나르도 다빈치는 마차나 수레로부터 보행자들이 보호받을 수 있도록 고가도로를 설계하기도 했다. 음악의 아버지 요한 제바스티안 바흐는 명인의 오르간 연주를 듣기 위해 300킬로미터가 넘는 거리를 직접 걸어간 적도 있었다.

19세기 영국의 시인 윌리엄 워즈워스는 평생에 걸쳐 30만 킬로미터에 가까운 거리를 걸었다고 한다. 영국의 대문호 찰스 디킨스는 〈밤 산책〉이라는 에세이에서 불면증과 거의 광증에 가까운 희열에 대한 이야기를 했다. "단적으로 말하자면, 걸으면 행복해진다. 걸으면 건강해진다."《보물섬》으로 유명한 소설가 로버트 루이스 스티븐슨은 〈길 위에서 만난 참다운 우정the great fellowship of the Open Road〉이라는 글에서 "방랑자들만이 알고 있는 소박하지만 가치를 따질 수 없는 만남"이라는 표현을 했다. 철학자 프리드리히

니체는 이렇게 말했다. "오직 걸으면서 한 생각만이 가치가 있다."

좀 더 최근의 기록들을 살펴보자. 자유롭고 독립된 생활의 이점을 잘 알고 있는 작가들은 게으르고 무기력한 일반 대중들을 끊임없이 통렬하게 비난해왔다.

"물론 사람들은 여전히 걷고 있기는 하다." 어떤 기자는 1912년 〈새터데이 나이트 매거진〉에 이런 글을 남겼다. "집을 나와 전차나 택시를 탈 때까지만 다리를 질질 끌며 걷기는 한다. 하지만 진짜 걷기는 마치 도도새처럼 멸종되어버렸다."

"사람들은 보통 걸을 시간이 없다고 이야기한다. 그리고 불과 200미터를 가기 위해 15분이 넘도록 버스를 기다린다." 1925년 미국의 저술가인 에드먼드 레스터 피어슨이 한 말이다. "사람들은 몹시 바쁜 척을, 아주 활기차게 움직이고 있는 척을 하지만 실상은 아주 게으르다. 극히 일부의 괴짜들, 주로 남자아이들만이 자전거를 타는 정도이다."

"걷기 찬양론자들에게 차는 그야말로 재앙이다. 애초에 우리가 강철처럼 강하지 않고서야, 우리의 게으른 본성은 시간을 절약할 수 있도록 차를 타라는 유혹에 굴복할 수밖에 없다." 메리 매그니스가 1931년에 쓴 글이다.

소로가 이야기했던 이른바 그 "악마의 날"은 기어코 오고야 말았다. 자동차 열쇠를 손에 쥔 미국 사람들은 그야말로 두 발에서 타이어로 극적인 전환이 시작되었다. 그로 인한 결과는 충격적인 사망자 수로 이어졌다. 도로 건설이 열기를 띠던 1934년 한 해에만 보행자 2,000여 명이 사망하고 8,000여 명이 다칠 것이라는 예측이 나왔다. 15년이 지난 후 그 숫자는 폭발적으로 증가했다. 자동차는 하루에 적어도 30명에 가까운 사람들을 죽였고, 700명을 다치게 했다. 〈새터데이 이브닝 포스트〉의 한 기자는 이런 모습을 인간과 자동차 사이의 '갈등'이라고 표현하기도 했다. 그는 이렇게 썼다. "보행자들의 입장에서 보자면 해 질 무렵 시내 거리를 지나가는 것보다 차라리 사자가 들끓는 아프리카 초원이나 호랑이의 서식지가 더 안전할 것이다."

공학 기술과 고속도로 건설이 서로 접점을 찾던 와중에, '사람들의 길'이라는 뜻을 가진 애팔래치아 트레일이 일반 대중에게 공개되어 큰 인기를 끌게 되었다. 사람들은 이제 하루나 일주일, 혹은 한 달 이상을 광활한 자연 속에서 자신을 잃어버릴 수 있게 된 것이다. 해럴드 앨런이라는 이름의 한 남자가 그 모습을 이렇게 정리했다.

고립을 위한 먼 길,
선택된 사람들만을 위한 좁은 길,
거기서 즐거움을 만끽하고
고독을 통해 깊은 사색에 잠긴다.
애팔래치아 트레일은 그저 북쪽과 남쪽을 연결하는 길이 아니라
인간의 육체와 정신, 그리고 영혼을 연결해주는 길이다.

1948년 얼 셰퍼는 한 번에 이 길 전체를 완주한 최초의 인물로 진정한 의미의 '스루 하이커Thru-Hiker'라고 할 수 있다. 그는 트레일을 완주하고 이렇게 적었다.

"벌써 모든 것이 생생한 꿈처럼 느껴진다. 햇살과 그늘, 그리고 빗속을 걸었다. 나는 다시 그곳으로 돌아가고 싶으리라는 사실을 이미 잘 알고 있다. 구름 덮인 높다란 언덕 위에서 보면 온 세상이 저 멀리 발아래 펼쳐져 있다. 비바람에 씻긴 낡은 이정표 아래 서면 경탄해하는 눈동자들이 새로 태어난 날을 환영하며 나를 제일 먼저 반긴다. 하얀색 구름이 흘러가는 그곳, 도시의 소란스러움으로부터 멀리 떨어져 있는 그곳에 가서 다시 걸을 수 있다면, 차갑고 맑은 산의 샘물로 이 기나긴 여정을 위해 축배를 들 수 있다면."

6월 4일 엠마는 테네시주의 론 산 근처 카버 갭을 내려왔다. 그리고 아쉽게도 쉴 만한 장소를 찾지는 못했다. 큰 집이 한 채 있기는 했지만 별로 환영을 받을 것 같지 않았다. 아주 거만한 모습의 한 여인이 엠마가 집 앞으로 다가오는 것만으로도 모욕을 당한 듯한 태도를 보였다. 다른 사람의 친절을 구하는 데 지친 엠마는 결국 고속도로 근처에 있는 모텔로 들어갔다. 그녀는 머리를 감고 옷을 빨았으며 따뜻한 물로 목욕도 했다. 그리고 푹신한 침대에서 기분 좋게 잠이 들었다.

다음 날은 거의 대부분 포장된 도로 위를 걸었지만 쉽게 피곤해 졌다. 엠마는 작은 집 앞에서 발걸음을 멈추고 현관에서라도 잠시 쉬어갈 수 있겠느냐고 물었다. 문을 연 남자는 엠마가 정부에서 나온 스파이라고 생각했다. 그는 문을 걸어 잠그고 창문을 통해 온갖 말도 안 되는 질문들을 퍼부어댔다. 엠마는 자기가 무엇을 하고 있는지 설명하려 애썼지만 남자는 여전히 의심스러워했다. 그는 FBI와 함께 온 것이 아니냐고 묻기까지 했는데, 더 이상 아무런 소용이 없다는 것을 깨달은 엠마는 그 자리를 떠났고 마침내 아들이 일곱이나 있는 다른 집을 찾아 하룻밤 신세를 질 수 있었다.

엠마는 새벽 5시 45분에 길을 나서 트레일을 따라 올라가 로럴 포크 강의 거센 물결이 만들어낸 애팔래치아 협곡에 들어섰다. 계곡이 끝나는 지점에서 북아메리카 솔송나무와 단풍나무 숲을 만났고 지금까지 보아온 것 중 가장 아름다운 장대한 폭포와 마주쳤다. 이끼가 잔뜩 낀 돌 위로 쏟아져 내리고 있는 폭포였다.

엠마는 테네시주의 햄프턴을 향해 서둘러 발걸음을 옮겼지만 워토가 댐에 이르렀을 무렵에 마실 물이 다 떨어지고 말았다. 워토가 댐은 테네시 계곡 개발청에서 관리하는 댐들 중 두 번째로 높은 댐이었다. 엠마는 25제곱킬로미터 크기의 호수 앞에서 서 있던 한 남자에게 마실 물이 있느냐고 물었지만 이 근처에는 마실 물이 전혀 없다는 대답만이 돌아왔다. 엠마는 그래도 별로 실망하지 않은 것 같았다. 그녀는 한 샘터에서 물을 채우며 노트에 적었다.

"어쨌거나 아주 잘생긴 남자였다."

6월 8일, 산 위로 폭풍우가 몰려와 비와 진눈깨비를 뿌렸고 갑자기 엄청나게 기온이 떨어졌다. 엠마는 외투 세 벌을 포함해 가지고 있는 옷을 모두 껴입고는 할 수 있는 한 가장 빠른 속도로 걸었다. 트레일은 잡초며 쐐기풀로 가득해 걷기가 아주 힘들었다. 그렇지만 엠마는 마침내 주 경계선을 넘어 버지니아주로, 그리고 다마스커스라는 작은 마을로 들어설 수 있었다. 다마스커스는 이른바 미국의 트레일 마을로 알려졌는데, 그건 AT 도보 여행자들에게 특별히 친절했기 때문이었다. 그러나 다른 어떤 날보다도 쉼터가 절실히 필요했던 그날의 다마스커스는 그리 친절한 마을이 아니었다. 모텔에서 옷이 흠뻑 젖은 그녀를 받아들여주지 않았던 것이다. 그녀는 할 수 없이 세 블록을 더 걸어가 돈을 주고 빌릴 수 있는 상태가 괜찮은 오두막을 찾아냈다. 누구에게도 방해가 되지 않고 자신도 방해받지 않을 수 있었다. 그녀는 옷 몇 벌을 빨았고, 지금까지 3개의 주를 지나온 것을 기념해 그날 저녁은 스테이크로 푸짐한 식사를 즐겼다.

제 5 장

여기에
어떻게 들어왔습니까?

GRANDMA
GATEWOOD'S
WALK

1955년 6월 9~22일

∴

엠마는 비밀을 영원히 간직할 수는 없었다.

그녀는 제퍼슨 국유림을 걸어서 통과했고 그런 다음 망간 광산으로부터 트레일이 갈라지는 긴 길을 통과했다. 그리고 버지니아주 그로세클로즈Groseclose에 가까워지자, 복숭아와 사과나무가 가득한 땅이 나왔다. 과일을 먹으니 달콤한 과즙이 입안에 가득 찼다. 엠마는 어느 고급스러운 척하는 모텔에서 또다시 숙박을 거절당했다. 그녀는 에드 퓨 부부와 해시 버턴 부부, 루 올리버와 파인리지에서 온 테일러 부부, 또 해리 시모네스라는 사람과 그날 밤을 보냈다. 그들은 트레일을 여행하는 엠마의 이야기를 취침 시간을 넘기면서까지 즐겁게 들어주었다.

그러다 마침내 6월 20일 일요일 오후, 엠마는 한 주유소에서 어느 남자를 만나 자신이 무엇을 하고 있고, 어디로 향하고 있는지 무심코 전부 털어놓게 된다. 다음 날 블랙 호스 갭에 다다랐을 때 그녀는 도로에서 몇 미터쯤 떨어진 숲의 가장자리에 앉아 간식을 먹으며 쉬고 있었다. 그때 차 한 대가 그녀 앞에서 속도를 줄이다가 근처 갓길에 멈춰 세웠다. 그리고 잘 차려입은 두 남자가 차에서 내려 그녀에게 다가왔다. 먼저 한 남자가 자신을 버지니아주 로어노크에서 온 사진작가 프레스턴 리츠라고 소개했고 다른 남자

는 프랭크 캘러핸이라고 했다. 그들은 트레일 클럽 회원으로 엠마의 여행 소식을 전해 듣고 오후 내내 그녀의 흔적을 찾아왔다고 말했다. 그렇게 마침내 이야기의 주인공을 만나게 되어 아주 기뻐하는 것 같았다.

두 사람은 그녀의 이야기를 전부 듣고 싶다고, 이런 일을 널리 알리면 트레일 홍보를 위해서도 좋을 것이며, 그 지역 사람들도 분명히 좋아할 것이라고 덧붙였다.

엠마는 망설였다. 아직 가족에게조차 아무 소식도 전하지 않았을뿐더러, 누군가 이 이야기를 듣게 되면 자기에게 해를 끼치거나 이용하려 들지도 모를 일이었다. 엠마는 그런 일에 협조해줄 수 없다고 대답했지만 남자들은 포기하지 않았다. 그들은 트레일 근처에 있는 캘러핸의 오두막에서 같이 묵자고 설득했다. 우선 그들은 그녀의 짐을 차에 싣고 떠났고, 엠마는 산을 넘어 남은 15킬로미터가량을 계속 걸어가 베어 왈로우Bear Wallow 갭에 도착해 거기서 다시 두 사람을 만나 차를 타고 오두막으로 향했다. 저녁 식사 자리에 근처 사냥터 관리인인 럭도 함께했다. 캘러핸은 통조림 음식들을 접시에 덜어 식사를 준비했다.

시간은 밤 10시가 되었고 그날은 엠마가 길을 떠난 지 48일째 되는 날이었다. 엠마는 마침내 자신의 이야기를 털어놓았다.

리츠가 사진기를 준비했다. 엠마는 똑바로 앉아 오른손을 왼손에 포개며 의치를 드러내며 웃어보였다. 그날 밤 엠마는 일기장을 꺼내 "결국 신문에 나오게 되었다"라고 썼다.

다음 날 아침 〈로어노크 타임스〉에는 그녀의 이야기가 헤드라인으로 실렸다.

67세의 오하이오 여성,
3,500킬로미터의 애팔래치아 트레일에 도전

산악 트레일을 따라 걸어가는 3,500킬로미터의 여정이라면 아무리

대단한 사람이라도 주눅이 들고 말 것이다. 그렇지만 여기 67세의 오하이오주 갈리폴리스 출신 할머니는 그 길을 즐겁게 여행하고 있다.

어제 버지니아주 보터투르 카운티에서 만난 엠마 게이트우드 부인은 조지아주에서 메인주까지 이어지는 애팔래치아 트레일을 현재 걸어서 여행 중이다.

부인은 어제 하루만 클로버데일에서 베어 왈로우 갭까지 30킬로미터가 넘는 길을 걸었다. 그것도 가벼운 운동화를 신고서.

지역의 애팔래치아 트레일 클럽 회원인 프랭크 캘러핸과 프레스턴 리츠 두 사람이 어제 오후 블랙 호스 갭에서 이 기운 넘치는 작은 여성을 만났다. 블루리지 파크웨이 순찰대원으로부터 그녀가 있는 곳에 대한 소식을 들은 직후다.

11명의 자녀를 둔 게이트우드 부인은 그해 겨울을 캘리포니아에서 보내며 3,500킬로미터가 넘는 애팔래치아 트레일을 걸어서 여행하기로 결심한다. 이 트레일은 알려진 것처럼 동부 해안을 따라 솟아 있는 산맥들을 따라 이어지는 길이다. 지난 5월 3일 게이트우드 부인은 조지아주 애틀랜타에 있는 오글소프 산에서부터 이 긴 여정을 시작했다. 여정은 메인주 북쪽에 있는 종착역인 카타딘 산에서 끝나게 될 것이다.

자신의 이야기를 하기 꺼리는 게이트우드 부인을 어렵사리 만나본 캘러핸과 리츠에 따르면 부인의 여장은 간소하기 그지없다고 한다. 갖고 있는 물건이라고는 작은 자루 하나에 들어가는 것이 전부다. 부인은 트레일을 지나는 동안 교통수단을 이용하는 것을 피하고 있으며, 다만 도보를 중단한 지점으로 다시 돌아올 수 있다면 인근 마을까지 버스나 자가용을 태워주는 것을 받아들인다.

이 오하이오 할머니에게는 손자손녀가 23명, 그리고 증손주가 2명이나 있다. 현재 그녀는 픽스 오브 오터 지역에서 북쪽의 제임스 강까지 이동할 계획이다.

"오르막이 내리막보다 더 쉬워요." 그녀의 단호한 설명이었다.

기사는 퍼져갔다. 당시에 엠마는 알지 못했지만, 신문에 실린 그녀의 이야기는 이내 미국 전역으로 퍼져나가게 된다. 미국 서부의 로스앤젤레스부터 동부 뉴욕에 이르기까지 모든 신문들이 그녀의 이야기를 다룬다. 텔레비전 방송에서도 그녀의 출연을 간절히 바라게 된다. 소문은 연기처럼 퍼져나가 엠마가 지나가는 마을, 심지어 지나가지 않는 마을에서도 기자를 보내 그녀를 가로막고 어떻게 이 여행을 해나가고 있는지, 지금 심정은 어떤지, 그리고 왜 이 일을 시작하게 되었는지를 묻게 될 것이다. 기자들은 엠마를 "게이트우드 할머니"라고 불렀고 엠마 게이트우드라는 이름은 길거리는 물론 미국 의회에서도 들리게 된다.

하지만 그날 아침까지만 해도 지역 신문에 짧게 실린 글은 소소한 소식에 불과했다. 엠마는 여전히 가족들에게 자신이 어떤 일을 하고 있는지 언제쯤 알리면 좋을지 속으로 생각하고 있었다. 그녀는 가장 가까이 있던 가게에서 엽서 몇 장을 사서 우체통에 넣었다. 처음 길을 떠날 때 자녀들에게 잠시 산책을 다녀오겠다고만 했었는데, 이제는 그게 무슨 의미인지 다 알게 되리라.

·•· ·• ·•· ·• ·• ·•

이 트레일은 그 끝을 알 수 없도록 설계되었으며, 누구든 마음만 먹으면 편하게 길을 잃을 수 있는 거칠고 자유로운 장소였다. 초창기만 해도 한 번에 이 트레일을 처음부터 끝까지 걸어서 제대로 확인해본 사람은 아무도 없었다. 단지 구간을 나누어 걷거나, 낮에만 여행하는 경우만 있었던 것이다. 5개월 동안이나 아무 소식이 없거나, 자신의 육신만으로 이 땅에 도전하는 일, 정신과 육체의 한계를 시험하는 일 같은 건 그 길의 본래 목적이 아니었다. 애팔래치아 트레일은 애초에 마치 소고기를 부위별로 소비하는 것처럼 구간별로 나누어 여행하는 길로 인식이 되어야 했다. 여러 부위를 전부 조금씩 맛보더라도, 소 한 마리를 통째로 먹어치우는 게 목적은 아니었다. 1948년 이전만 해도 이 길을 한 번에 다 걸어가는 것은 아예 불가능한 일로 생각되었다.

다 걸어 완주하는 데 시간이 얼마나 걸릴 것인가? 필요한 장비는 무엇인가? 어떤 지도를 사용하는가? 언제, 어디에서부터 출발하는 것이 좋은가? 이러한 질문들에 대한 대답은 미지수였다. 그렇지만 인간은 언제나 문제에 대한 해답을 찾아내고야 만다.

얼 셰퍼는 제2차세계대전에 참전했다가 귀국했다. "모든 것이 혼란스럽고 우울했다." 그의 기록이다. 셰퍼는 전쟁터에서 가장 가까운 친구를 잃었다. 언젠가 애팔래치아 트레일을 함께 걸어보겠다는 꿈을 나누던 친구였다. 엠마 게이트우드와 마찬가지로 셰퍼도 〈아웃도어 라이프〉라는 잡지를 읽고 다시 도보 여행에 대해 고민을 해보게 되었다. 도보 여행에 경험이 많은 이 남자도 여러 가지 어려움과 마주친다. 너무 무성하게 자라 무게를 견디지 못하고 쓰러진 나무들이 길을 가로막았고 트레일 표시가 제대로 되어 있지 않은 곳도 많았다. 애팔래치아 트레일이 공식적으로 완성이 된 후 11년이 지나자, 트레일의 전체 구간은 방치되고 잊혀진 것처럼 보이게 되었다.

셰퍼는 뉴욕주 홈스에서 애팔래치아 트레일 협의회로 한 통의 엽서를 보낸다.

꽃은 피어나고 새들은 노래한다
비가 오든 태양이 빛나든
나는 조지아에서 메인까지
산꼭대기에 난 길을 단숨에 걸어가리

셰퍼가 보낸 이 엽서는 트레일 협의회가 그에게서 최초로 받은 연락이었다. 그리고 그가 카타딘 산을 끝으로 트레일 완주를 끝냈을 때, 몇몇 사람들은 그의 주장을 의심하기도 했다. 그러나 그가 사진과 일기장을 보여주고, 여정에 대한 세부사항까지 이야기를 한 후에야 비로소 의심이 풀렸다. 〈애팔래치아 트레일웨이 뉴스〉

에서는 뒷면에 자그마하게 "애팔래치아 트레일을 한 번에 완주"라는 제목으로 기사를 올리는 정도에서 끝냈지만 그의 하이킹은 큰 반향을 불러일으켰다. 셰퍼는 언론과 인터뷰를 했으며 〈내셔널 지오그래픽〉 역시 관심을 보이고 기자를 직접 트레일에 파견해 도보 여행을 경험하게 했다. 이 길은 대략 미국의 가장 큰 도시 여섯 곳과, 전체 인구의 절반이 사는 지역과 가까이 붙어 있지만 셰퍼 이전에는 이 길이 있다는 사실을 아는 사람조차 드물었다.

셰퍼처럼 애팔래치아 트레일을 한 번에 완주한 사람이 다시 나타나는 데는 3년의 세월이 걸렸다. 최우수 보이스카우트 대원 경력에 턱수염을 기른 24세의 진 에스피Gene Espy가 1951년 그 일을 해내지만, 그는 언론에서 그 사실을 확인할 때까지 자신이 셰퍼 이후에 한 번에 트레일을 완주한 유일한 사람이라는 사실조차 알지 못했다. 에스피는 자기 말고도 이미 많은 사람들이 그 일을 해냈다고 생각했던 것이다. 체스터 젠글레브스키와 마틴 파펜딕은 최초로 메인주에서 조지아주까지, 북쪽에서 남쪽으로 걷는 길을 택해 성공한 사람들이다. 1952년에는 조지 밀러가 72세의 나이에 다섯 번째로 트레일을 완주한다. 트레일을 구간별로 나누어 전체를 걸어간 최초의 여성은 메리 킬패트릭이다. 그녀가 트레일의 마지막 구간을 걸어간 건 1939년의 일이었다.

그리고 하나의 수수께끼 같은 인물이 등장했다. 1952년 트레일을 여행하던 사람들이 딕 램과 밀드러드라는 남녀 한 쌍을 만났다는 이야기가 전해진다. 많은 사람들이 두 사람이 부부라고 생각했고 따라서 밀드러드는 당연히 밀드러드 램 부인이라고 생각했다. 하지만 그 여자는 밀드러드 리세트 노먼Mildred Lisette Norman이라는 이름의 미국의 반전 및 평화 운동가이자 채식주의자로, 친구인 딕과 함께 여행을 떠난 것이었다. 밀드러드는 지폐를 쓰지 않고, 준비한 물품도 극히 적었다. 나중에는 '평화의 순례자'라는 이름으로 알려지며, 한국전쟁과 베트남전쟁 시기 동안 미국의 교회와 대학을 돌며 연설과 강연을 한다. 밀드러드와 딕은 서스쿼해나 강을 향해 북쪽으로 걸어가다가 이내 버스를 타고 메인주로 간 다음, 카타딘 산 남쪽에서부터 다시 걸어 내려온다.

그렇지만 모든 도보 여행자들이 전부 큰 관심을 받았던 것은 아니다. 각각의 여정에 대한 개별적인 소식들은 아예 전해지지 않거나 전해지더라도 매우 드물었다. 훗날 책을 쓴다거나, 비슷하게 트레일을 완주하려는 계획을 세우는 사람들과 정기적으로 연락을 취하는 도보 여행자들도 적지는 않았지만, 당시만 해도 신뢰 가능한 검증 체계나 조직적인 보고 시스템이 제대로 존재하지 않았다. 당시 트레일 완주에 유일하게 관심을 기울이고 있던 단체였던 애팔래치아 트레일 협의회조차도 여행자들이 하는 말을 액면 그대로 믿곤 했다. 따라서 도보 여행자들이 자신의 여정을 정확하게 보고해주기를 기대하고 그 말에 의존할 수밖에 없었던 것이다.

어쩌면 당시 미국인들은 이 문제에 대해 큰 관심이 없었거나 그럴 여유 자체가 없었는지도 모른다. 제2차세계대전이 끝난 지 5년이 안 되어 한국전쟁이 일어났고 1953년에야 휴전협정이 이루어진다. 게다가 전쟁이 끝나고 장병들이 돌아오고 나서 미국은 곧바로 소련과의 냉전에 돌입하였고, 소비에트 연방과 수소폭탄 개발을 경쟁하는 상황이 되어버렸다. 새로운 수소폭탄 개발에 대한 소식은 미국인들에게 큰 충격을 안겨주었고 사람들이 주로 나누는 대화의 주제는 핵전쟁과 그에 따라 벌어질 수 있는 방사능 영향 에 대한 것들이었다.

1954년 3월 1일 미국은 최신형 수소폭탄을 개발해 태평양에 있는 비키니섬에서 폭발 실험을 한다. 그 전에 미 해군은 실험 지역 주변 7만 7,000제곱킬로미터를 위험지역으로 선포하고 모든 선박의 출입을 막았다.

그렇지만 결국 비극은 일어났다. 일본의 참치잡이 어선인 제5후쿠류마호가 근처에서 조업을 하고 있다가 실험 후 방사능에 피폭되었고 선원 1명이 사망하고 만 것이다.

"태양처럼 빛나는 불빛과 기이한 섬광을 봤습니다." 어부들은 언론과 인터뷰를 했다. "하늘이 붉은색과 노란색으로 달아올랐어요. 그렇게 한 몇 분이 지났을까…. 그러다가 노란색이 점점 사라지는 것처럼 보이더군요. 희미한 붉은색만이 남았는데 마치 달군 쇠가 천천히 식는 것 같았습니다. 5분쯤 뒤에는 뭔가 터지는 소리가 들려왔는데 마치 수많은 천둥이 한꺼번에 몰아치는 것 같았습니다. 그 다음에 우리가 본 건 버섯처럼 생긴 구름이 솟아오르고 하늘이 괴이한 모습으로 어두워지는 광경이었습니다."

몇 시간 후 미세한 크기의 재가 어선 위로 떨어지기 시작했다. 배는 실험 지점으로부터 128킬로미터나 떨어져 있었고 여전히 조업도 진행 중이었다. 선원들은 2주일 후 일본으로 돌아갔고 화상과 매스꺼움, 잇몸에서 피가 나는 증상을 호소했다. 함께 방사능에 피폭되었을 것이 분명한 참치 약 7.5톤은 시장에서 팔려 일본 각지로 실려 나가 일본 전역에 엄청난 공포와 반미 감정이 생겨나게 되었다. 1954년 9월, 배에 타고 있던 선원 23명 중 무선 통신 담당자가 사망한다. 수소폭탄에 의해 희생된 최초의 일본인이었다.

새로 개발된 수소폭탄의 상상할 수 없는 파괴력이 마침내 만천하에 공개되었고 전 세계를 두려움에 떨게 만들었다. 수소폭탄이 128킬로미터나 떨어져 있던 어부들에게 영향을 미칠 수 있다면, 만일 맨해튼이나 런던, 아니면 도쿄에 떨어졌을 때는 어떤 비극이 벌어질 것인가?

영국 신문에는 이런 제목의 기사들이 실렸다. "수소폭탄 개발을 중단하라." 당시 제2차세계대전의 영웅이자 두 번째로 영국 수상을 역임하고 있던 윈스턴 처칠은 "상호 간에 두려움과 공포로 유지되는 평화"를 예견했으며 소비에트 공산당 제1서기장 흐루쇼프는 "우리는 자본 계급을 격멸하고 그들보다 앞서 수소폭탄을 개발했다. 적들은 그들도 우리를 따라할 수 있을 것으로 생각하지만 우리는 아무것도 두렵지 않다. 적들도 그런 폭탄이 무엇을 의미하는지 잘 알고 있을 것이다. 우리도 마찬가지다."

새로운 파괴 기술로 무장한 미국은 언제 어디에서나 전 세계 모든 문제에 대해 갈등의 정점에 서 있을 수밖에 없었다.

1955년, 미국 정부는 국민들이 하늘에서 벌어지는 공습에 스스로 대비할 수 있도록 만드는 데 노력을 기울인다. 미국 원자력 위원회는 수백만 달러의 예산을 들여 네바다 사막에 마을 하나를 짓고 '미국의 생존 도시'라고 이름을 붙인다. 그리고 가구와 각종 생활 용품, 마네킹으로 일반 미국 가정의 모습을 그대로 재현한다. 그런 다음 전국적인 텔레비전 방송을 통해 이 마을에 핵폭탄이 떨어지는 모습을 방영한다. 가구들은 산산조각이 나고 인간을 대신한 마네킹들이 불타올랐지만 지하 깊은 곳 콘크리트 대피소에 가둬두었던 개와 쥐들은 살아남았다. 연방민방위국은 소속 관리의 입을 빌려 미국인의 생존 문제는 "탈출 아니면 지하 방공호에 달려 있다"라고 홍보한다.

미국인들이 두려워한 것은 단지 공산주의자들의 핵폭탄뿐만이 아니었다. 그들은 공산주의자들도 똑같이 두려워했다. 제2차세계대전이 끝난 후 세계는 둘로 갈라졌다. 동쪽에는 소비에트 연방을 중심으로 한 공산 진영이, 그리고 서쪽에는 미국을 중심으로 한 자유 진영이 있었다. 1955년 무렵 공산주의에 대한 미국의 공포는 극에 달해 있었다. 신문은 온통 정부의 핵심조직까지 파고들어 미국의 비밀을 훔치고 있는 비밀 첩보조직에 대한 기사로 가득했다. 대통령은 정부 각 부처 책임자들에게 국가에 대한 충성심이 의심스러울 만한 공무원은 해고하라는 명령을 내렸으며 미국의 군수 및 민간 산업 분야에 공산주의자들이 영향을 미치는 정도를 확인하기 위한 각종 의회 위원회들이 구성되었다. 도서관은 공산주와 관련된 문학작품을 들여놓지 않았고 대학들은 교수들에게 국가에 대한 충성 선언을 요구했다. 총 1억 6,600만 명에 달하는 미국 인구의 10퍼센트 이상인 2,000만 명의 미국인들이 연방정부의 안보 관련 조사의 대상이 되었다.

온 나라가 공산주의 문제로 들끓고 있을 때, 미국 대법원에서는 또 다른 국론 분열과 갈등을 가져올 만한 판결을 내린다. 1954년 5월의 일로, "교육시설의 분리는 평등하지 못한 행위"라고 규정을 내리고 공공 학교에서 벌어지고 있는 인종에 따른 분리 교육에 종지부를 찍은 것이다. 이러한 판결은 찬사와 비난을 동시에 불러일으켰다.

"우리는 이렇게 조금씩이나마 좀 더 완벽한 민주주의를 향해 전진하고 있다." 〈뉴욕타임스〉의 한 사설은 이렇게 적었다.

반면에 조지아 주지사 헤르만 탈메지는 "대법원은 모든 법과 이전의 판례를 뻔뻔스럽게 무시했다"고 주장하며 "조지아주는 이번 판결을 따르지 않을 것"이라고 말하기도 했다.

대법원의 판결은 애팔래치아 트레일과 이어져 있는 미국의 여러 주에, 그중에서도 남부 지방에 가장 크게 영향을 미쳤다. 이 판결이 내려졌을 당시 17개 주에서 인종에 따른 분리 교육을 실시하고 있었는데, 그중 조지아, 메릴랜드, 노스캐롤라이나, 테네시, 버지니아, 그리고 웨스트버지니아 등 6개 주가 바로 애팔래치아 트레일이 거쳐가는 주였던 것이다. 그리고 앨라배마와 델라웨어, 켄터키, 사우스캐롤라이나는 트레일과 근접해 있는 주였다. 트레일과 그닥 멀리 떨어져 있지 않은 웨스트버지니아의 주요 도시 화이트 설퍼 스프링스에서는 1954년 9월, 25명의 흑인 학생들이 학교에 출석하게 되자 300명이 넘는 백인 학생들이 등교를 거부하려고 했던 일도 있었다. 그날 저녁 수백 명에 달하는 백인 부모들이 모여 다음 날 학교에 흑인 학생이 1명이라도 나타날 경우 아이들을 학교에 보내지 않겠다며 투표를 진행했던 것이다. 실제로 그런 일은 일어나지 않았지만, 이런 저항의 움직임은 델라웨어의 밀퍼드와 메릴랜드의 볼티모어, 그리고 워싱턴 D.C.까지 빠르게 퍼져 나갔다.

그 시절 또 다른 충격적인 현상은 바로 청소년 범죄의 빠른 증가였다. 뉴욕의 주요 일간지들은 일제히 "장난삼아 살인을 저지르는 10대 청소년들"에 대한 기사를 앞다투어 보도했다. 브루클린의 상류층 가정 출신인 4명의 남자아이들이 한 남자를 죽이고 다른 남자는 실컷 두들겨 팬 뒤 이스트 강에 던져버렸다. 또 2명의 여자아이들을 폭행하고 또 다른 남자의 몸에 불을 지르는 만행을 저질렀던 사건이 있었다. 살인 청소년들에 대한 소식이 미국 전역에서 들려오기 시작했다. 디트로이트에서는 농구 팀에서 뛰던 12세 남자아이가 다른 선수를 경기가 끝난 후 살해하는 사건이 있었다. 털리도의 17세 남자아이는 한 소녀를 강간하고 살해했다. 아이오와 주 디모인에서는 남의 집 아이를 돌봐주던 14세 남자아이가 8세 아이를 말을 듣지 않는다는 이유로 살해하는 사건이 벌어지기도 했다. 18세 이하 청소년의 전국 범죄율은 1953년에서 1954년 사이

8퍼센트나 더 높아졌다.

 청소년들의 방탕한 생활이 이런 현상의 주요 원인으로 지목되었고 성인들은 사회적 현상이 주는 영향력을 우려했다. 예컨대 엘비스 프레슬리처럼 갑자기 등장한 가수의 이름이 불과 1~2년 만에 모르는 사람이 없게 된다거나, 결손 가정, 텔레비전 속 범죄 관련 프로그램, 만화책, 전쟁이 일어날지도 모른다는 위협이 주는 긴장감 등을 청소년 범죄의 원흉으로 보았다. 그리고 여기에 또 다른 이유를 제기하는 사람들이 있었다. 바로 부족한 여가 활동이었다.

 엠마는 새벽 5시 30분에 버지니아주 로어노크 근처에 있는 선셋 필드를 떠났다. 그리고 트레일을 찾아 걷는 데 어려움을 겪었다. 대부분의 구간에서 나무와 풀이 너무나 무성했고 트레일 표시는 찾기 힘들었다. 엠마는 트레일이 넓은 철사 울타리 쪽으로 바로 이어지자 크게 놀라고 말았다. 울타리 너머로는 뭔지 알아볼 수 없는 거대한 금속 기계 장치들이 보였다. 트레일 표시는 거기에서 끊어져 있었고 그녀는 어디서부터 길을 잘못 들었는지 도무지 알 수가 없었다. 엠마는 울타리를 따라가다가 좀 더 낮게 만들어진 가시철조망 울타리를 발견하고 바지가 걸려 찢어지지 않게 조심스럽게 철조망을 넘었다. 금속을 녹이고 남은 찌꺼기인 슬래그로 포장한 길이 나왔고 그 길을 따라가니 고속도로로 이어졌다. 엠마는 다시 트레일을 찾기 시작했다. 철조망 울타리를 두 번 더 넘으면서 참 이상한 일이라고 생각했지만 어쨌든 걸음을 멈추지 않았다.

그러다 사람들이 보였다. 10명은 될 듯한 청년들로 빽빽하게 대열을 유지한 채 그녀 앞으로 행진해오고 있었다. 엠마를 바라보는 눈빛은 마치 유령이라도 만난 것 같았다.

"애팔래치아 트레일은 어느 쪽에 있나요?" 엠마가 소리쳐 물었다.

엠마가 보기에 장교처럼 보이는 한 남자가 대열에서 빠져나와 앞으로 다가왔다.

"민간인은 공원 도로를 이용하셔야 하는데요." 남자가 대답했다.

"그런데 왜 트레일 표시가 이쪽으로 이어져 있나요?" 엠마가 다시 물었다.

"그건 예전 표시입니다." 남자의 설명이었다.

엠마는 전혀 모르고 있었지만, 1년 전 미 방공 사령부에서는 애플 오키드 산 정상에 '베드퍼드 AFS'라는 이름의 레이더 기지를 건설했다. 그 지역 주변에 산개되어 있는 10개의 이동식 레이더 기지 중 한 곳이었다. 이 기지들은 냉전 시대가 시작되면서 10년에 걸쳐 건설되고 있는 대규모 안보 시설이었다. 군 병력 1개 대대가 산 정상에 주둔하면서 레이더에 감지되는 미확인 비행물체들을 확인하고 아군 요격기들을 안내하는 임무를 맡고 있었다.

이 병사들은 주로 하늘을 바라봤지 땅 쪽은 거의 신경을 쓰지 않고 있었다. 이제 그들은 깜짝 놀란 모습으로 오하이오주 갈리아 카운티에서 온 엠마 게이트우드 부인을 둘러싸고 있었다.

그녀는 몸을 돌려 입구 쪽으로 향했다. 병사들은 말없이 서 있었다. 입구에 가까이 다가가자 경비병이 마치 자다 깬 것처럼 눈을 비비며 초소 밖으로 나왔다.

"여기에 어떻게 들어왔습니까?" 경비병이 쉰 목소리로 느릿느릿 말했다.

"가시철조망 울타리 몇 개를 넘었어요." 엠마가 말했다. "설마 체포되어 총살을 당하는 건가요?"

경비병은 툴툴거리며 문을 열고 그녀를 밖으로 내보내주었다. 안전하다 싶을 만큼 거리가 멀어지자 엠마는 웃음을 터트리지 않을 수 없었다. 그날 밤 엠마는 어느 텅 빈 농가의 현관문 앞에서 쭈그리고 앉아 밤을 새웠다. 근처 들판에서는 방목하는 소들이 풀을 뜯는 소리가 들려오긴 했지만 사람은 한 명도 보이지 않았다. 그녀는 공책을 펼쳤다.

"내가 처했던 말도 안 되는 상황을 생각하면 정말 터져 나오는 웃음을 참을 수가 없다. 아, 그 젊은이들 표정이란!"

제 6 장

우리 부부의 문제

GRANDMA
GATEWOOD'S
WALK

발의 형편이 말이 아니었다.

우선 발가락을 보면 여기저기 부딪치고 짓이겨져 마치 바위를 계속 발로 걷어찬 것 같은 모습이었다. 가운데 발가락은 완전히 아래쪽으로 굽어 있었는데, 너무 작은 신발을 오랫동안 신어온 탓인지 두 번째 관절부터는 거의 수직으로 꺾여 있었다. 새끼발가락은 가운데 쪽으로 뒤틀려 있었고, 양쪽 발 모두 바깥쪽이 커다랗게 부어 무지외반증 상태였다.

그렇지만 발에서 가장 신경이 쓰이는 부분은 엄지발가락이었다. 발등 쪽에서 발의 가운데 부분으로 45도쯤 위로 젖혀 꺾여 있었던 것이다. 발등 위 척골과 지골이 만나는 부분에서 삐져나와 부은 부분은 그 크기가 마치 쇠구슬만 했다.

엠마의 발은 넓고 평평했으며 그 위로 드러난 핏줄은 마치 지도 위에 그어진 선 같았다. 형태 없이 퍼진 발은 굵은 발목으로 형편 없이 이어져 있었으며, 그 위로는 야위고 거친, 모래시계 같은 모양의 종아리가 있었다. 무릎은 기괴한 모습으로 툭 튀어나와 있었는데, 그 주위를 부자연스럽게 부풀어 오른 살이 감싸고 있었다.

엠마는 6월 하순의 폭우 속에서 거친 산길을 걸어가고 있었다. 해발 1,238미터의 프리스트Priest 산으로, 버지니아주에서 가장 높은 봉우리 중 하나였다. 엠마는 물보라가 이는 타일러 강의 작은 폭포를 가로질러 리즈 갭을 향해 비틀거리며 내려갔다. 그리고 거기서 비를 막아주는 모자를 잃어버렸다. 잠시 가던 길을 되돌아 모자를 찾아보았지만 소용없었다. 온몸이 뼛속까지 다 젖었을 무렵 그녀는 트레일 옆에서 암소 젖을 짜고 있는 한 남자를 발견했다. 그의 이름은 캠벨이었고 엠마는 그 남자에게 혹시 근처에 머물 곳이 있는지 물어보았다. 캠벨은 이곳에서 언덕 하나를 넘어 내려가면 있다는 자기 집으로 그녀를 초대했다. 집에 있는 80대 여인은 누나라고 했는데 집은 그 누나보다도 더 오래되어 보였고 가재도구도 오래전 처음 마련한 것 그대로인 것 같았다. 캠벨의 누나는 촛불을 밝혀 들고 엠마를 2층으로 안내했다. 이 낡은 집에는 전기가 들어오지 않았다.

다음 날 아침이 되자 하늘이 맑게 갰고, 엠마는 버지니아주의 중심부를 통과해 북쪽을 향해 걸었다. 지나가던 사람들이 북쪽의 웨인즈버러 근처에 '하워드 존슨네 집'이라는 이름의 식당이 하나 있다고 말해주었기 때문에 엠마는 따뜻한 음식을 기대하며 하루 종일 걸었다. 그러다 처음 마주친 집에서 식당 쪽 방향을 물었다. 집 주인인 릭스 부부는 아주 친절한 사람들이었고 엠마를 집 안에서 쉬게 해주었다. 집은 아주 아늑했다. 마당에는 돌이 깔려 있으며 눈앞에 보이는 골짜기의 풍경은 아름다웠다. 부부는 엠마의 이야기에 크게 감명을 받고 저녁 식사를 하고 가라고 권했다. 특히나 릭스 부인은 질문을 멈추지 않았다. 엠마가 잠자리에 든 후 부인은 웨인즈버러에 있는 〈뉴스 버지니안〉 신문사에 전화를 걸었다.

다음 날 아침, 부부는 엠마를 차로 몇 킬로미터 떨어진 읍내까지 데려다주었다. 엠마는 거기 있는 식당에서 아침밥을 먹고 약국에 들러 몇 가지 물건을 샀다. 그리고 거리를 가로질러 또 다른 가게가 문을 열기를 기다렸다. 새 바지와 비옷, 신발이 필요했기 때문이다. 그녀가 막 물건을 고르기 시작하는데 한 남자가 그녀를 보고 입이 귓가에 걸릴 정도로 크게 웃으며 급히 달려왔다.

"신문사에서 나왔습니다." 남자가 말했다.

사람들이 다시 그녀를 찾아낸 것이다. 기자는 릭스 부인에게 전화를 걸었고 부인은 엠마 게이트우드가 지금 가게에서 신발을 고르고 있다고 전해주었다. 이번에는 엠마도 크게 개의치 않았다. 그녀는 남자가 묻는 모든 질문에 성실히 대답했다.

엠마는 우선 자신이 직접 만들어 들고 다니는 자루에 대해 이야기했다. 기자는 자루를 들어보고 물건이 가득 찼을 경우 무게가 대략 5~6킬로그램 정도 나간다고 추측했다. 기자는 엠마에게 침낭도 없이 추운 밤을 어떻게 따뜻하게 보낼 수 있느냐고 물었고 그녀는 납작한 돌을 불에 달궈 품고 잔다고 설명했다. 그리고 곰의 습격이 두려워 제대로 잠들지 못하는 날도 많다고 했다. 아직까지 곰을 한 마리도 본 적은 없지만, 주변에 어슬렁거리고 있는 것이 분명한 곰의 자취는 수없이 보았다. 엠마는 기자에게 방울뱀에 대해서, 그리고 트레일에 쉴 만한 임시 숙소나 쉼터가 충분하지 않은 문제에 대해서도 이야기했다. 또 어쩌면 "9월 하순까지 완주할 수도 있을 것 같다"며, "내가 얼마나 잘 해내느냐에 달려 있겠지요"라고 말하기도 했다.

엠마는 트레일이 가져다주는 기쁨에 대해서, 그리고 지금까지 만났던 친절한 사람들에 대해서 들려주었다. "아주 다정한 사람들을 많이 만났어요. 내게 하룻밤 머물 곳과 식사를 기꺼이 대접해준 사람들이요." 그녀는 이렇게 말했다. "물론 내가 있으나 없으나 전혀 신경을 쓰지 않는 사람들도 만나기는 했지만요."

기자는 지금까지의 여정에 대한 인상을 물었고 엠마는 생각보다 힘들었다고 대답했다. 〈내셔널 지오그래픽〉의 기사만 봤을 때는 이 여정이 참 쉬워 보였다는 것이다. "내가 생각했던 것보다 더 힘이 들었습니다." 그녀의 고백이었다.

인터뷰가 끝나자 엠마는 비옷과 신발, 양말, 그리고 먹을 것 약간을 산 뒤 다시 트레일을 향해 출발했다. 트레일에 도착한 뒤에는 소우밀 쉼터로 향했다. 그날 오후 엠마의 이야기가 〈뉴스 버지니안〉의 1면을 장식했다. 제목은 이러했다.

"조지아주를 거쳐 메인주까지 걸어서 여행하는 67세 여성, 드디어 웨인즈버러에 도착."

일흔에 가까운 나이가 되면 대부분의 사람들은 안락의자에 앉아 편안한 여생을 보내기를 택할 것이다.

그렇지만 이런 인생은 오하이오주 갈리폴리스에서 온 엠마 게이트우드 부인과는 거리가 먼 이야기다.

27세부터 47세까지의 자녀를 11명이나 둔 어머니이기도 한 게이트우드 부인은 지난 5월 3일 조지아주에서 메인주까지 장장 3,500킬로미터에 달하는 애팔래치아 트레일 도보 여행을 시작했다.

지금까지 이 67세 여인은 1,450킬로미터가 넘는 길을 걸어왔다.

기자는 엠마에게 신문 기사를 오려 오하이오주에 있는 가족들에게 보내길 원하느냐고 물었다. 가족들은 지금 그녀가 서 있는 지점에서 서쪽으로 480킬로미터 떨어져 있는 곳에 살고 있었다.

"집에 있는 가족들은요, 내가 어디에 있는지 몰라요." 엠마가 말했다.

숲으로 가면 언제나 숨을 수 있는 곳이 있었다.

"언제나 숲으로 가서 한참 동안 걸어 다니곤 했어요."

몇 년이 지난 후 엠마는 어느 신문기자에게 이렇게 이야기했다. "숲의 고요함과 침묵이 좋았어요. 나는 그런 평화스러운 분위기를 아주 마음에 들어했으니까요."

어떤 사람들은 그녀가 미쳤다고 생각했지만 그녀는 자신의 본성과 잘 맞는 고요함 속에서 안정을 찾았다. 숲은 그녀를 만족스럽게 해주었다. 숲속에서 엠마는 평안을 느꼈고, 특히 폭군 하나가 집안을 지배하고 있을 때 더욱 그랬다. 세월이 지난 후 엠마는 자녀들에게 남편이 자신을 폭행했을 뿐만 아니라 성적으로도 학대했음을 털어놓았다. 남편은 하루에도 몇 차례나 성관계를 강요했다. 자녀들은 그때 당시는 그런 사실을 알지 못했지만 어머니가 종종 한밤중에 자신들의 침대로 찾아오곤 했다는 사실은 기억했다. 엠마가 남편 옆에서 자는 것을 도저히 견디지 못했기 때문이다.

자녀들은 아버지가 어머니에게 한 일들을 보았고, 그 기억은 평생 그들을 따라다녔다. 한밤중을 깨우는 둔탁한 소리. 어머니의 얼굴에 생긴 멍자국들. 어머니의 인내심이 점점 줄어드는 흔적과도 같은 멍자국이었다. 다섯째인 로위나는 2층 창문에 어른거리던 어머니의 그림자를 평생 기억할 것이다. 어머니가 창밖을 바라보고 있으면 어떤 손이 머리를 잡아끌어 어머니를 땅바닥에 내동댕이쳤다. 로위나는 그 모습을 보며 비명을 지르던 일도 기억했다. 그러면 언니가 와서 뺨을 후려치며 소리를 그치게 했다. 열째인 도라루이즈는 아버지가 어머니에게 미친 여자라고 하면서 주먹으로 얼굴을 내려치던 모습을 기억했다. 막내인 루시도 울음소리를 듣고 위층에 올라가서 본 광경을 기억했다. 아버지는 어머니 위에 올라타고 목을 조르고 있었고 어머니의 얼굴은 흙빛으로 바뀌고 있었다. 아홉째인 넬슨은 어머니를 때리고 있는 아버지에게 달려들어 아버지를 떼어놓았던 일을 기억했다. 그렇게 시간을 버는 사이 어머니는 숲속으로 도망칠 수 있었다.

아이들은 이런 속삭임들도 평생 간직하게 될 것이다. 아버지가 헌팅턴에 있는 투 스트리트로 가서 돈을 뿌리며 욕망을 채우는 이야기. 어머니가 하는 하소연은 미친 여자의 헛소리일 뿐이라고 이웃들을 믿게 만드는 이야기. 심지어 빗자루가 부러질 때까지 어머니의 머리를 후려쳐도 아버지는 아내를 진정으로 사랑하고 있다고 사람들을 설득시킬 수 있는 인물이었다.

"수도 없이 온몸을 두들겨 맞았지만 대부분 얼굴을 많이 맞았습니다." 훗날 엠마는 이렇게 기록했다. "아이를 임신하고 있을 때마다 한 번도 빠짐없이 그는 나를 때렸어요. 몇 번이고 나를 집 밖으로 쫓아냈고요. 미치광이 같은 남편과 함께 사는 일은 정말이지 끔찍한 악몽이었어요. 그는 순진한 사람인 것처럼 행동했고 내게 손끝 하나 건드리지 않는 척했죠. 그리고 내가 제정신이 아니라서 뭔가 조치를 취해야만 한다고 말하기도 했어요. 심지어는 어느 정신병원에 들어가고 싶으냐고 묻기도 했죠. 나는 그 어떤 이름의 병원이라도 이곳보다는 나을 거라고 대꾸했어요."

엠마는 때때로 저항하기도 했는데, 그 역시 그녀 본성의 일부였다. 그녀는 자기 힘으로 버틸 줄 아는 사람이었다. 한 가지 이야기는 오래도록 회자될 것이다.

페리의 폭행이 시작되었고, 농장 일꾼들은 밖에서 일하고 있었다. 엠마는 집을 뛰쳐나와 옥수수를 가득 실은 마차 뒤쪽으로 달려간 뒤 그 위로 기어올라갔다. 페리가 곧바로 따라왔고 순전히 의도적으로 집 옆에 세워놓았던 괭이 하나를 움켜쥐었다. 일꾼들 중 하나가 그런 그를 말렸다.

"그러다 사람 죽이겠습니다!" 일꾼이 말했다.

"그냥 내버려둬요!" 엠마가 소리쳤다.

"이건 우리 부부의 싸움이에요."

부부의 관계가 어긋날수록 경제적 상황도 더욱 악화되었다. 1935년, 페리는 부유한 사촌인 메이벨 매킨타이어에게 편지를 써 농장을 지킬 수 있도록 돈을 좀 빌려달라고 부탁했지만 사촌은 그 부탁을 들어주지 않았다. "정부의 농업 담당 부처가 그런 일을 도와주라고 있는 것 아닌가요?" 사촌의 답장이었다. 페리는 가정의 자잘한 문제들도 뉴욕에 살고 있는 이 사촌과 의논을 하곤 했다. 메이벨은 오스카 오드 매킨타이어의 아내로, 그는 당대 가장 유명한 저술가 중 한 명이었다. 그가 쓰는 〈뉴욕 데이 바이 데이〉라는 칼럼은 미국의 500여 개가 넘는 일간지에 실리고 있었다. 1937년, 메이벨은 페리를 고용해 갈리폴리스에 있는 자신의 집을 수리하는 일을 맡겼다. 하지만 사촌이 정한 예산을 초과하게 되자 페리는 가정에서의 문제 때문이라고 변명을 했다.

"당연히 잘 알고 있겠지만 당신의 가정사에 대해 아주 마음 아파하고 있어요." 메이벨은 1937년 11월 다음과 같은 편지를 보낸다. "하지만 그렇다고 해서 우리가 하는 일에 가정 문제를 개입해선 안 된다고 생각해요. 집안의 문제가 그렇게나 심각해서 내게 일의 진척 상황을 제대로 알릴 수가 없다면 누군가 다른 사람이 그 일을 대신해야만 하겠지요. 이건 순전히 비즈니스 문제고, 다른 감정은 없어요." 3주가 지난 후 그는 계산서를 처리하고 손해를 입힌 부분을 보상했다. 메이벨은 다시 이렇게 썼다. "당신이 집안 문제로 고생하지 않았다면 분명 일 처리에 아무런 문제가 없었으리라 나도 확신해요." 그리고 덧붙였다. "어쨌든 모든 일이 다 마무리되어 기쁘게 생각해요. 집안 문제도 곧 다 해결되기를 바랄게요."

그렇지만 아무것도 해결되지 않았다.

그 오랜 시간 동안 숲은 여전히 엠마의 휴식처였다. 때로 엠마는 하루 종일 숲에 들어가 나오지 않는 날도 있었다. 최소한 자신의 기분이 풀어질 때까지. 숲은 엠마에게 어떤 영감을 주었다. 그녀는 봄에 대해, 요란스럽게 흘러가는 실개천과 부드럽게 불어오는 산들바람, 숲속 깊은 곳에서 자라고 있는 양귀비와 아네모네, 그리고 앵초에 대한 시를 썼다. 그녀는 굽이쳐 흐르는 오하이오 강과 낭만적인 예인선의 정박에 대해서, 크리스마스에 대해서, 고독에 대한 글도 썼다. 엠마의 시는 어둡기도 했고, 자신과의 관계에 대한 감정을 표현하는 것 같았다.

그녀는 남자를 붙잡아 꽁꽁 묶는다.
마치 목이 졸린 것처럼 남자는 혀를 빼문다.
그녀는 약간 겁에 질렸고 머리카락은 헝클어져 있다.
그녀는 남자의 목을 발로 밟는다.
남자는 귀하고, 만족시키기 어려운 이런 시대엔
여자들도 절박해지지.

이것은 그녀의 운명이었고 본인이 알아서 헤쳐나가야 할 문제였다. 다만 더 이상 그렇게 할 수 없을 때까지. 남편은 너무 난폭했고 다시 폭행을 당하면 살아남을 수 있을지조차 알 수 없을 정도였다. 1937년 겨울이 되자 엠마는 자녀들에게 자신은 언제나 그들을 사랑하고 있으며, 나중에 다시 찾아오겠다고 말한다. 나이 든 큰아이들에게는 동생들을 잘 돌보라고 부탁하고 또 서로를 항상 아끼라고 당부한다. 그런 다음 그녀는 집을 떠났다.

버지니아주의 아름다운 셰넌도어 국립공원을 지나는 트레일은 아주 상태가 좋았다. 길고 완만한 오르막길은 앞서 걸어온 1,600킬로미터에 가까운 산악 지대에 비하면 그다지 힘들지 않았다. 심지어 날씨도 좋아졌다. 엠마는 6월 28일에는 34킬로미터, 6월 29일에는 32킬로미터를 걸었고 주로 야생 블랙 라즈베리로 배를 채웠다. 6월 30일에는 아침나절에 기분 좋게 한참을 걸은 뒤 빅 매도우 산장에서 점심을 먹었다. 근처 야영장에 있던 보이스카우트 단원들을 만난 것이다. 아이들은 엠마가 지금 무슨 일을 하고 있는지 알게 되자 함께 사진을 찍고 사인도 받고 싶어 했다. 물론 엠마는 부탁을 들어주었고 어딘지 모르게 유명 인사라도 된 듯한 기분도 들었다.

엠마는 호크스빌 산에서 쉼터 하나를 찾아냈고 밤새도록 파리 떼가 설쳐대긴 했지만 조금 잠을 잘 수 있었다.

다음 날 새벽에는 5시 30분에 길을 떠났고 길이가 160킬로미터에 달하는 공원을 빠르게 지나가며 즐거운 시간을 보냈다. 트레일 옆에는 오래된 돌담이 있었으며, 엠마는 네 마리 말이 끄는 마차를 탄 누군가의 모습을 상상해보기도 했다.

이 언덕들은 유럽 출신 개척민들이 동쪽에서 침범해오기 시작하기 전까지, 수천 년 동안 아메리카 원주민들의 터전이었다. 그 침범은 1700년대 초, 한 탐험대가 블루리지 산맥을 넘어간 이후 곧 시작되었다. 대부분의 정착민들은 펜실베이니아주로부터 왔으며 저지대에 농장을 꾸렸다가 차츰 물자가 부족해지자 산 쪽으로 이동해왔다. 그들은 토지를 개간하고 총과 덫으로 사냥을 했으며 가축도 길렀다. 그렇게 1920년대까지 200여 년간 삶을 꾸려왔는데, 그 후 학계에서 이 지역의 사회적 '문제'들, 즉 문맹과 빈곤, 위법 행위와 위생 문제 등에 대해 관심을 기울이기 시작했다.

산에 살던 주민들을 이주시키고 길을 닦고 주변을 관광지로 개발하려는 거대한 계획이 시작되었다. 동부의 도시에서 온 관광객들이 쉽게 이 지역으로 와서 쉴 수 있는 쉼터를 만들려는 계획이었다. 1926년, 미국 하원에서는 셰넌도어 국립공원의 개발을 승인했고 주정부는 토지 매입을 시작했다. 바로 이 시기에 이곳 주민들은 자신들의 의사와 관계없이 강제로 이주를 당해야 했다. 1936년 프랭클린 루스벨트 대통령이 창설한 민간자원보호단은 돌로 만든 다리와 쉼터, 그리고 임시 숙박 시설 등을 건설하기 시작했고, 그렇게 이루어낸 결과들은 자못 볼만한 것들이었다. 그해에 국립공원이 개장했고, 한때 가축들을 키우던 목초지였던 대지는 손대지 않은 자연의 원숙한 아름다움을 드러내는 곳으로 탈바꿈했다.

엠마는 스카이랜드를 바라보았다. 스카이랜드는 1890년대 사교적이면서 흥행 감각도 뛰어났던 한 사업가가 지어 문을 연 산악 리조트였다. 이 사업가는 도시 사람들을 초대해 기계화된 삶으로부터 잠시 탈출할 수 있도록 해주었다. 이 리조트는 이후 국립공원 측에서 인수했지만 거기에 있던 오두막들은 그대로 남아 여행객들에게 개방되었다. 지금 엠마의 눈에 그 숙소들은 아주 낡은 듯 보이기도 했다. 그녀는 경쾌한 발걸음으로 메릴랜드주를 향해 가고 있었고 7월 4일, 애슈비 갭에서 멀지 않은 곳 길옆에서 3달러를 주웠다. 날이 어두워지고 있었기에 엠마는 그 행운의 돈을 가지고 모텔에 방을 하나 얻은 후 닭튀김 다섯 조각으로 만찬을 즐겼다.

엠마는 마침내 메릴랜드주로 들어섰고 샌디 후크라는 이름의 작은 마을에 도착했다. 철로를 따라 가정집들만 드문드문 있는 마을이었지만 체서피크 만과 오하이오 운하에서 그리 멀리 떨어지지 않은 곳이었다. 그녀는 안나라는 여자를 만나 자신을 소개하고 그녀의 집에서 하룻밤 신세를 지게 되었다. 그날 저녁, 해 질 무렵 엠마는 메릴랜드 하이츠까지 걸어 올라가 절벽 끄트머리에 앉아 그림처럼 아름다운 웨스트버지니아주의 하퍼스 페리 마을을 내려다보았다. 지금으로부터 170년 전 미국의 제3대 대통령이었던 토마스 제퍼슨은 이 광경을 보고 "자연에서 볼 수 있는 가장 장엄한 풍경 중 하나"라고 말하기도 했다. 프랑스에서 처음 출간된 한 책에는 포토맥 강이 블루리지 산맥을 통과해 셰넌도어 강과 합쳐지는 이 풍경 하나만으로도 대서양을 건너올 만한 가치가 있다고 적기도 했다.

지금 엠마의 발아래 펼쳐진 마을은 좁은 벽돌길과 자긍심이 남아 있는 듯한 작은 건물들, 교회의 첨탑과 언덕 위 공동묘지까지 모든 것이 역사의 숨결을 뿜어내고 있었다. 노예제도 폐지론자였던 존 브라운은 자신이 혁명의 불꽃을 피울 수 있다고, 그래서 남부의 노예제도를 끝장내고 총구 앞에서 억압받는 사람들에게 자유를 돌려줄 수 있다고 믿었던 곳도 바로 이곳이다. 버지니아주 정부는 존 브라운을 반역 혐의로 잡아들였고 그는 교수형에 처했다. 그렇지만 그의 정신은 남북전쟁의 기폭제가 되었고, 전쟁 중 하퍼스 페리는 그 주인이 남에서 북으로 또 북에서 남으로 여덟 번이나 바뀌었다. 하퍼스 페리를 차지하기 위한 마지막 전투는 지금 엠마가 서 있는 이날로부터 91년 전에 있었고, 남과 북 모두는 이곳이 적진으로 치고 들어갈 수 있는 요충지라는 사실을 잘 알고 있었다. 훗날 1959년까지 클라크 애틀랜타 대학교 사회학 교수를 역임하게 되는 듀보이스 교수는 이곳에서 자신을 따르는 지지자들과 함께 1905년 나이아가라 운동을 시작했다. 이 운동은 훗날 미국 유색인종 지위향상협회NAACP의 모체가 된다.

이 작은 마을에서 너무나 많은 변화와 인간의 잔혹한 행위들이 있었다. 너무 많은 학살과 유혈 사태, 죽음과 재탄생이 있었다.

"풍경은 아름다웠다." 엠마는 일기장에 이렇게 기록했다. 그리고 독립기념일 다음 날, 그녀는 다시 트레일을 따라 내려갔다.

제 7 장

여자 떠돌이

GRANDMA
GATEWOOD'S
WALK

엠마는 트레일을 찾을 수 없었다.

어떤 사람이 하퍼스 페리를 통과해 이어진다고 해서, 엠마는 메릴랜드의 샌디훅 외곽에 나 있는 길을 따라갔고 철교 위를 걸어 포토맥 강을 건넌 다음 마을로 들어갔다. 그녀는 세인트 피터스 로마 가톨릭 교회 근처에 있는 전신주에서 낡은 트레일 표시를 발견했지만 정작 트레일은 어디에도 없었다. 그녀는 절벽 위로 올라가 저녁이 될 때까지 사방을 살피다가 샌디훅으로 다시 돌아왔다. 거기 있던 한 남자가 트레일이 다른 곳으로 바뀌었다고 알려주어 그녀는 반대 방향으로 출발했다. 한밤중이긴 했지만 3킬로미터 정도만 걸어가면 되었다.

엠마는 다음 날 워싱턴 기념 주립공원을 통과했다. 그 공원에는 1827년 미국의 초대 대통령 조지 워싱턴을 기리며 세운 5개의 기념비가 있었다. 그날 저녁에 엠마는 그곳에서 한 화재 감시원을 만났다. 그는 그녀에게 자신의 집 거실에 있는 간이침대에서 하룻밤을 묵고 가라고 권했다. 화재 감시원은 분즈버러에 있는 신문사에 전화를 걸었고, 엠마는 전화를 넘겨 받았다. 그렇게 그녀는 지난 17일 동안 벌써 세 번째, 결코 대답하고 싶지 않은 질문들에 대답을 해야 했다. 물론 신문사에서는 그녀를 성가시게 할 의도는 없었지만 솔직히 엠마는 뭐가 이렇게들 소란스러운 건지 잘 이해가 가지 않았다.

다음 날이 되어 펜 마 공원을 지나 메릴랜드주와 펜실베이니아주의 경계선인 메이슨 딕슨 선을 향해 가고 있을 때, 〈AP통신〉이 타전한 소식 하나가 여러 신문에 실려 인쇄가 되었고, 그렇게 만들어진 신문은 처음에는 차에 실려, 그리고 다시 신문을 배달하는 사람들의 자전거에 실려 미국 전역에 있는 수십만 가정의 잔디밭과 현관에 던져질 준비를 하고 있었다. 그날 밤, 엠마가 임시 숙소에서 쉬고 있을 때 미국 전역의 사람들은 어느 일면식도 없는 이방인의 길고도 외로운, 또 믿기지 않는 여정을 읽고 있었다.

메릴랜드주 분즈버러, 7월 8일 AP통신 제공

66일의 시간과 1,600킬로미터가 넘는 거리. 엠마 게이트우드 부인은 여전히 3,500킬로미터의 애팔래치아 트레일을 홀로 완주하는 최초의 여성이 되기 위해 고군분투 중이다. 그녀의 나이는 놀랍게도 67세이다.

오하이오주 갈리폴리스 출신인 11명의 자녀와 23명의 손자손녀를 둔 이 여인은 바로 어제 워싱턴 기념 주립공원 근처를 통과했다. 지금의 속도라면 엠마는 메인주에 있는 종착역인 카타딘 산까지 9월에는 도착할 수 있을 것 같다는 예상이다. 그녀는 출발 지점인 조지아주 오글소프 산에서 5월 3일부터 여정을 시작했다.

대략 15킬로그램 정도 나가는 짐을 들고, 밤에는 침낭이나 트레일을 따라 있는 임시 숙소에서 숙박을 해결하고 있다. 그녀는 이미 신발이 두 켤레나 닳아 떨어졌지만 그 열정만큼은 전혀 닳지 않았다.

"저는 원래 야외 활동을 굉장히 좋아했어요." 그녀는 말했다.

기사 내용은 대부분 사실이기는 했다. 다만 자루의 무게는 15킬로그램이 아니라 더 가벼웠고 침낭 같은 건 가지고 있지도 않았다. 지금 이대로만 나아간다면, 그래서 그녀가 해낼 수만 있다면, 운이 좋으면, 카타딘 산에는 9월까지 도착할 수 있으리라. 트레일에서 가장 어려운 구간은 아직 앞에 남아 있었다. 그녀의 유명세는 더욱 올라갔고, 점점 더 많은 사람들이 그녀를 초대해 이야기를 나누고 싶어 했다.

1955년 북서부 지역의 여름은 지난 몇 년 동안 가장 서늘하고 음습한 날씨가 이어지고 있었다. 건초 더미에는 곰팡이가 피었고 딸기는 잘 자라지 못했다. 반면에 시카고는 1871년 시카고 시내에 대화재가 일어났던 이후 최고로 뜨거운 7월 날씨를 기록 중이었다. 북동부 지역 대부분은 가뭄으로 신음하고 있었다. 뉴욕은 연방 정부에 가뭄에 대한 특별 대책을 요청했다. 반면 텍사스는 폭우가 계속 이어져 농부들은 더스트볼 같은 건 그만 보고 싶다는 말을 더 이상 하지 않게 되었다. 더 기이한 일은 보기 드문 겨울 폭풍이었다. 이 폭풍은 지난 12월 31일 발생해 1월 1일에는 허리케인 앨리스로 발전했다가 며칠 뒤에야 소멸했다. 푸에르토리코의 역사학자들은 이것이 그 지역 최초의 겨울철 허리케인이었는지 논쟁을 벌였다. 학자들은 1816년에도 비슷한 폭풍이 있었다고 기억했지만 그 폭풍이 9월에 발생했는지 1월에 발생했는지는 정확하게 확인할 수 없었다. 어느 쪽이든 이 폭풍은 기상학자들을 아주 곤란하게 만들었다. 국립 기상청 소속의 한 기상학자는 이렇게 기록했다. "아마도 이런 현상은 지난 수십 년 동안 관측된 지구 온난화의 결과라고 추정된다."

연말이 되자 기상청에서는 13개의 열대성 저기압이 발생했다고 기록했는데, 그중 10개가 허리케인 급이었으며 이 정도 숫자가 기록된 건 오직 한 번밖에 없었다. 사람들은 1955년 허리케인이 불어왔던 철을 역사상 가장 컸던 재난의 시간으로 기억했다. 그리고 "피해 규모에 있어 이전의 모든 기록을 깨트렸다"고도 평했다. 학자들은 엠마 게이트우드가 아무것도 모르고 메릴랜드주를 지나 북쪽으로 가고 있던 7월에 북대서양에서 행성파가 형성되어 열대성 저기압으로 발전할 것이며, 아조레스 제도의 분수선에서는 순환성 고기압의 수준이 올라가 유럽이 있는 북동쪽으로 강력하게 밀려 올라갈 것이라고 예측했다. 그러면 북동쪽으로 향하는 흐름이 생겨나 소용돌이를 만들어내고 변칙적인 모양과 깊이의 파도가 스페인과 아프리카 연안까지 닿을 것이라는 설명이었다. 그리고 그런 파도의 기저 부분은 북쪽에서 시작된 저기압성 소용돌이 진행의 영향을 받아 수직으로 형성된 불안정한 기압골과 합쳐져 또 다른 폭풍을 몰고 올 것이라고 했다.

엠마 게이트우드는 이런 사실을 전혀 알지 못했다. 그녀가 알고 있는 세상은 나무와 꽃과 동물들이 있는 일종의 고립된 섬이었다. 그녀는 그날 밤 트레일 옆 임시 숙소에서 간신히 쉴 수 있었다.

한밤중이 되어 사내아이 3명이 야영을 하기 위해 쉼터로 왔다. 그런데 쉼터 안에 한 나이 든 할머니가 있는 것을 보고는 그냥 자리를 떠나려고 했다. 엠마는 아이들을 불러들여 공간은 충분하고 자기는 누가 함께 있어도 상관없다고 말해주었다. 그녀는 다음 날 자고 있는 소년들을 뒤로하고 길을 나섰다. 주 경계선을 넘어 펜실

베이니아주로 빠르게 걸었다. 그녀는 곧 칼레도니아 주립공원 근처로, 블루 산과 사우스 산 사이 골짜기와 가까워졌다. 엠마는 펜실베이니아에서 370킬로미터를 더 걸어야 했다. 그녀는 옷을 빨고 불가에 말린 다음, 길을 나서기 전까지 조금 잠을 잤다.

엠마가 친커핀 언덕의 가파른 남쪽 비탈을 오르고 있을 때였다. 어디에선가 이상한 소리가 들렸다. 주변을 둘러보니 한 남자가 뒤에서 가쁜 숨을 몰아쉬며 따라 올라오고 있었다. 머리카락이 흘러내려 눈을 가렸고 올라오는 모습이 여간 힘들어 보이는 게 아니었다. 그럼에도 불구하고 엠마를 따라잡으려고 하는 것 같았는데, 그녀는 그가 기자일 거라 짐작하고 가던 길을 멈추었다.

남자는 자신을 워렌 라지라고 소개했다. 그는 새를 관찰하러 산에 다니는 탐조가였고, 신문에서 기사를 읽고는 아침에 그녀를 찾아 출발했다는 것이다. 그는 엠마의 시간을 너무 많이 빼앗을 생각은 없으며, 몇 가지만 물어보고 싶다고 말했다. 두세 가지 정도면 된다고 했기에 두 사람은 펜실베이니아 숲속의 어느 통나무 위에 나란히 앉아 이야기를 시작했다. 2시간쯤 지나 남자는 이제 그만 가보는 것이 좋겠다고 말하고는 자리에서 일어나 인사를 하고 행운을 빌어주었다. 그렇게 가는가 싶더니 다시 자리에 앉아 1시간가량 더 이야기를 나누었다. 1955년 7월 10일, 워렌 라지는 주일학교와 예배에 참석하지 못했고, 엠마 게이트우드는 그날 일정을 마무리했다.

미쇼Michaux에서는 마이센할터라는 이름의 부인이 맛있어 보이는 상추 한 다발을 주었고, 파인 그로브 퍼네스Pine Grove Furnace 주립공원에서는 식량을 좀 마련한 뒤 마침내 트레일의 절반 지점에 도착했다. 파인 그로브 퍼네스라는 이름은 미국 독립전쟁 당시 이곳의 목탄 용광로에서 무기들을 만들어낸 일에서 유래한 것이다. 엠마가 오하이오주에서 온 보이스카우트 대원들의 인솔자와 이야기를 나누고 있을 때 삼림 관리인이 전화를 받으라고 했다. 전화를 걸어온 사람은 주립공원의 총괄 관리인으로 그는 볼티모어 출신인 라디오 및 뉴스 기자인 콘웨이 로빈슨과의 만남을 주선하고 싶다고 했다. 엠마에 대한 소식이 마침내 대도시까지 알려진 것이다. 로빈슨 기자는 펜실베이니아주 브란츠빌에서 엠마를 만나고 싶어 했다. 다음 날, 엠마는 새벽같이 길을 나섰지만 옆길로 들어서는 바람에 그만 길을 잃고 말았다. 다시 길을 찾았을 때는 오후가 가까웠고 아직 갈 길이 몇 킬로미터나 남아 있었다. 이번 구간은 특히 바위가 많아 험했고 방향을 바꾸는 곳마다 더 많은 바위가 있었다. 브란츠빌에 도착했을 때는 오후 5시가 다 된 시간이었다. 오후 내내 엠마를 기다렸던 로빈슨 기자는 해가 지기 전에 그녀를 숲으로 다시 데려가 사진 몇 장을 찍은 후 그녀가 걸어가는 모습을 영상으로 촬영했다. 그만하면 됐다 싶자 그는 그녀의 목소리도 녹음했다. 감사의 인사를 전하며 로빈슨 기자는 그날 저녁 엠마에게 저녁 식사를 대접했다.

엠마는 퍼시픽 코스트 고속도로를 지나 모래밭에 들어섰다. 살면서 한 번도 본 적 없는 바닷가 모래사장을 가로질렀다. 나들이용 구두를 신고, 긴소매의 리넨 드레스를 입었다. 그리고 차양 넓은 밀짚모자를 썼는데 모자의 한쪽 옆에는 하얀 꽃장식이 달려 있었다. 캘리포니아 해안에서 불어오는 바람에 짠 소금물과 모래가 날리며 피부에 닿았다. 사내아이 여러 명이 위아래가 연결된 수영복을 입고 물장구를 치며 놀고 있었다. 1937년의 일이다.

엠마는 바다를 바라보며 그 소박한 아름다움을 응시했다. 집에서 여기까지 오는 동안 딸들은 어떻게 지냈을까 잠시 생각에 잠겼다.

그녀의 가족 대부분이 함께 몇 년 전 서쪽으로 여행을 한 적이 있었다. 집을 몰래 나온 엠마는 그때의 길을 따라가고 있다. 어머니와 남동생은 캘리포니아에 살고 있고 여동생은 산타아나에 자리를 잡고 살고 있었다. 동생들은 갈리아 카운티에서의 일들이 정리될 때까지 잠시 머물러도 아무 문제 없다고 말해주었다. 어머니는 가정 문제로 고민하는 딸에게 따뜻한 위로의 말을 건네주었다. 그렇지만 아이들을 떠난 슬픔 때문에 가슴이 찢어지는 것만 같았다. 하지만 그녀는 이곳에 아이들을 데려와 문제를 해결해나갈 자신이 없었다. 그리고 남편이 자신을 대하듯 아이들을 함부로 대하지는 않는다는 사실도 잘 알고 있었다. 엠마는 전에 캘리포니아에 한 번 와본 적이 있었다. 남편에게 심하게 폭행을 당한 후 아직 젖

엠마가 처음 본 바닷가, 실 비치와 헌팅턴 비치 사이. 1926년.

루시 게이트우드 시즈 제공

먹이인 루이즈와 함께였다. 하지만 그때는 영원히 집을 떠난 것이
아니었다. 그녀는 1년을 머물다 다시 오하이오에 있는 집으로 돌아
갔다. 남편이 앞으로는 달라질 것이라고 약속을 했기 때문이다. 하
지만 이번에는 달랐다. 엠마는 다시 돌아갈 수 있을지 확신할 수
없었다.

엠마는 아이들을 두고 떠난 것에 대한 죄책감에 가슴이 아려왔다. 그렇지만 더 이상 선택의 여지가 없었다. 페리는 죽을 때까지 자신에게 폭력을 휘두를 것이고, 저항할 힘이 없다면 유일한 방법은 도망가는 것, 서쪽으로 향하는 것뿐이었다.

1937년 11월 18일, 엠마는 딸들에게 두 장이 넘는 편지를 쓰고 자신의 주소는 남기지 않은 채 봉투에 넣어 부쳤다.

루이즈와 루시에게

계속 편지를 쓰고 싶었지만, 너희들 아빠가 내가 있는 곳을 알게 될까봐 그러지 못했단다. 그는 내가 겪어본 일 중 최악의 악몽이지. 그가 나를 제발 홀로 내버려두기를 간절하게 빌었어. 내 주변에서 보이지 않기를, 그리고 포기하기를. 어제는 그가 커다란 국화꽃 한 다발을 보내왔지만 나는 그걸 보기도 싫어 바로 공동묘지에 가져가서 다른 사람의 무덤에 올려놓았어. 이제 너희들도 새 옷이랑 신발, 혹은 외투를 꺼내 쓸 수 있겠구나. 그가 집에 있고 나를 괴롭히는 일이 계속되는 한 나는 아마 집으로 돌아가지 못할 것 같아. 나는 할 수 있는 한 너희들과, 너희들을 위해 해주고 싶었던, 할 수 있었던 일들에 대해 생각하지 않으려고 애쓰고 있단다. 그저 언젠가 모든 것이 바뀌고 그래서 너희들과 함께할 수 있는 희망을 가지고 살려고 한다. 참을성을 가지고 착하게 지내렴. 그러면 너희들 아버지처럼 그렇게 불행하게는 되지 않을 수 있단다. 아버지가 내게 어떤 험악하고 추악한 말을 하더라도 때리지만 않았다면 그대로 집에 있었을 거야. 그렇지만 이제는 다 지난 일이다. 그저 모든 것이 너무 늦었고 상황도 나쁘게 되어버린 것뿐이야. 그 사람이 나를 계속해서 괴롭힌다면 나는 어딘가 먼 외국으로 가버릴 거다. 그 추한 얼굴을 절대로 다시 보지 않을 거야. 나는 그에게 받은 고통만으로도 앞으로 100년은 충분히 괴로울 테니까.

언젠가 너희들과 다시 함께할 수 있기를 바라는 마음으로,

사랑을 가득 담아,

엄마가.

딸들은 갈리아 카운티에 있는 집에서 편지를 받아 읽었다. 열한 살과 아홉 살이었던 두 딸은 편지 안에 담겨 있는 어머니의 고통을 충분히 이해했다. 그러나 여전히 아버지의 도구였던 아이들은 그의 명령에 따라 어머니에게 자신이 얼마나 그리워하고 있는지, 제발 다시 집으로 돌아오라고 편지를 썼다. 물론 딸들은 이것이 아버지의 계략임을 잘 알고 있었지만 시키는 대로 할 수밖에 없었다. 편지는 계속되었다.

길은 평평했고 아무것도 없었다. 2차선 아스팔트 포장도로가 펼

쳐져 있었다. 엠마는 그 길이 끝없이 이어질 것 같다고 생각했다. 발이 아파왔다. 하루 종일 고속도로를 걸었고, 새로 건설된 미국 최초의 유료 고속도로인 펜실베이니아 턴파이크를 지나갔다. 미국에서 처음 건설된 유료 고속도로로, 동쪽으로는 델라웨어 강까지, 그리고 서쪽으로는 그녀의 고향인 오하이오주까지 뻗어 있는 도로였다. 저녁 5시 30분이 되어 집이 한 채 보였다. 누구에게 물어볼 겨를도 없이 그 집 앞으로 가 현관문 앞에 털썩 주저앉았다. 집 안에 있던 사람들은 맥클리스터 가족으로 창문을 통해 낯선 사람의 뒷모습을 쳐다보았다. 엠마는 집 안에 있던 사람들이 자신을 정신이 나간 여자로 생각할 거라고 느꼈지만 굳이 설명하고 싶지 않았다. 그녀는 너무 피곤했다. 결국 그들은 엠마에게 누구냐고 물었고 엠마는 자신이 무엇을 하고 있는지 이야기해주었다. 그러자 그들은 태도가 약간 달라지며 그녀를 집 안으로 들여 저녁을 대접했고, 여기서 자고 가겠느냐고 물었다.

다음 날은 오전 내내 거칠고 날카로운 바위들이 있는 길을 걸어야 했다. 그 바위들은 마지막 빙하기 동안 빙하가 남쪽으로 밀고 내려오며 남긴 잔재들이었다. 이번 구간은 트레일에서도 가장 바위가 많은 구간이었고, 돌 하나하나가 마치 목적이 있는 듯 그 자리에 뾰족하게 서 있는 것 같았다. 엠마는 간절하게 새 신발이 필요했다. 그녀는 지금 신고 있는 신발의 양쪽 옆면을 찢어 좀 더 발이 편하게 만들었다. 부어오른 발이 숨 쉴 수 있는 공간이 생겼지만 걸어가는 동안 발은 계속 부어오르고 있었다.

오전 11시가 조금 지나 그녀는 펜실베이니아주 던캐넌 외곽으로 접어들었다. 그녀는 무릎 위까지 내려오는 이른바 버뮤다 반바지를 입고 있었고, 원래의 긴 작업 바지로 갈아입어야겠다는 생각을 했을 땐 이미 마을로 들어선 뒤였다. 한 무리의 아이들이 집 앞에서 놀고 있었고, 엠마가 다가오는 것을 보자 한 사내아이가 큰소리로 외쳤다.

"저길 봐!" 아이가 옆의 친구들에게 말했다. "여자 떠돌이다!"

엠마는 계속 걸었다. 사람들이 손가락질을 하는 것이 이번이 처음도 아닐뿐더러 마지막도 아닐 터였다. 그리고 그런 일로 가던 길을 멈추고 싶지 않았다. 몇 분 뒤 이 '여자 떠돌이'는 거대한 서스쿼해나 강을 건넜고 다리 끝에 있는 작은 식당에 들어갔다. 그녀는 토마토 샌드위치를 주문했고, 기분을 달래기 위해 바나나 스플릿도 하나 시켰다.

저녁을 먹고 난 후, 그녀는 물을 찾기 시작했다. 밤 9시가 되었지만 어디서도 물을 찾을 수 없었다. 엠마는 자루에서 손전등을 꺼내 길옆에 서서 차가 멈춰 서주기를 바라며 손전등을 흔들었다. 마침내 차 한 대가 멈춰 섰다. 차에는 여자 둘과 그들의 아이들이 타고 있었다. 엠마는 하룻밤 쉴 곳을 찾고 있다고, 아니면 적어도 마실 물이라도 얻을 수 있냐고 상황을 설명했다. 그녀는 차에 올라탔고 25킬로미터가량을 달려 여자들 집에 도착해 그날 밤을 보냈다. 그들은 다음 날 아침 엠마를 다시 트레일로 데려다주기까지 했다.

발이 아픈 것만 제외하면 필라델피아에서 약 160킬로미터 서쪽에 위치한 동부 펜실베이니아 지역의 하이킹은 그리 어렵지 않았다. 문제는 머물 곳을 찾는 일이었다. 엠마는 7월 15일, 25킬로미터 가량을 걸어 커다란 집을 찾아냈고 혹시 남는 방이 있는지 물어보았다. 안에서 집안일을 하는 여자가 보였는데 여자는 문 쪽으로 오더니 자신은 관절염이 있다며 엠마를 집 안으로 들일 수 없다고 말했다. 다음 집에서는 집주인이 남는 방도 침대도 없다고 말했다. 그녀는 연달아 여덟 집을 더 시도했지만 모두 거절당했다.

그다음에 도착한 집은 아주 작았는데 가슴이 풍만한 금발의 여인이 나왔다. 여자는 남는 침대는 없지만 아이들을 별채로 보내 간이침대를 준비해주겠다고 말했다. 엠마는 혹시 괜찮다면 자기는 집 앞에 있는 벤치용 그네가 더 편하니 그곳에서 쉬어도 되겠느냐고 물었고, 그네에서 잠이 들었다. 뜨거운 여름밤이었다. 그동안 여자는 세탁기로 엠마의 옷을 빨아주었다.

제 8 장

°

내게 맞는 신발

날카로운 바위들이 발을 계속 괴롭혔다. 한 걸음 한 걸음이 고통이었다. 엠마는 경험 많은 도보 여행자가 신을 법한 밑창이 단단한 부츠가 아니라 부드러운 고무 바닥의 운동화를 신고 있었고 그만큼 빨리 닳아 떨어졌다. 상황이 어려워지자 그녀는 버려진 남자 구두의 뒷굽을 주워 발바닥 아래에 붙여 지지대 삼기도 했다. 이제 엠마가 신고 있는 신발은 이 근처에서 태어나 이 언덕에서 어릴 때부터 사냥과 낚시질을 익혔던, 개척시대의 영웅인 대니얼 분Daniel Boone이 신던 가죽 모카신과 비슷해졌다.

지친 발을 쉬게 된 것에 감사하며 엠마는 그날 밤을 허틀라인 야영장에서 보내고 다음 날 오후에는 펜실베이니아주에 있는 작은 마을인 포트 클린턴에 도착했다. 그녀는 가게부터 찾아가 새 신발을 살펴보았는데 이제껏 그렇게 허름하고 엉망인 가게는 본 적이 없었다. 상자들이 높이 쌓여 있고, 손이 닿는 곳마다 먼지가 켜켜이 쌓여 있었다. 엠마는 간식거리를 조금 산 뒤 가게 앞에 잠시 앉아 쉬었다. 그러다가 거리를 내려가 킹피쉬 호텔로 가서 묵을 방이 있는지 알아볼 참이었다. 그때 근처에 있던 어떤 집에서 한 여자가 소리를 질렀다.

"당신이 그 트레일을 걷고 있다는 사람인가요?" 여자가 물었다.

"네, 맞아요." 엠마가 대답했다.

스웨이버거라는 이름의 이 부인은 아주 흥분했고 덕분에 엠마도 행복해졌다. 여자는 아들에게 엠마 옆에 서서 사진을 찍으라고 했고, 여자의 딸은 저쪽으로 가서 트레일에 관심이 많은 자기 남편을 만나보자고 보챘다.

또다시 사람들이 엠마를 알아보았다. 그녀가 하고 있는 도보 여행 소식은 마치 들불처럼 번져나갔다. 메릴랜드주 분즈버러에서 전해진 〈AP통신〉 기사는 실제로 갈리아 카운티까지 알려졌다. 그리고 신문은 이제 전국적인 관심의 대상이 된 한 여성에 대한 후속 기사들을 전하고 있었다.

4월 초 이곳을 떠난 뒤 그녀의 정확한 위치는 지난 금요일 분즈버러에서 소식이 오기 전까지는 알려지지 않았다. 그녀는 조지아주 오글소프 산에서 출발해 14개 주와 8개 국유림, 2개의 국립공원을 거쳐 트레일을 따라 걷고 있는 중이다. 그 북쪽의 최종 목적지는 해발 1,585미터에 달하는 카타딘 산 정상이다.

기자는 엠마의 장남인 먼로를 만났다. 먼로는 갈리아 카운티에 있는 오하이오 벨 전화 회사의 전신 통신망 책임자로 일하고 있었고, 어머니 소식에 놀란 듯 보였지만 걱정하는 기색은 없었다.

"바로 어제까지도 어머니가 무슨 일을 하고 있는지 정확하게 알지 못했습니다. 사실 조금 짐작은 했습니다만." 먼로의 대답이었다. "어머니는 자연을 아주 사랑하시는 분이고 건강도 완벽하다 할 수 있습니다. 젊은 사람들보다 더 잘 걸을 수 있는 분이기도 하고요."

펜실베이니아주의 버크셔를 통과하는 트레일에서 엠마는 쉬켈라미 보이스카우트 전용 야영장에 있는 스카우트 대원들을 만났다. 이들은 펜실베이니아의 주요 일간지 중 하나인 〈리딩 이글 Reading Eagle〉의 칼럼니스트에게 즉시 연락을 했다. 엠마는 아이들에게 지금까지 세 마리의 독사와 두 마리의 방울뱀을 만났다고 말했고, 아주 추운 밤에도 밖에서 밤을 새운 적이 여러 번 있다고도 이야기했다. 아이들은 엠마가 가벼운 운동화를 신고 있는 것을 신기하게 생각했고 기고자는 이런 글을 써서 신문사에 보냈다.

"엠마 게이트우드는 운동화를 신고 있었는데, 도보 여행 전문가라면 분명 적당한 무게를 가진 튼튼한 신발을 신으라고 권할 것이다. 너무 무거워도 안 되지만 거친 산길을 버틸 수 있을 정도로 질긴 신발 말이다." 기고문은 계속된다. "그렇지만 내가 만일 3,500킬로미터의 여정에 도전하는 67세의 여성이라면, 아마 이 세상에 나 자신보다 내 발을 어떻게 돌봐야 하는지 알고 있는 전문가는 또 없을 것이다."

엠마의 도보 여행에 대한 소식은 심지어 이제 막 창간된 잡지의 젊은 기자의 귀에까지 들어가게 되었다. 바로 뉴욕의 〈스포츠 일러스트레이티드〉였다. 기자인 메리 스노우는 애팔래치아 트레일을 걷고 있는 이 괴짜 할머니 이야기가 좋은 기삿거리가 될 수 있올지 궁금했다. 신문 기사는 '누가, 무엇을, 어디서, 언제, 어떻게'를 다루고 있었지만, 가장 중요하고 궁금한 질문을 던진 기자는 지금까지 아무도 없었다. '왜' 이 일을 하는지에 대해서. 스노우는 자기가 그 질문을 던져보기로 했다. 그렇지만 모든 일에는 순서가 있는 법. 하루에 20킬로미터가 넘는 길을 걸어 황야를 전진하고 있는 사람을 어떻게 쫓아가 만날 수 있을 것인가?

한편 엠마도 부어오른 발 말고 나름대로 여러 가지 문제들을 안고 있었다. 포트 클린턴에서 하룻밤을 잘 쉰 뒤, 다음 날 오후까지 즐겁게 걸은 엠마는 블루 산에 있는 오두막에서 1달러를 내고 숙박을 한다. 그리고 7월 19일 아침에 펜실베이니아주 파머튼 Palmerton을 향해 출발했다. 그러다 호텔에 묵으려고 했는데 그녀를 받아주지 않았다. 이런 호텔에 묵으려면 도대체 어떤 모습을 하고 있어야 한단 말인가? 엠마는 그날 아침 물이 나오는 곳을 찾아 얼굴을 씻긴 했지만 빗이 없어서 하얗게 세고 엉켜버린 머리카락을 제대로 매만질 길이 없었다. 그녀는 야영장을 뒤져 포크 하나를 찾아냈고 그걸 빗 대용으로 사용해왔다. 이렇게 호텔에서 문전박대를 당하고 나니 지친 몸을 이끌고 그날 밤을 어디서 보내야 할지 걱정이 되었다.

해 질 무렵 갓길을 따라 걸어 내려가고 있는데 차 한 대가 와서 옆에 멈춰 섰다. 운전석에는 젊은 여자가 타고 있었는데 호텔에서 나온 그 여자는 뭔가 양심에 가책을 느끼는 듯 불편해 보였다. 여자는 엠마에게 차에 타라고 권하고는 파머튼 시내로 데려다주겠다고 했다. 몇 분 뒤 그들은 한 호텔 앞에 도착했고, 엠마는 2달러를 주고 하룻밤을 묵을 수 있었다. 그녀는 욕조에 발을 담갔다가 거리로 나가 동네 작은 식당에서 샌드위치를 사 먹었다. 그곳에서 누군가 그녀에게 랠프라는 사람을 만나보면 좋을 것이라고 말했고, 식당의 여종업원인 샐리가 전화로 랠프와 연결해주었다.

랠프는 안경을 쓴 일흔 살의 남자로 뉴저지 아연 주식회사에서 은퇴한 사람이었다. 그는 워싱턴 산을 등반했을 뿐만 아니라, 애팔래치아 트레일에서 리하이Lehigh 갭의 데빌스 펄핏Devils Pulpit까지의 구간을 정리하는 일을 도우며 봄을 보냈다는 것이었다. 그는 마치 자기 손바닥을 들여다보듯 그 구간을 잘 알고 있다고 했다.

랠프는 엠마를 자신의 집에 초대했고 그녀는 호텔에서 짐을 챙겨 랠프의 집으로 갔다. 두 사람은 밤까지 이야기를 나누며 앞으로 수년간 이어질 우정을 처음으로 다지게 된다. 랠프는 앨런타운에 있는 신문사에 연락을 했고, 기자 두 사람이 인터뷰를 위해 찾아왔다. 한 기자가 엠마에게 도보 여행을 하며 가장 놀랐던 일은 무엇이냐고 질문했다.

"신문에서 이렇게 나를 많이 다뤄주는 거요." 엠마는 대답했다.

다음 날 아침, 랠프는 엠마를 차에 태우고 마을을 가로질러 '그랜트'라는 이름의 상점에 갔다. 아직 영업을 시작하지는 않았지만, 랠프가 누구와 함께 왔는지 설명하자 점원은 기꺼이 문을 열고 두 사람을 가게 안으로 들여보내주었다. 엠마는 여성용 신발이 있는 곳을 살펴봤지만 가장 큰 사이즈도 너무 작았다. 발이 심하게 부어 일반 여성용 신발은 맞지 않았던 것이다. 엠마는 더 편한 남자 신발을 신어보았다. 크기는 265밀리미터로 약간 헐렁했지만 나중에 발이 조금 더 부어도 괜찮을 것 같았다. 엠마는 그 신발을 샀고 또 울과 나일론 혼방 양말을 각각 한 켤레씩, 철사로 만든 머리핀 몇 개도 샀다. 친절한 점원은 5센트짜리 라이프세이버 사탕 세 봉지를 건네며 행운을 빌어주었다.

랠프는 엠마를 트레일이 있는 리하이 갭까지 데려다주었고 두 사람은 절벽을 따라 정상까지 올라갔다. 그는 엠마가 가파른 비탈을 오르는 데 도움이 필요할 것이라고 생각했지만 아무런 도움 없이 자루를 짊어지고 단풍나무 지팡이에 의지해 산을 오르는 것을 보고 깜짝 놀라고 말았다.

랠프는 아래에서 인사를 하고 떠났고, 엠마는 다시 혼자가 되었다.

1938년 2월 20일, 엠마는 다시 딸들에게 편지를 쓴다. 캘리포니아 산타아나에 있는 동생 루시의 집에서였다. 엠마는 간호조무사로 일자리를 구한 상태였다. 그녀는 아이들을 남겨두고 떠나온 것에 깊은 죄책감을 느끼고 있었으며, 동시에 계속해서 자기를 집으로 불러들이려는 남편의 시도에 짜증이 났다. 그럼에도 불구하고, 엠마는 집으로 돌아가는 문제에 대해 아직 고민하고 있었다.

루이즈와 루시에게

발렌타인데이를 축하하는 멋진 카드와 맛있는 사탕을 보내줘서 정말 고맙구나. 너희가 그려준 그림이 아주 마음에 들고, 또 학교생활도 잘하고 있다니 기쁘다. 언젠가 우리가 함께 살면 너희에게 해줄 수 있는 작고 소중한 일들을 꿈꿔본다. 나는 좋은 곳에서 지내고 있고 주변에는 온갖 종류의 아름다운 꽃들도 많단다. 나는 일요일에 쉬고 그 시간을 너희들 외할머니와 함께 보낸단다. 너희들도 나중에 나랑 함께 있으면 즐거울까? 오늘은 오렌지를 따서 도시 사람들은 '디너'나 '런치'라고 부르는 과일 샐러드를 만들었단다. 가끔 옆구리가 너무 고통스러울 정도로 아플 때가 있다. 어떤 밤에는 통증 때문에 잠을 거의 자지 못할 때도 있고…. 가능한 한 빨리 진찰을 한번 받아보려고 해. 네 아빠는 그 결과가 어떤 것인지 안다면 아주 기분 좋아하겠지. 나를 바닥에 내동댕이친 일 말이다. 네 아버지가 올라타 짓밟았던 가슴은 여전히 멍이 들어 있지만 부기는 많이 빠졌단다. 이제 그만 자야겠다. 여긴 모든 것이 평화스럽고 고요하기만 하구나. 너희들도 잘 지내고 내가 자랑스러워할 만큼 건강하고 착한 아이들로 자라길 바란다.

사랑을 가득 담아,

엄마가.

그녀의 옆구리 통증은 점점 더 심해졌지만 일주일에 6일을 일하
느라 쉽게 진찰을 받을 시간을 낼 수 없었다. 이 편지를 보내고 난
후 며칠 뒤 엠마는 계획을 짰다. 집으로 돌아가 딸들과 함께 지내
며, 남편이 병원비를 내도록 만드는 것이었다. 어떤 일이 발생하더
라도 말이다.

이 결정은 엠마를 거의 죽음 직전까지 몰아넣고 말았다.

멋진 전망과 철쭉이 어우러진 길, 그리고 장대한 폭포로 유명한
델라웨어 워터 갭이 바로 눈앞이었다. 엠마는 어두워지기 전에 그
곳에 닿기 위해 걸음을 재촉했다. 키타티니 산 위 불쑥 솟아오른
바위틈을 빠져나와 서둘러 내려가면서 날이 완전히 어두워지기
전에 쉴 곳을 찾고 있던 바로 그때, 엠마는 그만 미끄러져 넘어지
고 말았다.

크게 다친 것 같지는 않았는데, 무릎에 짧지만 날카로운 통증이
느껴졌다. 엠마는 상처를 살펴보고 무릎에 몸무게를 실어 괜찮은
지 시험해보았다. 다행히도 통증이 그다지 심하지는 않았지만 트
레일에서는 아주 작은 부상도 큰 사고로 이어질 수 있다. 특히나
반복적인 움직임이 더해질 때 그랬다. 이제 앞에는 뉴햄프셔주와
버몬트주, 메인주의 가장 거칠고 높은 산맥들이 기다리고 있었고,
엠마는 최고의 건강 상태를 유지할 필요가 있었다. 그녀는 조금 걸

다가 어둠 속에서 물웅덩이와 몇 개의 피크닉 테이블을 발견했다. 누군가 이 근처에는 집이라고는 한 채도 없다고 말해주었기에 그녀는 테이블 중 하나를 침대 삼아 잠을 청했다.

밤사이 차들이 공원 안으로 들어올 때마다 몇 번이고 자동차 불빛이 그녀가 있는 쪽을 비췄다. 그리고 그때마다 테이블 위에 허름한 인간의 형체 같은 것이 사지를 펼치고 누워 있는 모습을 본 사람들은 주변을 한 바퀴 돌아 빠르게 사라졌다. 마치 무언가에 쫓기는 것처럼. 그렇게 차들이 떠나간 자리에 남은 건, 반쯤 잠든 채 킥킥거리는 한 늙은 여인이었다.

7월 22일 아침, 엠마는 길을 나선 지 겨우 5분 만에 한 마을로 들어섰다. 전날 밤 잠을 제대로 자지 못하고 고생했던 곳에서 아주 가까웠으며 호텔과 모텔, 식당과 일반 주택들이 있었다. 아직 새벽 5시 45분이라 문이 열린 곳은 없었지만 엠마는 다시 길을 떠나기 전에 뭔가 먹을 수 있기를 기대하며 잠시 기다렸다. 몇몇 남자들이 인도에 있는 그녀를 눈여겨보고는 식당은 8시나 되어야 연다고 말해주었다. 그렇게 늦게까지 기다릴 수 없었던 엠마는 델라웨어 강 위 다리를 건너 뉴저지로 들어섰다. 80일 동안 걸어 여덟 번째로 통과하는 주였다. 그런데 얼마 가지 않아 지프 한 대가 옆에 멈춰 서더니 운전자가 창문을 내렸다. 남자는 경찰 제복을 입고 있었다.

"이름이 뭡니까?" 남자가 물었다.

엠마는 자기가 뭘 잘못했는지 알 수 없었다. 그렇지만 그의 말투로 보아 곤란한 상황에 처하게 되었다는 생각이 들었다. 어쩌면 자신을 부랑자로 오해하고 있는지도 몰랐다.

"엠마 게이트우드입니다." 그녀가 대답했다.

"전화로 누가 찾는군요." 남자가 말했다. 그는 차 조수석 문을 열었고 엠마가 올라타자 그다지 멀지 않은 곳에 있는 경찰서로 향했

다. 메리 스노우라는 이름의 〈스포츠 일러스트레이티드〉 기자가 수신자 부담으로 뉴욕으로 전화를 걸어달라고 했다는 것이다. 전화가 연결되기까지 1시간 가까이 걸렸다. 엠마가 통화를 기다리는 동안 경찰관은 우유와 도넛을 내주었다. 마침내 메리 스노우와 연결이 되자 두 사람은 잠시 이야기를 나누었고 스노우 기자는 엠마에게 어디 있는지 위치를 알 수 있도록 월요일에 다시 전화를 달라고 했다. 기자는 자기가 잠시 함께 다니며 도보 여행을 하는 할머니에 관한 기사를 써도 되겠느냐고 물었고 엠마는 별문제가 없을 거라고 생각했다. 그녀는 월요일에 다시 전화를 주기로 약속했다.

다음 날은 좀 더 힘이 들었다. 트레일이 키타티니 능선 위쪽을 따라, 델라웨어 강 계곡 위 높은 곳을 지나가면서 길이 험해졌고, 엠마의 아픈 무릎으로는 멀리 갈 수가 없었다. 그녀는 길옆에서 잠을 잤다. 크레이터 호수에서 5킬로미터쯤 떨어진 지점이었다. 밤에 사슴 한 마리가 코를 킁킁거리며 다가왔고 엠마는 곰이 아니라 다행이라 생각했다. 다음 날 밤은 하이 포인트 기념비 옆에서 보냈다. 전쟁에서 죽은 사람들을 기리는 비석이 서 있는 곳이었다. 다음 날은 어떤 요양원에서 신세를 졌다. 어디를 가든 엠마는 일단 밖에서 앉아 기다리며 집주인이 자기를 들여보내주기를 기다리곤 했다.

7월 26일, 엠마는 뉴저지주 버넌에 있는 애팔래치아 임시 숙소에 도착했다. 그리고 창고에서 군용 간이침대를 찾아냈다. 이대로만 간다면 다음 날 오후에는 뉴욕에 도착할 수 있으리라. 그리고 허드슨 강 계곡 근처로 가서 메리 스노우 기자를 만날 예정이었다.

제 9 장

전진을 계속하다

GRANDMA
GATEWOOD'S
WALK

뉴욕주의 포트 저비스는 강변을 따라 있는 가난한 도시다. 포트 저비스의 남쪽에서 엠마는 다시 남쪽으로 방향을 틀어 주 경계선을 따라 걸었다. 동쪽으로는 기름진 땅이 있는 저지대가 보였다. 뉴욕주 그린우드 호수 근처에서 트레일의 방향이 북쪽으로 바뀔 때까지 걷다가 다시 동쪽을 향해 돌아서 팰리세이즈 주간 공원으로 향한다. 맨해튼에서 65킬로미터 북쪽에 있는 공원이며 이 근처에는 수백만 명의 사람들이 대도시 안에서 북적대며 살아가고 있다.

몸바사 호수에서 엠마는 수영을 하러 가던 한 남자와 두 아이를 만났다. 남자는 트레일이 만들어지기 전까지 이 호수는 개인 소유였다고 말했다. 엠마는 세 사람을 따라가며 트레일에 대해 이야기를 나누었고 자기가 하고 있는 도보 여행 이야기를 하자 남자는 큰 관심을 보였다. 엠마가 자루를 열어 그동안 모아온 신문 기사 조각들을 꺼내 남자에게 보여주고 있는데, 한 여자가 걸어오더니 자신을 메리 스노우라고 소개했다.

엠마는 월요일도 화요일도 약속대로 전화를 했지만 연락이 닿지 않았기 때문에 스노우 기자가 그렇게 기다리고 있는 모습을 보고 깜짝 놀랐다. 두 사람은 잠시 이야기를 나눴고, 몇 시간 후 트레일이 지나가는 17번 국도에서 다시 만나기로 했다. 그 도로는 들뜬 관광객들이 도시를 떠나 캣스킬 산맥을 갔다가 돌아오곤 하는 길이었다. 스노우 기자와 작별을 한 엠마는 다시 걷기 시작해 날카롭고 위험천만한 바위들이 하늘 높은 줄 모르고 치솟아 있는 애거니 그린드라는 곳으로 향했다. 성인 남성들도 지나기 힘든 것으로 알려진 구간이었다.

17번 국도에 도착했을 때, 스노우 기자는 어느 경찰관의 아내와 함께 기다리고 있었다. 세 사람은 함께 경찰관의 집으로 가서 점심을 먹은 후 다시 트레일로 돌아왔다. 엠마와 새로운 길동무인 스노우는 함께 길을 떠났다. 두 사람은 가는 내내 이야기를 나눴고 주로 스노우 기자가 계속 질문을 했다. 엠마는 기자에게 자신이 뱀이나 다른 위험한 동물들을 주의 깊게 피하고 있다고 말했다. 그리고 먹을 수 있는 풀과 열매 등 트레일에서 찾아낸 자연의 먹을거리들에 대해서도 이야기를 해주었다. 그리고 낯선 사람들의 친절에 많은 도움을 받았다는 사실도. 그녀는 좋은 사람과 그렇지 못한 사람 모두를 만났다고도 했다. 엠마는 무엇보다 자신이 메인주에 분명히 도착할 수 있을 거라는 흔들림 없는 확신을 보여주었다.

엠마는 스노우 기자에게 또 다른 이야기도 했다. 만일 정말로 트레일을 완주하고 카타딘 산 정상에 올라설 수 있다면, 뭔가 특별한 일을 할 계획이 있다고 말했다.

이번 구간은 걷기가 수월했다. 8킬로미터쯤 갔을 때 두 사람은 핑거보드 산 위에 새로 지어진 쉼터에 도착했다. 스노우 기자는 엠마에게 내일 아침 9시 30분에 여기서 몇 킬로미터쯤 떨어진 베어 산에서 다시 만나자고 했다. 허드슨 강과 아주 가까운 곳이었다. 쉼터에는 남자아이 둘이 먼저 와 있었다. 쉼터는 바위 위에 세워진 것으로 지붕은 양철이었고 양쪽 끝에는 난로가 있었지만 아주 지저분했다. 결국 엠마는 쉼터 밖에서 자기로 결정했다. 깨끗한 풀밭을 찾아 그 위에 담요를 펼쳤다. 아이들은 낙엽이 쌓여 있는 바위 뒤로 내려왔다. 한밤중이 되자 빗방울이 떨어지는 것 같았다. 엠마는 자루를 움켜쥐고 어둠 속을 더듬어 다시 쉼터로 들어갔다. 어쨌든 그녀도 휴식이 필요했다. 내일 베어 산까지 약속한 시간에 가려면 일찍 일어나야만 했다. 내일 오를 산길은 아주 험할 터였다.

엠마는 캘리포니아에서 돌아온 뒤 금전적인 혼란에 직면했다. 그녀가 집을 떠나 있는 사이 페리의 농장 경영은 엉망이 되어 있었다. 그들에게는 빚을 갚을 돈도 없었고 그렇다고 기간을 유예받을 뾰족한 방법이 있는 것도 아니었다. 1938년, 결국 농장을 처분할 수밖에 없었다.

두 사람은 오하이오주 크라운 시티의 강 위쪽에 있는 더 작은 조지 쉬츠 농장을 샀다. 그리고 5월 30일 이사를 했지만 그곳도 내년이면 비워줘야 했다. 남편은 뭔가 좀 달라진 것 같았다. 엠마가 한시도 곁을 떠나지 못하게 했고, 아내가 곁에 있지 않으면 일도 하지 않았다. 울타리 세우는 일이건 돌을 치우는 일이건 혹은 나무를 베는 일이건.

이따금씩 엠마는 종이봉투에 샌드위치 몇 개를 싸 들고 어린 두 딸과 함께 숲으로 들어가 야생화를 찾았다. 세 모녀는 하루 종일 언덕을 오르고 계곡으로 들어가 양귀비와 아네모네, 야생 국화, 그리고 미나리아재비와 다른 여러 야생화를 찾았다. 하루는 포섬 홀로 Possum Hollow 근처에서 꽃을 찾고 있는데 비가 약간 떨어져 숲을 적셨다. 그리고 땅으로부터 불쑥 솟아오른 이끼로 뒤덮인 바위가 하나 보였다. 그 위에는 어여쁜 설앵초가 자라고 있었다. 그 광경은 그들에게 평생 잊지 못할 기억으로 남았다.

엠마는 그해에만 남편에게 열 차례나 넘게 얼굴을 알아볼 수 없을 정도로 구타를 당했다고 이후 기록했다.

＊＊ ＊＊ ＂ ＊＊ ＊

7월 28일, 베어 산 전망대 근처로 기자들이 모여들었다. 메리 스노우도 함께였다. 그들은 오전 9시 30분에 오기로 한 엠마 게이트우드를 기다리고 있는 것이었다. 10시가 지나고 다시 11시, 그리고 12시가 되었지만 엠마의 모습은 어디에도 보이지 않았다. 신문기자와 사진 기자들이 하나둘씩 흩어지기 시작했다. 할머니에 대해 실망도 하고 걱정도 하는 것 같았다. 메리 스노우는 더 기다리다가 결국 점심을 먹기 위해 산을 내려갔다.

엠마는 시간에 맞춰 약속 장소에 도착하기 위해 온 힘을 다해 걷고 또 걸었다. 하지만 이번 구간은 너무 가팔랐고 다리 부상 때문에 산을 오르기가 더 힘들었다. 그러다 만난 도보 여행자들에게 베어 산까지 얼마나 가야 하는지 물어보았다.

"11킬로미터 정도 남았어요." 그중 한 사람이 대답해주었다. 그리고 그녀가 가는 방향의 지평선 쪽 한 봉우리를 가리켰다.

4시간이 지난 후 정상에 도착했을 때 기자들은 모두 철수한 후였다. 메리 스노우와 키가 큰 경찰 한 명이 잠시 뒤 모습을 드러냈고, 경찰은 엠마의 사진을 찍었다. 엠마의 한 손은 엉덩이에 얹어졌고, 햇빛을 가려주는 녹색 챙모자가 갈색으로 그을린 이마 위로 내려와 있고, 왼쪽 어깨에 자루를 멘 모습이었다. 지나가던 관광객 몇 명이 그 모습을 보고 따라와서 사진을 찍기 시작했다. 경찰이 사진을 다 찍고 나자 엠마는 산 아래로 향했고, 산 아래 차에서 기다리고 있던 스노우 기자와 만나 식당으로 갔다. 그날 밤은 허드슨 강 서쪽에 있는 포트 몽고메리에서 스노우 기자가 구해준 오두막에 묵었다. 엠마는 작별 인사를 했고 옷을 빤 뒤 모닥불에 말리고 잠이 들었다.

다음 날, 스노우 기자와 차에서 만났던 자리까지 되돌아가서 가장 가까운 트레일 표시를 찾은 다음 그 표시를 따라 베어 산 다리를 향해 갔다. 강철과 콘크리트로 만든 멋진 현수교로 지금으로부터 31년 전에 완공된 다리였다. 엠마는 자동차용 도로 아래로 뻗어 있는 철로를 바라보았다. 이렇게 허드슨 강을 다리 위로 건너게 될 것이라고는 꿈에서도 상상해보지 못한 일이었다. 그렇지만 한 걸음 한 걸음, 앞서 멀어지는 차들을 따라 발걸음을 옮겼다. 엠마는 다리 한가운데 멈춰 서서 하늘과 강물 사이에 걸려 있는 다리 위에서 사방을 바라보았다. 강의 하류에는 뉴욕시가 있고 북쪽은 미국 육군사관학교인 웨스트포인트였다. 전쟁터에서 전사한 장병들을 기리는 기념비들이 가지런히 다듬은 잔디밭 위로 점점이 흩어져 있었다. 바로 이곳에서 미국 독립전쟁 당시 식민지 군은 거대한 쇠사슬을 허드슨 강에 늘어트려 영국 함선들이 강 상류로 올라오는 것을 막아냈다.

다리를 건넌 엠마는 질퍽질퍽하지만 평평한 땅 위를 걷다가 아침 8시쯤 우연히 걸스카우트 야영장을 지나가게 되었다. 사람들이 아직 잠을 자고 있었지만, 엠마는 그들을 깨워 일으켰다. 아이들은 원래 일찍 일어나 캠프를 정리할 예정이었다. 엠마는 발걸음을 재촉했고 그날 밤은 트레일 근처에 있는 낙엽 더미 위에서 잤다.

트레일을 따라 더 내려가 뉴욕주 스톰빌 근처 피시킬 산맥에 도착한 엠마는 로스트 빌리지라고 부르는 곳을 지나가게 되었다. 얼핏 보기에 박물관처럼 생겼기에 안으로 한번 들어가보았다. 이 로스트 빌리지는 문을 연 지 두 달밖에 되지 않았고, 그 운영자는 논란이 될 만한 주장을 내놓았다. 미국 카우보이의 기원이 사실은 뉴욕시에서 멀지 않은 바로 이곳에서 시작되었다는 주장이다. 서부시대 개척 전설과는 상반되는 이야기였다. 몇 년 전 2명의 도시 거주자가 쓸 만한 땅을 찾아 도시 외곽으로 주말여행을 나왔다가 이곳을 발견했다고 한다. 두 사람이 찾아낸 것은 주춧돌 몇 개와 다양한 도자기 파편, 무쇠 주전자 등이었고, 역사적 사실들을 확인해본 후 이런 주장을 펼치게 된다. 원조 '카우보이'들이란 영국 출신의 소도둑들이며, 이들은 산에 있던 무법자들의 야영지에서 머물며, 부유한 네덜란드계 정착민들을 습격한 자들이라는 주장을 공개적으로 펼쳤다. 부부였던 두 사람은 남편은 홍보를 맡고 아내는 글을 썼으며 신문은 이 소식을 전했다. 그리하여 사설 박물관을 열고 입장료를 받게 된 것이었다.

엠마는 이런 주장에 대해 아무런 감흥이 없었다. 그녀는 주변을 둘러본 후 그곳을 떠났다. 그리고 나중에 일기장에 그때의 감상을 적었다.

"분명히 그중 몇 개는 위조품이었을 거라 확신한다."

7월 30일, 해가 지자 엠마는 트레일의 곁길을 따라 루딩턴 걸스 카우트 야영장으로 들어섰다. 뉴욕주 홈스 근처에 있는 곳이었는데, 홈스라면 바로 최초의 종주 도보 여행자인 얼 셰퍼가 애팔래치아 트레일 협의회에 역사에 남을 편지를 보낸 곳이기도 했다. 엠마는 자기가 누군지 소개했다. 스카우트 인솔자는 엠마에게 하룻밤 묵어가라고 권했고 저녁을 먹은 후 벽난로 앞으로 부른 뒤 아이들을 키가 작은 순서대로 모이게 했다. 엠마는 아이들에게 도보 여행에 대한 이야기를 들려주었다. 이야기를 마치자 아이들은 모두 엠마의 사인을 받고 싶어 했다. 엠마는 떨리는 손으로 아이들이 내민 종이에 모두 자기 이름을 적어주었다.

엠마는 그날 밤 천막 안 간이침대에서 잠을 잤고, 다음 날 아침 야영장의 식사 담당은 아침밥을 듬뿍 차려주었을 뿐만 아니라 점심 도시락까지 준비해주었다. 고체 수프도 한 주먹 가득 쥐어주었다. 엠마는 누클리어 호수와 버턴 개울, 스왐프 강을 지나 뉴욕주 윙데일에 있는 또 다른 걸스카우트 야영장에 도착했다. 밤이 찾아왔고 또다시 사람들과 시간을 보냈으며 저녁은 통밀빵과 샐러리를 먹었다.

8월의 첫째 날, 엠마는 뉴욕주를 떠나 코네티컷주로 들어섰다. 자신의 발로 밟은 아홉 번째 주였다. 그녀는 코네티컷의 하우스토닉 강 유역을 따라 30킬로미터 이상 떨어진 콘월 다리까지 가고 싶었지만, 하루 종일 힘들게 걸었음에도 불구하고 하늘이 어두워질 때까지 목적지에 도착하지 못했다. 자갈이 깔린 산악 도로의 갓길을 따라 서둘러 내려가고 있으려니, 차 한 대가 옆에 와서 멈췄다. 남자 한 명이 게슴츠레한 눈으로 그녀를 살펴보았다.

"도대체 해가 다 저물었는데 왜 이런 곳을 걸어 다니는 거요?" 남자가 물었다.

엠마는 더 어두워지기 전에 마을에 도착해야 한다고 말했다.

"그럼 타슈." 남자가 명령조로 말했다. "몇백 미터만 가면 내 여동생 집이 있으니까."

엠마는 주저했다. 저 남자를 믿어도 될지 확신이 서지 않았기 때문이다.

"어서 타시라니까." 남자가 말했다. "오늘 밤에 걸어서 콘월 다리

까지 못 가."

결국 차에 올라탔지만 과연 잘하는 일인지는 알 수 없었다. 겉모습부터가 단정치 못했고 이미 잔뜩 술에 취해 있는 게 분명하다고 생각했다. 그렇지만 남자는 자기가 한 말을 지켰다. 남자의 여동생인 찰스 무어의 집에서 엠마는 그날 밤을 묵었다.

엠마는 다음 날 일찍 일어나 남자의 차를 얻어 탔던 곳으로 되돌아갔다. 그리고 다시 무어의 집으로 걸어가 아침밥을 얻어먹었다. 엠마는 지금까지 트레일의 단 한 뼘도 걷지 않고 그냥 건너뛴 적이 없었다. 그녀는 편법을 쓰고 싶지 않았다. 엠마는 8킬로미터 가량을 걸어가 콘윌 다리에 다다랐고 혹시 자기에게 온 우편물이 있는지 우체국에도 들렀지만 아무것도 도착한 건 없었다. 엠마는 셰넌도어 국립공원에서 만났던 그 지역 사람인 패트릭 하레의 집으로 전화를 해보았지만 아무도 전화를 받지 않았다.

다음 날, 코네티컷주 지역 신문인 〈워터베리 리퍼블리컨〉에 엠마에 대한 기사가 실렸다. 그때 엠마는 트레일을 따라 그림처럼 아름다운 계곡과 맑은 폭포수를 지났고 해가 거의 보이지 않을 정도로 하늘을 가리고 있는 침엽수 그늘 아래도 지났다. 그리고 거대한 바위들이 있는 고원을 지나 장대한 캐시드럴 파인스Cathedral Pines에 도착했다. 캐시드럴 파인스는 오래된 소나무와 헴록이 자라고 있는 원시림으로 나무들의 높이만 30미터가 넘는 숲이었다.

"게이트우드 할머니, 전진을 계속하다"가 신문 기사의 제목이었다. 블레이크 통신원은 엠마가 지난 3개월 동안 세 켤레의 신발을 닳아 떨어트리도록 신고, 몸무게는 11킬로그램이나 줄었다고 기사에 썼다. "도보 여행을 시작할 때부터 준비한 것은 별로 없었다. 게이트우드 부인은 물통과 11킬로그램쯤 나가는 배낭 하나, 그리고 약간의 비상금만을 가지고 여행을 시작했다. 특별한 훈련을 받은 적도 전혀 없었고, 다만 오하이오주의 농장에서 11명의 자녀를 키우며 보낸 만만치 않은 세월이 전부였다." 이 기사는 엠마의 굳은 결심과 하루 27킬로미터가 넘는 거리를 걸을 수 있었던 비결에 대해서도 언급했다. "흐리거나 맑거나 걷기를 멈추지 않았다"
는 것이다.

물론 맑은 날은 걷기가 더 쉬웠지만.

제 10 장

허리케인

8월 3일 아침, SS 모마크리드 호를 타고 프랑스령 기아나 연안을 항해하던 선원들은 폭우를 동반한 서쪽으로부터 불어오는 기이할 정도로 강한 바람을 맞게 되었다. 비슷한 시각 수백 킬로미터 떨어진 북쪽에서는 '아프리카의 태양'이라는 이름의 한 화물선이 동쪽으로부터 몰아닥치는 엄청나게 강력한 파도를 헤치며 전진하고 있었는데, 이 파도는 거대한 화물선을 마치 장난감 다루듯 흔들어댔다. 오전 10시, 또 다른 선박인 SS 보네르는 플로리다주 마이애미에 있는 국립 기상청에 기압이 엄청나게 떨어지고 있으며 북동풍이 시속 65킬로미터에 가깝게 불고 있다고 보고했다. 파도의 높이는 6미터가 넘었고 동쪽에서 밀려오는 파도의 꼭대기에서는 소용돌이가 형성되고 있다는 사실이 분명해졌다. 허리케인이 만들어지고 있었던 것이다.

정찰기 한 대가 이 폭풍을 주의 깊게 살펴보고 있었다. 바람의 속도는 시속 100킬로미터가 넘었고 서쪽과 북서쪽을 향해 따뜻한 북대서양의 바닷물을 시속 25킬로미터로 밀어 올렸다. 조금씩 크기와 세기를 더해가며 해수면으로부터 축축한 공기를 빨아올렸다. 마치 살아 있는 생물처럼 숨을 몰아쉬며 몸집을 키우고 있었다. 폭풍의 눈이 리워드 제도와 푸에르토리코의 북쪽 80킬로미터 지점을 지나가고 있을 때 최대 풍속은 시속 200킬로미터에 도달했으며, 엄청난 비바람을 뿌려댔다.

시간이 흐르면서 이 허리케인 코니는 방향을 바꿔 잠시 멈췄다가 북쪽으로, 그리고 다시 북서쪽으로 빙빙 돌며 플로리다를 피해 노스캐롤라이나를 두드리고는 뉴잉글랜드 남부를 향해 대서양 연안 지방을 휘저으며 이동했다. 허리케인이 덮치게 될 지역은 지형조차 뒤바뀔 것이며 사람들은 사랑하는 가족과 자신의 생명까지 잃게 되고, 강물이 강둑과 수문을 범람할 때 나무 꼭대기에 매달려 끔찍한 시간을 보내게 될 터였다.

그렇지만 허리케인이 상륙하기 전, 신문에 부고기사가 실리기 전, 각 언론이 1955년의 기후가 역사상 가장 최악으로 기록될 것인가에 대해 의견을 내놓기 전에 뉴잉글랜드의 주민들은 늘 그렇듯 지루하고 평범한 일상을 보내고 있었다. 그것은 코네티컷주의 에임스빌에 있던 한 낯선 이방인에게도 마찬가지였다. 엠마는 오전 6시가 되기 조금 전에 에바 베이츠라는 사람의 집에서 눈을 떴다. 그리고 어깨에 자루를 둘러메고는 다시 애팔래치아 트레일로 들어선 후 숲속의 저지대 습지로 들어설 때까지 계속 걸었다. 습지에는 모기떼가 앞이 안 보일 정도로 들끓었다.

날벌레들과 씨름을 하며 엠마는 어느 마을에 있는 잡화점에 들어가 피부에 발라 벌레를 쫓아내는 오일을 샀다. 코네티컷주의 솔즈베리는 그저 작은 마을에 불과했지만 오래전에는 '혁명의 무기고'로 알려졌던 곳이다. 200년이 넘는 세월 동안 사람들은 철광석을 캐내고 그걸 두드려 각종 도구와 총, 그리고 대포를 만들었다.

엠마가 마을을 떠나려 할 때 한 여자가 신문에 난 이 할머니 도보 여행자를 알아보고 길 건너편에서 그녀를 불렀다. 여자는 엠마를 자기 집으로 불러들여 우유와 맛있는 케이크를 대접해주었다. 다시 트레일을 걷기 시작한 뒤 몇 분이 지나고는 목에 사진기를 걸고 있는 한 남자가 길 위에 서 있는 것을 보았다. 남자는 사진을 찍어도 괜찮겠느냐고 물었고 엠마는 그러라고 했다. 10분이 지나 한 신문기자가 다시 엠마를 멈춰 세우고 여행에 대한 질문을 했다. 엠마는 이렇게 계속 멈추다간 과연 메인주까지 제대로 갈 수나 있을지 걱정이 되었다.

엠마는 타코닉 산맥의 남쪽 끝자락에 있는 라이언스 헤드에 올랐고, 이어 코네티컷주에서 가장 높은 봉우리인 베어 산에 올랐다. 이 산은 세이지스 갭 건너편에 있으며 쏟아지는 폭포는 이끼가 뒤덮인 바위 위에서 춤을 추었다. 9개의 주를 뒤로하고 매사추세츠주로 접어들었다. 여행을 떠난 지 93일째 되는 날이었다.

8월 5일, 비가 내리기 시작했다. 안 그래도 느렸던 발걸음이 더 느려지기 시작했다. 엠마는 아침나절에 4킬로미터 정도밖에 못 걸어갔다. 오후에는 뉴저지주 뉴어크에서 온 조 사이페르트라는 이름의 한 남자를 만났다. 그는 반대 방향, 즉 북쪽에서 남쪽으로 트레일을 여행하고 있었다. 두 사람은 1시간가량 이야기를 나누다 비가 너무 많이 쏟아져 그만 헤어져야 했다. 해가 지자 엠마는 집 세 채가 모여 있는 곳을 발견했으나 아무도 그녀를 들여보내주지 않왔다. 엠마는 빗속에서 다른 산으로 올라가 마침내 노리스라는 이름의 친절한 부인을 만날 수 있었다. 다음 날 다시 빗속을 하루 종일 걸었고 저녁이 되자 무어라는 이름의 남자 집에 머물 수 있을까 했지만 그의 집에는 남는 방이 없었다. 대신 무어는 자신의 차를 내어주었고 엠마는 차 안에서 몸을 웅크리고 그럭저럭 괜찮은 하룻밤을 보냈다. 1.5킬로미터쯤 떨어져 있는 야영장의 탁자보다는 훨씬 나은 장소였다.

다음 날 아침이 되자 비구름이 잠시 흩어졌고 엠마는 매사추세츠주 워싱턴 마을에 도착했다. 거기서 프레드 허친슨이라는 이름의 부인이 엠마의 물통을 채워주었는데 허친슨 부인은 엠마가 산딸기를 따러 산에 온 사람이라고 생각했다. 엠마가 자신에 대해 소개를 하자 저녁 식사를 대접했고 소파에서 낮잠도 잘 수 있도록 해주었다. 그러다 결국 신문 인터뷰까지 하게 되었고 인터뷰가 끝난 후에는 침대에서 잠을 잤다.

8월 8일 월요일 아침, 엠마는 매사추세츠주 피츠필드 근처에 있는 워너 언덕과 툴리 산을 지나갔다. 그리고 돌턴에 가까워졌을 때는 플로리다주 웨스트 팜 비치 동쪽 800킬로미터 해상에 있던 허리케인 코니의 위력이 최고조에 달해 있었다. 허리케인 코니는 시속 25킬로미터의 속도로 북서쪽으로 이동하고 있었으며 미국 동부 해안을 향해 똑바로 다가오고 있었다. 그 풍속은 중심부의 경우 시속 217킬로미터였으며 북쪽으로 560킬로미터나 그 영향권 아래 들어갔다. 해군의 정찰기가 중심부를 측정해본 결과 너비만 65킬로미터가 넘었다. 조지아주 커빙턴 출신의 파일럿 피트먼 해군 중령은 허리케인 코니를 "지금까지 본 가장 거대한 태풍"이라고 말했다. 또 다른 조종사인 아이오와주 워털루 출신의 파울러 중위는 이렇게 묘사했다.

"허리케인의 중심부로 들어가면, 마치 거대한 원형 경기장 한가운데 앉아 있는 듯한 느낌이 든다. 사방으로 하얀 구름 띠들이 거대한 원을 이루며 둘러싸고 있다. 아래로는 층적운이 깔려 있고, 위로는 눈부시게 푸른 하늘이 보인다. 우리는 3,000미터 이상의 높이로 날아올랐지만 그 원형 경기장의 벽은 여전히 우리 위로 높이 솟아 있었다."

중심부는 뜨겁고도 습했다. 섭씨 30도가 넘는 열대성 공기로 가득 차 있었던 것이다.

미국 국립 기상청은 로드아일랜드주 남부의 블록 섬으로부터 노스캐롤라이나주의 해터러스 곶까지 소형 선박에 대한 경보를 발령했고, 대서양 연안에 살고 있는 주민들에게는 정원에 있는 물건들을 건물 안으로 치우고 음식을 저장하며 창에 덧문을 설치하라는 경보도 발령했다. 기상청은 지금 상황을 '강력한' 허리케인으로 규정했지만 이 폭풍의 방향이 어느 쪽이 될지는 아직 아무도 알지 못했다.

허리케인 경보를 담당한 마이애미의 기상 통보관 월터 데이비스는 〈AP통신〉과의 인터뷰에서 "매우 어려운 상황"이라고 말했다. "우리가 내린 최선의 판단은, 허리케인 코니가 기압골의 남쪽 부분에 영향을 받게 될 것이며, 북쪽으로 방향을 틀었다가 다시 북동쪽을 향하게 될 것이라는 겁니다."

그날 오후 엠마는 돌턴에 있는 우체국에 들렀다. 우체국 직원은 엠마가 누군지 알아보고 거기 있던 다른 사람들에게 소개했다. 그때 이미 거대한 폭풍이 북서쪽을 향해 몰려오고 있었고 세기도 점점 더 강해지고 있었다. 노스캐롤라이나주의 케이프 룩아웃에서부터 버지니아주의 노퍽까지 경보 깃발이 내걸렸고 파도의 높이도 1미터가량 높아졌다. 공군은 물론 육군과 해군, 해병 항공대의 병사 700명은 연안 지역의 군 항공기와 차량 등을 내륙인 사우스캐롤라이나주의 스파튼버그로 서둘러 이동시켰다. 거대한 파도가 연안 지방을 덮치고 시속 120킬로미터가 넘는 돌풍이 허리케인 중심부에서 북쪽으로 480킬로미터나 떨어진 곳까지 뻗어나갔다. 노스캐롤라이나 고속도로 순찰대와 적십자 재난 대응 전문가들, 그리고 민간항공 정찰부대 요원들은 구조 업무를 위해 조직을 갖추고 있었다.

그날 저녁, 엠마가 매사추세츠주 체셔에 도착해 리로이 민박집에 막 묵으려고 할 때 대서양에서는 또 다른 징후가 뚜렷해지고 있었다. 리워드제도 최북단으로부터 800킬로미터쯤 떨어진 바다 위를 항해하던 선박들이 폭우와 시속 72킬로미터의 강풍을 동반한 새로운 기상 전선이 생겨났다는 보고를 해온 것이다. 허리케인 코니가 해안 지방을 향해 천천히 다가오고 있는 지금, 또 다른 위협적인 폭풍이 그 뒤를 이어 점점 덩치를 키워가고 있었다.

두 번째 폭풍은 기상청 관계자들을 혼란에 빠트렸다. 이 폭풍은 점점 세력이 약화되어 대서양에서 소멸될 것인가? 다른 기압골처럼 약해진 상태로 북쪽으로 지나갈 것인가? 아니면 코니의 뒤를 따라 더 강력해져 미국을 덮칠 것인가. 그렇다면 연안 지방 사람들에게 또 다른 악몽의 시작이 될 터였다.

8월 9일 아침, 엠마의 앞에는 북쪽으로 뻗어 있는 낮게 깔린 짙은 구름 너머로 매사추세츠주에서 가장 높은 봉우리가 우뚝 솟아 있었다. 그 봉우리는 다름 아닌 그레이록 산이었다. 뒤에 있는 버크셔가 따뜻하고 기분 좋은 산맥이라면 해발 1,064미터의 그레이록 산은 아주 힘든 도전이라고 볼 수 있었다.

이 산은 미국의 위대한 작가들에게 영감을 주었다. 허먼 멜빌은 《모비 딕》을 집필하던 당시 그레이록 산에서 영감을 받았다. 엠마가 그 산을 밟기 105년 전의 일이다. 피츠필드에 있는 멜빌의 서재에서는 산의 경관이 바라다보였고 그는 산의 모습이 고래를 닮았다고 생각했다. 헨리 데이비드 소로는 1844년에 산에 올랐던 일을 《콩코드와 매리맥 강에서의 일주일A Week on the Concord and Merrimack

Rivers》이라는 작품 속에 녹여냈는데, 그 속에는 월든 호수에서 지내기 1년 전에 그레이록 산의 정상에 올랐던 일화가 적혀 있다. 그 산에 어떤 특별한 무엇인가가 있었다는 사실은 의심할 여지가 없겠지만, 이 두 작가는 서로 다른 관점을 보여준다. 그레이록 산을 배경으로 한 《콩코드와 매리맥 강에서의 일주일》과 멜빌의 중단편집 《피아자 이야기The Piazza Tales》 속의 한 편인 〈피아자〉의 주제는 둘 다 한 여성을 만나는 어떤 남성의 여정에 관한 내용이다. 〈피아자〉의 화자에게 여성은 "요정의 집 창문가에 앉아 있는 요정의 여왕" 같은 존재이지만 결론적으로는 어떤 실망을 안겨주는 존재로 그려진다. 남자는 산을 올려다보다 발견한 신비한 빛의 근원을 찾기 위해 산에 오르고 그곳에서 고아로 외롭게 지내던 한 소녀를 발견한다. 그런데 이 소녀는 반대로 저 산 아래 남자의 집에서 흘러나오는 불빛을 보고 역시 신기한 생각이 들어 그 근원을 찾고자 사방을 헤매고 있었던 것이다. 한편, 소로에게 산의 여인은 "생기 넘치고 반짝이는 두 눈"을 가지고 있으며 자신이 살고 있는 산 아래 세상에 "아주 관심이 많은" 사람이었다. 그리고 소로는 "깔끔하게 정돈된 이 집에 다시 와서 일주일 정도 머물러볼까" 하는 생각을 한다. 학자들은 수십 년 동안 그레이록 산으로 형상화된 자연에 대한 상반된 관점을 두고 논쟁했다. 그렇지만 왜 두 여성 인물이 산 아래 세상과 단절되어 따로 지내고 있는지에 대해서는 좀처럼 논의되지 않았다.

여기 또 다른 나그네가 산을 오르고 있다. 소로나 멜빌보다 거

의 100년이 지난 후, 한 여성이 바람을 등지고서 말이다. 그녀는 점심 무렵쯤 그레이록 산 정상에 올라 산꼭대기에 있는 식당 하나를 찾아낸다. 그곳에 앉아 햄버거와 우유 한 잔을 맛보고 후식으로는 아이스크림을 먹는다. 이제 노스애덤스 쪽으로 내려가야 한다. 트레일 옆의 허허벌판에서 잠도 청하게 되겠지만 아주 편안하다.

엠마는 다음 날 계속해서 버크셔주를 통과했다. 그리고 어쩌다 보니 고등학생 남자아이 3명과 여자아이 6명을 만나 계곡을 지나가고 숲으로 들어서게 되었다. 엠마가 그동안의 여정에 대해 이야기를 해주었고 이들은 다 같이 웃으며 이야기를 나눴다.

"우리 할머니도 당신 같으면 좋겠어요." 한 여자아이가 말했다.

엠마는 마치 자기가 하멜른의 피리 부는 사나이가 된 것 같았다.

사방이 어두워지자 여자아이들은 집으로 돌아갔지만 남자아이들은 엠마와 계속해서 걸었다. 아이들은 엠마에게 맑은 물이 솟아나는 샘터를 알려주고 낙엽을 긁어모아 근처에 침대도 만들어주었다. 그런 다음 안전한 여행이 되기를 빌어주고 다시 트레일로 돌아갔다. 엠마는 일기장에 아이들을 만난 일이 얼마나 즐거운 시간이었는지 적은 후 낙엽 속에 편히 몸을 누이고 잠을 청했다.

그날 밤 엠마가 꿈속을 헤매고 있을 때, 1,290킬로미터 떨어진 남쪽에서는 엄청난 파도가 사우스캐롤라이나의 머틀 해안과 노스캐롤라이나의 윌밍턴 사이에 있는 연안 지방을 덮치기 시작했다. 파도의 높이는 1.5미터에서 2미터, 그 이상으로 평소보다 높아지기 시작했다. 거센 바람이 바닷가 오두막집의 지붕을 두드리고 부둣가에 깔려 있는 나무판자들을 들썩이게 만들며 부러뜨리기 시작했다. 폭풍의 중심부가 육지에 점점 가까워지면서 저지대를 가로질러 토네이도가 일어났고 콘웨이와 라타, 딜런, 벅스포트와 같은 사우스캐롤라이나주의 담배 재배 지역으로 휘몰아쳤다.

그러다 너비 180미터 길이 400미터쯤 되는 지역에 피해를 입혀 한 여인과 그녀의 두 딸과 아들이 다치기도 했다. 또 다른 토네이도는 250킬로미터가량 북쪽의 노스캐롤라이나 골즈버러에 있는 담배 저장 창고를 파손시켰고, 부부와 세 아이가 살고 있는 집을 완전히 박살을 냈다. 다행히 아무도 다친 사람은 없었다.

해안가를 따라 생겨난 수천 명의 이재민들이 내륙 쪽에 있는 교회와 학교, 콘크리트 건물 안으로 대피했다. 농부들은 담배 저장 창고가 피해를 입지 않도록 손을 보았고 병원은 보조 전력을 가동시켰다. 해군 전함들도 안전한 곳으로 대피했다. 주 방위군은 노스캐롤라이나주 뉴번에 살고 있는 연안 지역 주민 2,000여 명을 고지대로 대피시켰다. 매사추세츠주 보스턴 동쪽으로 160킬로미터 떨어진 지역에 있던 건설 노동자들은 해상 레이더 기지를 지키기 위해 서둘러 이동했다.

폭풍은 해안 근처에서 속도를 조금 늦추더니 열기가 거의 식지 않은 채 습기를 끌어모으며 다시 연안 지방을 덮칠 준비를 했다. 그 중심부가 노스캐롤라이나의 모어헤드 시티까지 다가왔을 때는 풍속이 시속 160킬로미터에 달했으며 강수량 역시 역사에 기록될 만한 수치였다. 지붕은 뜯겨나가고 집 자체가 바다로 날아가는 경우도 있었다. 심지어 강철로 만든 부둣가의 구조물들까지 잘근잘근 씹듯이 짓밟기도 했다. 폭풍은 천천히 새로운 방향으로 진로를 틀었다. 북쪽, 그중에서도 뉴잉글랜드 지방을 향한 것이다.

이 괴수의 2,000킬로미터 뒤 적도 근처에는 두 번째 폭풍이 빠르게 규모를 키워갔고 관측소에서는 리워드제도의 북동쪽에서 거대한 허리케인이 회전하고 있는 모습을 확인했다. 그들은 이 열대성 폭풍에 다이앤이라는 이름을 지어주었다. 정찰기가 새롭게 발생한 폭풍 위를 날면서 바람의 세기가 시속 80킬로미터 이상이 되는 것을 확인했다. 그 강도는 더욱 거세지고 있었다.

◼ ◻◼ ◼◻ ◻◼ ◼◻ ◻◼

8월 11일 아침, 엠마가 잠에서 깼을 때 비가 내리고 있었다. 그녀는 아침에 혼자 길을 걸었고 이내 머리부터 발끝까지 빗물에 흠뻑 젖고 말았다. 그녀는 흙탕물을 튕기며 주 경계선을 넘었다. 매사추세츠주를 뒤로하고 버몬트주로 들어섰다. 그곳은 그린 산맥을 따라 이어지는 롱 트레일이었고, 애팔래치아 산맥에서도 더 높고 거친 구간으로 이어지는 길이었다. 거기에 엄청난 비까지 내리고 있었던 것이다. 신발에는 진흙이 들러붙어 걷기가 힘들었고 또 어떨 때는 위험하기까지 했다. 오후가 되자 엠마는 보이스카우트 아이들을 만났다. 엠마는 동행이 싫지 않았기에 10대 남자아이들과 함께 걸었다. 그러다 인솔자 중 한 명이 자신의 걸음걸이를 이따금씩 눈여겨보고 있다는 사실을 알게 되었다. 마치 할머니에게 산길 걷는 법을 배우려는 것 같았다. 잠시 뒤 그 인솔자는 입을 열어 엠마의 걷는 모습을 칭찬하고는 한번 시작한 이 여정을 끝내려는 힘과 결단력이 존경스럽다고 말했다. 엠마는 그 말에 기분이 좋아졌다.

보이스카우트 아이들과 헤어진 엠마는 다시 혼자 길을 걸었다. 비가 여전히 대지를 적시고 있는 와중에 마침내 산의 호수 근처에 있는 쉼터에 가까워졌다. 20대 초반으로 보이는 2명의 젊은 남자들이 이미 자리를 차지하고 있었다. 엠마가 흠뻑 젖은 모습으로 쉼터 안으로 들어갔을 때 두 사람은 불을 피우고 저녁을 짓고 있었는데 딱히 그녀를 반기는 기색은 아니었다. 그렇지만 엠마가 그 자리를 떠날 수 없다는 사실은 분명했다.

해럴드 벨은 이제 막 해군에서 제대했고, 스티브 사전트는 아나폴리스의 미국 해군 사관학교를 그만둔 상태였다. 두 사람은 매사추세츠에서 버몬트의 킬링턴까지 롱 트레일을 걸으며 낚시도 하고 탐험도 하고 있었다. 트레일 중에서도 외지고 험난한 구간에 나이든 할머니가 나타나자 두 사람은 놀란 듯했지만, 그녀를 안으로 들이고 잠시 이야기를 나눴다. 두 젊은이들은 엠마가 조지아주에서부터 여기까지 걸어왔다고 이야기하자 정신이 번쩍 드는 것 같았다. 그리고 무게가 10킬로그램도 되지 않는 자루 하나만 어깨에 짊어지고 왔다는 사실에 더욱 놀랐다. 열흘 예정으로 걷고 있는 두 사람의 짐은 각각 25킬로그램이 넘었던 터라 괜히 머쓱해졌다.

잘 시간이 되자 두 사람은 담요를 천장에 매달아 칸막이를 만들었다. 그동안 트레일에서 엠마를 만난 수많은 다른 사람들처럼 두 사람도 남은 인생 동안 엠마를 오래도록 기억하게 될 터였다. 물론 우연히 만난 인연 자체도 그렇지만, 며칠 뒤 엠마를 다시 만났을 때 벌어질 일 때문이었다.

제11장

쉼 터

GRANDMA
GATEWOOD'S
WALK

1955년 8월 12~13일

∴

그 주 금요일은 뉴욕시 역사상 8월 중 가장 비가 많이 내린 날로 기록되었다. 노스캐롤라이나 모어헤드에 상륙한 허리케인 코니의 남은 세력은 대서양 연안을 휩쓸기 전에 북동부 지방부터 영향을 끼치기 시작했다. 뉴욕시에서만 벌써 홍수로 10명이 사망했고 사망자 숫자는 계속해서 늘어갔다. 목요일 자정에서 금요일 자정까지 허리케인 코니는 뉴욕에만 152밀리미터의 비를 퍼부었다. 도시 각 지역에서 홍수가 일어나게 되자 뉴욕시 민간 방위 조직 소속의 자원봉사자 6만여 명이 비상 대기 상태에 들어갔다. 〈뉴욕타임스〉는 "허리케인 코니, 수소폭탄 수천 개에 달하는 위력으로 북상 중"이라는 제목의 기사를 1면에 실었다.

폭풍이 지나간 자리는 물바다가 되었다. 노스캐롤라이나주 윌밍턴시 시청은 457밀리미터나 되는 물에 잠겼다. 버지니아주 햄프턴 로드 근처에서는 허리케인과 함께 불어닥친 바람에 화물선 두 척이 서로 충돌했다. 적십자에서 관리하는 캐롤라이나주 전체의 대피소 70군데에는 1만 4,756명의 이재민이 수용되었다. 담배와 옥수수 밭은 대부분 폐허로 변해버렸다.

메릴랜드주의 노스비치에서는 한 젊은 여성이 파도가 넘실대는 체서피크 만에서 비틀거리며 걸어 나와 땅바닥 위에 쓰러졌고 경계경보가 울려 퍼졌다. 건조된 지 64년이 된 '러빈 J. 마블'이라는 이름의 돛대 2개짜리 범선이 관광객들을 태우고 유람을 떠났다가 침몰한 잔해가 해안으로 밀려오기 시작했다. 그날 해가 저물 때까지 노스비치 소방서에는 열 구가 넘는 시신이 옮겨져 검시관의 조사를 받았다. 모두 구명조끼를 착용하고 있는 상태였다.

그렇지만 이 허리케인 코니 뒤로 또 다른 폭풍이 다가오고 있었다. 8월 11일과 12일 밤 사이에 그해 네 번째 허리케인이 갑작스럽게 북동쪽으로 방향을 틀어 속도를 더해가고 있었다. 크기도 매우 빠른 속도로 커져 잠깐 사이 풍속은 시속 80킬로미터에서 200킬로미터까지 치솟았다.

허리케인 코니의 북쪽 강우 전선은 사실상 뉴잉글랜드 전역을 뒤덮었고 코네티컷주에서는 이틀 만에 200밀리미터가 넘는 비가 내렸다. 북쪽에서는 그린 산맥과 화이트 산맥 위로 비가 퍼부어 개울이 빠르게 범람했으며, 이내 둑을 넘어 속도를 더해 더 큰 개울과 강으로 흘러가기 시작했다.

홍수가 난 뉴욕시의 북쪽 320킬로미터 지점, 엠마는 통나무 오두막에서 일어났다. 불을 피운 덕분에 마른 옷을 입을 수 있어 기분이 좋았다. 예의 그 해군 청년들은 오두막 근처에서 머물며 낚시를 할 계획을 세웠기 때문에 엠마는 그들에게 작별 인사를 하고 가랑비를 맞으며 트레일을 따라 내려갔다. 동이 틀 무렵 엠마는 밤사이 근처 연못에 물이 불어 트레일을 덮친 것을 보았다. 개울가를 가로지르는 나무다리는 이제 물 위를 떠다니는 나뭇조각들에 불과했고, 개울을 건너려면 발이 잠길 수밖에 없었다. 엠마는 비닐 망토를 어깨에 걸치고 있었지만 이내 젖지 않으려 애쓰는 게 아무런 소용이 없다는 사실을 깨달았다. 둘러메고 있는 자루 역시 물에 젖어 몸을 더욱 무겁게 잡아끌었다.

엠마는 브롬리 산 위에 잘 관리된 괜찮은 쉼터가 있다는 소리를 들은 적이 있었다. 길을 걷는 내내 이 빗속을 벗어나 옷을 말리고 뜨거운 음식을 먹는 상상을 했다. 오후 늦게 엠마는 나무를 베어낸 개간지로 들어섰고 쉼터를 찾아냈다. 그녀는 발걸음을 멈추고 입을 딱 벌렸다. 밖에서 보기에도 쉼터는 상상했던 것과는 완전히 달랐다. 폐허나 다름없었기 때문이다. 문은 경첩이 떨어져 나가 있었고 창문도 깨져 있었다. 안으로 들어서니 지붕에 난 구멍에서는 비가 떨어졌다. 고슴도치들이 나무 바닥을 갉아 먹어 큰 구멍이 나 있었고, 난로는 쓸 수조차 없을 정도로 망가져 있었다.

엠마는 오래된 사다리에 젖은 옷을 걸쳐놓고 불 위로 펼쳤다. 젖은 물건들을 말리기 위해 불을 피우기는 했지만 모든 것이 다 젖어 있어서 불이 시원하게 피어오르지 않았다. 엠마는 최선을 다해 주변 상황을 이용했다. 지붕에 난 큰 구멍에서 떨어지는 빗물은 제법 괜찮은 물줄기를 만들어주었고, 그 물로 옷을 빨았다. 그날 밤은 졸았다 깨어나기를 반복했다. 빗물이 계속 떨어져 몸이 마를 새가 없었기 때문이다.

1939년 7월 페리 게이트우드는 가족의 두 번째 농장을 처분하고 웨스트버지니아의 바커스 리지로 이사를 가겠다고 가족들에게 일방적으로 통보한다. 그곳에 이전보다도 더 작은 농장을 사서 담배를 재배해보기로 한 것이다. 새로 구입한 농장은 상태가 좋지 않았고 울타리는 새로 고쳐야 했다. 그렇지만 농장 안에 통나무집도 있고 양 몇 마리를 키울 만한 땅도 있었다. 엠마는 오하이오를 떠나고 싶지 않았으나, 싸운들 아무 소용이 없는 일이었다. 엠마네 가족은 트럭에 이삿짐을 싣고 강을 건너 헌팅턴에서 30킬로미터쯤 동쪽으로 갔다. 엠마는 가는 내내 소리 죽여 흐느꼈다.

집에는 남아 있던 세 자녀, 열다섯 살 넬슨, 열세 살 루이즈, 열한 살 루시는 학교에 등록했고, 엠마는 정부 감독관으로 일자리를 얻었다. 하는 일은 농부들이 허가받은 양 이상의 담배를 재배하고 있는지 확인하는 것이었다. 그녀는 새로운 삶에 최선을 다할 수 있도록 노력했다. 양탄자를 짜고, 푸성귀를 심었다. 시간이 나면 더 나은 삶을 갈망하는 내용이 담긴 시도 지었다. 그녀는 제목을 붙이지 않은 시 한 편을 고향인 갈리폴리스의 한 신문사에 보내 지면에 실리기도 했다.

집은 많은 것들로 이루어져 있지
책과 종이와 작은 실타래들

머리를 다듬는 빗과 솔

반짇고리 바구니와 안락의자

시계와 음악, 그리고 성경

부엌의 화덕과 먹을거리들

작은 발들이 계단을 오르내리고

들어갔다 나오는 소리

마루 위에 널려 있는 자잘한 물건들

장난감 기차와 자동차, 그리고 예쁜 인형들

아이들의 옷과 아이들의 잠자리

새끼 고양이는 밥을 어서 먹어야지

누군가 어두운 밤 우리를 괴롭히면

강아지는 멍멍거리며 우리를 지켜주지

엄마는 친절하고 다정해

참을성을 가지고 아이들을 대하지

가정의 중심은 역시 아빠

가족의 생활을 해결해주고

모두를 하나로 만들어주는 마음

어떤 시련이 있어도

밝은 가정이 있다면

언제나 친절함과 따뜻함도 함께 있으리

페리는 산에 화전을 일궈 작은 농작물을 심었다. 매주 토요일 아

침이면 페리는 암스터 킨거리라는 사람과 어딘가로 떠났고, 일요
일 저녁까지 돌아오지 않았다. 아내는 그가 어디에 있었는지 한 번
도 묻지 않았다. 자신과 아무런 상관이 없는 일이었으니까.

1939년 9월 초순의 어느 일요일, 엠마 게이트우드는 남편에게 마
지막 폭행을 당했다. 그날 이후로 남편의 학대를 더 이상 참지 않
게 되었다.

그날의 구체적인 이야기는 훗날 그녀에게 수여된 여러 가지 명
예로운 일들과 더불어 만들어진 전기적 글들 속에도 찾아볼 수 없
다. 수백여 개나 되는 신문이나 잡지의 기사들 속에서도 역시 관련
된 내용은 나오지 않는다. 담배나 술은 물론 남에 대해 나쁜 말조
차 하지 않던 이 여인은 남편인 페리 게이트우드가 오하이오에서
멀쩡히 살아 있음에도 불구하고 한동안 기자들에게 자신은 과부
라고 이야기했던 것이다. 이 어두운 시절에 대한 자세한 내용은 가
족들만이 알고 있었고, 오랫동안 그들은 그 일에 대해 거의 언급하
지 않았다.

그해 9월의 어느 날, 페리와 엠마는 말다툼을 벌였고, 급기야 또
폭력으로 번지고 말았다. 무슨 일로 다툼이 시작되었는지는 아무
도 기억하지 못했고, 늘 그렇듯 사건이 일어난 순서에 대해서는 몇
가지 착오도 있었다. 확실한 건 당시 열다섯 살이던 아들 넬슨이
아버지가 집 안에서 어머니를 때리는 모습을 보았다는 사실이다.
남편은 아내의 얼굴을 가격했고 윗니와 아랫니가 부러져 나가면
서 얼굴은 멍이 들고 부어올랐다. 왼쪽 귀도 시퍼렇게 멍이 들었으

며, 귀 위에 있던 도톰한 점이 거의 떨어져 나갈 지경이었다. 그리고 갈비뼈 중 하나에 금이 갔다.

넬슨은 또래 아이들에 비해 몸집이 작았지만 몸무게가 68킬로 그램이나 나갔다. 그런 넬슨이 아버지에게 달려들어 팔을 꺾어 바닥으로 밀어붙였다. 그러고는 어머니에게 도망치라고 말했고 엠마는 문밖으로 나가 숲으로 도망쳤다. 넬슨은 잠시 그렇게 아버지를 붙들고 있다가 팔을 풀어주었고 페리는 아내를 쫓아갔다. 아내를 찾지 못한 그는 집으로 돌아와 넬슨을 지나쳐 난로가 있는 곳으로 가서 쇠로 만든 부삽을 머리 위로 치켜들었다.

"잘 겨냥해 치는 게 좋을 거예요." 아들이 아버지에게 말했다.

"기회는 한 번밖에 없을 테니까."

나이 든 아버지는 결국 부삽을 휘두르지 못했다.

페리는 그날 집을 떠났고, 엠마는 그 틈을 타 집으로 돌아왔다. 나중에 남편이 집에 돌아왔을 때는 보안관 대리인지 치안판사인지가 그 뒤를 따라오고 있었다. 가족들 중 누군가는 아버지의 친구이자 그 지역에서 정치적인 영향력을 가지고 있는 암스터 킹거리가 엠마를 체포하기 위해 수를 쓴 것이라고 생각했다. 어쨌든 페리는 트럭을 세우고 내린 다음 의기양양한 표정으로 집을 향해 걸어왔고 그 뒤를 보안관 대리가 따라왔다. 문을 벌컥 열자 그의 아내는 남편 쪽을 향해 2킬로그램쯤 나가는 밀가루 포대를 들고 기다리고 있었다. 밀가루가 남편 얼굴을 정면으로 가격했고 하얀색 구름이 피어올랐다.

이 장면을 목격한 네 사람의 의견은 상세한 부분에서 서로 엇갈린다. 밀가루 투척이 법원 사람 앞에서 일어났는지 아니면 문이 열리기 전에 일어났는지는 확실치 않다. 그렇지만 루이즈와 루시가 매우 불안한 상태였다는 사실에는 모두 동의하고 있다. 법원 사람이 엠마를 차로 데리고 가자 루이즈는 집 안으로 달려 들어가 엄마의 돈지갑을 들고 나오려 했고, 루시는 강제로 떼어낼 때까지 엄마에게 매달렸다.

보안관 대리가 엠마를 차에 태우고 이웃해 있는 웨스트버지니아의 밀턴이라는 마을로 데리고 갔다. 그리고 알 수 없는 혐의로 유치장에 구금되었다. 엠마는 무슨 일이 있어도 자신의 뜻을 굽히지 않고 스스로를 지켜냈다.

●▪ ▪ ▪ ●▪ ▪

신발도 젖고 양말도 젖었다. 바지도 역시 흠뻑 젖었다. 윗도리도 자루도 젖었다. 8월 13일 아침 일찍 브롬리 산의 쉼터를 떠날 때도 비는 여전히 내리고 있었다.

허리케인 코니는 해안 지방을 따라 이동하면서 기록적인 폭우를 쏟아부었다. 시계 반대 방향으로 회전하는 거대한 바깥쪽 기상전선이 대서양에서 물을 빨아들여 육지에 퍼부으며 이제 허리케인은 미국과 캐나다 국경의 오대호 지역을 향해 가고 있었다. 오전 10시, 허리케인은 펜실베이니아주의 남동쪽 경계선을 지나 뉴잉

글랜드를 스쳐갔으며 결과적으로 펜실베이니아주를 비스듬히 할
퀴고 지나간 셈이 되었다. 그 고요한 중심부는 피츠버그를 넘어 해
리스버그를 지나쳐 갔으며 펜실베이니아 북동쪽으로 약간 방향을
틀었다. 그런 후에 이리호를 넘어 캐나다의 온타리오를 향했다. 이
제 바람은 시속 88킬로미터쯤으로 속도가 느려졌고 기상청에서는
코니를 허리케인이 아닌 일반 열대성 저기압으로 규모를 낮춰 부
르기 시작했다.

그렇지만 비는 여전히 그치지 않았다.

허리케인 코니는 이틀 동안 228밀리미터의 비를 뉴욕시에 뿌렸고 그랜드 센트럴 터미널의 기차 운행은 몇 시간 이상 지연되었다. 코네티컷주의 대부분 지역에는 200밀리미터가 넘는 비가 내렸고 전기와 전화도 끊어진 지역이 많았다. 북부 애팔래치아 산맥인 화이트 산, 그린 산, 타코닉 산, 앨러게이니 산들은 모두 더 이상 버텨내지 못할 정도로 물이 넘쳐났다. 산의 개울들이 거세게 불어나 엄청난 양의 물이 언덕 아래로 흘러갔으며 펜실베이니아주의 스컬킬 강과 델라웨어 강, 뉴저지주의 라마포 강, 뉴욕주의 네버싱크 강, 버지니아주와 메릴랜드주를 가로지르는 포토맥 강, 매사추세츠주의 웨스트필드 강, 코네티컷주의 노거턱 강과 매드 강으로 이어졌다. 상당수의 강들이 범람 위험까지 몰렸다. 심지어 며칠의 시차를 두고 또 하나의 예측 불가능한 폭풍이 북쪽을 향하고 있었다.

그린 산맥 국유림을 통과하는 애팔래치아 트레일에서 엠마는 많이 걸을 수가 없었다. 산 정상 부분에는 허리케인이 남기고 간 바람이 아직도 거세게 불고 있었다. 그녀는 비바람에 맞서며 힘겹게 발걸음을 옮겼다. 15킬로미터가 넘는 거리를 물과 거센 바람, 쏟아지는 비를 헤치고 비틀대며 걸었다. 그녀는 매드 톰 고개 근처에 있는 작은 쉼터에서 범람한 물줄기를 피해 간신히 쉴 수 있었고 자루에서 물에 젖은 점심 도시락을 꺼내 먹었다. 그날 오후 엠마는 지금까지보다 훨씬 더 느린 속도로 걸어 그리피스 호수 근처에 있는 또 다른 쉼터에 도착했다. 그리피스 호수는 페루 산 근처에 있는 작은 호수다. 쉼터에는 젊은 흑인 청년들과 그보다 약간 나이가 더 많아 보이는 백인 2명이 있었는데 모두 할렘에 있는 로마 가톨릭 교구에서 온 사람들이었다. 그들은 야생을 체험하기 위해 나왔다가 폭풍우 때문에 이곳에 피신을 하게 되었다고 설명했다.

엠마는 트레일에서 그런 사람들을 만난 것이 조금 놀랍기는 했지만 기꺼이 자리를 함께했다. 평소에 신문을 매일 읽는 엠마는 당시 미국 인구의 10퍼센트가 흑인인, 1955년의 인종 간 갈등에 대해 잘 알고 있었다.

그해 5월, 대법원은 공공교육 기관에서의 인종차별은 불법이라는 판결을 내렸고 그로 인해 거센 저항이 일어났다. 8월이라면 로자 파크스라는 흑인 여성이 버스에서 백인에게 자리를 양보하지 않은 일로 국가적인 논쟁이 일어나기 4개월 전이다. 그렇지만 연방 정부가 인종 간 평등 문제에 대해 직접적인 행동에 돌입하자 저항의 불길은 미국 전역으로 퍼지기 시작했다. 미국의 연방거래 위원회는 주와 주 사이를 연결하는 기차역 대합실과 열차 안에서의 인종 분리를 불법으로 규정했다. 전직 주지사가 "하나님은 인종차별을 이해하신다"라는 글을 썼던 조지아주의 연방 항소 법원에서도 애틀랜타시에 대해 공공 골프장은 흑인 골퍼들이 출입할 수 있어야 한다는 판결이 나왔다. 버지니아주 리치몬드의 한 법원에서도 시내버스에서의 인종 분리를 금지시켰다.

미국의 다른 수많은 지역에서 정부 주도하에 진보적인 움직임이 일어났고, 백인들의 우선권을 유지하려는 노력도 더욱 거세졌다.

사우스캐롤라이나주에서는 흑인 아이들로 구성된 야구단이 주 챔피언 결정전에 나갈 자격을 얻었지만 백인 아이들로 이뤄진 55개 야구단이 다음 시합 자체를 포기해버렸다. 아칸소주의 경우 한 침례 교단에서 인종 분리에 반대하는 설교를 한 목사를 해임하는 일이 벌어졌다. 마이애미주에서는 정계에서 중요한 위치에 있는 흑인들이 호텔에 도착했다가 숙박을 거부당한 일이 있었다. 이들은 지역 공화당원들이 주최하는 에이브러햄 링컨 대통령의 탄생 기념일 저녁 식사에 초대를 받아 왔다가 이런 봉변을 당했다. 백인 우월주의 폭력 단체인 큐클럭스클랜보다는 덜 폭력적이며 일반인들에게 개방되어 있기는 하지만 여전히 과격하게 백인의 권리를 주장하는 백인 시민 위원회는 미국 남부 지역에서 정치적, 사회적인 압력을 행사해 흑인들이 자신들의 새로운 권리를 주장하지 못하도록 억누르기도 했다.

엠마는 쉼터의 젊은이들과 잠시 동안 이야기를 나누며 자신의 여정에 대해 이야기를 해주고 그 자리를 떠나기로 결정했다. 가로 2.5미터 세로 6미터의 쉼터는 아무래도 밤을 보내기에는 너무 좁아 보였다. 엠마는 제방을 따라 내려가 리틀 몬드 연못 근처에서 급류를 만났다. 그대로 건너갈 수가 없어서 다리 대신 사용할 수 있는 통나무를 찾기 위해 숲으로 들어갔다. 찾아온 통나무를 걸치고 조심스럽게 균형을 잡아 물에 빠지지 않고 그 위를 건너간 엠마는 트레일을 조금 더 따라 내려가다가 어느 평평하고 좁은 지점에서 범람한 시냇물이 트레일을 덮친 것을 보았다. 물길이 그대로 트레일을 따라 1킬로미터 정도는 너끈히 흘러 내려가고 있었다. 그녀는 물속으로 들어가 보았지만 물이 금세 무릎까지 차오르자 뒤로 물러났다. 다시 할렘에서 온 그 일행들이 있던 쉼터로 돌아가야 했다.

엠마가 살던 곳은 특히 거의 모두가 백인이며 철저히 인종이 분리된 지역 출신이었지만 엠마는 사람을 차별하지 않았다. 그녀는 자녀들에게도 피부색이나 사회적 지위에 관계 없이 다른 사람들을 존중하라고 가르쳤다. 엠마는 자녀들이 인종 차별적인 언행을 하지 못하도록 했으며 사람은 자신이 대접받고 싶은 대로 남을 대접해야 한다고 교육했다. 트레일에서의 어떤 경험은 이런 생각을 더욱 공고히 해주었다. 어느 흑인 미국인 부부가 그녀에게 저녁을 대접했다. 그녀가 식탁에 앉자 두 사람은 자리에서 물러났고 엠마는 다 같이 함께 밥을 먹지 않으면 자기도 먹지 않겠다고 말했다. 엠마는 두 사람의 이런 접대가 몹시 당황스러웠다.

◦•▪ ▪◦ •▪ ▪◦ •▪ ▪◦

엠마는 젊은이들이 옥수수빵 두 덩어리를 굽고 있는 것을 보았다. 그들은 작은 화덕을 만들어 불을 피우고 뜨거운 재 위에 빵을 구웠다. 빵이 다 구워지자, 한 덩어리는 바로 먹고 나머지는 다음 날을 위해 남겨두었다.

잘 시간이 되자 엠마는 한쪽 구석으로 가서 담요를 뒤집어쓰고 몸을 웅크렸다. 천장에서는 빗물이 떨어졌다. 막 잠이 들려는데 옆에 있던 젊은이가 분명 잠이 든 것 같으면서도 팔을 뻗어 엠마의 몸 위에 걸쳤다. 팔을 밀어냈지만 다시 팔을 뻗어왔고 그렇게 밀어내고 뻗는 일이 여러 번 반복되었다.

6일 전 존경받는 목사이자 미국 유색인종 지위향상협회의 지역 임원인 G. W. 리 목사가 미시시피주 벨조니에서 의문의 공격자에게 살해당하는 사건이 있었다. 그리고 7일 뒤에는 미시시피주의 머니에 살고 있는 친척집을 방문한 14세의 시카고 출신 소년 에밋 틸이 납치를 당한 후 살해되어 탤러해차이 강에 버려졌는데, 그 후 백인 여성을 향해 휘파람을 불다가 살해당했다는 소문이 퍼졌다. 바로 그날인 8월 13일, 라마르 스미스라는 이름의 한 흑인 남성이 벌건 대낮에 그것도 미시시피주 브룩헤이븐의 법원 앞에서 총을 맞고 사망한다. 경찰은 용의자인 백인 용의자들에 대해 증언해줄 증인을 단 한 사람도 찾아내지 못한다.

그리고 버몬트주 그린 산맥 속 작고 비좁은 어느 쉼터, 할렘에서 온 젊은 흑인 남자의 팔 아래 한 백인 노부인이 잠에 들어 있다.

제12장

꼭 도착할 거야

GRANDMA
GATEWOOD'S
WALK

엠마의 아들들은 수영을 아주 잘했다. 담배밭에서 밭일을 마치고 나면 오하이오 강으로 달려가 그 차가운 물에 뛰어들어 먼지와 땀을 씻어냈다. 반대편 강둑까지는 거리가 꽤 멀었지만 시합이라도 할라치면 물살을 가르며 나가는 모습이 마치 물 만난 물고기들 같았다.

엠마는 수영을 할 줄 몰랐다. 한 번도 배워본 적도 없었다. 만일 그녀를 오하이오 강에 빠트린다면 온 힘을 다해 물 위로 잠시 동안 머리를 내어놓을 수는 있겠지만, 애초에 그녀에게는 부력을 유지하는 기본적인 능력 자체가 없는 것 같았다.

엠마는 애팔래치아 트레일 여행을 준비하는 몇 개월 동안 그와 관련된 일들은 가족들에게 한 마디도 하지 않았다. 나중에야 자녀들은 오하이오 남부에 살고 있는 친구들이나 아는 사람들을 통해 어머니가 여행 준비를 위해 종종 숲으로 가서 시간을 보냈다는 사실을 알게 되었다. 자녀들은 어머니가 아무도 모르게 황야로 가서 밤을 보내며 꼭 필요한 장비는 무엇이고 어떤 음식이 가벼우면서도 열량이 많아 도움이 되는지, 그리고 응급 상황에 필요한 물품은 어떤 것인지 확인하고 준비했다는 사실도 알게 되었다.

그런 사전 준비에도 불구하고 엠마는 8월 14일에 대해서만은 유용하게 써먹을 수 있는 기술 같은 건 전혀 습득할 수 없었다. 그날 그린 산맥의 개울은 점점 수위가 높아져 가고 있었다.

엠마는 아침 8시에 할렘에서 온 젊은이들과 함께 길을 나섰다. 그날 아침의 트레일은 대부분 물이 무릎까지 닿을 정도로 잠겨 있었다. 그러다 결국 폭이 4.5미터는 족히 되어 보이는 물살이 빠른 개울 하나를 만나게 되었다. 그들은 한 걸음씩 물 위로 발을 내디뎠다. 물은 엠마의 무릎까지 차올랐다. 그렇게 천천히 개울을 건너면서 인솔자 남자들은 나머지 젊은이들에게서 눈을 떼지 않았다. 모두들 안전하게 다 건널 때까지 각자 지팡이에 의지해 빠른 물살 속에서 몸의 균형을 잡았다.

잠시 후, 그들은 트레일을 가로지르는 텐 킬린스라는 이름의 시냇가에 도착했고 이곳 역시 물이 불어나 이번에는 그 폭이 6미터나 되었다. 한가운데에는 거대한 바위가 하나 있었는데, 이쪽에서 바위까지의 물살은 그리 빠르지 않은 반면 그 너머는 물살이 거셌다. 인솔자들이 먼저 앞장섰고 이어 나머지 젊은이들이 먼저 바위까지 간 다음 앞서 간 사람이 건네주는 지팡이 끝을 잡고 거센 물살을 헤치며 조금씩 반대편으로 나아갔다.

엠마는 제일 마지막으로 건넜다. 조심스럽게 발을 움직여 상대적으로 물살이 느린 바위 근처까지 간 다음 자루를 반대편 쪽 사람에게 던져주고 지팡이를 잡고 나머지 거센 물살을 건넜다. 빠른 물길 속에 발을 내디디니 마치 물이 발을 끌어당기는 것 같았다. 그녀는 지팡이 끝을 단단히 움켜쥐고 몸을 움직였다. 발이 바닥으로 가라앉는 것 같은 기분을 느끼며 균형을 잡으려고 애를 쓴 끝에 반대편에 도착할 수 있었다.

몇 시간 내로 마침내 비가 그치고 태양이 빛났다. 엠마의 젖은 옷이 마르기 시작하면서 조금씩 상황이 나아지는 듯했다. 엠마와 젊은이들은 '올드 잡'이라는 이름의 쉼터에 들러 점심을 먹었다. 젊은이들은 근처 나무에서 따온 덜 익은 사과를 던지며 장난을 치기도 했다. 다시 몇 시간을 걷고 나니 입고 있던 옷은 완전히 말랐고 이번에는 나무로 조잡하게 만든 다리 하나를 건너 작은 섬 위에 있는 한 쉼터에 도착했다. 리틀 로키 연못 위에 있는 이 섬은 경관이 아주 아름다웠고, 물은 거울처럼 맑았다. 물속에는 무지개송어가 가득했으며 침엽수로 뒤덮인 산 그림자가 물 위에 비쳤다.

엠마는 이곳에서 잠시 머물고 싶었지만 지난 며칠간 일정보다 너무 뒤처진 터라 빨리 움직여야 했다. 그녀는 할렘에서 온 젊은이들에게 작별 인사를 하고 속도를 올려 11킬로미터쯤 걸어 농지와 길게 이어진 저지대를 통과해 버펌 쉼터에 도착했다. 잠자리에 누워 엠마는 그동안의 일을 일기장에 기록했다. "소년들은 모두 흑인이었지만, 매우 친절했다."

그녀의 일기장에는 더 이상의 다른 언급은 없다. 이들에 대한 이야기는 오랜 세월 잊혀진 채로 남아 있었다. 그런데 백인 인솔자 중 한 사람이 2010년 사망하기 전 트레일에서 엠마 게이트우드를 만났던 일에 대해 기록했다. 다음은 그 주인공인 데이비드 루미스 박사가 전하는 비에 젖은 며칠 동안의 기록이다.

그해 여름 나는 스물한 살 생일을 맞이했고 뉴욕시 이스트 할렘에 있는 한 교회에서 일했다. 당시 그곳은 인구 밀도가 가장 높은 지역으로 살인 사건의 숫자도 그만큼 많았다. 각 구역에서는 불량배 패거리들 간의 싸움이 격렬하게 벌어졌고 한여름의 열기는 싸움에 기름을 들이부었다.

그중에서도 가장 세력이 큰 두 패거리들 사이를 화해시키려는 희망을 가지고 내가 일하던 교회가 나섰다. 양 패거리의 우두머리 급 친구들 8명을 인솔해서 일주일간 버몬트주의 애팔래치아 트레일을 여행해보라는 것이었다. 뜨거운 도시를 잠시나마 벗어나 모든 비용을 대주고 휴가를 보내준다는 교회의 제안을 거절한 사람은 아무도 없었다.

여행을 떠난 첫날 우리는 25킬로미터가량을 걸었는데, 그 직후 예상치 못한 허리케인이 내륙 지방을 덮쳐 우리는 가로 2.5미터 세로 6미터의 트레일 쉼터 안에 고립되었다. 밤이 되자 키가 160센티미터 남짓한 게이트우드 할머니가 비틀거리며 쉼터 안으로 들어왔다. 그녀는 도보 여행에 대한 꿈을 실현시키고자 조지아주에서 메인주까지 애팔래치아 트레일을 걷고 있던 중이었다. 온몸이 상처투성이에 몹시 지쳐 보였고 가지고 있던 물건들은 불어난 개울에 흠뻑 젖어 엉망인 상황이었다. 문제는 엠마가 점잖은 백인 남부 출신 부인이었다는 점이다. 그녀는 남부 지방 특유의 말투도 숨기지 못했으며, 8명이나 되는 흑인 청년들과 한 곳에 모여 있다는 사실에 불편함을 감추지 못했다. 그런 불편함이 8명에게도 옮겨갔는지 그들도 엠마에게 차가운 시선을 던졌다.

비는 계속 내리고 바람도 심하게 불었다. 자연의 무시무시한 위력은 우리를 완전히 압도해서 말 그대로 작은 쉼터 안의 긴장감조차 날려 버리는 듯했다. 허리케인은 공동의 시련이었기에, 우리는 모두가 공통적으로 공유하고 있는 인간 본연의 모습으로 돌아가게 되었다. 구명보트에 갇힌 사람들처럼 우리는 서로 의지하며 살아남기 위해 노력했다. 나뭇가지들을 주워와 불을 피웠고 불 주변에 교대로 서서 몸을 녹였다. 그러다 보니 5명 정도는 편안히 바닥에 누워 잘 수 있는 공간의 여유가 생겼다. 우리는 교대로 빗속을 뚫고 나가 더 많은 땔감을 구해오기도 했다.

빗줄기가 약해져 다시 길을 떠났을 때, 엠마는 여러 젊은이들의 등에 업혀 불어난 개울을 건넜다. 만일 그녀가 혼자서 건너려고 했다면 자칫 물에 휩쓸려갈 수도 있었을 것이다. 누구든 그녀를 등에 업은 사람은 어떻게 해서든 급류 한가운데에서 균형을 잡아야만 했다. 동시에 그녀의 뼈만 남은 앙상한 두 팔이 누구 등에 업히든 목을 단단하게 졸라 이따금 숨이 막힐 것 같은 상황도 감수해야 했다.

메리 스노우의 기사가 〈스포츠 일러스트레이티드〉에 엠마의 흑백 사진과 함께 실린 것은 엠마가 큰 위험에 처했던 8월 15일의 일이다. 기사의 제목은 "격려의 박수"였으며, 내용은 다음과 같다.

오하이오주 갈리폴리스에서 온 67세의 할머니 엠마 게이트우드는 애팔래치아 트레일 3,500킬로미터를 걸어서 완주하는 최초의 여성이 되어보기로 결심한다. 바로 조지아주 오글소프 산에서 메인주 카타딘 산까지 이어지는 도보 여행길이다. 지난 5월 초 게이트우드 부인은 혼자서 지도도 없이 트레일의 나무에 새겨진 표시만을 따라 길을 나섰고 이번 주는 코네티컷주의 캐시드럴 파인스에서 자연이 주는 쓴맛과 단맛을 경험하며 지난 2,400킬로미터의 여정을 되돌아볼 수 있었다. 그동안 그녀는 독사 세 마리와 방울뱀 두 마리를 만나 조심스럽게 피해왔고 그중 방울뱀 한 마리가 공격을 해왔을 때는 지팡이로 물리치기도 했다. 밤이 되어 근처에 쉼터가 보이지 않을 때면 돌을 불에 달궈 끌어안고 자면서 체온을 유지했다. 게이트우드 할머니는 간식으로 산딸기를 먹었고 어린 괭이밥 풀로 샐러드를 만들었으며 고체 수프를 빨아 먹으며 부족한 염분을 보충했다.

트레일에서 만난 사람들 중에는 물 한 잔 주는 걸 거절한 사람도 있는가 하면, 튀긴 닭요리를 차려주는 친절한 주부도 있었다.

게이트우드 할머니는 이 여행을 무사히 끝마칠 수 있다는 조용하지만 강한 확신을 가지고 있다. "큰 사고가 없는 한 꼭 해낼 거예요. 그리고 카타딘 산 정상에 오르게 되면 '아름다운 아메리카'를 소리 높여 부를 겁니다. '저 반짝이는 바다까지…' 이렇게요."

엠마는 더 이상 앞으로 나아갈 수 없었다.

새벽 6시에 출발해서 클래런던 협곡에 도착하기 전까지 오전 내내 잡초투성이의 거친 산길을 걸었다. 이번에 만난 협곡은 다른 곳보다 넓어 강 양쪽 둑 사이까지의 거리가 12미터가 넘었으며, 물이 불어나지 않은 상태에서도 건너가려면 다리가 꼭 필요한 상황이었다. 예전에 있던 다리는 얼마 전 불에 타버렸고, 임시 다리를 세웠지만 폭풍우 때문에 쓸려가버렸다. 엠마가 건너갈 수 있는 방법이 하나도 없었다.

엠마는 협곡 위쪽으로 올라가 수심이 1미터쯤 되는 곳을 찾았다. 그렇지만 물살이 너무 거세 혼자서 건널 엄두를 내지 못했다. 숲 쪽을 향해 소리를 지르며 누군가 목소리가 들릴 만한 거리에 있는지 살펴보았다. 어쩌면 엠마가 건널 만한 지점을 알고 있는 사람이 근처에 있을지도 몰랐다. 하지만 아무런 대답이 없었고, 더 이상 움직이지 못한 채 갇히고 말았다.

엠마는 자루에서 젖은 옷들을 꺼내 햇빛 아래 펼쳐 말렸다. 만일 어쩔 수 없이 여기서 시간을 보내야 한다면, 최소한 생산적인 일을 하며 짐을 조금이라도 가볍게 만들어야 했다. 그녀는 담요를 펼쳐놓았고 잠시 자신도 햇볕을 쬐기로 결정했다. 구름 많던 우울한 날들이 지나고 보게 된 따뜻한 햇살이 참 반가웠다.

그렇게 엠마는 기다렸다. 정오가 될 때까지 아무도 나타나지 않

앴다. 오후 1시, 2시, 3시가 되어도 마찬가지였다. 그녀는 긴 시간을 빈둥거리며 보냈다. 그러다 오후 4시쯤 누군가 다가오는 소리를 듣고 자리에서 일어나 트레일을 살폈다. 누군가 보였다. 해럴드 벨과 스티브 사전트, 바로 며칠 전 길에서 만난 해군 출신 젊은이들이었다. 이보다 더 기가 막힌 우연이 있을까. 엠마는 놀라기도 했지만 두 사람을 다시 만나게 되어 너무나도 기뻤다.

두 사람도 고생이 이만저만이 아니었다. 처음에는 그저 잠시 군대를 벗어나 야외에서 휴식을 가지려고 한 것이었는데, 흠뻑 젖은 구질구질한 여행이 되어버렸다. 트레일에 들어선 9일 동안 비가 내린 날은 8일이나 되었고 발은 물집투성이에 형편없는 모습이 되어버렸다.

엠마는 두 사람에게 자신의 상황에 대해 설명했고, 같이 협곡 아래로 내려갔다. 물길은 아까보다 더 넓어지고 거세졌다. 두 청년은 상황을 면밀히 살핀 뒤 주의만 기울이면 물을 건널 수 있다고 판단했다. 두 사람은 아까 엠마와 만난 자리로 되돌아가 거기 두었던 배낭을 가져왔다. 한 사람이 배낭에서 꽤 길어 보이는 낙하산용 줄을 꺼내 엠마의 자루를 자신의 크고 무거운 배낭 윗부분에 단단히 묶었다. 그런 다음 줄을 자신의 허리에 감았다. 다른 젊은이도 줄을 허리에 묶었고 두 사람은 물가로 걸어 내려갔다.

엠마는 두 사람 가운데 섰고 역시 허리에 줄을 묶었다. 두 사람은 마치 인간 샌드위치처럼 엠마를 가운데 자리에 안전하게 보호했다. 줄을 단단하게 묶고 나자 두 사람은 각각 엠마의 손을 붙잡았고 그렇게 세 사람은 성난 물살을 헤치며 천천히 건너가기 시작했다. 물은 처음에는 무릎 높이 정도였으나 이내 허리까지 차올랐고, 가슴께까지 올라와 온몸을 거세게 두드려댔다. 세 사람은 단단히 힘을 주며 버텼다. 엠마는 돌이 깔려 있는 강바닥을 발로 느끼며 눈을 질끈 감았다. 그리고 온 힘을 다해 두 사람에게 짐이 되지 않으려 했다. 미끄럽고 불안한 발걸음이 이어졌다.

엠마는 현기증이 났다. 눈을 떴지만 자신을 빨아들이는 물살을 볼 수 없었다. 대신 그녀는 고개를 뒤로 젖히고 하늘을 올려다보았다. 잡은 두 손에 힘을 꽉 주었다.

스티브 사전트는 57년이 지난 후, 그날 자신은 너무나 두려웠으며 79세가 된 지금도 여전히 꿈속에서 그날의 장면이 떠오른다고 말했다. "그날의 상황은 정말 위험했습니다." 사전트의 회상이다. 해럴드 벨은 그날 물살이 얼마나 빨랐는지, 그리고 줄 하나로 이어진 세 사람 중 한 사람이라도 발을 잘못 디디면 셋 다 모두 물에 떠내려갈 수도 있는 상황에 어떤 느낌이 들었는지 지금도 생생히 기억하고 있었다. 두 사람은 수십 년이 지난 후 똑같은 장소로 다시 돌아가 여행을 했다. 그리고 엠마가 얼마나 친절하고 의지가 강했는지 떠올렸다. "엠마 게이트우드는 말하자면 아주 단단하면서도 노련한 할머니였어요." 벨의 회상이다.

그렇지만 그날 거센 물살 한가운데에서, 하마터면 큰일이 벌어질 수도 있는 상황에, 엠마 게이트우드는 큰 소리로 웃음을 터트리고 말았다. 도대체 예순일곱 살이나 먹은 할머니가 왜 스스로 이런 위험한 상황에 뛰어들었는지 정말 어처구니가 없었던 것이다.

세 사람은 마침내 마른 땅에 도착해 허둥지둥 둑 위로 기어올라갔다. 엠마는 숲속으로 들어가 젖은 버뮤다 반바지를 긴 멜빵바지로 갈아입고 나왔다.

"자," 모습을 드러낸 그녀가 말했다. "이렇게 할머니가 계곡을 건널 수 있도록 해주었군요."

제13장

엄청난 재난

GRANDMA
GATEWOOD'S
WALK

롱 트레일 휴게소에서는 사람들이 엠마를 기다리고 있었다. 그리고 마침내 오후에 엠마가 버몬트주 킬링턴 근처에 있는 휴게소에 모습을 드러내자 주방에서 샌드위치를 내와 대접하고 〈러틀랜드 해럴드〉의 기자와 통화를 하게 되었다. 러틀랜드는 서쪽으로 약 2.7킬로미터쯤 떨어진 곳에 있었다.

이제는 미국 전체가 엠마가 지금 어디쯤 있는지 알고 싶어 하는 것처럼 보였다. 기자들은 그녀의 일거수일투족을 계속 살폈다. 트레일의 4분의 3까지 걸어왔을 때는, 괴짜처럼 보이는 할머니의 엉뚱한 시도로 여겨졌다면, 이제 거의 마지막 구간에 들어서고부터는 전국적인 관심을 받는 명사가 된 것이다. 〈AP통신〉은 다음 날 엠마에 대한 소식을 타전하며 지금까지 몸무게가 10킬로그램이 넘게 빠졌고 신발은 다섯 켤레나 닳아 버렸다고 전했다.

"지금까지 그녀는 2,800킬로미터를 걸었다. 이제 700킬로미터만 더 가면 카타딘 산 정상이다."

이제 700킬로미터가 남았다. 그렇지만 기사에 언급되지 않은 사실이 있었다. 앞으로 남은 길이 트레일에서 가장 어렵고 위험한 구간이라는 사실이다. 엠마는 봄철 남부 지방에서도 밤이면 추위에 떨었는데, 이제부터는 밤이 되면 기온이 영하까지 떨어질 것이며 살을 파고드는 차가운 진눈깨비도 내리게 될 터였다. 엠마는 지금까지 하루에 대략 25킬로미터 정도를 걸었지만 곧 다다를 뉴햄프셔주의 화이트 산맥에 도착하면서부터는 그 거리가 3분의 1로 줄어들 것이다. 그녀보다 먼저 남에서 북쪽으로 향했던 트레일 여행가들이 깨달았던 것처럼, 160킬로미터가 넘는 황야 지대 등 길고 어려운 구간들이 있으며 이 구간은 외진 곳에 있고 인적도 드물어 일주일 혹은 그 이상 버틸 수 있는 식량을 가지고 가야만 했다.

엠마는 이제 그만 걱정하고 일단 출발해야겠다고 생각했다.

그녀는 좁은 길을 따라갔다. '마치 다람쥐나 오갈 법한 좁은 길이네'라고 생각하며 이리저리 오르내리다가 바위들을 넘거나 돌아가기도 했다. 그리고 기포드 우즈 주립공원 안으로 들어섰다. 얼세퍼가 7년 전인 1948년 처음으로 트레일을 한 번에 완주하며 잠시 머물렀던 곳이다. "나는 출입기록부에 서명을 하고 장기 순찰임무를 맡은 트레일 유일의, 그리고 최초의 여자 순찰대원인 그레이스와 잠시 이야기를 나누었다." 셰퍼의 기록이다. "그레이스는 내게 공원 내에 있는 쉼터는 소정의 금액을 내면 사용이 가능하다고 알려주었다. 그렇지만 아직 해가 지려면 몇 시간 더 남아 있었기에 나는 계속 걸어가기로 결심했다. 그레이스는 자신이 요금 이야기를 해서 내가 가버렸다고 오해하고 그 후 줄곧 자신을 자책했다고 한다. 몇 년이 지나 나를 만나서 하는 말이 그 후로는 규정에 상관없이 나처럼 전 구간을 걷는 도보 여행자가 있으면 절대로 돈을 받지 않았다고 한다."

엠마가 공원에 도착해서 그레이스를 만나 보니 곤란한 표정으로 자신은 돈을 받고 싶지 않지만 주립공원 정책에 따라 1달러를 내야 한다고 말했다. 엠마는 별로 신경을 쓰지 않았고, 사실 야외에서 잘 계획이었지만 그래도 주머니에서 1달러를 꺼냈다.

엠마는 일기에 이렇게 적었다. "미안해서 그랬는지 그레이스는 내게 뜨끈뜨끈한 구운 감자와 햄, 비트, 빵, 그리고 롤케이크 두 조각과 우유, 뜨거운 커피를 식판에 담아 가져다주었다."

그레이스는 2명의 청년이 트레일 여행을 마무리하며 근처에 있는 테이블 하나를 잠자리 대용으로 예약했다고 말했다. 엠마는 그들이 함께 개울을 건넜던 해군 청년들인 것을 알게 되자 무척 기뻐했다. 그녀는 저녁밥을 먹고 있는 청년들을 찾아가 자신이 받은 커피며 케이크 등을 나누어주었다. 세 사람은 함께 잠시 이야기를 나누었고 엠마는 낙엽 더미 위에 준비한 잠자리에서 잠이 들었다. 한밤중이 되어 그녀는 차가운 빗방울이 얼굴 위로 떨어지는 걸 느끼고 재빨리 자루를 움켜쥐고 관리인 숙소 현관 지붕 밑으로 피신했다. 청년들도 몇 분 뒤 물에 흠뻑 젖은 채 그곳을 찾아왔다. 트레일에서 일을 하고 있는 사람들 몇 명이 먼저 와 테이블에 자리를 잡고 있었기에 엠마는 바닥에 잠자리를 준비했다. 얼마 지나지 않아 비가 점점 더 거세게 내리며 옆으로 들이쳤다. 현관 바닥은 금세 물에 젖기 시작했다. 엠마는 테이블 위로 올라갔고 해군 청년들도 올라왔다. 그날 밤 제대로 잠을 잔 사람은 아무도 없었다.

다음 날 아침 일찍 불을 피우고 젖은 옷을 말리고 있을 무렵 허리케인 다이앤이 남쪽으로 1,200킬로미터 떨어져 있는 동부 해안을 덮치기 시작했다. 불과 닷새 전 허리케인 코니가 상륙했던 지점에서 멀지 않은 곳이었다. 다이앤은 중심부 근처의 시속이 160킬로미터나 되는 강풍을 동반하고 있었고 시속 22킬로미터의 속도로 서쪽으로 이동 중이었다. 하지만 기상청에서는 이미 다이앤이 코니만큼의 피해는 입히지 않을 거라는 예측을 내놓았다. 해안 근처 마을의 집들은 파도에 부서지고 거리는 물에 잠기기는 했지만 코니만큼의 파괴력은 가지고 있지 않은 것 같았다. 내부의 뜨거운 열기는 급격히 사그라졌고, 허리케인 경보도 오후면 취소될 것이라는 예상이었다. 그렇지만 기상청에서 미처 계산하지 못한 것은, 허리케인의 진로가 해안 쪽에 집중이 되어 있으며 그만큼 계속해서 대서양에서 수분을 빨아들인 후 육지에 뱉어낼 거라는 사실이었다. 허리케인 코니 때 뿌렸던 비가 아직 채 마르지도 않은 상태였다.

트레일에 있는 도보 여행자들은 이런 상황을 정확히 알지 못했다. 입에서 입으로 전해지는 소식과, 워싱턴 기상청이 허리케인의 세력이 약화되고 있다고 발표하고 있었기에, 폭풍이 북쪽으로 이동하기 시작했는데도 아무런 경보가 발효되지 않았다.

트레일을 청소하는 한 자원봉사자가 나쁜 소식을 가져왔다. 비버들이 쌓은 댐 때문에 물이 넘쳐 아래쪽 계곡을 지나갈 수 없게 되었다는 소식이었다. 자원봉사자는 엠마가 트레일을 여행하고 있다는 사실을 알고 있었고 물이 불어난 구간을 지나갈 방도가 전혀 없다고 전했다. 그는 우회로로 차를 태워주겠다고 제안했고, 엠마는 그렇게 하기로 했다. 도저히 어떻게 할 수 없는 상황을 맞이했기에, 이 3킬로미터는 엠마가 애팔래치아 트레일에서 직접 걷지 못한 유일한 구간이 되었다.

8월 18일, 엠마는 동쪽에 있는 코네티컷 강을 향했다. 버몬트주와 뉴햄프셔주를 가르는 경계선이기도 한 이 강을 향해 걸으며 저녁에는 하틀랜드라는 마을에 도착했고 필요한 물건을 구입할 수 있는 가게를 찾았다. 가게 주인은 엠마에게 트레일에서 800미터쯤만 벗어나면 머물 만한 장소를 찾을 수 있을 거라고 말해주었다.

한편 남쪽에서는 허리케인 다이앤이 열대성 폭풍으로 세력이 약화된 상태였지만, 바깥쪽 비구름들이 북쪽으로 이동하면서 뉴잉글랜드 지방에 물 폭탄을 퍼붓고 있었다. 처음에는 위협적으로 보이는 구름에 대해 크게 염려하는 사람이 아무도 없었지만 얼마 지나지 않아 내리는 폭우가 빠르게 작은 강과 개천을 채우고 있다는 사실을 알게 되었다. 오후 늦게서야 첫 번째 긴급 홍수 경보가 발효되었다. 해당 지역 사람들이 비가 지붕을 두드리는 소리를 들었고, 잠이 든 사이 물은 무섭게 불어나고 있었다.

🐾 🐾 🐾 🐾

웨스트버지니아주 밀턴시의 시장은 엠마의 과거도, 페리에 대해서도 알지 못했다. 수십 년 동안 있었던 가혹 행위나 두 사람이 마지막으로 벌였던 싸움에 대해서도 자세히 알지 못했다. 그렇지만 시장은 누가 피해자인지 한눈에 알아보았다. 이가 부러지고 갈비뼈에 금이 간 53세의 여인이 감옥에 있어서는 안 된다는 사실은 분명히 알고 있었다.

잘못 집행된 법은 바로잡아야 했다. 그는 엠마에게 사과하고 안전한 자신의 집에서 머물며 그녀가 홀로 설 수 있을 때까지 보호를 해주겠다고 제안했다. 우선 생계를 유지할 수 있도록 식당에 일자리를 알아봐주기도 했다.

집에 남아 있던 아이들은 큰 혼란에 빠졌다. 어머니가 자신은 무사하다고 소식을 보내왔고 곧 다시 만나게 될 거라고도 했지만, 집에 남은 넬슨과 루이즈, 그리고 루시는 앞으로 어떤 일이 벌어질지 전혀 짐작할 수 없었다.

남은 가족은 아침 일찍 일어나 이웃의 도움을 받아 돼지를 잡고 손질했다. 물이 가득 찬 드럼통을 불 위에 올리고 돼지를 매달고 보니 아이들은 학교에 갈 시간이었다. 오후가 되어 집으로 돌아오니 아버지는 사라져 보이지 않았다. 페리는 침구와 가구, 그리고 집 바깥에 있던 가재도구 거의 전부를 가지고 갔다. 남아 있는 건 아침에 잡은 돼지고기 절반이었다. 아버지의 작별 선물이었다.

남아 있는 아이들 중 열다섯 살로 가장 나이가 많은 넬슨은 학교에서 관리인 보조로 일을 했고 언제나 돈을 아껴 썼다. 한번은 누나 에스터가 용돈 10센트를 준 적이 있었다. 몇 주가 지난 후 다시 용돈이 필요하냐고 물으니 넬슨은 "아니, 지난번에 준 돈을 아직 그대로 갖고 있어"라고 대답하는 것이다. 그러다 마침내 한 발씩 장전하고 쏘는 레밍턴 소총 한 자루와 전조등과 흙받이가 달린 자전거를 살 돈을 모았다. 자전거와 소총은 헌팅턴의 몽고메리 상점에서 26달러에 샀다. 이제 넬슨은 잔돈을 챙겨 새 자전거를 타고 5킬로미터 떨어져 있는 가게로 달려가 어머니에게 아버지가 사라져버렸다고 전화로 알렸다.

"내일 무슨 일이 있을지 모르니 그냥 집에 있을까요?" 아들이 어머니에게 물었다.

"아니, 학교는 빠지지 말아라." 어머니가 대답했다.

"첫차를 타고 돌아갈게."

다음 날 아이들이 학교에서 돌아오니 엠마가 집에 와 있었다. 어머니는 돼지고기를 치우고 집을 청소했다. 모든 것을 다 정리하고 마치 한 번도 집을 떠난 적이 없는 것처럼 그동안 있었던 일에 대해서는 한마디도 하지 않고 일상을 이어갔다.

엠마는 법원에 접근 금지 신청을 해 남편이 자기에게 더 이상 손을 대지 못하게 할 생각이었지만 남편 역시 변호사를 고용해 아내와 싸울 준비를 하고 있다는 사실을 알게 되었다. 그래서 엠마도 변호사를 고용했다. 1940년 9월 6일, 웨스트버지니아주 헌팅턴에 있는 법원으로 가 35년간의 결혼생활의 종지부를 찍을 이혼을 신청했다. 그 후 5개월이 지난 1941년 2월 6일, 엠마와 변호사는 판사와 이혼 조정관 앞에 섰다. 엠마는 결혼생활의 불화에 대해, 그동안 고통받아온 학대와 폭행에 대해서도 증언했다. 이후 판사는 다음과 같은 판결을 내린다.

"원고인 엠마 게이트우드와 피고인 페리 게이트우드 사이에 있었던 결혼생활은 지금 이 시간부로 종료된 것으로 하며, 원고는 피고와의 결혼생활로부터 완전히 이혼한 것으로 판결한다."

판사는 엠마에게 열네 살인 루이즈, 열두 살 루시, 그리고 열여섯 살 넬슨에 대한 양육권을 주었고 남편인 페리에게는 위자료로 매달 15달러를 지급하라고 명령했다. 또한 페리는 바커스에 있는 농장 소유권을 엠마에게 넘기고 농장을 구입할 때 졌던 빚을 계속 책임지고 갚아야 했다. 만일 이를 어길 시에는 다시 법원에 불려오게 될 것이라고 경고했다.

그렇지만 페리는 자기가 할 의무를 제대로 하지 않았다. 매달 지급해야 하는 위자료는 물론, 갚아야 하는 빚도 200달러나 밀렸다. 엠마가 다시 고소하겠다고 위협하자 농장 소유권을 완전히 양도하기로 하고 대신 자신이 진 빚은 절반만 갚겠다고 했다.

엠마는 제안에 응했다. 두 사람의 관계는 마침내 끝이 났다. 페리는 다시는 그녀에게 손을 대지 못했다.

엠마는 훗날 "마침내 행복을 되찾았다. 이제 잠자리에 들 때, 나를 바닥으로 걷어찼으면서도 그러지 않았다고 거짓말하는 짐승만도 못한 인간은 없다"라고 썼다.

엠마는 코네티컷 강을 건너 뉴햄프셔주 하노버로 들어섰다. 그리고 사람들이 자기를 알아보고 신문기자에게 알리는 일이 없기를 바라며 빠르게 마을을 통과했다. 그녀는 계속 일정이 늦어지자 마음이 초조해졌다. 설상가상으로 불과 며칠 전 러틀랜드에 있는 기자는 트레일을 완주하는 날 엠마가 방송국 카메라 앞에서 미국식 포크 댄스를 추는 게 어떤가 하는 의견을 내기도 했다. CBS에서는 텔레비전 뉴스를 통해 이런 내용을 기정사실인 것처럼 보도했다. 엠마는 춤 같은 건 출 생각도 전혀 없었거니와 그것도 텔레

1942년 54세 때 모습.

루시 게이트우드 시즈 제공

비전을 통해 사람들 앞에서 하고 싶은 생각은 더더욱 없었다.

그래도 최소한 하노버에는 비가 내리지 않았다. 그때 당시 엠마는 알지 못했지만, 마치 엠마를 쫓아가는 것처럼 해안 지방을 따라 올라오던 폭풍은 남쪽 지방에 엄청난 피해를 입히고 있었다. 뉴저지와 뉴욕, 펜실베이니아, 코네티컷, 그리고 매사추세츠에 마지막 먹구름을 드리우고 있었다. 목요일 기상 안내에서는 폭풍에 대한 이야기가 거의 언급되지 않았고 그저 뉴잉글랜드 지방으로 다가오고 있는 저기압 세력 정도로만 생각하고 있었다. 그러나 폭풍은 계속 이동 중이었으며 시계 반대 방향으로 거대한 원을 그리며 회전하고 대서양에서 따뜻하고 습한 공기를 빨아들인 다음 북동부 지역의 습도를 거의 열대 지방 수준까지 끌어올리고 있었다. 그리고 저기압골이 그 뒤를 이었다. 습한 공기가 상승했다가 식으면서 팽창하고 비가 되어 땅 위로 떨어졌다. 허리케인 다이앤은 소멸되지 않았다. 아직까지는.

엠마가 2주일 전 방문했던 지역 신문 통신원인 클래런스 블레이크가 사는 코네티컷 워터베리에서는 이른 아침에 노거턱 강의 수위가 10미터나 상승해 강둑을 넘어 범람하면서 다리와 집들을 쓸어버렸고 산업 시설은 파괴되고 사람들이 물에 휩쓸려갔다. 부모들은 아이들을 나무 끝에 묶어두고 구조를 간절히 기다렸다. 윈스터드에서는 고요했던 매드 강이 마을을 덮쳐 주민들을 고립시켰고 구조대마저 접근이 어려웠다. 파밍턴에서는 구조선이 뒤집혀 퍼트리샤 앤 베샤르라는 어린 여자아이가 사망했고, 한 소방대원은 린다 배롤로메오라는 아이를 나무 위로 올려주고 자신은 물에 휩쓸려 떠내려갔다. 시모어에서는 공동묘지에 묻혀 있던 관들이 파헤쳐져 강 하류로 떠내려가기도 했다. 퍼트넘에서는 마그네슘 공장에 불이 나 불길이 상공으로 75미터나 치솟았다. 사방에서 경찰과 소방대원들이 집집마다 돌아다니며 사람들을 대피시켰다. 뉴욕주 엘렌빌의 경우 4,000명이 넘는 인구 전체가 대피를 했다. 그럼에도 많은 사람들에게 경고는 너무 늦게 전달되었다.

코네티컷주에 쏟아진 총 강수량은 상상을 초월할 정도였다. 토링턴에 355밀리미터, 윈스터드에 330밀리미터, 하트포드에 304밀리미터, 그리고 매사추세츠 웨스트필드에는 무려 500밀리미터가 넘는 비가 쏟아졌다.

그렇지만 최악의 참사는 펜실베이니아주 스트라우즈버그에서 벌어졌다. 델라웨어 워터 갭에서 가까운 이곳에서 평소에는 평온하던 브로드헤드 시냇물이 불과 15분 만에 수위가 9미터나 올라가 캠프 데이비스라는 종교단체의 수련원을 덮쳤다. 야영을 하고 있던 사람들은 급히 더 높은 지역에 있는 집으로 대피했다. 물은 계속 불어났고 사람들은 2층으로, 다시 다락방까지 피신했지만 집은 사방이 흔들리더니 결국 무너져 내렸다. 당시 현장에서 무너진 집에 매달려 있던 한 여성은 아이들의 찢어질 듯한 비명 소리를 들었다고 회상했다. 나중에 그녀는 31명의 사람이 사망했다는 소식을 듣게 되었다.

아이젠하워 대통령은 동부 6개 주를 연방정부 차원의 도움이 필요한 재난 지역으로 선포했다. 허리케인 코니와 다이앤 때문에 사망한 사람들은 200명이 넘었고 피해 금액은 15억 달러 이상으로 추산되어 이 역시 역사상 최고 액수를 기록했다. 그렇지만 8월 20일 정오 무렵 빗줄기는 약해지기 시작했고 강물도 아주 조금씩이기는 했지만 본래의 위치로 물러갔다. 그리고 매사추세츠주 노샘프턴을 경계로 그 이상 북쪽까지 피해를 입히지는 못했다.

뉴햄프셔주 하노버에서는 관광객들이 모텔 등지에 발이 묶였다. 남쪽으로 내려가는 길이 홍수로 유실되었거나 아예 접근할 수조차 없었기 때문이다. 엠마는 자신 뒤로 펼쳐진 죽음과 혼란을 알지 못한 채 마을을 지나 계속 걸었다.

엠마는 마을 공원에서 테니스를 치고 있는 여자아이 둘을 보았다. 그리고 혹시 같이 좀 걷겠느냐고 물었지만 대답을 듣지 못한 채 가던 길을 계속 갔다. 두 구역쯤 지나갔을까, 뒤에서 누군가 뛰어오는 소리가 들렸다. 아까 그 소녀들이 엠마를 쫓아온 것이다. 두 사람은 자신들에게 말을 건 사람이 혹시 소문에 듣던 조지아에서 메인까지 도보 여행을 한다는 바로 그 엠마인지 알고 싶어 했다.

엠마는 자신을 소개했고 마을 바깥에 식당이 있는지 물었지만 잘 모르겠다는 대답만 들었다. 그러자 그중 한 사람이 자기 집에 가서 함께 점심을 먹자고 고집스럽게 말했다. 엠마는 아마도 아이의 엄마가 낯선 손님을 보면 언짢아할 거라고 생각했다. 예상대로 아이의 어머니는 조금 놀란 것 같았지만 그래도 나름대로 최선을 다하려는 듯 모두 함께 차에 태워 집으로 가 샌드위치를 대접했다.

여자아이의 아버지가 집 안으로 들어오더니 마치 전부터 알고 있던 사람처럼 엠마와 악수를 했다. 엠마는 남자가 〈스포츠 일러스트레이티드〉를 펼쳐 보일 때까지 이유를 알 수 없었다. 사실 그녀는 자신에 대한 기사를 아직 읽지 못했기에 그 자리에서 잡지를 읽어보았다. 아이 아버지인 로드 박사는 다트머스 여행 클럽의 회원이기도 한 자기 친구에게 전화를 걸어 엠마가 여행을 하는 동안 트레일을 따라 있는 클럽 소유 쉼터 중 한 곳에서 묵어갈 수 있도록 해주었다. 친구는 자기들이 소유하고 있는 쉼터까지는 길이 대부분 잘 닦여 있어 쉽게 찾을 수 있을 거라는 말도 덧붙였다.

점심을 먹고 난 후 로드 박사는 엠마를 아이들과 만났던 트레일로 다시 데려다주었다. 마을 외곽에 도착하자 한 여자와 10대 아이들 몇이 그녀를 만나기 위해 기다리고 있었다. 잠시 동안 이야기를 나누다가 엠마는 이제 정말 떠나야 할 시간이라고 생각했고 여자아이 둘과 남자아이 셋은 자전거를 타고 엠마를 따라 3킬로미터가량 같이 달렸다. 한 여자아이는 엠마의 자루를 자기 자전거에 달린 바구니로 실어다 주겠다고도 했다.

엠마는 로드 박사의 친구가 말했던 그 '잘 닦여 있는' 길을 도무지 찾을 수 없었다. 대신 거의 머리 위까지 자란 풀밭을 헤치며 걸어가야 했다. 마침내 한 개간지로 들어서자 트레일 옆 기둥에 붙어 있는 봉투 하나가 보였다. 찬찬히 살펴보니 봉투에는 자신의 이름이 적혀 있었고 봉투 안에는 트레일 바로 근처 붉은색 집에 살고 있는 한 여인의 쪽지가 들어 있었다. 여인은 쪽지에 엠마가 와서 차 한잔 마시고 가면 좋겠다고 적어두었다.

여인의 초대에 엠마는 기분이 좋아졌다. 마치 귀빈이라도 된 듯한 기분이 들었다. 그녀는 집으로 찾아가 저녁을 함께했다. 여인의 남편인 조지 보크는 엠마에게 다트머스 여행 클럽 숙소까지 가는 길을 알려주었다. 엠마는 해가 지기 전에 그곳에 도착해 진짜 침대 위에서 편안한 밤을 보냈다.

다음 날 정오 즈음 엠마는 고속도로로 들어섰다. 그리고 촬영 장비를 들고 자신을 기다리는 한 남자를 발견했다.

"기자 양반들은 참 나를 잘도 찾아내는군." 엠마가 말했다.

남자는 자신을 근처 〈밸리 뉴스〉에서 나온 사진기자 핸슨 캐럴이라고 소개했다. 캐럴 기자는 몇 시간 동안이나 엠마를 찾으려고 애썼다고 했다. 처음에 그는 그날 아침 엠마가 하노버를 통과해 온다는 소식을 듣고 하노버 관광 안내소에 있는 부르뎃 웨이머스라는 사람에게 문의를 했다. 웨이머스는 트레일이 무스 산과 어떻게 이어지는지 알려주었다. 엠마 정도의 체력은 없지만 캐럴 기자도 열심히 무스 산 주변을 돌며 라임-도체스터 대로를 따라 엠마가 숲을 빠져나오기를 기다렸다. 1시간이 채 되지 않아 엠마가 검게 그을린 얼굴에 미소를 띠우며 언덕에서 내려와 도로로 들어섰다.

기자는 엠마에게 사진 몇 장을 찍고 함께 걸으며 영상 촬영을 해도 괜찮겠냐고 물었다. 엠마는 상관없다고 대답했다. 기자는 족히 수십 미터는 될 듯한 분량의 필름을 써가며 촬영했고 다시 트레일 표시 옆에서 엠마가 점심 먹는 모습, 두 소녀와 길을 따라 건는 모습, 혼자 걷는 모습 등을 담았다. 엠마는 기자에게 벌써 신발을 다섯 켤레나 버렸으며 지금 신고 있는 게 여섯 켤레째라고 말했다. 두 사람은 엠마가 현재 받고 있는 전국적인 관심에 대해 이야기를 나누었고 기자는 주목이 불편하지 않은지 물었다. 엠마는 기자들이 자기 시간을 너무 많이 빼앗지만 않는다면 일반 대중들에게 알려지는 일을 크게 반대할 생각은 없다고 설명했다. 그쯤 해서 엠마의 속뜻을 알아차렸겠지만 기자는 한 가지를 더 물었다.

"왜 이 일을 하고 있는 겁니까?"

엠마가 대답했다.

"그냥 재미 삼아서요."

핸슨 캐럴의 기사는 1955년 8월 22일 월요일 〈밸리 뉴스〉 1면에 실렸다. 그 기사에는 엠마 게이트우드가 얼마나 위험천만한 여행을 해왔는지를 알려주는 흥미롭고도 무시무시한 내용이 실려 있었다.

1면 제일 상단에 굵은 글씨로 인쇄된 제목을 살펴보자. "홍수로 인한 사망자 수 집계가 시작되면서 전염병의 위험도 높아져" 그 밑에는 좀 더 작은 글씨로 이렇게 적혀 있었다. "현재까지 피해 금액은 10억 달러 이상, 사망자는 86명으로 집계."

그리고 그 밑에 엠마의 사진이 있었다. 엠마는 풀밭 위에 앉아 활짝 웃으며 애팔래치아 트레일이라고 적혀 있는 표지판에 손을 올리고 있었다. 사진 아래에는 다음과 같은 글이 인쇄되어 있었다.

"'그냥 재미 삼아서요.' 게이트우드 할머니가 애팔래치아 트레일을 걷는 이유."

제14장

산의 노인

GRANDMA
GATEWOOD'S
WALK

엠마는 큐브 산 정상에서 잠에서 깼다. 사방은 아직 어두웠다. 정상 끝자락에서 보이는 풍경은 웅장했다. 하노버 쪽을 향해 있는 계곡의 뒤편 아래쪽도, 북쪽의 무실라우케 산맥과 화이트 산맥의 풍경도 감탄을 자아냈다. 회색과 분홍색이 뒤섞여 화강암이나 대리석을 연상시키는 석영암 위에 올라서 아래쪽을 바라보았다. 많은 여행자들이 트레일에서 가장 어려운 구간으로 생각하는 지점이 보였다.

화이트 산맥, 그중에서도 특히 프레지덴셜 산맥 구간은 지형이 험난할 뿐만 아니라 예측 불가능한 변덕스러운 날씨로도 유명했다. 프레지덴셜 산맥 구간은 서쪽과 남서쪽, 남쪽에서 불어닥치는 강풍이 만나는 자리인 동시에 오대호와 애팔래치아 계곡, 그리고 대서양의 기후 변화를 일으키는 여러 폭풍이 지나가는 중심지이기도 했다.

"뉴햄프셔주의 고지대는 거칠고 황량함만이 가득해 최고의 산악인도 경외심을 갖게 한다." 얼 셰퍼가 1948년 애팔래치아 트레일을 완주하고 쓴 자신의 저서 《봄날의 걷기Walking with Spring》에 쓴 말이다.

"지상에서 가장 혹독한 날씨를 이곳에서 맛볼 수 있다. 엄청난 강풍이 몰아치며 기온은 극지방을 방불케 한다. 한여름에도 영하로 기온이 떨어질 수 있으며, 1시간 사이에 뜨거운 햇살과 눈보라가 연이어 나타날 수 있다. 수많은 사람들이 이런 상황을 무시하거나 제대로 알지 못했기에 산에서 사망했다. 반드시 철저하게 준비해야 하며, 수목 한계선을 넘어설 때 복장을 충분히 갖춰야만 한다. 또한 비상식량과 장비도 꼭 준비해야 한다."

엠마는 워싱턴 산이 있는 지평선 쪽을 바라보았다. 워싱턴 산은 북동부 지역에서 가장 높은 봉우리로 그 높이가 해발 1,900미터에 달한다. 세계 최고봉들과 비교한다면 그리 인상적인 높이는 아니지만 연평균 기온이 영하를 밑돌고 평균 풍속이 56킬로미터를 넘나드는 워싱턴 산의 험악한 날씨는 방심한 여행객들을 곤경으로 몰아넣는다. 지금까지 기록된 최고 풍속인 372킬로미터도 20년 전 워싱턴 산 정상에서 측정한 것이다. 바람이 언제나 거세기 때문에 산의 쉼터들은 쇠사슬로 묶어 땅에 단단히 고정해야만 했다.

도보 여행자들은 주로 저체온증, 익사, 눈사태, 추락 등으로 목숨을 잃기도 했다. 1890년에 1명, 그리고 1912년에 또 1명이 산 정상에서 하산하다 실종되었다. 엠마가 도보 여행을 떠나기 1년 전에는 2명이 저체온증으로 사망하기도 했다. 그리고 1년 후에는 2명이 추락사했으며, 눈사태에 휩쓸려 사망한 사람도 있었다. 엠마가 이곳에 도착할 때까지 대략 25명 이상이 이 산에서 죽음을 맞이했으며, 간신히 구조된 사람도 수십 명이었다.

엠마는 셰퍼가 언급했던 적절한 장비는 하나도 갖추고 있지 않았지만, 자루 속에 챙겨온 것들만으로도 지금까지 잘 해내왔다.

다음 날 아침 길을 떠난 엠마는 흔들리는 사다리들을 타고 큐브 산을 내려갔다. 그녀로서는 처음 해보는 경험이었지만 별다른 문제없이 내려올 수 있었다. 그녀는 산 아래에 있는 어느 농가로 가 문을 두드렸다. 피터 톰슨은 당시 열한 살이었지만 그때의 일을 결코 잊지 못했다.

"어머니가 가서 문을 열어주었습니다." 57년 전 있었던 일에 대한 톰슨의 회상이다.

"어떤 여자가 말하더군요. '안녕하세요, 내 이름은 엠마 게이트우드고 애팔래치아 트레일을 혼자서 종주하고 있는 첫 번째 여성입니다'라고요."

톰슨의 어머니는 그 나이 든 여인을 집 안으로 들어오게 했다. 엠마는 얼굴과 손을 씻고 자리에 앉아 가족과 함께 집에서 만든 따뜻한 음식을 먹었다. 톰슨의 어머니와 엠마는 좋은 친구 사이가 되어 나중에 편지도 주고받았고 엠마는 다시 몇 번인가 그 집을 방문하기도 했다. 엠마는 톰슨 부부에게 하이킹의 영감을 주었고, 그들은 결국 애디론댁 산맥의 주요 봉우리 46개를 모두 정상까지 오르게 되었다. 종종 주 경찰관들과 함께 오른 적도 많은데, 그건 남편인 멜드림 톰슨 주니어가 뉴햄프셔주의 주지사로 세 번이나 당선되었기 때문이다. 산을 사랑하는 이 주지사는 정치적인 성공도 성공이지만, 오랜 세월 자신의 집을 애팔래치아 트레일을 걷는 도보 여행자들에게 개방했고, 자녀들도 역시 그 전통을 이어받아 지나가는 도보 여행자들에게 메이플 시럽과 어머니가 만든 유명한 팬케이크 믹스를 한 상자씩 챙겨주었다.

1955년 훗날 주지사가 되는 남자가 자신의 아들들과 엠마가 함께 있는 사진을 찍었고, 아이들은 엠마를 따라 트레일까지 꽤 오래 걸어가 산딸기를 따기도 했다. 엠마는 그날 밤을 엘리자 브룩 쉼터에서 보내고, 다음 날 트레일에서도 만만치 않은 구간을 걸어 킨스맨 산을 올랐고, 화이트 산맥에서 가장 남쪽에 있는 높이 1,219미터의 무실라우케 산을 오른다. 무실라우케 산에서 엠마는

1955년 톰슨 형제들과 엠마. 왼쪽부터 일곱 살 톰, 아홉 살 데이비드, 그리고 열한 살 피터. 당시 톰슨 가족의 집은 뉴햄프셔주 오포드에 있었다.

피터 톰슨 제공

수목 한계선을 넘는다. 트레일 표시는 이제 돌탑으로 바뀌었고 둥근 바위들이 널린 들판 너머로 펼쳐진 풍경은 놀라웠다. 그녀는 쉴 만한 장소를 찾지 못했고 계곡으로 이어지는 좁은 길을 따라갔다. 옆으로는 비버 개울이 흘렀다. 7개나 되는 아슬아슬한 사다리를 타고 내려간 엠마는 그날 밤을 모텔에서 묵었다.

다음 날 아침 엠마는 다시 트레일로 돌아가 캐넌 산에 올랐다. 그곳에서 공중에 매달린 케이블카를 보았다. 이 케이블카는 아주 우아한 모습으로 산 아래에서부터 사람들을 실어 장대한 산의 정상까지 오르고 있었다. 산 정상에 있는 작은 공원에서 케이블카를 기다리던 관광객 몇몇이 엠마가 걸어가는 모습을 보더니 마치 야생동물이라도 본 것처럼 놀라서 입을 벌리고 그녀의 사진을 찍었다. 엠마는 저녁 무렵에 프랑코니아 고개로 내려가 유일하게 찾아낸 어느 집 현관에 자루를 내려놓고는 저녁을 먹기 위해 근처 식당으로 갔다. 저녁을 먹고 자루를 가지러 되돌아오니 집에 있던 사람들이 다 외출하고 없었다. 그곳에서 하룻밤을 보내도 되냐는 허락을 받지 못했다. 한 남자아이가 아까 잔디를 깎고 길가에 커다란 풀 더미를 만들어놓았는데, 엠마는 어두워질 때까지 기다렸다가 덤불숲 근처 한적한 곳까지 풀 더미를 끌고 갔다. 그리고 그 풀 더미로 잠자리를 만들었다. 길가에서 족히 30미터는 넘게 떨어져 있었지만 누군가 자신이 이렇게 떠돌이처럼 자고 있는 모습을 보는 게 싫어서 엠마는 담요를 머리끝까지 뒤집어쓰고 몸을 가렸다. 추운 밤이었지만 따뜻하게 잠이 들었다.

8월 25일, 엠마는 라피엣 야영장에 도착했다. 그리고 유명한 '산의 노인Old Man of the Mountain'을 보기 위해 잠시 길을 돌아 고속도로까지 갔다. 산의 노인이란 산 중턱의 돌출된 화강암이 마치 남자의 얼굴과 비슷한 모양을 하고 있다고 해서 붙여진 이름이다. 뛰어난 강연자이자 정치가이기도 했던 대니얼 웹스터는 이 풍경을 보고 이런 말을 한 적이 있다.

"사람들은 각자 저마다의 직업을 나타내는 간판을 내건다. 신발 가게에 가면 거대한 신발 모형이 걸려 있고 금은방에는 화려하고 커다란 시계가 걸려 있다. 또 치과에 가면 금니 모형이 걸려 있기도 하다. 한편 뉴햄프셔주 산맥에 전능하신 하나님이 만들어 세우신 건 바로 자신이 인간을 창조했다는 표시였다."

산의 또 다른 노인인 엠마는 계속 걸어 바위들 사이로 이어지는 가파른 길을 오르고 또 올랐다. 그리고 마침내 라피엣 산의 8부 능선쯤 되는 그린리프 산장까지 오른다. 여러 차례 길을 헤매다 와일리 하우스 스테이션으로 이어지는 습지를 통과해 웹스터 산으로 향했다. 산에 오르는 길은 시작부터 가파르고 힘이 들었다. 엠마는 가로대 간격이 꽤 넓은 사다리 하나를 만나 한쪽 발을 절벽 끝에 걸치고 온몸을 끌어올려 다른 쪽 무릎을 사다리의 다음 가로대에 걸치는 식으로 사다리를 올랐다. 매우 힘든 구간이었다.

몇 킬로미터쯤 걸어간 후 엠마는 트레일이 절벽을 따라 이어지는 구간에 도착했다. 절벽 끝과 너무 가까워서 혹시나 밑으로 떨어질까 두려웠다. 이런 지역에서는 추락사가 종종 일어난다. 바람도 너무 강했다. 차가운 공기를 품은 돌풍이 절벽을 타고 올라왔다. 그녀는 잠시 숨을 고르며 바람과 박자를 맞춰 지나가려고 노력했다. 마음을 단단히 먹고 바람을 뚫고 계속 전진해 마침내 바람을 막아주는 소나무 숲이 있는 곳까지 도달했다.

그날 오후 엠마는 잭슨 산에 올랐다. 다음 날 아침이 되자 무릎이 아파왔다. 그동안은 날씨가 그럭저럭 견딜 수 있을 정도였는데 이제는 밤이면 추위가 살 속을 파고들었다. 엠마는 8월에서 9월로 넘어가는 시기이니만큼 준비가 더 필요하다는 사실을 잘 알고 있었다. 그녀는 워싱턴 산의 남쪽 기슭에 있는 경치 좋은 클라우즈 산장 호반에 도착해 산에 오르기 전에 점심부터 먹었다. 정상에 오르고 보니 하늘은 맑고 환했으며 많은 관광객들이 모여 경치를 구경하고 있었다. 관광객들은 늙고 꾀죄죄한 여자가 갑자기 나타나자 깜짝 놀란 것처럼 보였다.

엠마는 다시 애덤스 산을 향해 출발했다. 프레지덴셜 산맥의 정상 부분을 따라 나무들 위로 굽이굽이 나 있는 트레일을 걸었다. 무릎은 여전히 쿡쿡 쑤셨고 길은 험난했다. 저녁이 되어 매디슨 스프링 산장에 가까워졌을 때, 남녀노소 여럿이 웃고 떠드는 소리가 들려왔다. 가까이 가보니 15명쯤 되는 사람들이 있었다. 그렇지만 왠지 다가가기 쑥스러워 상록수 그늘 아래 바위에 가만 앉아 있었다. 그녀는 사람들이 자기 쪽으로 올 때까지 기다리기로 했고, 얼마 지나지 않아 정말로 그들이 먼저 다가왔다.

루스 포프라는 이름의 여자가 엠마에게 무릎을 감을 붕대를 주었다. 또 진 리스라는 여자가 모직 장갑과 스키 모자를 줘서 자루 안에 보관했다. 새로 만난 사람들은 엠마를 불편하지 않게, 그리고 친절과 존중하는 마음으로 대해주었다. 게다가 이곳 산장의 주인은 숙박비 6달러까지 받지 않았고 엠마는 감사의 마음에 자신의 챙모자에 사인을 해서 선물로 주었다.

아침이 되자 엠마는 붕대로 무릎을 단단히 감쌌다. 어제 만난 사람들 중 여자 둘은 엠마의 자루를 대신 들어주겠다고 했다. 핑크햄 고개에서 잠시 헤어진 그들은 와일드캣 산맥을 통과하는 길을 따로 걸었는데, 엠마와 다시 만났을 때는 누가 자루를 더 오래 들고 왔는지 가볍게 다투기도 했다. 엠마는 날이 어두워질 무렵 카터 고개에 도착했다. 그런데 실수로 그만 안경을 밟고 말았다. 안경테가 부러져버렸지만 작년에 북쪽에서 트레일 여행을 시도했을 때 얻은 경험으로 예비 안경을 하나 더 가지고 있었다.

메인주 경계선에 가까워질수록 하루에 걷는 거리가 눈에 띄게 줄어들었다. 무릎의 통증과 가파른 오르막, 그리고 이따금씩 길을 잃는 일이 벌어졌기 때문이다.

저녁 무렵 산장에 도착했을 때 엠마는 자신의 눈을 믿을 수 없었다. 산장 주인이 엄청나게 많은 음식을 준비해주었기 때문이다. 엠마는 무척 허기진 상태였다. 게다가 음식은 물론 숙박까지 돈은 한 푼도 받지 않았다. 옷이 몽땅 젖은 상태여서 엠마는 담요를 치마처럼 두르고 옷핀으로 주름을 만들어 원피스를 만들어 입었다. 그런 뒤 젖은 옷들은 불에 말렸다. 다음 날인 8월 31일에는 카터

돔에 올랐다. 임프 쉼터에서 머물렀고 그곳에는 난로가 있어서 8월의 마지막 밤을 따뜻하게 보낼 수 있었다.

9월의 첫날 엠마는 모리아 산을 넘어 고속도로에 들어섰고 그 길을 따라 뉴햄프셔주 고럼Gorham에 들러 필요한 물건들을 구입했다. 또한 태너 부인이 관리하는 크고 아름다운 하얀색의 안드로스코긴 여인숙에서 편안한 잠자리에 몸을 뉘었다.

엠마는 다음 날 이른 아침에 고럼을 떠났고 바위투성이의 거친 길을 따라 걸었다. 헤이스 산과 캐스케이드 산을 넘었고 패시지 연못과 모스 연못을 지나 석세스 산에 올랐다. 그런 다음에 그 누구의 축하 인사도 없었지만 주 경계선을 넘어 메인주로 들어서 카를로 산에 올랐다. 해가 뉘엿뉘엿 지기 시작하자 엠마는 아래쪽에 있던 쉼터를 보지 못하고 지나쳤다는 사실을 깨달았다. 해발 1,100미터에 가까운 산 정상에서 엠마는 바위 위에 앉아 있는 남자아이 둘을 발견했지만 어둠이 내리자 아이들은 엠마가 놓치고 올라온 쉼터 쪽으로 내려가버렸다. 밤이 그다지 춥지 않아서 엠마는 밖에서 잘 만한 곳을 찾다가 완벽한 잠자리가 되어줄 만한 이끼가 두텁게 깔린 장소를 발견했다. 어찌나 부드러운지 특이한 걸 좋아하는 부자라면 일부러 돈을 주고라도 살 것 같은 자리였다. 엠마는 밤하늘을 바라보며 몸을 쭉 펴고 누웠다.

밤하늘은 청명했고 달은 손을 뻗으면 닿을 것만 같았다. 달빛이 그다지 높지 않은 소나무와 그녀의 이끼 잠자리 위로 떨어졌다. 어둠의 융단 위로 수백만 개나 될 듯한 별들이 반짝이는 빛을 뿌렸다.

너무 많은 일들을 겪었다. 너무나 많은 추억과 노력, 그동안 걸어온 길들. 엠마는 열네 번째이자 드디어 마지막 주에 들어섰다. 이곳에서는 9월이라도 눈보라를 심심치 않게 만날 수 있으며 영하로 기온이 떨어지면 제아무리 경험 많은 산악인이라도 가던 길을 멈추고 쉼터로 향하게 만드는 곳이었다. 메인주는 거칠고도 황량했다. 40년이 지난 후에도 메인주는 대륙 중심부의 주들과 비교해 사람이 살지 않는 숲을 보유하고 있을 것이다.

엠마는 잘 모르고 있었지만, 수많은 미국인들이 그녀를 응원하고 신문 기사를 오려 주방 같은 곳에 붙여두었으며, 그녀의 모습을 저녁 뉴스를 통해 시청했다. 그녀가 수많은 험난한 곳들을 지나 완주에 성공할 수 있을지도 궁금해했다. 사람들이 각자 품고 있는 희망이 그녀와 함께했지만 엠마 자신이 원하는 건 평화와 고요함, 그리고 자기 자신을 위한 혼자만의 발걸음이었다.

그날 밤 엠마는 혼자였다. 최종 목적지인 카타딘 산 정상의 작은 갈색 표지판으로부터 불과 450킬로미터밖에 남지 않았다. 그녀의 가슴은 차가운 공기와 용기로 가득 찼고, 그녀의 발아래에는 이름 없는 산 하나가 놓여 있었다. 그 산에서 바라본 별들은 인간이 얼마나 하찮은 존재인지, 또 동시에 얼마나 의미 있는 존재인지 느끼게 했다. 엠마는 노래를 불렀다.

● ● ● ● ● ●

1800년대 후반, 엠마가 태어나기 바로 전에 한 나이 든 남자가 코네티컷주와 허드슨 강 사이를 잇는 587킬로미터의 타원형 길을 시계 방향으로 걷기 시작했다. 길을 완주하는 데는 정확히 34일이 걸렸다. 그리고 그는 같은 길을 다시 한 번 걷고, 또 걸었다. 30년이 넘는 세월 동안 그렇게 걷고 또 걸었다. 남자의 옷은 전부 가죽이었는데 손으로 직접 만든 웃옷과 바지, 별난 모자 등으로 차려입었다. 그렇게 그는 '가죽옷을 입은 노인Old Leatherman'으로 알려진다.

그는 동굴이나 자연적으로 생긴 은신처에서 잠을 잤고, 그곳에 작은 텃밭을 가꾸며 음식을 저장해두었다. 수십 개가 넘는 마을을 거쳐가면서 사람들은 그를 보고 시간과 계절을 짐작할 수 있게 되었다. 같은 길을 여러 번 걷고 난 후에야 사람들의 관심이 쏟아졌지만 아무도 그가 누군지 아는 사람은 없었다. 이따금 사진을 함께 찍을 정도로 친절한 사람이었음에도 불구하고 이 노인은 말을 하지 않았고 뭔가 낮고 알아들을 수 없는 소리를 이따금씩 웅얼거릴 뿐이었다. 누군가는 그가 프랑스 사람이라고도 했다.

노인의 정체에 관한 소문은 계속 커져갔지만 정확히 알려진 건 아무것도 없었다. 프랑스 리옹 출신으로 젊은 시절 부유한 가죽 상인의 딸과 사랑에 빠진 적이 있으며 이름은 쥘 부글레이라는 소문이 가장 믿을 만했다. 남자는 상인에게 딸과 결혼하게 해달라고 청했고 상인은 조건을 하나 내세웠다. 만일 자신을 위해 1년을 일한다면 그때는 축복 속에 딸과 결혼시켜주겠다는 것이었다.

부글레이는 그 조건을 받아들였지만 사업적으로 잘못된 결정을 몇 번 내리는 바람에 얼마 지나지 않아 하던 일이 다 실패로 돌아갔고 결혼도 취소되었다. 젊은 부글레이는 절망 끝에 도망쳐 미국으로 떠나버렸고 새로운 땅에서 마음속 연인을 지우기 위해 끝없는 여행을 시작했다는 것이다. 어쩌면 스스로에 대한 분을 삭이기 위해서였을 수도, 아무도 모르는 다른 이유 때문이었을 수도 있다. 누가 진실을 알겠는가? 모든 기이한 사건 뒤에는 사람들이 납득할 만한 이야기가 있어야 하는 법이며, 그게 없다면 누군가 이야기를 만들어내기도 하는 것이다.

가죽옷 입은 노인의 이야기는 신비스러운 분위기가 물씬 풍긴다. 그렇지만 에드워드 페이슨 웨스턴의 경우는 아마 전후 사정이 정확하게 알려진 미국에서 가장 유명한 도보 여행가일 것이다. 1860년 웨스턴은 친구와 에이브러햄 링컨이 대통령 선거에서 승리할 수 있을 것인가에 대해 내기를 했다. 1861년 링컨이 대통령에 당선되자 웨스턴은 보스턴에서 워싱턴 D.C.까지 거의 700킬로미터나 되는 길을 걸어 대통령 취임식에 참석하려고 한다. 몇 시간 늦기는 했지만 어쨌든 취임식장에 참석할 수 있었던 웨스턴은 몇 년이 지난 후 걷기 전문가로 새롭게 출발하게 된다. 메인주 포틀랜드부터 시카고까지 2,000킬로미터나 되는 길을 26일 만에 걸어간 것이다. 2년이 지난 후에는 8,000킬로미터를 걸어 2만 5,000달러의 상금을 받는다. 다시 2년 후에는 뒤로 300킬로미터를 걷기도 했고, 유럽 최고의 선수들과 시합을 벌이기도 했다. 노년에 접어들어서는 100일 만에 뉴욕에서 샌프란시스코까지 걷기에 도전했지만 닷새를 늦고 말았다. 자존심이 상한 웨스턴은 샌프란시스코에서 뉴욕까지 되돌아가는 길을 76일 만에 주파한다. 그는 기자에게 자신은 "걷기에 대한 전도사가 되고 싶다"고 말했다. 걷기의 이로운 점을 전 세계에 전파하고 싶다는 것이었다. 열렬한 걷기 신봉자였던 웨스턴은 무엇인가를 타지 않고 걷는 일에 대한 장점을 설파하고 다녔지만 불행하게도 1927년 뉴욕에서 택시 사고로 크게 다쳐 남은 인생을 휠체어에 앉아 보내게 된다.

놀라운 체력으로 장거리를 걸으며 세간의 관심을 끈 인물은 웨스턴이 처음은 아니었다. 예컨대 핼리팩스 중위 같은 사람은 20일 만에 960킬로미터를 걸었으며, 영국 런던에서 요크까지 320킬로미터를 걷고 돌아오기까지 불과 닷새가 걸린 포스터 파월이라는 사람도 있었다. 1932년에는 독일 베를린에서 뒤로 걷는 사람이 나타났는데, 미국 텍사스 출신으로 밝혀진 이 남자는 거울이 달린 특별한 안경을 쓰고 뒤로 걸어 세계를 일주하려고 했다고 한다.

세월이 흘러 1951년에는 뉴욕의 어느 남녀 커플이 자신들은 지난 20년간 도시의 거리를 걸으며 모두 합쳐 2만 5,000킬로미터 이상이나 되는 거리를 걸었다고 주장하기도 했다. 그들은 뉴욕시 5개 구역 구석구석을 빠지지 않고 다 걸었으며 피츠버그와 보스턴, 볼티모어, 덴버 같은 대도시의 다양한 거리까지 다 걸었다고도 했다. 이 커플은 '미국에서 가장 많이 걷는 남녀'로 알려졌다.

유명한 선장 로버트 바클리는 스코틀랜드 출신으로 1,000시간을 쉬지 않고 1시간에 1.6킬로미터의 속도로 걸은 것으로 유명하다. 이 도전은 1809년에 6주 동안 계속되었다. 보통 사람이라면 시속 5에서 6.5킬로미터를 걷는데, 바클리는 1시간에 딱 1.6킬로미터를 유지하며 1,000시간을 연속해서 걷는 속도 조절의 난이도 차원에서 독보적이었다. 그는 1시간마다 1.6킬로미터를 걷고 잠시 쉬었으며 수많은 군중이 그 모습을 구경했고 기자들은 마치 손에 땀을 쥐는 구경거리처럼 기사를 썼다.

내기 때문이든 명성을 얻기 위함이든, 아니면 그저 자연에 대한 도전이나 사랑의 상처를 잊기 위한 노력이든 걷는 것으로 유명해진 사람들에게는 모두 자신들만의 분명한 목적이 있었다. 대부분의 경우 그 목적은 세상에 알려졌다. 밀드러드 램 같은 경우는 일부러 푸른색 겉옷 앞에 '평화의 순례자'라고 적고, 뒤에는 '평화를 위한 4만 킬로미터 걷기'라고 적기도 했다. 그렇지만 '가죽옷을 입은 노인'처럼 걷는 이유가 베일에 감춰져 있어 사람들이 잘 모를 때는 자연스럽게 어떤 이야기가 만들어진다. 왜 그 사람은 걷기 시작했는가, 왜 문명사회의 보금자리를 떠났는가, 왜 집과 사무실, 자동차와 같은 우리를 둘러싸고 있는 세상으로부터 멀어졌는가. 이에 대해 주변 사람들이 납득할 만한 이유가 인위적으로 만들어지는 것이다. 엄청난 거리를 걸어 스스로를 세상에 개방하고 예상치 못한 수많은 경험을 하는 것, 구태여 위험천만한 자연의 분노와 맞서는 것 등은 사실 다른 사람들은 쉽게 이해하기 힘든 행동이다.

엠마 게이트우드는 사람들이 왜 예순이 넘은 나이에 떠나야겠다는 결심이 섰냐고 물어보면 제대로 대답을 하지 못하고 슬쩍 얼버무리곤 했다. 그녀의 여정이 막바지에 도달하면서 엠마에 대한 사람들의 관심은 점점 더 커져갔고 신문기자들이 독자들에게 그녀의 상태와 위치를 계속 확인해 보도하게 되자 엠마는 자신이 왜 걷고 있는지에 대한 납득할 만한 이유를 이야기한다. "자녀들은 이제 다 장성해서 집을 떠났기 때문"이라고도 했고, "애팔래치아 트레일을 한 번에 완주한 여성이 지금까지 한 명도 없다고 들었기 때문"이라고도 했다. "자연을 사랑한다"라고 했고, "트레일을 걷는 과정이 아주 재미있는 일이 될 것 같아서"라고도 했다.

"나는 언덕 너머에 뭐가 있는지 궁금했어요. 그리고 또 그 너머에는 뭐가 있는지도요." 엠마가 오하이오에서 온 기자에게 한 말이다.

엠마가 한 대답들이 그것만으로도 충분할 수 있다. 그렇지만 그녀의 동기는 해석의 여지를 남겼다. 마치 그녀는 사람들이 자기 자신만의 대답을 찾기를 원하는 것처럼 보이기도 했다. 그럴 준비가 되어 있다면 말이다. 어쩌면 모든 대답들이 다 진실일 수도 있다. 또 세상을 탐험하는 일이 곧 자신의 마음을 탐색하는 가장 좋은 방법이라는 사실을 말하려 했던 것인지도 모른다.

9월 3일 아침, 한 남자가 메인주 경계선 동쪽의 산기슭에 모습을 드러냈다. 거칠게 숨을 몰아쉬는 모습이 아주 지친 것 같았다. 엠마는 자기 이름을 말했다. 남자는 가쁜 숨을 몰아쉬며 가장 가까운 쉼터에서 얼마나 멀리 떨어져 있느냐고 물었고 엠마는 그리 멀지 않다고 대답했다. 남자는 바위를 타고 넘어 여기까지 오느라 녹초가 되었다고 했다. 어깨에 커다란 배낭을 짊어지고 있었고 엠마를 보고는 짐이 적어서 부럽다는 말을 하기도 했다.

엠마는 이내 남자가 하는 말이 무슨 뜻인지 알아차렸다. 그녀 앞에는 마후서크Mahoosuc 고개가 기다리고 있었다. 애팔래치아 트레일에서도 가장 어려운 구간이라고 알려진 곳이다. 2개의 가파른 절벽 사이에 둘러싸여 있고, 군데군데 으슥한 동굴들과 집채만 한 바위들이 길을 가로막고 있으며, 풀과 나무들이 잔뜩 엉켜 자라난 길이었다. 엠마는 이끼로 뒤덮여 미끄러운 바위들 위아래로 천천히 조심스럽게 이동했다. 때때로 아주 좁은 틈이 나타나면 자루를 먼저 던지고 그다음에 올라가야 했다. 고개를 넘어가는 데는 2시간이 넘게 걸렸고 마침내 다 지나왔을 때는 녹초가 되어버렸다. 그렇지만 아직 몇 킬로미터쯤은 더 갈 수 있었다.

엠마는 그날 밤 스펙 연못 옆에 있는 쉼터에서 잤다. 메인주에서 가장 높은 곳에 있는 연못이었다. 다음 날 잠에서 깨니 차가운 비가 내리고 있었는데, 처음에는 그저 한두 방울 떨어지는 것 같더니 이내 빗줄기가 굵어지면서 차갑고 커다란 물방울로 바뀌어 쉼터에 가만 있어야 할 정도가 되었다. 엠마가 신고 있는 신발이 다시 찢어졌다. 한 짝은 옆 부분이 그리고 다른 한 짝은 발가락 부분이 다 닳아 찢어진 것이다. 끈을 가지고 임시로 고쳐보았지만 그리 오래 버티지 못할 것 같았고 춥고 축축한 날씨로부터 발을 보호해주는 것도 불가능했다. 근처에는 마을이 없었기 때문에 선택의 여지없이 그냥 운이 안 좋다고 생각하며 버틸 수밖에 없었다.

엠마는 메인주에서 세 번째로 높은 봉우리이자 산세가 매우 험한 올드 스펙 산을 넘었다. 그리고 그래프턴 고개를 지나 볼드페이트 산으로 향했다. 이 산은 미끄러운 돌들로 덮여 있었으며 해발 1,100미터의 정상 부근에 오르니 비는 진눈깨비로 바뀌었다. 엠마는 미끄러지지 않기 위해 손과 무릎을 써서 기어야만 했다. 설상가상으로 앞조차 잘 보이지 않았는데, 예비로 준비한 안경은 알이 하나밖에 없었고 그나마도 뿌옇게 김이 서려버렸다. 그녀는 손과 옷소매로 끊임없이 물기를 닦아냈지만 한쪽 눈은 아예 보이지 않고, 다른 한쪽 눈앞은 뿌옇게 보이니 상황은 낯설고도 위험천만했다. 트레일에서는 한 걸음만 실수해도 발목 부상으로 이어질 수 있지만, 이렇게 얼음이 덮여 미끄러운 바위 위에서는 발목이 아니라 죽을 수도 있는 문제였다. 아니, 차라리 한 번에 죽는 것이 더 나을지도 몰랐다. 구덩이 같은 곳 바닥에 떨어져 그대로 온몸이 노출된 채 얼어 죽거나 굶어 죽을 수도 있는 상황이라 엠마는 더욱 조심하며 발걸음을 옮겼다.

밑에서부터 높이가 2.5미터쯤 되는 바위 끄트머리에 이르자 엠마는 자루를 아래 땅바닥으로 던지고 젖은 밧줄을 쥐고 내려가기 시작했다. 엠마는 그동안 수없이 괭이를 쥐었던 것처럼 밧줄을 단단히 움켜쥐고 천천히 내려갔다. 잠시 후 바위의 갈라진 틈에 도달했다. 길은 바로 건너편으로 이어져서 말 그대로 건너편으로 뛰어야만 했다. 건너편을 바라보는데 갈라진 틈 밑에 누군가 페인트로 한 번에 빨리 건너가라고 표시를 해놓은 것이 보였다. 엠마는 자루를 반대편으로 집어 던지고는 아픈 무릎에도 불구하고 몇 걸음을 뛰어 갈라진 틈을 훌쩍 뛰어넘었다. 날아오른 엠마는 반대편에 안전하게 도착했다.

프레이 개울가의 낡은 오두막에 도착하니 해가 저물었다. 오두막은 이제는 쓰지 않는 사냥꾼들의 숙소처럼 보였다. 내부는 꽤 깨끗하게 잘 정돈되어 있어 깨진 창문을 통해 들어가 집처럼 편하게 자리를 잡았다. 바닥에 낡은 잡지들을 펼쳐놓고 그림과 글이 가득한 얇고 초라한 잠자리 위에 추운 밤을 견디기 위해 갖고 있는 걸 모두 몸에 두르고 누웠다.

다음 날은 잘 포장된 산길을 걸어가다가 한 남자가 트랙터에 올라타 풀을 베는 모습이 눈에 들어왔다. 남자의 이름은 리드라고 했다. 그녀는 리드에게 가장 가까운 마을이 어디인지, 거기서 새 신발을 살 수 있는지 물어보았다. 리드는 엠마가 끈으로 대강 묶은 신발을 신고 있는 걸 알아차렸다.

"저쪽으로는 10킬로미터쯤이고, 이쪽으로는 30킬로미터쯤 가면 됩니다." 리드가 손으로 방향을 가리키며 말했다.

신발이 얼마 더 버티지 못하고 떨어져나갈 것 같았지만 신발 때문에 그렇게 먼 거리를 걸어가고 싶지 않았다. 두 사람은 잠시 이야기를 나누었다. 리드는 엠마에게 자기 집에 남는 운동화가 한 켤레 있으니 가져가도 좋다고 했지만 그 집도 30킬로미터나 떨어져 있었다. 리드는 엠마가 저녁까지 다음 트레일과 교차하는 지점까지 갈 수 있으면 아내에게 부탁해서 신발을 가져다주겠다고 제안했다. 엠마는 고마워하며 작별인사를 하고 길을 떠났다. 엠마는 와이맨 산과 홀 산을 넘어 소여 고개로 내려갔다가 다시 무디 산으로 향했다. 약속한 길에 다다르자 리드 부인과 딸이 나와 앉아 있었다. 두 사람은 엠마를 위해 하얀색 새 운동화를 한 켤레 사온 것이다. 엠마가 신발 끈을 풀고 발을 밀어 넣었지만 너무 작았다. 리드가 아내에게 신발 치수를 잘못 알려준 모양이었다.

리드 부인은 진심으로 미안해하며 내일 아침 다시 트레일까지 데려다줄 테니 그날 밤은 자기 집에서 묵고 가라고 엠마를 잡아 끌었다. 부인은 집에 있는 세탁기로 엠마의 옷을 빨아주었고 딸은 도보 여행을 좋아하는 친구를 불러 다음 날 엠마와 함께 움직일 계획을 짰다.

부부가 엠마를 트레일로 다시 데려다준 건 엠마의 계획보다 조금 늦은 9월 6일이었다. 그렇지만 리드 가족과 즐거운 시간을 보냈고 따뜻한 잠자리를 제공받았기에 불평은 하지 않기로 했다. 딸과 친구가 엠마와 같이 길을 떠났다. 엠마에게는 이제 새 신발이 생겼고 아이들은 번갈아가며 엠마의 짐을 들어주었다. 세 사람은 엘리펀트 산의 쉼터에서 점심을 먹었고 다시 길을 나섰다. 트레일에는 쓰러진 나무 등 장애물이 많았지만 세 사람은 모두 즐거운 하루를 보냈고 대략 16킬로미터 정도를 걸었다.

리드 부인이 딸과 친구를 데리러 다시 나타났다. 그녀는 사진기를 가지고 와 애팔래치아 트레일 표지판 옆에 서 있는 엠마와 아이들의 사진을 찍었다. 엠마는 다시 혼자 길을 떠나 사바스 데이 연못에 도착해 임시 숙소 안으로 들어가 잠을 잤다. 그리고 조금 험한 구간을 지나 피아자 록 임시 숙소에 도착했다. 그때쯤 되자 무릎이 심하게 아프기 시작했다. 엠마는 가파른 산길을 타고 해발 1,255미터 높이의 새들백 산에 올랐다. 차가운 바람이 입고 있는 옷 속까지 파고들었지만 정상에 자리를 잡고 앉아 간식을 먹으며 사방이 트인 놀라운 풍경 속에 빠져들었다. 어두운 지평선 너머로 미국과 캐나다의 경계가 되는 바운더리 산맥이 눈에 들어왔다. 폭풍이 몰려오는 것이 느껴졌고 해가 지자 추위가 온몸을 감쌌다. 엠마는 포플러 산등성이에 있는 숙소에 도착해 추위를 피해 몸을 웅크렸다. 엠마는 앞에 어떤 길이 펼쳐져 있는지 알지 못했지만 전에 이 길을 지나갔던 여행자들에게는 악명이 자자한 구간이었다. 불과 얼마 전만 해도 이 구간 전체가 폐쇄되고 '비글로까지 상황 악화로 인해 트레일 폐쇄. 무시하고 지나갈 경우 본인 책임'이라는 트레일 폐쇄 경고 표지판이 붙어 있기도 했다. 애팔래치아 트레일을 완주하기 전 마지막으로 남아 있는 외진 구간이었다.

사실 애팔래치아 트레일에서 메인주를 통과하는 구간은 만들어지지 않을 뻔했다. 1933년까지 트레일을 연결하고 새로 만드는 공사가 진행 중일 때 북부 뉴잉글랜드 지역은 제외되었다. 어떤 사람들은 트레일이 뉴햄프셔주 워싱턴 산에서 끝나는 게 좋을 거라고 생각했다. 메인주의 거친 황야는 길을 만들기도 그 길을 유지하기도 아주 어려웠기 때문이다. 2년간의 연구 끝에 트레일 예정 구간에 대한 내용이 정기 간행물 〈메인주의 숲In the Maine Woods〉 1933년 판에 발표되자 유명한 변호사이자 탐험가인 마이런 에이버리가 자원봉사자들과 민간자원보호단에 도움을 요청했다. 이들은 트레일을 측정하고 야영장을 건설했으며 지도를 만들었다. 그렇지만 그들의 노력 대부분은 트레일을 카타딘 산까지 연장하기 위한 노력의 일환으로 급하게 진행된 것이었다.

1937년 8월, 스폴딩 산 북쪽 면을 끝으로 트레일의 최종 구간이 완성되었다. 그렇지만 유지 보수의 문제가 남았다. 1940년대가 지나면서 허리케인이 불어닥치기도 하고 새로운 벌목 작업이 벌어져 트레일이 황폐화되기도 했다. 또 트레일 자원봉사자들 상당수가 제2차세계대전에 참전했기 때문에 이런 상태는 1950년대까지 계속되었다. 그리고 트레일을 복원하려는 노력이 새롭게 시작되었다.

1948년 최초로 애팔래치아 트레일을 완주했던 얼 셰퍼는 트레일로 인한 어려움을 많이 겪었다. 그의 기록을 보면 허리케인과 특히 여름철에 쓰러진 나무들 사이로 무성하게 자라는 초목으로 인해 훼손된 구간에 대한 내용이 나온다. 또 어떤 구간은 겨울철 벌목 작업으로 인해 '코듀로이' 상태였다고 썼다. 버려진 통나무가 트레일을 가로막는가 하면, 나무를 베어낸 자리는 눈이 내렸다가 녹으며 썩고 무너진 모습도 드러내었다.

그리고 6년의 세월이 흘러 엠마가 나타났다. 돌과 나무 그루터기 사이를 걸어오면서 그녀의 무릎은 한 걸음 한 걸음을 내디딜 때마다 상태가 나빠졌다. 엠마가 절뚝거리며 걷고 있는 사이 가을 폭풍이 다가왔다. 그녀는 더 이상 걷지 못할 만큼 다리가 아팠다. 혼즈 연못에서 일찌감치 가던 길을 멈춘 엠마는 민간자원보호단이 세운 통나무 쉼터로 들어갔다. 엠마는 더 이상 걸을 수가 없었다.

다음 날도 어제와 다를 바 없었지만 이제 완전히 한쪽 발을 절게 되었다. 아픈 무릎에 몸무게를 싣지 않고 걸으려고 노력하는 수

밖에 없었다. 하늘이 회색빛이 되더니 비가 쏟아지기 시작했다. 뒤이어 매섭고 차가운 바람이 불어닥쳤다. 엠마는 불과 몇 킬로미터 밖에 가지 못하고 젖은 물건을 말리고 손가락과 발가락을 녹이기 위해 비글로 산의 쉼터에서 쉬기로 했다. 엠마는 쉼터 근처에 작게 불을 피우려고 했지만 불이 막 붙으려고 할 때마다 바람이 불어와 귀중한 불씨가 날아가버렸다. 그녀는 다시 불을 붙이고 또 붙이다가 결국 절망에 빠져 포기하고 불을 피우던 자리를 발로 밟아 끄려던 순간, 한 남자가 등 뒤에서 나타났다.

남자는 그 지역의 삼림 관리인인 보세라고 했다. 그는 엠마를 찾고 있었다. 신문에 〈UP통신〉에서 보낸 기사가 실려 있었던 것이다.

오하이오주 갈리폴리스에서 온 67세의 할머니가 오늘 3,500킬로미터의 애팔래치아 트레일 완주에 더욱 가까워졌다. 엠마 게이트우드 부인은 최종 목적지인 메인주의 카타딘 산까지 177킬로미터 남은 지점까지 와 있다. 그녀는 2주 안에 목적지에 도착할 것으로 예상하고 있다.

160센티미터의 키에 단단한 체형을 가진 게이트우드 부인은 지난 5월 2일 조지아주 오글소프 산으로부터 카타딘 산까지 이어지는 애팔래치아 트레일을 걷기 시작했다.

게이트우드 부인이 준비한 짐은 어깨에 짊어진 가벼운 자루 하나와 비옷, 담요, 그리고 다음 숙소까지 버틸 수 있는 음식 정도다. 그녀는 현재 다리 통증 때문에 하루에 13킬로미터 정도밖에 걷지 못하고 있다.

왜 그녀는 그토록 먼 거리의 도보 여행을 하고 있을까?

11명의 자녀와 23명의 손자손녀, 그리고 2명의 증손자를 둔 게이트우드 부인은 이렇게 이야기한다.

"지난 20년 동안 아이들 기저귀를 갈아주며, 그들이 제 갈 길 가는 것을 지켜보았습니다. 이제는 내가 떠날 시간이라고 생각했어요. 내가 항상 가고 싶었던 그 길을 말이지요."

삼림 관리인은 그곳에서 멀리 떨어져 있지 않은 자신의 숙소로 엠마를 초대했다. 숙소는 따뜻했고 불이 주는 느낌이 참 좋았다. 잠시 앉아 쉬며 무릎을 주물렀다. 아직 해가 지려면 멀었지만 관리인은 다시 길을 나서려는 엠마를 만류했다. 비와 추위가 아주 심했고 북동쪽으로 이어지는 길은 여전히 허리케인의 피해에서 벗어나지 못하고 있었다. 그는 엠마에게 해가 지기 전까지 이 구간을 통과하지 못할 거라고 경고했다.

엠마는 관리인의 조언을 받아들였다. 관리인은 하던 근무를 마치기 위해 숙소를 떠났고 그가 없는 사이 엠마는 바쁘게 자질구레한 일들을 처리했다. 숙소를 둘러보고 설거지를 한 후 젖은 옷을 말리고 산 아래 있는 샘에서 물을 두 양동이 길어왔다. 숙소 바닥을 걸레질하고 비스킷을 굽고 너울거리는 불꽃 위에 프라이팬을 올려 팝콘도 튀겼다. 관리인이 일을 마치고 돌아오자 맛있는 냄새가 풍겨왔다. 그는 숙소가 깨끗하게 정리되고 저녁상까지 차려진 걸 보고 놀라고 기뻐했다. 관리인은 침대 밑에서 여분의 매트리스

를 꺼내 바닥에 깔아 잠자리를 준비했다. 두 이방인은 다음 날 아
침까지 깊은 잠에 들었다.

제15장

다시 돌아오다

GRANDMA
GATEWOOD'S
WALK

1955년 9월 12~24일

∴

믿기 어려울 만큼 그녀는 멀리까지 와 있었다. 이제 카타딘 산까지는 160킬로미터 정도밖에 남지 않았다. 무릎이 아프지 않다면 별 문제없이 잘해낼 수 있을 텐데, 그래도 상황은 더 나빠질 수도 있는 일이다.

엠마는 아침 8시가 되어 관리인과 작별하고 비글로 산에 오르기 시작했다. 사나운 바람이 산에서 그녀를 몰아내려고 했지만 엠마는 단단히 버티며 바람이 지나갈 때까지 기다렸다가 계속 올라갔다.

엠마는 허리케인이 휩쓸고 지나간 자리에 도착했다. 쓰러져 엉켜 있는 나무들이 길을 방해했다. 그녀는 하루 종일 힘겹게 씨름하며 폐허가 된 숲과 이리저리 무너져 있는 돌 위를 지나갔다. 그녀는 제롬 개울가에 있는 쉼터에서 누가 사용하던 매트리스 하나를 찾아내어 그 위에서 밤을 보냈다. 다음 날 아침 눈을 떠보니 서리가 두껍게 내려앉아 있었다. 몸에 열을 내기 위해 더 빨리 걸으려고 했지만 추위는 쉬 가시지 않았다. 9월 14일 아침, 엠마는 웨스트 캐리 연못 사냥터 야영장에서 아침을 먹었다. 야영장 주인인 애들레이드 스토레이는 엠마에게 길을 가면서 먹을 간식을 조금 나눠주고 사진도 찍었다. 스토레이는 이곳을 지나는 지친 여행자들의 모습을 보는 데 익숙했으며, 전에 애팔래치아 트레일을 완주했던 도보 여행자들 대부분을 이곳에서 만났다.

엠마는 이스트 캐리 연못 야영장까지 걸어가 오두막을 하나 빌렸다. 프랭클린 개스켈이라는 사람이 야영장을 운영했는데, 마침 그의 아내는 읍내에 나가고 없었다. 그래서 엠마는 개스켈과 그의 아들을 위해 빵을 구워 저녁상을 차렸다. 다음 날 아침, 개스켈이 엠마가 묵고 있는 오두막 문을 두드리더니 아침을 같이 먹자고 했다. 그는 깜짝 선물을 준비해두고 있었다. 엠마가 식탁에 앉자 개스켈은 접시 위에 작은 송어 튀김 몇 마리를 올려놓았다. 이곳 연못에는 송어가 아주 많았고 엠마는 한 번도 송어를 먹어본 적이 없었다. 그녀는 송어를 한 마리씩 아주 맛있게 먹어치웠다.

엠마는 그날 오후 케네백 강에 이르렀다. 거칠고 빠르게 흐르는 강물 위로는 다리가 하나도 없었다. 거기서 만난 삼림 관리인인 브래드퍼드 피스에게 마침 카누 한 척이 있어서 그가 주는 커다란 구명조끼를 입고 카누에 올라탔다. 날이 추워 머리에는 스카프를 둘렀다. 브래드퍼드는 노를 저어 엠마를 강 건너에 있는 카라텅크 Caratunk에 데려다주었다. 그곳에서는 사람들이 모여 엠마를 기다리고 있었다. 총 관리 책임자인 아이작 해리슨이 카누를 강둑으로 끌어올리고 엠마를 맞이했다. 기자는 지팡이를 짚고 카누에서 내려 땅에 올라서는 엠마의 모습을 사진으로 찍었다. 그러다 엠마는 강을 건너기 전에 비옷을 두고 온 것이 기억나 브래드퍼드는 다시 강을 건너가야 했다.

엠마는 기자에게 하루 20킬로미터를 걷다가 지금은 12킬로미터 밖에 못 걷는다고 말했다. "무릎에 조금 문제가 있어서요. 하룻밤 정도는 쉬어야 하지 않나 싶어요."

엠마는 나이 지긋한 여자 기자에게서 지난 며칠 동안 밤 기온이 영하로 떨어졌었다는 이야기를 들었다. 엠마가 제롬 개울가에 있는 임시 쉼터에서 보낸 밤도 포함되어 있었다. 엠마는 별로 놀라지 않았다. 밤은 무척이나 추웠지만 아침에 일어나 산길을 걷고 오르다 보면 몸은 저절로 풀리기 마련이었다.

"몸이 녹는 데는 시간이 얼마 안 걸려서요." 엠마가 말했다.

엠마의 사진은 〈AP통신〉을 통해 전송되어 미국 전역의 신문에 실렸고, "할머니 도보 여행자 메인주 도착", "애팔래치아 트레일을 걷는 갈리폴리스의 할머니, 목적지 근처에서 휴식 중", "오하이오 할머니 목적지에 거의 다 도착" 같은 제목과 기사도 함께 실렸다.

엠마는 카라텅크에서 시작되는 트레일이 있는 곳까지 걸어서 가 보았다. 그런 다음 기자가 엠마를 스털링 호텔이라는 이름의 커다란 농가형 숙소로 데려가 그날 밤을 묵게 해주었다. 옷이 다시 젖어서 호텔 주인에게 불가에 옷을 말리게 해달라고 부탁하고 전처럼 담요를 몸에 두르고 옷을 펼쳐 말렸다.

다음 날은 애팔래치아 트레일 구간 중 이른바 '160킬로미터 황무지'라고 부르는 구간과 가까워졌다. 길은 보통 힘든 것이 아니었다. 가시덤불이 엉켜 있고 풀들은 축축하게 젖어 있었다. 게다가 안경은 알이 하나 빠져서 앞이 잘 보이지 않아 더 힘이 들었다. 엠마는 여전히 열심히 걸었고 이제 오늘은 그만 쉬어야겠다고 결정하기 전까지 25킬로미터에 가까운 거리를 걸었다. 그렇지만 어디에도 쉼터가 보이지 않아 야영할 준비를 해야 했다. 기온이 급격하게 떨어지기 시작했고 엠마는 밤새도록 불을 땔 수 있을 정도의 땔감들을 긁어모았다. 가지고 있는 담요와 옷가지들만으로는 실내든 실외든 체온을 제대로 유지하기가 힘들었다. 그녀는 불을 피워놓고 바닥에 누워 잠을 청했는데, 불가 주위를 빙글빙글 돌며 체온을 유지했다. 입김이 마치 연기처럼 뿜어져 나왔다. 그러다 문득 공포감에 잠이 깼다. 곰이나 엘크 때문이 아니라 몸에 불이 붙을지도 모른다는 공포였다.

엠마는 아침 일찍 일어나 정오까지 16킬로미터를 걸어 블랜처드라는 마을에 도착했다. 거기서 50센트를 내고 한 노인에게 아침밥을 사 먹었다. 그런 다음 먼슨까지 또 몇 킬로미터를 걸어갔다. 160킬로미터 황무지에 들어서기 전 마지막으로 필요한 물건들을 준비할 수 있는 곳이었다. 엠마는 먼슨에서 사디 드루라는 사람이 운영하는 모텔에 묵었다. 다음 날에는 숲속을 걸어갔는데 아주 기분이 좋았다. 다만 보드피시 농장의 여행자용 숙소는 모두 사람이 차 있었다. 다행히 어느 젊은 부부가 엠마에게 자기들 숙소에서 같이 지내자고 했고 그날 저녁과 다음 날 아침 식사까지 차려주었다. 같이 잔 방 값도 받지 않았다.

9월 19일, 지금까지 엠마를 지켜주었던 행운이 다한 것 같았다. 숲이 무성한 지역을 통과하는 트레일과 몇몇 구간은 빽빽한 야생

딸기 덤불 때문에 걷기가 힘들었다. 덤불이 바지에 달라붙었고 트레일 표시도 거의 없었다. 그녀는 바렌 체어백 산맥의 다섯 봉우리에 올랐고 바위를 타고 넘어 나무뿌리를 돌아 작은 협곡을 통과했다. 그리고 하얀색 자작나무의 오래된 그루터기들을 지나갔다. 어둠이 내리자 녹초가 된 엠마는 롱 연못 야영장으로 들어갔다.

화이트 캡 산으로 이어지는 통행로는 간만에 걷기가 아주 편한 길이었다. 산 정상에 서니 날이 맑아 지평선 너머로 카타딘 산이 보였다. 이제 110킬로미터 정도 남았다. 그렇지만 높이 1,113미터의 봉우리를 넘어가자 길은 다시 험해졌다. 산불이 났던 모양으로 트레일 표시는 거의 눈에 띄지 않을 정도로 드문드문 보였다. 그녀는 다시 험난한 구간을 싸우듯이 통과해 지금은 버려지고 폐허가 된 옛 벌목장 터로 들어섰다. 벌목장 시설 대부분은 방치된 지 10년도 넘어 보였다. 그녀는 최소한 지붕이 남아 있어 그래도 가장 안전해 보이는 곳을 발견하고 안으로 들어갔다. 긴 나무 의자들이 줄지어 있어 그 위에 잠자리를 마련했다.

다음 날 엠마는 언덕배기를 내려가다 그만 넘어지고 말았다. 걷지 못할 정도로 크게 넘어진 건 아니었지만 발목은 접질리고 눈두덩이에 멍이 들었으며 하나 남은 안경마저 깨져버려 트레일의 마지막 남은 구간은 거의 보지 못한 상태로 걸어가는 지경이 되었다. 그래도 그녀는 나하마칸다 호수까지 힘겹게 걸어갔고 그곳 임시 숙소 앞에서 발견한 죽은 여우가 불길한 징조는 아니기를 빌었다. 엠마는 기다란 나무 막대기 2개를 찾아 여우의 시체를 멀리 떨어진 숲으로 옮겼다. 잘 준비를 하기 전에 시체 썩은 자국이 남아 있던 곳을 깨끗하게 치웠다.

다음 날 아침에는 호숫가를 따라 걸었고 나하마칸타 호수 야영장에서 점심을 먹었다. 그리고 레인보우 호수까지 마지막 남은 16킬로미터 정도를 거의 앞이 보이지 않는 상태로 걸었다. 도착하니 오후 4시 30분이었다. 카타딘 산이 호수 저편 수목 한계선 위로 솟아 있는 모습이 눈에 들어왔다. 마침 지고 있는 태양이 산봉우리에 걸려 빛나고 있었다. 야영장에 들어서자 1년 전 만났던 몇몇 남자들을 알아보았다. 그들도 작년과 같은 경험에도 엠마가 다시 이곳에 나타나다니 놀란 것 같았다. 그렇지만 모두들 아주 기뻐했고 엠마가 조지아주에서 여기까지 걸어왔다는 사실이 믿기지 않는 눈치였다. 그중 한 사람이 엠마의 옷을 빨아주었고 엠마는 5번 오두막의 빨랫줄에 옷을 널었다. 5번 오두막은 작년에 그녀가 묵었던 곳이다. 엠마는 하얗게 센 긴 머리를 감고 말렸고, 사람들과 함께 자리에 앉아 고기와 푸성귀로 저녁을 먹었다. 그들은 그녀를 마치 귀빈처럼 대접해주었다. 어딘지 모르게 이곳이 집처럼 느껴졌다.

페리는 완전히 모습을 감춰버렸고 엠마는 서서히 변해갔다. 아이들은 어머니가 한 번도 본 적 없는 행복한 얼굴을 하고 있음을 알아차렸다. 이제 책을 더 읽고 정원을 가꾸고 걷거나 친구를 만날

시간이 생겼다. 또한 여행할 수 있는 자유도.

"자유를 얻은 것이 무엇보다도 기뻤다." 엠마는 일기장에 이렇게 기록했다. "그 어느 때보다도 행복했다."

1941년 넬슨이 고등학교를 졸업했다. 바커스 리지에서 유일한 사회 활동이라면 침례교회에 다니는 것이었는데, 여름에 특별 전도회가 열렸다. 넬슨과 로버트 형제는 전도회에 열심히 참석했고 예쁜 여자아이들을 보면 집에 갈 때 함께 걸어가자고 권유하곤 했다. 어느 날 밤, 이제 20대에 접어든 로버트가 한 여자아이와 같이 앉아 있었는데, 자기는 속삭인다고 했지만 그 소리가 점점 크게 울려 퍼지기 시작했다.

며칠 뒤, 로버트는 동생 넬슨과 함께 농장 마당에서 웃옷을 벗은 채 맨발로 크로케를 하고 있었다. 그때 보안관 대리가 찾아왔다. 차에서 내린 보안관 대리는 로버트에 대한 체포영장을 가지고 왔다고 했다. 로버트가 조용한 교회를 소란스럽게 했다는 것이다.

두 아들은 얼굴이 새하얗게 질린 채 서 있었고, 마침내 로버트가 입을 열었다.

"어, 집 안에 들어가 옷을 좀 입고 올게요." 로버트가 말했다. 보안관 대리가 고개를 끄덕이자 로버트는 집으로 들어갔다.

넬슨은 잠시 동안 보안관 대리와 이야기를 나눈 후 크로케 용품들을 챙겨 차고로 가지고 갔다. 차고로 가니 갈라진 벽 틈 사이로 로버트가 도망을 쳐 언덕 위로 달려가는 모습이 보였다. 집 뒤쪽 창문을 넘어서 도망간 것이다. 넬슨은 보안관 대리에게 아무런 말도 하지 않았다. 두 사람은 몇 분 정도 그 자리에 더 서 있었다.

"옷 하나 챙겨 입는 데 시간이 참 오래도 걸리는군." 보안관 대리가 말했다. "집에 들어가서 네 형이 같이 갈 준비가 되었는지 한번 살펴봐라."

넬슨은 시키는 대로 집으로 들어갔다. 방에서 5분쯤 머뭇거리다가 다시 밖으로 나왔다.

"집 안을 다 찾아봐도 형이 없어요. 어디 있는지 잘 모르겠어요."

로버트는 자정 무렵이 되어서야 집으로 돌아왔다.

"네 자전거 좀 빌릴 수 있을까?" 로버트가 동생에게 물었다. "먼로 형네 집까지 가려고."

로버트는 50킬로미터 가까이 떨어져 있는 갈리폴리스에 자전거를 내버려두고 사라졌다. 그리고 후에 사람들이 다 알게 된 것처럼 로버트는 군에 입대해버렸다.

넬슨은 오하이오주 메카닉스빌에 있는 목장에서 일하게 되었다. 일은 무척이나 힘들었고 옷을 쥐어짜면 땀이 뚝뚝 떨어질 정도였다. 1941년 12월 28일 열여덟 살이 된 넬슨은 전화 회사에 취직했고 1년 남짓 일을 하다가 역시 형처럼 군에 입대했다. 처음에는 기차를 타고 신시내티주의 데이턴으로 갔다가 다시 인디애나주의 벤자민 해리슨 요새로 갔다. 정식으로 입대한 지 채 하루가 저물기도 전에 머리를 깎고 예방주사를 맞았으며, 바로 식당에 배식 당번으로 배정을 받았다.

전쟁이 끝나기 전 로버트는 독일 뮌헨에서 총상을 입고 포로가 되어 수용소에서 1년 반을 보냈다. 전쟁 영웅이 되어 고향인 오하이오로 금의환향했을 때는 하도 안색이 창백하고 수척해져서 보는 사람들이 다 놀랄 정도였다. 넬슨은 공수부대원이 되어 필리핀 코레히도르 섬에서 허벅지에 총상을 입었다. 부상에서 회복된 후 다시 비행기에서 뛰어내릴 수 있게 되었을 때는 이미 전쟁이 끝난 후였다.

"아주 강인한 가족이었습니다." 사촌인 토미 존스는 훗날 이렇게 회고했다. "한 사람도 빠짐없이 다 강한 사람들이었어요."

엠마는 기회가 생기자마자 바커스 리지의 농장을 팔고 1944년 오하이오주 체서피크로 돌아왔다. 웨스트버지니아의 헌팅턴이 바로 강 건너에 보이는 곳이었다. 루이즈는 마셜 칼리지에 입학했고 막내인 루시는 고등학교를 마쳤다. 엠마는 루시를 콜럼버스에 있는 블리스 칼리지의 경영학과에 입학시켰다. 그리고 오하이오주 러틀랜드에 있는 집을 한 채 샀다. 갈리폴리스 북쪽, 애팔래치아 고원 위에 있는 곳이었다.

아무것도 거리낄 것이 없게 된 엠마는 이제 자주 이곳저곳을 돌아다니기 시작한다. 그녀는 피츠버그에 가서 9주 정도 일을 하다가 다시 러틀랜드로 돌아와 집을 세주고는 또 데이턴으로 가서 3개월간 사설 기숙학교에서 일했다. 1945년 엠마는 러틀랜드로 돌아가 집을 수리하기 시작했다. 지하실로 이어지는 계단을 고치고, 출입구를 새로 만들고, 현관에는 난간을 세웠다. 낡은 울타리는 걷어내고 나무를 베고 오래된 헛간은 정원으로 꾸몄다. 일을 하는 틈틈이 엠마는 자연과 신, 인간, 작은 수영장, 소란스러운 작은 새들과 자신의 새로운 인생에 대해 생각하며 책도 읽고 시도 썼다.

내가 집을 문질러 닦고 페인트 칠했네
거의 기진맥진할 정도로,
그저 돈이 없다는 이유로,
혼자서 말이야.

엠마는 자신이 쓴 시들을 모아 자비 출판해 가족과 친구들에게 쑥스러워하면서도 한 권씩 건넸다.

1949년 루이즈에게 바버라라고 이름 지은 아기가 태어났고 아기를 키우는 데 도움이 필요해지자 엠마가 다시 갈리폴리스로 돌아왔다. 이듬해 엠마와 루이즈는 함께 4번가 556번지에 집을 한 채 샀다. 모녀는 함께 잘 지냈다. 엠마는 매일 신문을 읽고 지역의 정치 문제에도 관심을 기울였으며 날카로운 재치로 지역 신문 편집자에게 자신의 의견을 자주 적어 보냈다. 다음은 1951년 6월 12일에 엠마가 쓴 편지다.

편집자 귀하

나는 학교 이사회가 학생 수가 한참 전에 초과된 학교에 더 많은 교실을 만드는 문제에 얼마나 무관심한지 개인적이고도 소소한 의견을 전달하기 위해 글을 쓰고 있었습니다. 하지만 이사회의 태만함을 지적하지는 않기로 했습니다.

그 대신 우리 텃밭의 완두콩 싹이 튼 후에 어떤 일들이 벌어지는지를 전달하고자 합니다. 우선 토끼들이 완두콩 싹을 먹어치운 이야기부터 해야겠군요. 완두콩을 키우려고 애쓰는 대부분의 이곳 사람들은 새들이 와서 콩밭을 망쳐놓는다고 종종 이야기합니다. 우리 콩밭도 여러 번 험한 꼴을 당했었지요. 그래서 나는 철사로 콩밭 주위에 울타리를 둘러쳤습니다. 그랬더니 누구도 콩밭을 건드리지 못하더군요. 잘 아시겠지만 철사 울타리는 새하고는 아무런 상관이 없지 않습니까? 또 언젠가는 콩줄기가 겨우 한 뼘 정도 자라나자마자 깨끗이 털린 적이 있습니다. 불과 하루나 이틀 만에 콩이랑 절반을 망쳐놓았더군요. 당시 텃밭에는 우연히도 토끼 가족이 잠시 살고 있었습니다. 작년에는 토끼 두 마리가 우리 텃밭 주변을 어슬렁거렸고 결국 완두콩 농사를 망쳤습니다. 올해 우리 텃밭 앞에는 운동장으로 이어지는 철조망이 있는데, 그 정도 구멍으로는 철조망 저편에 살고 있는 토끼가 지나다니지 못해 다행히 콩밭은 아무런 피해가 없었습니다.

나를 믿게 하려면 누군가는 내게 새들이 완두콩을 먹어치우는 걸 보여줘야만 합니다. 세상에는 개똥지빠귀, 찌르레기, 여러 종류의 참새와 풍금새, 파랑새, 비둘기, 울새, 핀치, 노랑턱 멧새, 멋쟁이새 등 수많은 새들이 있지만 그중 어느 놈도 텃밭에서 벌레 말고는 다른 것을 쪼아 먹는 걸 본 적이 없습니다.

토끼들은 마치 칼질이나 한 듯이 장미 덩굴까지 잘라 먹습니다. 감히 말하지만 이 마을에는 주변 그 어디보다도 토끼가 많이 살고 있습니다. 언덕배기를 쿵쾅거리고 돌아다닐 때면 토끼를 절대로 볼 수 없다는 걸 잘 압니다. 그렇지만 마을 중심부로 오면 토끼를 얼마든지 볼 수 있지요. 울타리를 제대로 세워 완두콩을 키우든지 아니면 토끼들을 싹 다 없애고 키우든지 해야 할 것입니다.

—엠마 게이트우드 올림

루이즈는 1951년 결혼했고 집에 대한 자신의 권리를 양도한 후 어머니 곁을 떠났다. 그로 인해 30여 년 만에 처음으로 엠마는 혼자가 되었다. 11명이나 되는 자녀들은 모두 각자 길을 떠났다.

이후 몇 년 동안 엠마는 가정부 비슷한 일을 하거나 병든 친척들을 돌봐주는 일을 하며 피츠버그에서 펜실베이니아로, 오웬스보로와 켄터키, 밀러, 오하이오 등지를 오갔다. 루이즈가 자신의 곁을 떠난 1951년에는 집을 세주고 콜럼버스에 있는 군립 병원에서 5개월간 일했다. 그리고 그곳에서 〈내셔널 지오그래픽〉 잡지를 통해 애팔래치아 트레일에 대해 알게 되었다. "보통 정도의 건강 상태를 유지하는 사람이라면 누구라도 이 길을 즐길 수 있도록 계획을 짤 수 있다." 그리고 "AT를 걷기 위해서는 특별한 기술이나 훈련이 전혀 필요치 않다"는 기사가 엠마의 눈길을 끌었던 것이다. 또한 장거리 도보 여행을 계획하는 사람들을 위해 다음과 같은 간단하지만 뻔한 충고도 적혀 있었다.

"거칠거나 험난한 구간에서는 주의를 기울인다."

"위도와 고도, 계절에 맞는 적절한 옷을 입는다."

"어느 곳에서 야영을 할지, 아니면 다른 쉼터를 찾을지에 대한 계획을 짠다."

"음식은 충분히 준비한다. 아니면 음식을 구할 수 있는 장소를 미리 파악하라."

"총 구간이 확장된 애팔래치아 트레일을 여행하기 위해서는 철저한 준비를 갖춰야 한다. 내가 지나갈 각 트레일 구간의 상황을 면밀히 확인해야 한다."

자신보다 앞서 전 구간을 완주했던 5명의 도보 여행자들과 그 뒤를 따른 다른 수천 명의 사람들처럼, 엠마는 머릿속에서 트레일에 대한 생각을 도무지 떨쳐버릴 수가 없었다. 1954년 7월, 그녀는 메인주로 날아가 카타딘 산의 정상에서부터 남쪽으로 여행을 시작한다. 그러다 길을 잃고 황무지에서 빠져나오지 못할 뻔했다.

"할머니, 그만 집으로 돌아가세요." 구조대원 중 한 사람이 엠마에게 이렇게 말했다.

그렇지만 엠마는 다시 돌아왔다.

사람들이 엠마에게 레인보우 호수에서 기다리라고 했고 그러면 자기들이 관리인을 불러 페노브스콧 강 서쪽 지류에서 그녀를 만나 강을 건너게 해줄 수 있을 거라고 했다. 엠마는 아침 9시까지 기다리다가 리틀 허드 연못과 피트먼 연못을 지나 동쪽으로 향해 정오가 될 때까지 15킬로미터 정도를 걸었다. 강에 도착했지만 기다리는 사람이 아무도 없었다. 엠마는 벌목용 도로에 있는 커다란 바위 꼭대기로 올라가 자리를 잡고 앉아 점심을 먹었다.

그때 서쪽으로 3,200킬로미터 떨어진 콜로라도주 덴버에서는 아이젠하워 대통령이 거의 죽을 뻔한 일을 겪었는데, 이 사건은 대부분의 국민들에게는 거의 알려지지 않았다. 하루에 담배 네 갑을 피우던 애연가 대통령은 덴버에서 휴가를 보내면서 전날 골프를 치고 아내와 주치의와 함께 저녁을 먹는 자리에서 배가 아프다는 이야기를 했는데, 저녁이 지나고 아침이 될 때까지 통증이 점점 더 심해졌다. 미국에 고속도로 체계 완성이라는 유산을 남긴 이 위대한 대통령은 결국 심장마비로 쓰러져 피츠시몬스 육군 병원 8층에 7주 동안이나 입원을 했고, 이듬해까지 정부 당국은 매우 불안한 시간을 보냈다.

다시 애팔래치아 트레일로 돌아가서, 대통령과는 달리 감기 한 번 앓아본 적이 없는 엠마는 바위 위에서 그리 오랜 시간을 보내지는 않았다. 얼마 지나지 않아 차 두 대가 먼지를 일으키며 엠마 쪽을 향해 다가왔다.

차 한 대에서 순찰대원이 내렸다. 〈스포츠 일러스트레이티드〉의 메리 스노우 기자와 밀리노켓 근처 〈UP통신〉 지부 소속의 딘 체이스 부인이 다른 차에서 내렸다. 사람들 눈에 엠마는 아주 지쳐 보였다. 눈 주변에 여전히 멍 자국이 남아 있었지만 그래도 정신만은 또렷해 보였다. 서로 인사를 나눈 후 다 함께 차에 오른 뒤 12킬로미터쯤 가서 배를 띄우는 곳에 도착했다. 여자들끼리 이야기하는 동안 관리인은 차 지붕에 싣고 온 보트를 내려 차가운 물 위로 밀어 넣었다. 체이스 부인은 엠마와 관리인, 그리고 메리 스노우 기자가 보트에 올라타 반대편 기슭으로 출발하는 장면을 사진으로 몇 장 찍었다. 보트에는 작은 모터가 달려 있어서 순식간에 강을 건너갈 수 있었다.

체이스 부인은 차를 타고 가서 카타딘 근처 야영장에서 그들을 만나기로 했다. 엠마와 메리 스노우 기자는 관리인에게 감사 인사를 전하고 물가로 발을 디뎌 내린 뒤, 함께 페노브스콧 강을 따라 나 있는 길을 걸어가기 시작했다. 두 사람은 걸으면서도 이야기를 이어갔다. 베어 산에서 두 사람이 처음 만난 이후 수많은 일들이 일어났다. 엠마는 그녀에게 워싱턴 산 정상에서 맞이했던 거센 바람과 해군 출신 젊은이들과 허리케인으로 불어난 개울을 건넜던 일, 마후서크 고개에서 자루를 먼저 던져야 했던 일, 그리고 버려진 고무 조각을 주워서 발바닥과 신발 사이에 끼우고 다녔던 일 등을 이야기해주었다. 야영장에서 우연히 발견한 포크를 빗 대용으로 사용한 일과 지팡이를 써서 물살이 빠른 개천 위 징검다리 사이의 거리를 재며 걸어간 일도 들려주었다. 안경이 깨져서 거리를 제대로 가늠할 수 없었기 때문이다.

스노우 기자는 보통 어디에서 잠을 잤느냐고 물었다.

"몸을 누일 수 있는 곳이면 어디든지." 엠마의 대답이었다. 집 앞 긴 의자나 야영장에 있는 탁자, 임시로 만들어진 숙소와 벌목 작업장까지.

"동물들은 없었나요?" 스노우 기자가 물었다.

"사람들은 보통 동물을 마주하게 되면 겁에 질려요. 그리고 즉시 싸워야겠다는 생각을 하게 되죠. 동물들은 사람이 먼저 궁지에 몰지 않는 이상 공격하지 않아요. 응? 아, 나는 곰은 한 마리도 본 적이 없어요. 숲을 지나갈 때면 요란하게 발을 구르고 큰 소리를 냈으니까."

두 사람이 요크 사냥터 야영장에 도착하자 비가 내리기 시작했다. 스노우 기자는 전화를 써도 되냐는 허락을 받은 후 체이스 부인이 기다리고 있는 카타딘 시내 야영장에 전화를 했다. 그리고 요크 야영장에 차를 가지고 와달라고 부탁을 했다. 엠마와 스노우 기자는 체이스 부인을 기다리는 동안 좀 더 이야기를 나누었다.

스노우 기자는 트레일에 대해 엠마가 느낀 전반적인 인상이 궁금했다.

"기대했던 것과 비교하면 어떤가요?"

"나는 4년 전 한 잡지를 통해 이 트레일에 대해 처음 알게 되었어요. 기사에는 트레일이 정말 아름답고 길 표시도 잘 되어 있고 하루 정도만 걸어가면 항상 쉼터가 기다리고 있다고 하더군요." 엠마가 말했다. "아주 재미있는 여행이 되겠다고 생각했지만 실상 그렇지가 않았어요. 나무들이 쓰러져 있거나 불이 난 곳도 많았는데 그런 곳에 다시 트레일 표시가 되어 있는 걸 한 번도 보지 못했고요. 폭우로 밀려온 돌이며 모래가 길을 덮고 있고, 잡초나 덤불이 턱밑까지 자란 곳도 있었어요. 그리고 대부분의 쉼터가 바람에 날아갔거나 불에 타 무너졌고 또 그나마 있는 곳도 꼴이 말이 아니라 차라리 밖에서 자는 걸 선택한 적도 많아요. 이건 트레일이 아니라 그냥 악몽이었어요. 가장 높은 산꼭대기 가장 큰 바위 위에 올라서야만 제대로 길을 찾을 수 있다니 그것참 바보 같은 일 아닌가요? 조지아에서 여기까지 오면서 화재 감시탑이란 감시탑은 다

보고 지나칠 수 있었답니다. 이 길이 얼마나 힘든지 알았다면 아마 절대로 출발조차 하지 않았을 거예요. 그렇지만 이제 와서는 멈출 수도 없고 그럴 생각도 없어요."

체이스 부인이 도착하자 엠마는 작별 인사를 하고 비를 맞으며 카타딘 야영장까지 남은 길을 걸어갔다. 그녀는 오두막 하나를 예약했다. 관리인은 난로에 불을 피우고 램프도 하나 가져다주었다. 메리 스노우 기자와 체이스 부인이 저녁에 차로 찾아왔을 때는 추위가 본격적으로 시작되고 있었다. 관리인은 담요를 더 가지고 왔고 세 여자는 좀 더 이야기를 나누었다. 스노우 기자는 엠마에게 남은 점심 도시락을 건넸고, 체이스 부인과 함께 차를 타고 다시 '문명세계'인 밀리노켓으로 돌아갔다.

엠마는 관리인 사무실로 가 숙박비를 지불했다. 그리고 돌아오는 길에 또 다른 숙소를 보고 멈춰 섰다. 거기에서는 다른 야영객들이 캠프파이어를 하고 있었는데, 엠마는 호기심 어린 눈으로 자신을 바라보는 그들에게 지금까지의 이야기를 들려주었다. 높이가 1,600미터는 족히 넘을 산기슭에서 출발한 지 이제 144일째가 되는 날, 엠마는 자신이 뭔가 중요한 사람이 된 듯한 기분이 들었다.

애팔래치아 트레일이 한 권의 책이라면, 이제 엠마는 대단원의 막을 향해 나아가고 있었다.

제16장

일곱 번째 운동화

우리는 카타딘 시내 야영장에서 눈을 떴다. 날은 아직 어두웠다. 잠에서 깨어났다는 말은 틀린 말이 아닐까. 사실 나는 밤새도록 깨어 있었던 것 같은 기분이 들었다. 불편한 잠자리 때문에 완전히 잠에 들지 못했고 비몽사몽한 상태로 계속 있었던 것 같다. 허리가 제일 아팠지만 임시 숙소의 딱딱한 바닥 위에서 겨우 하룻밤 보낸 일로 불평을 한다면 온당한 일은 아닐 것이다.

"요즘 사람들은 다들 어린애 같아서." 엠마 게이트우드는 50년 전 어느 기자에게 이렇게 말했다. 지금의 우리를 본다면 그녀가 어떻게 생각할지 궁금하다. 또 머리에 두른 헤드램프며 인체공학적으로 설계된 엄청나게 많은 주머니가 달린 배낭 같은 장비들을 본다면 또 어떻게 생각할까. 레더맨 다용도 공구와 요리용 난로, 그리고 나침반 앱이 설치된 아이폰까지 챙기는 걸 본다면 말이다.

우리의 목표는 엠마의 발자취를 따라 카타딘 산에 오르는 것이었다. 그녀가 남긴 일기장과 과거의 트레일 지도를 길잡이 삼아 길을 걸었다. 그녀가 본 것을 나도 보고 싶었고 그녀가 걸었던 길을 나도 걷고 싶었다. 그녀가 정확히 57년 전인 1955년 9월 25일 밟았던 땅과 같은 곳을 지금 밟으며 그녀를 더 잘 이해하기 위해 모든 노력을 기울이며 말이다. 그녀는 일기장에 이렇게 기록했다.

"트레일의 끝에서."

이곳은 성스러운 땅이었다. 지금부터 5개월 전 나는 조지아주 오글소프 산 위에 지금과 같은 목적으로 서 있었다. 트레일의 다른 대부분이 그런 것처럼 트레일의 출발 지점도 예전과는 변해 있었다. 남쪽의 끝 지점은 이제 오글소프 산보다 북서쪽으로 약 30킬로미터 떨어져 있는 스프링어 산이다. 물론 오글소프 산이 좀 더 상징적인 출발점이긴 하지만 개발과 경작 등으로 1958년 그 자리가 바뀐 것이다. 엠마가 보았던 풍경을 조금이나마 느껴보기 위해, 나는 산 정상부의 출입금지 표시를 몇 개 정도 무시해야 했으며 사유지도 지나쳐 가야 했다. 트레일은 너무 많이 바뀌어 엠마가 걸었던 길을 정확하게 파악하는 일 자체가 어려운 도전이었으나, 그래도 조지아를 거쳐 펜실베이니아, 메릴랜드까지 엠마의 발자취를 따라가고 싶었다. 나는 웨스트버지니아의 하퍼스 페리가 내려다보이는 절벽 위로 올랐다. 거기에서 그녀는 잠시 걸음을 멈추고 포토맥과 세년도어가 합쳐지는 풍경을 보며 흡족해했었다. 나는 아직까지 생존해 있는 엠마의 네 자녀, 그리고 손자와 손녀들을 플로리다와 오하이오, 애리조나, 아칸소에서 각각 만나 긴 시간 동안 이야기를 나눴다. 그리고 엠마의 일기장과 당시의 신문 및 잡지 기사들을 읽었다. 또한 가족들이 보관하고 있는 커다란 상자 안에 가득 들어있는 각종 편지들도 빠트리지 않았다. 나는 그녀가 남긴 오래된 지팡이를 손끝으로 만져보았다. 야생 과일 나무의 가늘지만 단단한 가지로 만든 지팡이였다. 나는 메인주에서 가장 높은 봉우리인 카

타딘 산에 오를 생각을 했다. 막연한 무엇인가를 찾는 신성한 순
례 여정의 마지막 장소인 그곳을 말이다.

미국의 작가 리베카 솔닛은 《걷기의 인문학》에서 이렇게 썼다.

"길이란 저 풍경을 가로지르는 제일 좋은 방법에 대한 하나의 중
요한 해석이다. 어떤 정해진 길을 따라가는 일은 그 해석을 받아
들이는 것일 수도 있고 또 철학자와 여행자, 그리고 순례자들이 그
랬듯 선배의 길을 따라가는 것일 수도 있다. 같은 길을 걸어간다면
뭔가 중요한 일을 반복하는 셈이 된다. 같은 공간과 같은 길을 직
접 움직여 통과한다면 같은 생각을 하는 같은 사람이 될 수도 있
다는 의미이다."

카타딘 산을 오르는 건 1955년이나 지금이나 거의 비슷하다. 그
렇지만 메인주를 지나가는 트레일의 절반 이상이 그 위치가 바뀌
었다. 1968년 국립 트레일 체계 관련 법안이 통과된 후 메인주 애
팔래치아 트레일 클럽에서는 길 전체를 검토했고, 도보 여행자들
이 좀 더 쉽게 접근하고 또 유지 관리가 쉬운 길을 찾아 트레일의
위치를 바꾸기 시작했다. 주요 위치 변경 계획과 실행은 1970년대
중반부터 시작되어 1980년대 후반까지 이어졌다.

역사적인 고증을 정확하게 따라서 등반을 하기 위해 아내와 나
는 폴 사니칸드로를 가이드로 고용했다. 그는 백스터 주립공원의
트레일 관리자인 동시에 800제곱킬로미터에 이르는 황야와 47개
봉우리, 67개 호수와 연못을 가로지르는 362킬로미터 길이의 트레
일, 그 전체의 유지 보수를 책임지고 있는 사람이기도 하다. 백스

터 주립공원은 전 주지사인 퍼시벌 백스터가 메인주 주민들에게 남긴 선물로, 그는 30여 년이 넘는 세월 동안 공원 내 대부분의 토지를 매입하거나 기부를 받고 자신의 사재 100만 달러를 바탕으로 기금을 조성해 공원의 유지와 운영에 사용하도록 했다. 백스터는 공원이 야생 상태 그대로 남아 있기를 희망했으며 벌목과 사냥, 연간 수천 명에 달하는 방문객들에도 불구하고 공원 대부분은 야생의 느낌과 향취를 유지할 수 있도록 유지되고 있다.

우리는 이틀 전, 밀리노켓에 있는 어느 음식점에서 폴을 만나 메인주 특산인 바닷가재 요리를 먹으며 이야기를 나누었다. 폴은 우리의 여행 계획을 살펴보고, 짐을 확인해 추운 날씨를 대비할 수 있는 적당한 옷가지를 챙기도록 도와주었다. 나는 아무것도 모르는 어린아이가 된 느낌이었다.

엠마의 일기장을 살펴본 폴은 엠마가 아볼 다리 근처 페노브스콧 강의 서쪽 지류를 건너갔을 것으로 추측했다. 그리고 페노브스콧 강 북쪽 강둑을 따라 몇 킬로미터가량을 걸어 네소와드네헝크 개울과 만나는 지점으로 간 후 다시 카타딘 시내 야영장에 도착했으리라는 것이었다. 그곳에서 엠마는 하룻밤을 보낸 후 소로 샘터를 지나 헌트 트레일을 걸어 백스터 피크에 도착하게 된다. 다음날, 우리는 그녀가 갔던 길을 따라 그리 어렵지 않게 15킬로미터가량을 걸었고 카타딘 산기슭의 야영장에 도착했다. 우리는 야영장에서 바위에 새겨진 글을 발견했다.

인간은 태어나면 죽는다. 인간이 남긴 업적은 유한하다.

건물은 무너지고 기념비도 허물어진다. 재산은 말할 것도 없다.

그렇지만 카타딘 산과 거기에 따르는 모든 영광은

메인주 사람들만의 산으로 영원히 남아 있을 것이다.

　　　　　　　　　　　　　　　　　　　　　　　—P.P.B.

다음 날 아침, 우리는 차가운 시냇물로 물통을 가득 채우고 배낭 꾸리는 일을 마친 뒤 필요 없는 물건들은 순찰대원 기지에 맡겨 놓았다. 새벽 5시 50분에 야영장 일지에 확인 서명을 하고 떠날 때는 온도가 거의 영하에 가까웠다. 5시 50분이라면 엠마가 길을 나섰던 시간과 똑같은데, 길잡이인 폴은 아직 달빛이 비치는 숲으로 들어섰다. 길 양쪽으로는 포플러나무와 단풍나무, 상록수와 양치류 식물들이 자라고 있었다. 우리보다 앞서 6명의 여행자가 먼저 길을 떠났고, 뒤로는 더 많은 사람들이 길을 나설 예정이었다. 나는 엠마가 어둠 속에서 거친 산길을 지나가는 모습을 상상해보려 애를 썼다. 그녀를 지켜주는 건 오직 작은 손전등 불빛뿐이었을 것이다. 지금은 이 길을 많은 여행자들이 왔다 가고 길도 폭이 2.5미터나 되지만, 1955년에는 고작해야 사냥꾼들이 지나다니는 오솔길 정도였을 것이다.

이런 상황에서 엠마가 겪었던 불운을 정확하게 재현해내는 것은 거의 불가능에 가까운 일이다. 그녀는 무릎 상태가 좋지 않았고 안경은 깨졌으며 신발도 닳아 해졌다. 67년이나 사용한 다리를 이끌고 144일간을 쉬지 않고 산을 올랐을 때 그녀는 분명 엄청난 피로감을 느꼈을 것이다. 나는 얼마 지나지 않아 가느다란 지팡이를 하나 찾았고 그것이 엠마와 나의 공통분모가 되었다. 한 걸음 한 걸음 걸을 때마다 여러 생각들이 떠올랐다. 카타딘으로 가는 길은 건조하게 말라 있었지만 엠마가 갈 때는 비가 내렸다. 따라서 주변 식물들도 당연히 젖어 있었을 터이며 그녀의 신발과 바지도 빠르게 물에 젖어갔을 것이다.

"몸이 그다지 따뜻하지 않았다." 엠마는 이렇게 기록했다. 긴 바지와 긴 소매의 웃옷 외에도 그녀는 티셔츠와 남성용 두터운 모직 스웨터, 새틴 안감을 댄 울 재킷과 비옷까지 자루 안에서 찾아낸 옷가지란 옷가지는 다 걸쳤다.

트레일은 카타딘 시냇가를 따라 자라고 있는 가문비나무 숲을 통과하고 사람들의 박수갈채와 비슷한 소리를 내는 3단 폭포를 지난다. 우리가 지나가던 이른 아침의 희미한 회색빛 하늘 아래에서는 잘 보이지 않았지만 나는 엠마도 여기 있었다고, 힘겹게 숨을 몰아쉴 때마다 가슴이 오르락내리락했을 거라고 상상했다. 하늘과 바위들이 맞닿은 것처럼 보이는 땅을 힘겹게 넘어가며 어깨에 둘러멘 자루의 균형을 잡으려 애쓰는 모습을 눈앞에 그려보았다.

엠마가 이 길을 걸어가기 100년 전에, 얼 셰퍼와 벤턴 매카이보다도 훨씬 더 오래전에 또 다른 순례자들이 이 산을 올랐다. 바로 1846년 9월의 일로, 한 무리의 남자들이 밀리노켓을 지나 페노브스콧 강의 서쪽 지류를 배를 타고 건넌 뒤 아볼 시냇가에서 야영을 했다. 그리고 카타딘 산의 측면을 따라 이동했다. 헨리 데이비드 소로는 이 산을 크타든^{Ktaadn}이라고도 불렀다. 소로는 무성한 수풀을 헤치며 오지를 통과해 산이 또렷하게 보일 때까지 전진했다. 그렇게 발견한 산은 숲 위로 솟아 있는 헐벗은 바위의 넓은 부분 때문에 지금까지 보아온 모습과는 아주 다른 모습이었다. 그와 같이 온 동료들은 야영 준비를 했지만 소로는 마지막 남은 빛에 의지해 산 정상으로 접근했다. "지금까지 여행한 곳 중 가장 위험천만하고 헛발을 디딜 만한 곳이 많은" 땅을 통과해 올라가다가 구름이 걸쳐 있는 곳에서 걸음을 멈추었다. 그는 공책을 펼치고 "크타든"이라고 기록했다. 인디언 부족의 말로 가장 높은 땅이라는 뜻인 이곳을 백인이 처음 오른 건 1804년의 일이다. 그 후 42년 동안 이곳을 오른 사람은 불과 몇 명밖에 되지 않는다. "게다가," 소로는 기록을 계속했다. "오지에 사는 주민들이나 사냥꾼들 중에서도 아주 극소수만 이곳에 올랐다. 여행객들의 발길이 이곳까지 이르려면 아주 오랜 시간이 걸리리라."

소로는 바로 그날 산을 내려왔지만 다음 날 아침에 또다시 산에 올랐다. 동료들은 뒤에 내버려둔 채였다. 그는 바위 말고는 아무것도 없는 부드럽게 경사진 고원 "완성되지 않은 지구의 끝자락"이라고 부른 곳에 도착했다. 소로는 산꼭대기에서 제자리를 찾지 못한 느낌을 받았던 것 같다. 마치 그곳에 있는 게 두려운 사람처럼 말이다.

"이 땅은 너를 위해 준비되지 않았다." 그는 이렇게 적었다.

"내가 골짜기에서 미소를 지은 것만으로는 부족했던가? 그대의 발 아래 있는 땅도, 그대가 숨 쉬는 이 공기도 그대의 이웃인 이 바위들도 결코 내가 만든 것이 아니다. 나는 이곳에 있는 그대를 동정할 수도 사랑할 수도 없다. 그렇지만 영원히 그대를 매정하게 몰아가리라. 그렇게 해서 나는 이곳에서 친절한 사람이 되리. 왜 내가 그대를 부르지 않는 곳에서 나를 찾는가, 그리고 계모처럼 느꼈다고 왜 불평하는가? 그대는 추위에 떨거나 굶주리거나 혹은 몸서리를 치며 그대의 인생을 내버리려 하는가, 이곳은 묘지도 아니고 제단도 아니며 내 귀에 들려오는 것은 아무것도 없다."

산을 내려오며 소로는 말 그대로 결별을 한다.

"인간이 살지 않는 지역에 대해 생각하는 건 어려운 일이다. 우리는 습관적으로 인간이 존재하고 어디에나 영향을 미친다고 생각한다. 그러면서도 우리는 순수한 자연 그 자체를 본 적이 없다. 도시 한가운데 있으면서 광대하고 황량하며 인간이 없는 자연을 본 적이 없는 것이다. 자연은 이곳에 야만의 상태로 있으며 아름다우면서도 끔찍하다. 나는 내가 지나갔던 땅에 경탄을 느끼며 바라보았다. 그곳이 만들어진 힘이 무엇인지 알고 싶었고 그렇게 만들어진 작품의 재료와 형태, 그리고 방식을 알고 싶었다. 이것은 우리가 익히 들어온 지구이며 혼란과 오랜 밤을 통해 만들어진 곳이다. 이곳은 인간의 정원이 아니라 손길이 닿지 않은 지구였다. 이곳은 잔디밭도 아니고 목초

지도 아니며 초원도 아니고 숲도 아니며 목장도 경작지도 아니다. 지구라는 행성의 신선하고 자연스러운 표면인 것이다. 이곳에 있으면 인간에게 속하지 않은 힘의 존재가 느껴진다. 이곳은 우상 숭배와 미신의 의식이 있는 곳이며 우리 자신보다는 바위와 야생동물에 더 가까운 인간들이 살 만한 곳이다."

엠마는 어떤 기자에게 자신은 "그 어느 때보다도 완벽한 고독"을 찾았노라고 말했다. 나는 이 말에 대해 아주 오래 생각했다. 래리 룩센버그는 애팔래치아 트레일을 여행한 200명가량의 사람들을 만나 인터뷰한 《애팔래치아 트레일 걷기 Walking the Appalachian Trail》라는 책을 썼다. 만일 얼 셰퍼 이후 트레일을 완주한 1만 1,000명 이상의 도보 여행자들에게 마이어스-브릭스 유형 지표, 일명 MBTI 테스트를 해본다면 대부분의 사람들이 내향적인 성격을 가지고 있을 것이라고 말했다. 물론 엠마의 경우는 이와 달라서 낯선 사람들에게 자신에 대해 소개를 하거나 혹은 하룻밤 신세를 지는 일에 전혀 거리낌이 없었다. 엠마는 확실히 새로운 친구들을 만나는 일을 좋아했지만 동시에 홀로 있을 때도 똑같은 기쁨을 누리는 사람이었다.

1시간쯤이나 걸었을까, 우리는 숲속의 어느 공터에 들어섰다. 동쪽에서는 태양이 떠오르고 있었고 자줏빛과 분홍빛 광선이 나무 꼭대기 너머 지평선을 가로질렀다. 힘들게 산을 오른 후 우리는 수목 한계선을 통과했으며 헌트 스퍼라고 알려져 있는 거대한 바위

산의 산마루를 마주하게 되었다. 나는 지난 3월에 마라톤 풀코스를 4시간 만에 완주하기도 한 사람인데, 숨이 턱 끝까지 찼고 다리가 부들부들 떨렸다.

안전 문제에 관해서 폴은 뛰어난 전문가였으며 그는 우리에게 자신이 목격했던 아주 참혹했던 산악 구조 사례 몇 가지를 이야기해주었다. 나이와 경험에 상관없이 어떤 도보 여행자라도 부상을 입을 수 있다. 그에 따르면 거대한 2개의 바위 사이에서 버텨보려고 했던 한 남자는 자기 자신의 몸무게 때문에 양쪽 어깨를 다쳤는데, 결국 구조대원들이 그를 들것에 실어 교대로 산 아래까지 끌고 내려왔다는 것이다.

공터에 들어서자 갑자기 기온이 뚝 떨어지는 게 느껴졌다. 바람도 조금 거셌다. 폴은 땀을 흘리는 것을 막기 위해 적절하게 옷을 벗었다 입었다 해야 한다고 주의를 주었다. 차가운 날씨 속에서 체온을 잃지 않고 생존할 수 있는 핵심 전략이었다.

"수목 한계선을 넘어서니 몸이 들썩일 정도로 바람이 불었다." 엠마의 기록이다.

"나는 가지고 있던 옷들을 모조리 꺼내 걸치기 시작했다. 양모 양말 두 켤레와 장갑, 비옷, 모직 모자, 목도리, 그리고 비닐로 만든 방수 모자까지 뒤집어썼다. 그제야 딱 편안했다."

금속 막대기가 바위 안에 박혀 있는 곳이 몇 군데 있었다. 여행자들은 그 막대를 잡고 올라가야만 했는데, 마치 놀이터에서 아이들이 기어올라가 노는 구름다리 같았다. 그렇게 올라가다가 어느 갈림길쯤에서 아내 제니퍼가 고통스러워하며 몸을 움찔했다.

"발목을 접질린 거야?" 내가 물었다.

"응." 아내가 오른쪽 발을 문지르며 대답했다. "조금."

제니퍼는 아무 일 없을 거라고 넘겼고, 어쩌면 그건 고집 때문이었는지도 모르지만 어쨌든 가던 길을 계속 갔다. 그러나 아내는 눈에 띄게 아파했고 폴이 그만 쉬자고 제안했기에 우리는 그의 말을 따랐다. 우리는 강한 바람을 피하기 위해 바위 뒤에 자리를 잡았다. 제니퍼는 마치 장갑처럼 발가락 5개가 따로 들어가는 등산화를 신고 있었지만, 군용 장비를 파는 가게에서 구입했던 안전화 한 켤레도 함께 가지고 왔다. 폴은 제니퍼의 발목을 확인해보았고, 나는 이 정도의 고도에서라면 작은 부상도 큰 문제로 발전할 수 있다는 사실을 떠올렸다. 우리는 거의 4시간 가까이 걸어왔으며 백스터 피크까지 빨리 가도 아직 1시간 이상은 더 가야 했다.

발목이 다친 채로 산을 내려가는 일은 당연히 불가능에 가까웠다. 나는 산 위로 날아오는 헬리콥터를 떠올렸다. 헬리콥터는 흔들리지 않으려고 애를 쓰며 제니퍼를 안전하게 싣고 갈 들것을 내려보낸다. 나는 엠마라면 어떻게 했을까 생각해보았다. 우리는 휴대전화도 가지고 있으며 주변에 당일치기로 산에 오르는 사람들도 12명쯤 만났었다. 그렇지만 엠마가 마주한 산은 아무것도 없이 텅 비어 있었다.

아픈 발목을 받쳐주기 위해 목이 긴 안전화로 갈아 신는 게 좋겠다는 것이 폴의 생각이었다. 제니퍼는 장갑을 벗은 맨 손가락에 따뜻한 입김을 불어넣어 신발 끈을 느낄 수 있게 되자 천천히 신발 끈을 동여맸다. 우리는 물을 마시고 견과류와 열량이 많은 비상식량을 먹고 다시 조심스럽게 길을 나섰다. 높은 곳에 서서 사방을 바라보니 숨이 멎을 만큼 아름다웠다. 태양은 마침내 높이 떠올라 저 멀리 떨어져 있는 10여 개의 호수와 연못을 비추고 있었고 마치 누군가 거대한 거울을 카타딘 산 위로 깨트려 그 파편이 산산이 흩어진 것처럼 사방이 하얗게 빛났다.

　뉴잉글랜드에서 인간의 손이 거의 닿지 않은 가장 넓은 미개발 지역이 틀림없는 이곳에서는 인간의 흔적을 확인하기란 쉽지 않다. 나는 1954년 엠마의 등반에 대해 읽었던 어떤 내용이 기억났다. 1954년이라면 엠마가 처음으로 카타딘 산에 올랐던 해이다. 그때 엠마는 검은색 모직 스웨터를 입고 건포도로 점심을 때우면서 눈앞에 보이는 호수와 연못의 숫자를 세고 있었다. 그녀는 100개까지 세고는 그만 포기했다.

　우리는 게이트웨이에 도착했다. 땅이 밑으로 꺼졌다가 솟아올라 다시 봉우리로 이어지는 지점이었다. 이 평평한 땅의 대부분은 돌매화나무라고 부르는 작지만 아주 무성하게 엉켜 자라는 아름다운 식물들로 덮여 있었다. 돌매화나무는 마치 초록색 바늘이 바늘겨레에 잔뜩 꽂혀 있는 것처럼 보이며 대략 10센티미터 정도밖에 자라지 않는 아주 작은 식물이다. 작은 잎사귀는 빽빽하게 붙어 자라 추위를 이겨낸다. 돌매화나무와 함께 섞여 자라는 것은 비글로 세이지라는 아주 진귀한 꽃나무로 고산지대의 평평한 땅에서 자란다. 이 두 식물은 멸종 위험에 처해 있으며 주의 깊게 보호를 받아야 한다는 것이 폴의 설명이었다. 만일 인간의 영향이나 지구 온난화 현상 때문에 고산지대가 줄어든다면, 비글로 세이지 같은 식물이 살아갈 수 있는 적합한 환경이 남지 않게 된다는 뜻이다. 그리고 카타딘 북극 나비도 아마 사라지게 되리라.

이 작은 나비는 폴리세니스 아틱Polixenes Arctic이라는 나비의 한 종류로 세계에서 바로 이 카타딘 산의 약 4제곱킬로미터에 이르는 고원지대에서만 발견되는 곤충이다. 과학자들은 그 개체수를 정확하게 파악하지는 못하고 있으나, 숫자가 급격하게 늘어났다가 줄어들기도 한다는 사실은 알고 있다. 암컷은 세이지 위에 알을 낳는데, 알에서 깨어난 애벌레는 세이지 잎을 먹으며 조금씩 자라난다. 겨울이면 애벌레는 동면에 들어갔다가 봄이 오면 다시 깨어나 먹고 자라기 시작하는데, 여름이 끝나갈 무렵 번데기가 되어 마침내 그 이듬해 다 자란 나비로 깨어나고 고작해야 한 달 정도만 살다가 2년에 걸친 생명 주기를 마감한다.

1990년대 중반 연방 정부 요원들이 캘리포니아와 애리조나에 살고 있는 한 해충 구제업자와 사업가 2명의 집을 급습했다. 그곳에서 2,200마리나 되는 희귀 곤충 수집품 중에 37마리나 되는 카타딘 북극 나비가 있는 것을 발견했다. 이에 백스터 공원의 순찰대원들은 큰 충격을 받는다. 연방 요원들이 그중 한 사람의 집에서 발견한 편지에는 밀렵 행위를 하다가 도중에 혹시나 붙잡히게 되면 "죄송합니다. 여기에서 나비를 채집하면 안 되는 줄은 전혀 몰랐어요"라고 변명을 하라는 내용까지 적혀 있었다고 한다. 희귀종 나비의 밀렵 행위를 밝혀낸 이 최초의 연방 정부 조사 사건 이후로 순찰대원들은 상업적인 목적의 나비 수집의 위험성에 대해 새롭게 알게 되었다. 카타딘 나비가 수집가들의 관심을 끌게 된 건 대왕나비나 모르포 나비처럼 크고 아름다워서가 아니었다. 오히려 작고 희미한 갈색이었기 때문에 더 가치가 있었다. 밀렵자들이 찾는 것은 이렇게 나방처럼 생긴 나비였다.

카타딘 산의 동식물들에 대한 좀 더 예측 가능한 위협은 다름아닌 도보 여행자들이다. 사람들은 오랜 세월 동안 땅 위를 밟고 지나가면서 앞서 이야기한 돌매화나무나 세이지 등을 자기도 모르게 밟아 죽였는데, 그 이후 공원 측에서는 눈에 잘 띄는 트레일 표시를 만들어 사람들이 식물을 피해 만들어진 길로만 지나갈 수 있도록 했다. 그렇지만 그걸 무시하고 길을 벗어나 고원지대를 어슬렁거리는 도보 여행자들이 항상 나타났다. 폴은 귀한 꽃밭 위를 아무렇지 않게 밟고 지나가는 한 여행자에게 당장 나오라고 무서운 목소리로 소리를 질렀다.

"아, 미안합니다." 여행자는 대충 대꾸했다.

이렇게 높은 곳에서 살고 있는 희귀한 야생 식물과 곤충들에 대해 알게 되자 나는 사람들이 이곳에 있어도 되는지 의문이 들었다. 나는 소로의 신성한 땅, 엠마 게이트우드의 신성한 땅을 찾아야겠다는 생각을 하며 야영장을 떠나왔는데, 이제는 내가 마치 침입자가 된 듯한 기분이 들기 시작했다. 비록 정해진 길만을 따라서 걷고 있지만 말이다.

고원지대의 한가운데 있는 소로 샘터는 어제 지나간 무수한 등산화 발자국으로 뒤덮여 있었고, 흙탕물 웅덩이처럼 보였다. 발자국의 주인들은 바로 엠마 게이트우드의 여정에 영감을 받아 몰려온 사람들이었다는 사실을 확인하게 되기까지는 그리 오랜 시간이 걸리지 않았다. 그렇지만 정작 엠마 자신에게 영감을 준 것은 과연 무엇이었을까?

우리는 산 정상의 샘터에서 잠시 숨을 돌렸고, 나는 샘물이 산 아래로 조금씩 흘러가는 모습을 지켜보았다. 그때 어떤 생각이 머릿속을 스쳐 지나갔다. 산을 오르는 일, 특히 카타딘 산을 오르는 일은 강에서부터 시작해 계곡을 통해 흐르는 물을 따라 거슬러 오르는 것이 아닐까. 산기슭의 시냇물을 따라 오르고 폭포를 지나 마침내 이 작은 샘터에 이르는 것을 의미한다. 물은 높은 곳에서 낮은 곳으로 흐른다는 자연의 법칙을 거스르는 일, 그러니까 삶의 근원이라 할 수 있는 물의 순환, 자연의 질서를 거스르는 일이 바로 산길을 걷는 행위가 아닐까. 그렇게 걷다 보면 내가 태어나던 원초적 순간을 향해 가게 되는 것일지도 모른다.

집에 돌아온 나는 캔자스주 위치토의 한 신문사에서 일하고 있는 친구에게 내가 했던 일에 대해 들려주었다. 어떻게 애팔래치아 트레일에서 게이트우드 할머니의 발자취를 따라갔는지, 그리고 할머니의 마음속으로 들어가보려고 했던 일까지 말이다. 그러자 친구가 이런 이야기를 들려주었다.

1982년 친구와 그의 아내는 배낭을 꾸려 며칠 정도의 일정으로 콜로라도주의 파이크스 피크에 오르기 시작했다. 사흘에서 나흘 정도 지났을 무렵, 마침내 수목 한계선에 도달했을 때, 두 사람은 완전히 지치고 말았다. 이 평범한 도시 사람들은 해발 4,300미터나 되는 산을 오르기에 전혀 적합한 사람들이 아니었다. 숨을 한 번 몰아쉴 때마다 가슴에는 불이 나는 것 같았다. 그러다 친구는 어느 바위에 박혀 있는 청동 명판 하나를 보게 되었다. 바로 1957년 이 산에서 죽은 어떤 사람을 기리는 추모비였다.

G. 이네스틴 B. 로버츠의 명복을 빌며

파이크스 피크를 14번 오른 끝에

이곳 수목 한계선에서 88세를 일기로

세상을 떠나다

그로부터 30년이 넘는 세월이 흘렀지만 친구는 여전히 그때 일을 기억하고 있었다. 80대 여성이 그렇게 여러 번 같은 산에 오르다 마지막 하산하는 길에 죽음을 맞이했다는 사실에 자신이 무척 놀라워했던 일을 기억하고 있었다.

"나이 든 노인들과 산 사이에는 대체 뭐가 있는 걸까?" 친구가 물었다.

그것참 좋은 질문이군.

카타딘 산 정상에 선 우리는 뜻밖의 상황을 목격했다.

몇몇 여행객들이 우리를 앞질러 올라가기는 했지만, 그렇게나 많은 사람들이 정상에 모여 있을 줄은 상상도 하지 못했다. 정상에는 어림잡아 35명쯤 되는 사람들이 있었고 대부분 애팔래치아 트레일을 한 번에 완주하고 이곳 최종 목적지를 찾은 사람들이었다. 나이 구분 없이 다들 수염투성이에 냄새도 났다. 긴 여행길에 만나 친구가 된 사람들이 버드와이저 맥주를 따고, 대마초를 돌려 피우고 있었다. 그들은 지팡이 끝에 비디오카메라를 매달아 자신의 모습을 촬영하고 있었다. 여정의 끝을 기념하는 디지털 추억물인 셈이었다. 사람들은 또한 트레일에서만 쓰이는 은어로 이야기를 나눴는데 마치 비밀 암호를 알아야만 들어갈 수 있는 파티장 같은 특별한 분위기가 느껴질 정도였다. 덥수룩한 붉은 수염을 기른 어떤 젊은 남자는 나무로 만든 카타딘 산 표지판 위로 기어올라가서는 요가를 하듯 두 팔로만 표지판을 짚고 몸을 들어 올려 균형을 잡아 사람들을 웃겼다. 결혼해달라고 고백하는 프러포즈도 두 번이나 있었다. 두 커플 모두 트레일에서 처음 만나 사랑을 키운 사이였다.

2012년 애팔래치아 트레일 보존 협회의 기록에 따르면, 조지아주에서 출발해 완주를 한 도보 여행자는 총 2,500명이었고, 심리적 중간 지점이라고도 하는 하퍼스 페리를 통과한 사람은 절반에 못 미치는 1,012명이었다. 카타딘 산에 도착한 것으로 기록이 된 건 처음 출발 인원의 20퍼센트 정도다. 나는 바위 위에 앉아 그보다 더 많아 보이는 순례자들이 이곳을 향해 오고 있는 모습을 지켜보았다. 그들이 느끼는 행복감은 마치 전염병처럼 옮겨와 나도 눈물이 터질 뻔했다. 하얗게 머리가 센 어느 부부는 다른 사람들보다 느리게, 그렇지만 조용히 올라와 표지판을 만져보더니 이내 표지판을 끌어안았다. 그리고 둘 다 소리 내어 울었다.

"이렇게 힘들 줄 당신은 다 알았잖아요." 할머니가 말했다. "그래야만 해요."

세월이 흐르면서 애팔래치아 트레일은 관리가 잘 되었고 더 많은 사람들이 몰려들었지만 여전히 한 번에 완주하는 일은 놀라운 성취로 여겨진다. 모두 합치면 3,000킬로미터가 넘는 길을 1만 1,000명이 넘는 사람들이 걸었다. 하지만 대부분 구간별로 걸었다. 그리고 평균적으로 볼 때 전 구간 완주를 계획하고 길을 떠난 4명 중 3명은 끝까지 완주하지 못한다는 것이 애팔래치아 트레일 보존 협회의 추산이다. 이른바 협회에서 '3,000킬로미터 여행자들'이라고 부르는 사람들의 숫자는 최근에 늘고 있기는 한데, 2005년에는 562명이었던 것이 2011년에는 704명으로 늘어났다고 한다.

이러한 기록은 처음 트레일을 기획하고 만들었던 사람들 입장에서는 터무니없이 엄청난 숫자일 것이다. 1930년대 트레일 전체를 걸었다고 알려진 사람은 5명에 불과했고 그나마 한 번에 완주한 것이 아닌 구간별로 나누어 걸어간 것이다. 그리고 트레일이 공식적으로 완공된 건 1937년의 일이다. 1940년대 들어서 완주자는 오직 세 사람뿐인데, 그중 한 사람이 바로 얼 셰퍼다. 이 시기 트레일은 사람들의 외면을 받아 구간별로 길이 끊어지거나 아예 길 자체가 막힌 곳도 있었다. 1950년대 들어서는 엠마 게이트우드가 이 길을 걸었고, 모두 합쳐 14명이 3,500킬로미터에 이르는 길을 완주했다고 한다.

그리고 그 이후부터 완주자 숫자가 늘어나기 시작한다. 1960년대가 되자 37명이 완주를 신고해 두 배 가까이 늘었고, 1970년대부터는 거의 800명에 달했으며 1980년대에는 1,420명, 1990년대에는 3,301명, 2000년대에 들어서는 5,876명이 완주했다.

트레일을 한 번에 완주한 사람들의 면면을 살펴보면 6세 남자아이가 둘 있었으며, 81세 남자가 한 명, 80세 여성이 한 명, 시각장애인 한 명, 여행기를 써 화제가 되었던 이른바 '맨발의 자매들'과 고양이도 한 마리 있다. 그리고 2011년에는 한 여성이 46일 11시간 20분 만에 트레일 전체를 완주해 비공식적이기는 하지만 가장 빨리 트레일을 완주한 사람으로 기록되었다.

그리고 일견 평화로워 보이는 애팔래치아 트레일 도보 여행은 동시에 많은 갈등을 낳았다. 우선 전설이라 할 수 있는 얼 셰퍼부터 갈등으로부터 자유롭지 못했다. 앞서 언급한 것처럼 그는 수백여 장의 사진과 자신의 여정에 대한 방대한 설명을 덧붙이고 나서야 공식적인 완주를 인정받았는데, 세월이 흐르자 이번에는 그 자신도 회의론자가 되어 의심을 품고, 게이트우드 할머니를 비롯한

초기의 완주자들이 지름길을 이용했을지도 모른다는 의견을 남기기도 했다.

1990년대 중반, 막스 고든이라는 이름의 한 노신사가 〈애팔래치아 트레일웨이 뉴스〉에 자신과 브롱크스 출신의 10대 보이스카우트 대원 5명이 1936년 애팔래치아 트레일을 완주했다는 이야기를 전했는데, 만일 이 말이 사실이라면 얼 셰퍼는 최초의 트레일 완주자가 아닌 일곱 번째가 되어버린다. 고든은 트레일을 지나가며 겪었던 일들에 대해 어느 정도는 정확하게 기억을 하고 있었으나, 그 밖의 많은 부분을 정확하게 기억해내지 못했다. 그는 보이스카우트 대원 5명 중 두 사람의 이름만 기억을 했고, 그나마 둘 다 모두 사망한 상태였다. 고든은 자신은 트레일 완주가 그렇게 중요한 의미가 있는지 전혀 알지 못했으며 노년에 이르러서 협회로부터 연락을 받고 나서야 알게 되었다고 말했다. 그리고 사람들에게 이 사실을 알리기로 결심했다는 것이다.

지난 2000년 '애팔래치아 장거리 도보 여행자 협회'에서는 특별한 증빙 자료가 없음에도 불구하고 최초로 트레일을 완주한 사람들의 목록을 다시 만들었으며, 얼 셰퍼에 대해서는 다시 확인이 필요하다는 의견을 내놓았다. 그리고 2011년 셰퍼의 기록이 다시 한번 도마 위에 오른다. 웨스트버지니아주의 짐 맥닐리는 변호사이자 배낭 여행가로 2002년 셰퍼의 사후에 스미소니언 박물관에 기증된 오래된 기록을 연구한다. 맥닐리는 셰퍼가 지나갔던 시절 애팔래치아 트레일의 경로를 종합해서 확인했다. 셰퍼가 본래의 트레일에서 274킬로미터가량을 우회해서 지나가 지름길을 찾아냈고 때로는 차도 얻어 탔으며 포장된 일반 도로를 따라 걷기도 했다는 사실을 밝혀낸다. 전직 검사였던 맥닐리는 셰퍼를 사기꾼이자 위선자로 그린 총 19챕터 분량의, 164쪽 보고서를 발표한다.

셰퍼가 최소한 자신의 여정에 대해서 거짓으로 진술한 부분이 있다는 확실한 증거에 대해, 협회와 애팔래치아 트레일 박물관 측은 흥미로운 행보를 보인다. 기본적으로 말해, "우리는 뒷조사 같은 일에는 관여하지 않는다"라는 것이 양측의 입장이었다. 얼 셰퍼는 애팔래치아 트레일 역사에서 '최초로 보고된 트레일 완주자'로 여전히 남아 있다.

이후 도보 여행 동호회는 크게 동요하며 두 가지 부류로 나뉘게 된다. 먼저 '순수파' 혹은 '트레일 정통파'가 있다. 이들은 모든 트레일 표시를 정확하게 따라 걸어야만 하며, 만일 하나라도 놓치면 왔던 길을 돌아가 다시 시작해야만 한다고 믿는다. 그리고 '자유파'는 조지아주에서 메인주까지 가는 이 영혼의 여정에서 엄격한 규칙 준수 같은 문제를 덜 중요하게 생각하는 편이다.

두 갈래로 나뉘는 파는 진정한 애팔래치아 트레일 도보 여행의 조건이 무엇인지에 대해 몇 날 며칠 동안이라도 격론을 벌일 수 있을 것이다. 결국 궁극적으로는 둘 다 여정과 트레일 자체에 대한 깊은 애정을 드러내는 증거였다.

카타딘 산 정상에서 맛본 기쁨은 분명 확실하게 느낄 수 있는 것
이었다. 그곳에 모인 사람들의 기쁘고도 신성한 순간에 끼어든 것
에 대해서는 미안한 감도 없지 않으나, 나는 어색한 모습으로 사람
들에게 다가가 게이트우드 할머니에 대해 알고 있느냐고 물었다.
모두들 고개를 끄덕였다.

"이 트레일을 맨발로 걸어갔다면 존경받아 마땅하죠."

한 남자는 이렇게 이야기했다. 나는 굳이 남자에게 할머니는 맨
발이 아니었다고 바로잡지 않았다. 엠마의 전설은 의심할 나위 없
이 모두에게 다 알려져 어릴 때 들은 옛날이야기처럼 살이 붙기 시
작했는데, 그중에는 엠마가 검은 곰을 우산 하나로 쫓아버렸다는
이야기도 있었다.

그날 산 정상에서 내가 만난 사람들은 엠마의 성취에 대해 모두
들 어느 정도의 지식은 가지고 있었다. 또한 그토록 오랜 세월이
지난 후에도 여전히 그녀에게 영감을 받은 사람도 많았다.

"힘이 들면 게이트우드 할머니를 생각했어요." 어떤 사람은 이렇
게 말했다. "할머니도 해냈는데, 나라고 못할쏘냐, 뭐 이런 생각을
했지요."

1955년 9월 25일 정오가 되기 전, 엠마 게이트우드는 별다른 느낌 없이 백스터 피크에 올라선다. 68세 생일을 26일 앞두고 있었고 조지아주 오글소프 산에서 출발하여 13개 주를 거쳐 3,500킬로미터를 걸어온 상태였다. 그리고 드디어 메인주 카타딘 산에서 가장 높은 봉우리에 올라섰다. 이곳은 미국에서 아침 태양이 가장 먼저 닿는 곳이기도 했다.

엠마는 일곱 번째 운동화를 신고 홀로 벼랑 끝 바위 위에 올랐다. 붉은색의 두툼한 담요를 걸치고 있었어도 그녀의 몸은 146일 전 여행을 시작했을 때와 비교해서 마치 그림자만 남은 것 같았다. 몸무게는 14킬로그램 가까이 빠졌고 안경은 부서졌다. 무릎은 여전히 아팠다. 하늘 아래 그녀만의 무대에 선 모습은 초라했지만 그녀는 보이지 않는 관객들을 향해 큰 소리로 이렇게 외쳤다.

"나는 해냈어." 그녀가 말했다. "내가 할 수 있다고 말했지. 이거 봐, 내가 이렇게 해냈어."

산 정상 돌무더기 위에 세워져 있는 표지판에는 이런 글이 적혀 있다.

카타딘

애팔래치아 트레일의 북쪽 최종 종착역이자

조지아주 오글소프 산으로부터

3,500킬로미터 떨어져 있는 곳

바람이 강하게 얼굴을 때리자 엠마는 '아름다운 아메리카'의 첫 소절을 불렀다. 1893년, 파이크스 피크에서 아래를 내려다보던 또 다른 여성이 지은 노래다.

오, 넓은 하늘과

들판의 황금 물결,

풍요로운 대지 위의

장엄한 자줏빛 산들이여

어찌 그리 아름다운지!

폭풍이 산 쪽으로 몰려오기 시작했고 엠마는 이곳에 갇히고 싶지 않았다. 방명록에 이름을 적으려고 하는데 바람이 거의 몸을 날려버릴 정도로 거세게 불어닥쳤다. 엠마는 간신히 몸의 균형을 잡았다. 그러자 아주 잠깐 태양이 구름 사이로 모습을 드러냈다. 마치 하늘도 그녀가 이곳에 올라온 것을 알고 눈을 찡긋하는 것 같았다.

메 인 주

백스터 피크

헌트 트레일

백스터
주립 공원

애팔래치아 트레일

소로 샘터

카타딘 시내

카타딘 시내 야영장

1.6km

제17장

그 어느 때보다
완벽한 고독

GRANDMA
GATEWOOD'S
WALK

엠마는 단정한 모습이었다. 하얗게 센 머리카락은 단정히 빗어 뒤로 가지런히 묶었다. 하얀색 블라우스와 레이온 소재의 붉은색 정장을 차려입고 중간 굽의 검은색 구두를 신었다.

"돌아올 때는 좀 더 보기 흉하지 않은 모습으로 와야겠다고 생각했어요." 엠마는 〈UP통신〉 기자인 딘 체이스 부인에게 이렇게 말했다. "문명세계 옷으로 갈아입고 오니까 기분이 꽤 좋네요."

엠마는 전국적인 유명 인사가 되었고 각지의 신문에는 그녀에 대한 기사가 헤드라인을 장식했다.

"게이트우드 부인, 도보 여행 완주"

"할머니, 도보 여행 끝내고 뉴욕 방문 예정"

얼 셰퍼의 여정은 몇몇 신문 기사의 소재가 되었고 또 엠마에게 영감을 준 〈내셔널 지오그래픽〉에도 실렸다. 엠마가 받은 관심은 사상 유례가 없는 것이었다.

"애팔래치아 트레일을 완주하면서 몸무게만 14킬로그램가량 빠진 이 작고 유쾌한 할머니는 '오랫동안 꿈꾸던 길을 걸었다'고 말했다." 〈볼티모어 선〉의 기사다. "그녀에 따르면 가장 어려웠던 구간은 뉴햄프셔주였다고 한다. 메인주의 경우 바람에 쓰러진 나무들이 있어 몇 군데 아주 어려운 지점이 있었다. 게이트우드 부인은 몇 차례나 넘어져 무릎이나 발목을 다쳤고 그 때문에 걷는 속도가 느려졌다고 한다. 여정이 끝나갈 무렵에는 거의 매일 아침 서리가 내릴 정도였지만 쉼터를 찾을 수 있었고 사냥꾼과 낚시꾼들의 야영장에서 매일 최소 한 끼는 따뜻한 음식을 먹었다는 것이 부인의 설명이었다. 그리고 산에는 눈도 조금 쌓여 있었다고 한다."

엠마에게는 "명랑한", "튼튼한", "굳센", "단호한", "고지식하고 구식인", "강인한", "가냘파 보이는" 등의 수식어가 따라붙었고 놀랍게도 "키가 크다"는 말까지 들어 있었다. 기자들에 따르면 그녀는 "최상의 컨디션"이며, "다시 1,000킬로미터쯤은 걸을 준비가 되어 있다"고 했다는 것이다. 엠마는 이제 기분도 아주 상쾌하다고 말했는데, 그건 "새벽 6시에 일어나 산에 올라가지 않아도 되기 때문"이라는 것이다. 그녀는 이번 여행에서 대략 200달러가량을 썼다고 계산했으며, 1.5킬로미터당 10센트 꼴이었다.

엠마는 안경을 메리 스노우 기자 편에 보내 새로 알을 끼워 고쳐 오게 했다. 밀리노켓 상공회의소 의장은 엠마에게 근처에 있는 제지공장 견학을 주선했으며 또 그레이트 노던 호텔로 초대해 점심 식사도 대접했다. 식사를 마치고 난 오후에는 다시 상공회의소로 초대했는데, 그곳에는 일단의 사업가들과 지역 유지들이 모여 있었다. 그들은 엠마에게 커다란 카타딘 산 사진을 선물했다.

엠마는 감자밭을 배경으로 사진을 찍었고, 안경점에서는 새로 고친 안경을 전달받았다. 그리고 저녁에는 뱅고어로 가는 기차 안에서 메리 스노우 기자와 저녁으로 스테이크를 먹었다. 뱅고어 앤

아르스투크 철도회사에서 제공해준 자리였다. 기차 안에서 엠마는 엽서 한 장을 적어 할렘의 로마 가톨릭 교구라고 주소를 쓰고 우체통에 넣었다. 그때까지도 그녀는 함께 밤을 보냈던 사람들이 거리 갱단의 우두머리인지 여전히 모르고 있었다.

"마침내 해냈습니다!" 엠마는 이렇게 적었다. "크게 신세를 졌던 모든 젊은이들에게 안부를 전합니다. 찾아와준다면 언제든 기꺼이 환영할 것이라고 전해주세요. 물론 당신도 마찬가지고요. 감사합니다."

그 후 며칠 동안 스노우 기자는 엠마에게 뉴욕 시내 구경을 시켜주었다. 엠파이어 스테이트 빌딩과 차이나타운, 부둣가와 그 주변을 가득 메우고 있는 도시 사람들까지. 뉴욕에 대해서 알고 있는 것이라곤 신문의 기고문을 통해서 읽은 것이 전부였고 그 기고문을 쓴 사람은 다름 아닌 갈리폴리스 출신의 매킨타이어로, 앞서 언급했듯 그는 엠마 전남편의 사촌과 결혼한 사람이었다. 매킨타이어는 자신의 신문 기고문을 "편지"라고 불렀고 그가 쓰는 이야기는 종종 고향 친구들에게 보내는 한 장의 엽서 같은 느낌을 주었다. 그는 증권사에서 일하는 사람이나 바워리Bowery 거리의 하숙집들, 떠돌이들과 무대에 서는 합창단 아가씨들, 무장경비원과 뒷골목의 무허가 술집들, 가짜 보석 경매, 싸구려 간이 음식점과 골동품 상점, 그리고 구내식당 등에 대해 글을 썼다. 이제 엠마는 그 모든 것들을 직접 눈으로 보게 된 것이다.

떠나야 할 시간이 되자 스노우 기자는 엠마를 라구아르디아 공항까지 태워다주었다. 엠마는 늘 그렇듯 지팡이를 챙겨 집으로 가는 비행기에 올라탔다. 다른 승객들과 승무원이 그녀를 다리가 불편한 사람으로 착각하고 옆에서 부축해주었다.

오하이오 남부의 구불구불한 언덕으로 돌아가는 길은 말하자면 승리의 여정이었다. 엠마는 가족들을 다시 만났으며, 다정한 친구들로부터 전화를 받았고, 태어난 지 7개월이 된 증손자도 처음으로 만났다. 그리고 그녀가 고향에 돌아온 것을 알고 찾아온 기자들과 인터뷰도 했다. 엠마는 트레일에서 만난 사람들이 "정말로 좋은 사람들이었다"고 말했다. 물론 자신을 외면한 거만한 여자도 있었고 또 자기를 보고 '여자 떠돌이'라고 불렀던 사내아이도 있기는 했지만 말이다.

"나는 트레일을 걷는 일이 아주 재미있을 거라 생각했어요. 그렇지만 얼마 지나지 않아 결코 그렇지만은 않다는 사실을 알게 되었지요." 엠마가 어느 기자에게 한 말이다. 그녀는 어떻게 하다 신발을 일곱 켤레나 갈아 신게 되었는지 설명했다. 그중 네 켤레는 천으로 만든 것이었고, 두 켤레는 가죽 신발이었으며 마지막으로 신었던 신발은 운동화였다. 그리고 접착테이프도 5개나 썼는데 대부분 발목을 보호하기 위해 감는 일에 썼다. 엠마는 벌레들이 얼마나 극성이었는지, 벌레들을 쫓아내기 위해 사사프라스 나뭇잎을 모자의 귀 쪽 부분에 붙이고 다닌 일도 설명했다.

"좀 더 빨리 시작할 수는 없었습니다." 엠마가 말했다. "11명이나 되는 가족들을 이끌다 보면 하고 싶은 일이 있어도 참을 수밖에는 없지요. 내게 자유로운 시간이 주어졌을 때야 비로소 결심할 수 있었어요. '이 일은 내게 아주 즐거운 경험이 될 거야'라고 생각하면서요."

볼티모어에서 온 한 기자는 엠마를 보고 '유명 인사'라고 했는데, 이에 대해 그녀는 이렇게 대꾸했다. "제발 사람들이 나를 그렇게 부르는 걸 그만뒀으면 좋겠군요."

그녀는 두려웠을까?

"만일 내가 두려워했다면," 엠마가 말했다. "아예 처음부터 시작조차 하지 않았을 거예요."

그녀는 마치 그 순간을 위해서 다시 태어난 것 같았다.

"나는 자리를 펼 수 있는 곳이면 어디서든지 잤어요." 엠마는 지역 신문과의 인터뷰에서 이렇게 말했다. "물론 때때로 아주 편한 잠자리라고는 찾아볼 수 없는 곳도 많았어요. 그렇지만 항상 그럭저럭 어떻게든 해낼 수가 있었지요. 낙엽들을 끌어모으면 훌륭한 침대 대용이 되고요, 정말 몸이 피곤하면 그게 산꼭대기든 버려진 헛간이든 남의 집 지붕 밑이든 아니면 뒤집힌 보트 안이든 잠에 들 수 있어요. 심지어 누가 옆에 있어도 말이에요. 한번은 오두막 바닥에서 자고 있는데 고슴도치 한 마리가 내 옆에서 몸을 웅크리고 잠을 청하려 한 적이 있었어요. 나는 둘이 함께 있기에는 불편하다는 결정을 내렸고요."

"준비해 간 음식을 아끼고 또 아껴야만 했던 순간들이 아주 많았지만 그렇다고 먹을 것을 구하기 위해 법을 어기는 일 같은 건 할 필요가 없었어요. 정말로 먹을 게 다 떨어지면 그때는 야생 딸기를 따서 먹고 사사프라스나 노루발풀, 박하와 스피어민트 잎을 씹으면 견딜 수 있었으니까요."

"자연에서 얻을 수 없다면 내가 직접 찾아내는 수밖에요. 어느 날인가는 길을 따라 내려가고 있는데 깡통 하나가 보이는 거예요. 그래서 지팡이 끝으로 깡통을 이리저리 굴려보니 글쎄 따지 않은 새 비프 스튜 통조림 아니겠어요. 가지고 있던 칼로 뚜껑을 열어 그날 밤은 아주 근사한 저녁을 먹었지요."

엠마는 트레일 여행이 자신의 인생에 있어 가장 소중한 여름이었다고 말했다.

"정상에 오르기까지는 아주 오랜 시간이 걸렸습니다." 엠마가 말했다. "그리고 마침내 정상에 오르고 이름을 방명록에 적고 났을 때는, 인생에 있어 그렇게 고독한 순간은 다시 없을 거라는 생각이 들더군요."

⋅⋅▪ ⋅▪ ⋅▪ ⋅▪ ⋅▪

이제는 장성한 게이트우드 집안의 자녀들은 어머니가 한 일에 대해서 놀라울 정도로 초연한 모습이었다. 무려 다섯 달 동안 방울뱀과 갱단이 득실거리는 숲속을 지나 다친 발목과 부서진 안경만으로 해발 1,600미터가 넘는 산을 올랐는데도 말이다. 어쩌면 집안의 기질 자체가 그런지도 몰랐다.

"우리는 어머니에 대해서 걱정하지 않았어요. 왜냐하면 언제나 스스로를 잘 돌봤으니까요." 루시가 내게 한 말이다. "그리고 어머니는 우리에게도 스스로를 돌보는 법을 가르치셨어요."

"저는 어머니가 어디에 있는지 무엇을 하고 있는지 몰랐습니다." 넬슨의 말이다. "그리고 사실은 그게 정상이거든요."

"어떤 사람들은 '자식들이 걱정도 안 되냐?'고 물어요." 루이즈가 말했다. "그럼 이렇게 대답합니다. '걱정 같은 거 안 하는데요'라고요. 어머니는 자기가 무슨 일을 하고 있는지 잘 알고 있어요. 그리고 그게 어머니가 정말 원하는 일이라면 저희는 그저 응원할 뿐이에요."

"우리 어머니는 그저 보통 사람이에요." 넬슨이 말했다.

"어머니가 그렇게 유명인이 된 줄은 우리도 나중에야 알게 되었습니다." 로위나의 말이다.

"할머니가 애팔래치아 트레일로 떠난 후 집으로 연락이 온 게 웨스트버지니아주의 헌팅턴에서였어요." 먼로의 아들이자 엠마의 손자인 찰스 게이트우드의 회고다. "할머니 말씀이, 와서 자기 좀 데려가라는 거였어요. 그러자 아버지는 '거기까지 걸어서 가셨으니 여기 갈리폴리스까지도 충분히 걸어오실 수 있을 것 같은데요'라고 대답했습니다."

"글쎄, 별로 놀라운 일도 아니었어요. 처음 애팔래치아 트레일을 걸어서 완주했다는 거 말입니다." 사촌인 토미 존스의 말이다. 그는 오하이오 강가에 있는 가족의 오래된 농장에서 지금도 살고 있다. "그때가 예순 일곱이었죠? 육체적으로 얼마나 튼튼한 사람인지 잘 알고 있었고 야외 활동을 좋아하는 것도 알고 있었으니까요. 그러니 트레일이라는 게 전혀 특별하게 생각되지 않더군요."

어쩌면 엠마 자신도 그렇게 생각했을 것이다.

명성과 인기가 올라가자 엠마는 어느새 뉴욕으로 초대되어 NBC 방송국의 〈투데이 쇼〉에 초대 손님으로 출연해 사회자인 데이브 개로웨이와 대담을 가졌다. 엠마는 청바지와 장기판 무늬 웃옷에 운동화를 신고 카메라 앞으로 걸어나갔다. 그리고 그 오래된 자루도 들고 나갔다. 다만 모자는 여행길에 쓰던 챙모자 대신 이번에는 검은색 베레모를 썼다. 그녀는 개로웨이와 전국의 시청자들에게 "필요하다면" 카타딘 산을 넘어 1,600킬로미터쯤 더 걸을 수도 있었다고 말했다. 개로웨이는 엠마에게 왜 그렇게 먼 길을 걸어갔느냐고 물었고 그녀는 언제나 심심풀이로 언덕 등을 넘어다니는 걸 좋아했다고 대답했다. 그리고 잡지를 통해 애팔래치아 트레일에 대해 알게 되자 그 자리에서 한번 해보자는 결심을 먹게 되었다고도 말했다.

그 이후 엠마는 엠파이어 호텔로 가서 '미소천사' 잭 스미스가 진행하는 〈웰컴 트래블러스Welcome Travelers〉라는 퀴즈쇼에 참가하는데, 정식으로 출연이 결정되어 몇 차례 예행연습 후 다음 날 아침에 녹화가 진행되었다. 엠마는 그 퀴즈쇼에서 200달러의 상금을 획득했고, 재미있게도 그 액수는 엠마가 여행에 사용한 비용과 똑같았다. 그녀는 관광용 버스를 타고 뉴욕을 돌아보고 어느 골동품 상점에 들러 밀리노켓의 딘 체이스 부인을 위해 황동으로 만든 신발 모양의 재떨이 하나를 구입한다.

그녀의 다음 목적지는 피츠버그로, 그곳에서 두 딸, 로위나와 에스터를 만나게 된다. 신문사에게 그녀를 찾기 시작했을 때는 그녀가 비행기에서 채 내리기도 전이었다. 〈피츠버그 프레스〉의 한 기자가 엠마에게 앞으로의 계획을 물었다.

"그건 비밀입니다." 엠마가 대답했다. "그렇지만 만일 한 번 더 도보 여행을 떠나게 된다면 가족들에게는 지난번과 같은 방법으로 알리겠어요. 엽서로 말이에요."

엠마는 모두에게 언제나 같은 이야기를 했다. "그 일에 대해서는 누구도 내가 생각하고 있는 걸 가로막을 수는 없지요."

엠마는 비록 말하지 않았으나 이미 트레일에 대해서 다시 한 번 생각을 하고 있었다.

1956년 6월 25일, 워싱턴 D.C.의 미국 국회의사당에서는 정부의 중요한 현안들을 다루기 위한 회의가 소집되었다. 우편 요금 인상률과 1949년의 연방 재산 및 행정 서비스 법안의 수정 문제에 대한 회의 일정이 포함되어 있었다. 오하이오주 아이언턴의 공화당 소속 하원의원 토마스 A. 젱킨스는 민주당 소속 하원의장인 존 윌리엄 매코맥에게 발언을 요청한다.

"의장님, 저는 지금 발언 연장에 대해 동료 의원 전원의 허락을 얻고자 합니다." 그가 말했다.

"젱킨스 의원의 요청에 혹시 반대가 있습니까?" 의장이 물었지만 아무도 이의를 제기하지 않았다.

"의장님," 젱킨스가 이야기를 시작했다.

"오하이오주 갈리폴리스의 주민이자 우리 지역구민인 엠마 게이트우드 부인은 몇 개월 전 전국적으로 이름을 알리게 됩니다. 나이가 이미 67세나 되고 증손자까지 본 몸이지만 혼자서 3,500킬로미터나 되는 험난한 산길을 걸어간 겁니다. 바로 조지아주 오글소프 산에서 높이만 1,600미터 이상이 되는 메인주 북동부의 카타딘 산까지 이어지는 애팔래치아 트레일을 말입니다. 아주 거칠고도 험난한 여정이었지요.

이 위대한 여정을 해내면서 부인은 신발만 일곱 켤레를 갈아치웁니다. 가지고 간 물건이라고는 담요 한 장에 약간의 먹을거리뿐이었고요. 그렇게 146일이나 걸어서 이 황량하고 거친 목적지에 도착합니다. 하루에 평균 25킬로미터를 걷고 몸무게도 14킬로그램이나 빠졌다고 합니다. 그녀의 성취에 대해 산에 정통한 사람들은 무수히 많은 이야기를 하고 있습니다. 나이도 많고 경력도 오래된 한 벌목꾼은 이런 말을 하더군요. '우리는 그녀에게 경의를 표해야 합

니다. 그런 일을 해내려면 개척자 정신이 꼭 필요하단 말입니다.'

　게이트우드 부인은 몇 년 전 애팔래치아 트레일에 대한 기사를 읽습니다. 트레일에는 가는 길 내내 표시가 아주 잘 되어 있으며, 하루 정도만 걸으면 항상 쉼터가 기다리고 있다는 기사였지요. 그렇지만 쉼터는 대부분 무너져 내렸거나 불타 없었다고 합니다. 그래서 대부분 나무 의자나 탁자, 아니면 땅바닥 위에서 잠을 잤고 견딜 수 없이 추운 밤이면 돌을 불에 달궈 껴안고 자기도 했답니다.

　어떤 구간은 트레일이 그냥 오솔길 수준인 곳도 있었다고 합니다. 모래와 자갈이 쓸려 내려오고 잡초와 덤불이 목까지 차오르는 곳도 있었고요. 그렇지만 그녀는 멈추지 않았습니다. 진눈깨비가 내려 미끄러운 절벽의 바위 위를 조금씩 걸어 이동하고 폭이 10미터나 되는 개울을 건너기도 하고요. 그리고 빽빽한 덤불 숲을 지팡이로 헤치며 한 걸음씩 전진했습니다. 게이트우드 부인은 숲속에 사는 동물들도 두려워하지 않았습니다. 방울뱀이 다리를 향해 덤벼들었지만 물러나지 않았지요.

　그녀는 이 위대한 여정을 끝낸 유일한 여성입니다. 카타딘 산 정상에서 그녀는 방명록에 이름을 적고 '아름다운 아메리카'를 불렀다던가요. 그녀는 자기 자신에 대해 이렇게 표현하기도 했습니다.

'그저 즐거움을 위해 트레일을 걷고

　야외 활동을 사랑하며

　주님이 저 숲속에 행하신

놀라운 작품들을 찬양하네'

〈보스턴 포스트〉의 사설은 엠마 게이트우드가 현대를 살아가는 여성들의 용기를 잘 나타냈다고 평했습니다.

메인주 밀리노켓의 상공회의소에서는 게이트우드 부인을 손님으로 초청해 카타딘 산의 사진이 든 액자를 선물했고 미국 야영 및 도보 여행자 협회에서는 트로피와 함께 평생 회원권을 수여했습니다.

게이트우드 부인은 또한 저명한 저술가인 오스카 오드 매킨타이어와 친척이기도 합니다. 그가 뉴욕에서 기고하는 글은 미국 전역의 신문에 실려 오하이오주 갈리폴리스 시를 전국에 알리는 데 큰 도움을 주기도 했습니다.

이렇듯 놀라운 성취를 이룬 엠마 게이트우드 부인은 국가적인 영웅이며 온전히 자신의 힘으로 그 자리에 오른 것입니다."

제18장

또 다 시
트 레 일 위 로

GRANDMA
GATEWOOD'S
WALK

1957년

4월 12일, 집에 혼자 있던 엠마 게이트우드는 남는 데님 천으로 조용히 새로운 가방을 만들고 있었다. 옷 몇 가지와 기타 장비, 구급약품과 음식을 담기에 충분한 크기의 가방이었다.

4월 16일, 엠마는 손자를 돌보았고 아이들이 말을 잘 듣지 않자 일기장에 이렇게 적었다. "떠날 수 있다면 얼마나 좋을까."

4월 22일, 엠마는 14달러를 주고 타이맥스 손목시계를 샀다.

4월 24일, 엠마는 이웃인 처치 부인의 집에 찾아가 집 앞에 앉아 잠시 동안 레니 톰프슨의 어린 딸과 시간을 보낸다. 돌아오는 길에 엠마는 치과 의사인 앨리슨 선생의 병원에 들러 완성된 틀니를 찾고 안과 의사인 토마스 선생의 병원에서는 안경을 손봤다. 집에 도착해 짐을 꾸리고 외투를 들고는 그날 밤을 보내기 위해 먼로의 집으로 갔다. 그래야 다음 날 해가 뜨자마자 버스를 타고 찰스턴으로 갈 수 있기 때문이었다. 찰스턴에서 비행기를 타서 애틀랜타로, 거기서 다시 버스를 타고 제스퍼로, 다시 택시로 오글소프 산으로 향할 예정이었다.

그녀가 카타딘 산 정상에 오른 지도 19개월의 시간이 흘렀다. 엠마는 생일을 두 번 보냈고 문명세계에서 평범하고도 멋진 순간들을 수없이 맞이했다. 루바브 파이, 설거짓거리, 항아리로 만드는 고기 요리와 딸꾹질하는 손주들이 있는 삶이었다.

1957년 어머니의 날이 되기 2주 전, 그리고 70세 생일을 맞이하기 6개월 전에 엠마는 애팔래치아 트레일을 향해 다시 길을 나섰다.

＊＊ ＊＊ ＊＊ ＊＊

1957년 5월, 머리 프링글이라는 이름의 기자가 〈아메리칸 머큐리〉에 "최근 걸어본 적 있는가"라는 제목으로 기사 하나를 올렸다. 기사에서 그는 미국인들이 탈것에 의존하고 있음을 지적한다. "지금보다 더 적게 걸었던 시절은 없었다. 아니, 적어도 토마스 제퍼슨의 명언인 '모든 운동 중에 걷기가 최고'라는 격언을 지금 세대만큼 따르지 않은 적도 없었다."

＊＊ ＊＊ ＊＊ ＊＊

오하이오주 콜럼버스에 있는 루시의 집에 엽서 한 장이 도착한다. 발신지는 메인주 카라텅크로 되어 있다.

1957년 9월 7일

루이즈와 루시, 그리고 다른 가족들에게.
어제 저녁에는 20명도 넘는 사람들이 나를 맞아주었단다. 거기에는 기자 2명에 삼림 관리인도 4명이나 있었지. 내 생각에 열흘이면 이곳 일정이 끝날 것 같구나. 그동안 이곳저곳 찾아다니느라 시간을 너무 많이 썼어. 꼭 했어야만 하는 일이었을지도 모르겠지만. 나는 별일 없고 다시 젊어진 인생을 잘 즐기고 있단다. 너희들도 모두 다 잘 지내고 있기를 바란다. 사랑하는 엄마가.

9월 16일 메인주 카타딘 산에서 AP통신 제공

오하이오주 갈리폴리스에서 온 69세 엠마 게이트우드 부인이 오늘 해발 1,600미터의 카타딘 산 정상에 오른다. 그녀는 3,500킬로미터가 넘는 애팔래치아 트레일을 완주해 이곳에 도착했다.

게이트우드 부인으로서는 이번이 두 번째 트레일 완주로, 그녀는 구간별이 아닌 전체 트레일을 완주한 최초의 여성이다. 게이트우드 부인은 4월 27일 조지아주 오글소프 산에서부터 출발했고 이곳에는 어제 도착했다.

사람들은 엠마를 "숲속의 여왕"이라고 불렀다.

1955년, 엠마는 최초로 혼자 애팔래치아 트레일을 완주한 여성이었다. 1957년, 그녀는 남녀를 통틀어서 세계에서 가장 긴 트레일

을 두 번이나 완주한 최초의 인물이 되었다. 산에 오르는 동안 안경에 뿌옇게 김이 서리자 그녀는 아무런 미련 없이 안경을 벗어버렸고, 그 상태로 카타딘 산 정상에 올랐다. 엠마는 일기장에 이렇게 기록했다. "앞이 보이지 않았다. 수많은 바위들을 지나 산 아래로 내려오는 일은 아주 긴장되는 일이었다. 그렇지만 나는 아무런 사고 없이 천천히 내려왔다."

그녀는 엄청나게 많은 새로운 이야깃거리들을 가지고 산을 내려왔다. "지금 나보고 너무 늙었다고들 하지만," 엠마는 산 아래에서 한 기자에게 이렇게 말했다. "혼자 힘으로 넘어야 했던 바위만 있는 곳들이 있었어요. 내가 두려워하는 건 그런 일을 더 이상 할 수 없을 정도로 나이가 드는 겁니다."

엠마는 5월에 조지아주의 어느 산기슭에 있는 작은 언덕에서 길이가 2미터나 되는 방울뱀을 만났다. 그녀는 뒤로 물러서 뱀이 움직일 때까지 10분가량을 기다렸다가 쉭쉭거리는 소리를 뒤로 남겨두고 숲속으로 몸을 피했다.

그로부터 며칠 뒤에는 먹을 것이 다 떨어지기도 했다. 엠마는 이렇게 적었다. "너무 지친 데다가, 음식도 떨어지니 무릎은 더 나빠지는 것 같았다. 나는 어쩔 수 없이 절룩거리며 걸어야 했다." 최악의 상황에서 엠마는 칠이 다 벗겨진 어느 낡은 오두막으로 가서 먹을 것을 좀 얻어보려고 했다. 개들이 달려 나와 짖어댔고 의족을 한 어떤 남자가 문 앞에 모습을 드러냈다. 집이 너무 가난해 보여 엠마는 음식 같은 걸 얻어먹을 기대도 하지 않았지만 의족의 남자는 엠마의 여정에 대해 잘 알고 있었고 그녀에게 삶은 달걀과 옥수수빵, 비프 스튜와 양파, 연유 한 깡통을 나눠주었다.

테네시주에서 버지니아주까지 엠마를 따라온 늙은 잡종개 한 마리가 가게까지 따라 들어왔다. 엠마는 새 신발 한 켤레를 사고 신던 운동화와 늙은 개를 남겨두고 가게를 떠났다.

6월 14일, 엠마는 처음으로 곰을 만났다. 곰이 트레일 아래까지 내려오자 그녀는 "야!"라고 소리를 질렀다. 곰은 사라졌다.

그 후에 알 수 없는 무엇인가에 다리를 물렸다. 로어노크 근처였는데, 물린 다리는 무릎 근처까지 부풀어 올랐다. 통증이 너무 심해지자 엠마는 낯선 사람의 차를 얻어 타고 의사를 찾아갔다. 혹시나 의사가 가던 길을 멈추고 쉬라고 할까봐 자신이 누구인지 그리고 지금 무슨 일을 하고 있는 중인지는 말하지 않았다. 그녀는 난생처음 의사에게 항생제 처방을 받았고 뭔지 알 수 없는 분홍색 알약도 받았다. 그 후 며칠 동안 발의 통증이 엠마를 괴롭혔고 걷는 것이 매우 고통스러웠다.

6월 27일, 엠마는 버지니아주의 셰넌도어 국립공원을 지나갔다. "아무도 나를 알아보지 못했다." 그녀는 일기장에 이렇게 썼다. "여전히 나를 떠돌이라고 생각하는 것 같다."

7월의 어느 날 펜실베이니아주를 지나가던 엠마는 훗날 두 번째로 트레일을 완주한 여성이 되는 도러시 레이커Dorothy Laker를 만나게 되었지만, 두 사람은 아무런 이야기도 나누지 않았다. "나는 5시가 되기 전에 출발했지만 얼마 지나지 않아 도러시 레이커가 나를 지나쳐 갔다. 나는 그녀에게 아무런 말도 하지 않았다. 그리고 잠시 뒤 이번에는 내가 그녀를 앞질러 갔다. 하루 종일 앞서거니 뒤서거니 하는 일이 반복되었다. 그렇지만 서로 단 한 마디도 나누지 않았다." 그날에 대한 기록에서 도러시 레이커는 아예 엠마에 대한 언급 자체를 하지 않았다. 왜 두 사람이 말 한 마디 나누지 않았는지 알 수는 없다. 아마도 경쟁심 때문이었을까?

가장 좋았던 날은 2년 전 알게 된 친구들의 따뜻한 환영을 받고 근사한 집의 편안한 침대 위에서 잠을 잘 수 있었던 날이다. 반면에 운이 없으면 흰개미가 파먹은 썩은 통나무 옆에 잠자리를 펴거나 풀밭이나 낙엽 더미 위에서 잠을 청해야 했다. 그러다 비라도 내리면 길가에 보이는 커다란 종이 상자 안으로 기어들어가기도 했는데, 그 안이 생각보다 아늑해서 깜짝 놀란 적도 있었다. 바퀴가 18개나 달린 대형 트레일러 밑에 들어가 잠을 잔 적도 있었으며 화려한 모습의 베어 산 여관에 여장을 푼 적도 있었다. '로럴 리지 투어리스트 홈'이라는 이름의 숙박 업소에서 엠마는 이렇게 기록했다. "키득거리는 여자아이들과 요란스러운 소리가 합쳐져 밤새도록 너무 시끄러웠다. 나는 잠을 제대로 잘 수 없었고 계단 아래로 물건이라도 내던지고 싶은 심정이었다."

어느 날 밤에는 한 버려진 교회의 설교단에서 하룻밤 신세를 진 적도 있었다.

뉴욕주에서는 어느 탈영병이 경찰에게 자수하는 장면을 보기도 했다. 코네티컷주에서는 의용 소방대원들이 소방차를 타고 행진하는 행렬을 함께하기도 했다. 그녀가 다시 트레일을 여행한다는 소식이 먼저 가 닿은 몇몇 마을에서는 사람들이 축하 잔치를 열어주었고 엠마는 특별한 사람이 된 것 같은 기분을 느꼈다. 엠마를 알아본 어떤 여자는 저 멀리까지 소리가 들릴 정도로 요란한 입맞춤을 해주기도 했다.

길을 걸을 때면 자연의 아름다움이 엠마의 마음을 채워주었다.

그녀는 난초처럼 끝이 자줏빛인 산비탈의 제비꽃을 바라보았다. 그리고 임시 숙소 한쪽 구석에 둥지를 튼 딱새 한 마리가 새끼들에게 먹이를 먹이고 있는 모습도 보았다. 어느 날 오후 엠마가 이끼로 뒤덮인 커다란 통나무 위에서 공상에 잠겨 쉬고 있는데, 입에 작은 먹잇감을 문 붉은 여우 한 마리가 엠마는 안중에도 없는 듯 길을 따라 뛰어내려왔다. 엠마는 여우가 가까이 다가오자 이렇게 물었다. "내가 먹을 저녁거리를 가져왔니?" 여우는 마치 붉은색 번개처럼 숲속으로 쏜살같이 사라졌다.

엠마는 지난번과는 달리 이번 여행을 비밀로 하지는 않았다. 그래서 테네시주에 있는 산, 클링먼즈Clingmans 돔에서 집으로 엽서를 보냈다.

"어머니는 우리들 전부에게 엽서를 보냈습니다. 각기 다른 장소에서 각기 다른 시간에요." 넬슨이 내게 해준 말이다. "어머니는 하루에 23킬로미터 정도를 전진했고 그런 어머니를 중간에서 만날 수 있었죠. 우리는 펜실베이니아주의 리하이 갭으로 이어지는 해리스버그의 동쪽 편으로 갔고 그곳에서 기다리고 있으니 어머니가 왔습니다. 우리는 함께 저녁을 먹었고 다음 날 아침이 되자 데빌스 펄핏이라고 부르는 바위들이 모여 있는 곳까지 함께 걸어갔습니다. 어머니는 아주 즐거워하셨고 트레일에 대해서만 계속 이야기하셨어요. 자기가 걸어온 길에 대한 이야기를요. 그러다 곰에 대한 이야기도 들었고요."

엠마는 기자들도 만났다. 사실 자신이 가는 길목 거의 대부분에 기자들이 기다리고 있었다. 당연히 처음 여행 때보다 그 숫자는 많았다. 이번 여행은 미국 신문과 잡지, 그리고 텔레비전에 자세하게 소개가 되었다.

"이걸 미친 짓이라고 생각하는 사람들도 있어요." 엠마가 한 기자에게 말했다. "그렇지만 내가 찾은 건 평화로운 휴식입니다. 나 같은 성격의 사람을 만족시켜주는 휴식이요. 숲은 내게 좀 더 편안함을 느끼게 해주니까요."

"이런 일을 하게 된 동기인가요?" 기자가 물었다,

"숲은 조용하고 자연은 아름다워요. 나는 그냥 멍하니 있고 싶지 않아요. 항상 뭔가를 하고 싶지요."

엠마는 사람들에게 트레일이 저번보다 상태가 더 나아졌다고 말했다. 이전에 걸었던 트레일에 대한 그녀의 평가가 여러 트레일 모임 등을 자극해 일부 구간을 청소하고 표지를 달도록 했던 것이다. 이번에 좀 더 일찍 여정을 마칠 수 있었던 이유이기도 했다.

밀리노켓을 떠나기 전에 시의 상공회의소 측에서는 엠마에게 푸른색과 회색이 섞인 정장을 선물해주었다. 그녀는 지역의 한 고등학교로 가서 학생과 교사들을 상대로 강연을 하기도 했다. 어느 날은 시간을 쪼개 특별한 과자를 구웠고 그 과자를 밀리노켓 시에서 운영하는 병원의 환자들에게 전달했다.

갈리아 카운티 집으로 돌아오는 길에 엠마는 들르는 곳마다 화제의 중심이 되었다. 금요일 밤의 미식축구 경기장에서는 블루 데빌 악단이 그녀를 위한 음악을 연주해주었다. 전반전이 끝나고 휴식 시간이 되자 상공회의소에서는 그녀에게 기념패를 선물하고 그 날 밤을 '게이트우드 할머니의 밤'이라고 명명했다.

"이제는 남극에 가보고 싶군요." 엠마는 갈리폴리스의 로터리 클럽 회원들과 함께한 자리에서 이렇게 말했다. "그렇지만 그곳까 지 나를 데려다줄 사람은 아무도 없겠지요. 남극에서 나 같은 늙 은이는 전혀 필요가 없을 테니까요. 아마 거기에는 이미 요리사도 있을 것 같고요."

숲속의 여왕은 정치가들과도 함께 사진을 찍었고 학교 조회 시 간에 초청을 받아 자신의 이야기를 들려주기도 했다. 파머튼 시니 어 클럽과 오하이오 체육인 모임에서도 강연을 했고 수많은 기자 들과 만나 대담을 나누었다.

"게이트우드 부인은 놀라운 유머 감각의 소유자이다." 한 기자 는 이렇게 썼다. "그녀는 여행을 막 시작했을 무렵에 있었던 일을 아주 재미있게 이야기해주었다. 나무 아래 누워 잠시 쉬고 있는데 자기도 모르게 팔을 휘젓는 바람에 막 내려앉으려는 독수리 한 마 리를 놀라게 해서 쫓아버렸다는 것이다. 그러면서 이런 생각을 했 다고 한다. '아직 너희들 밥이 되려면 멀었어!'"

두 번째 애팔래치아 트레일 완주를 마친 엠마는 또 다른 여행을 시작했다. 펜실베이니아의 베이커 트레일에서는 8일 밤낮을 보냈 고, 앨러게니 강의 애스핀월에 도착해서는 레드윙 걸스카우트 야 영장에서 3주를 보내며 나무를 자르고 천막을 치고 겨울을 지낼 야영을 준비했다. 엠마는 집에서 70킬로미터가량 떨어진 곳에 있는 오하이오주 캔터스 케이브 야영장에서 일주일짜리 야영회에 초대를 받기도 했는데, 거기까지 또 걸어서 갔다.

1958년, 이제 70세가 된 엠마는 애디론댁 산맥의 7개 봉우리에 올랐으며, 높이가 1,200미터가 넘는 나머지 46개 봉우리 모두를 오른 사람들의 모임인 '포티 식서스Forty-Sixers'의 회원이 되는 일에도 관심을 보였다. 때때로 그녀는 젊은 친척이나 친구에게 동행을 부탁하기도 했지만 사회적 규범을 어기지 않기 위해 조심했다. 한 번은 어느 노년의 남성이 함께 장거리 도보 여행을 가자고 요청하기도 했지만 정중히 거절했다. "사람들은 남의 말을 하기 좋아하니까요." 엠마의 말이었다. 엠마는 미국에서 이른바 걷는 행위가 크게 줄어들었을 때 나타나 도보 여행과 자연을 경험하는 일의 전도사가 되었다. 그녀는 걷기의 즐거움에 대해 종종 시를 써서 알리곤 했다.

자연의 선물

만일 당신이 나와 함께 산으로 떠난다면
낙엽이 융단처럼 깔린 곳에서 잠든다면
자연의 거대함을, 그리고
저 바깥세상의 모든 아름다움을 즐길 수 있다면
겪고 있는 모든 어려움들이 다 사라지게 되고
저 아름다운 산과 숲을 만든 이가 인간이 아니라

오직 위대한 힘을 가진

주님이라는 사실을 알게 되리

그 사랑의 힘을 믿게 되었을 때

우리는 언제나 변함없는 자연의 왕국과 함께

값을 매길 수 없는 보석 하나를 품고

죽을 때까지 우리의 삶을 밝힐 수 있으리

자연에 대한 사랑이 곧 치유라

만일 그저 노력만 한다면

그 선물을 곧 갖게 되리

눈에 보이는 것 말고

더 깊은 곳을 바라보게 되는 바로 그때

엠마는 다음에 있을 긴 여정에 대한 자신의 계획을 드러내지 않았다. 그렇지만 얼마 지나지 않아 모든 사람들이 다 알게 되었다.

1958년 엠마 나이 69세 때,
뉴저지주 델라웨어 워터 갭 근처의 선피시 호숫가에서.

루시 게이트우드 시즈 제공

제19장

개척자

∴

1959년

∴

포틀랜드의 거리는 혼잡스러웠다. 차와 말, 개와 자전거, 심지어 5,000명이 넘는 사람들로 사방이 막혀 있었으며, 상당수가 노인이었다. 사람들은 8월의 무더위 속에서 한 늙은 여인이 82번가 교차로에 걸쳐놓은 황금색 리본을 젖히고 샌디 대로를 따라 내려오기만을 기다리고 있었다.

엠마 게이트우드의 모습이 보이자 환호성이 울려 퍼졌다. 엠마의 주변을 수백 명도 넘는 노인들이 둘러싸고 있었다. 어떤 사람들은 식민지 개척시대의 복장을 하고 있었는데, 이들은 지난 몇 킬로미터를 엠마와 함께 걸어온 사람들이었다.

이제 일흔한 살이 된 엠마는 지치고 피곤해 보였다. 피부는 거칠고 짙은 구릿빛으로 그을렸다. 신발 바닥은 다 닳아 떨어졌고 금방이라도 쓰러질 것처럼 보였다.

언론에서는 며칠 동안 이런저런 추측이 난무했고, 엠마가 끝까지 걸어서 목표 지점에 도착하지 못할 거란 결론을 내렸다. 엠마가 차를 타고 돌아다닌다는 소문도 돌았고 그 소문은 곧 엠마가 목적지에 닿기 전에 일정 구간은 걷는 걸 포기할 거라는 신호로 받아들여졌다.

"할머니, 트레일에서 피로가 쌓이다"—〈마이애미 뉴스〉

"차를 탄 할머니, 이제 걷기는 끝났는가"―〈스포캔 데일리 크로니클〉

"걷는 할머니, 가는 길을 포기할 수도"―〈털리도 블레이드〉

각 신문과 잡지에 실린 기사 제목들이다.

확실히 힘든 여정이었다. 이번 길은 애팔래치아 트레일이 아니었으며 나무 그늘도 아름다운 경치도 차가운 물이 솟아나는 샘터도 없었다. 인디펜던스와 미주리, 그리고 오리건주의 포틀랜드를 잇는 길은 모든 것이 척박했다. 95일 동안 엠마는 뜨겁게 달아오른 아스팔트 도로를 시속 5킬로미터 정도로 걸어 미주리주와 캔자스, 네브래스카, 와이오밍, 아이다호, 오리건주를 통과했다. 1달러 50센트를 주고 산 푸른색 우산을 들고 태양으로부터 몸을 보호하면서. 이 우산은 지나가는 트럭에 부딪혀 손에서 떨어져나갈 위험을 이겨내고 살아남았으며, 얼마 지나지 않아 엠마가 보여주는 끈기와 결단력의 상징이 되었다.

엠마는 올드 오리건 트레일을 계속 걸어가기 위해 최선을 다했다. 이 트레일은 1800년대 초 사냥꾼과 무역상, 그리고 개척민들이 닦은 길로, 50만 명에 달하는 이주민들이 더 나은 삶을 찾아 서부로 이주할 때 이용한 주요 통로다. 오리건주 베일^{Vale}에서 엠마는 잠시 짬을 내 존 D. 헨더슨의 무덤을 찾았다. 헨더슨은 1852년 멀루어 강과 스네이크 강 사이에 있는 사막에서 탈수 혹은 전염병으로 사망한 것으로 추정되는 이주민들의 지도자다. 그가 이끌던 이주민들은 인디펜던스를 떠난 지 얼마 되지 않아 세상을 등졌고 헨더슨은 걸어서 길을 계속 가기로 결심했지만 끝내 성공하지 못했다. 그리고 시간이 흘러 한 대장장이가 그의 이름을 돌에 새기고 다듬었다.

엠마는 오리건주 탄생 100주년 기념 박람회에 대한 기사를 읽고 이 트레일을 걸어보겠다는 생각을 하게 된다. 그녀는 1958년 대부분을 애팔래치아 트레일의 다른 구간들을 걸으면서 보내게 되는데, 구간별로 걸은 거리를 합쳐 세 번째로 3,500킬로미터에 이르는 트레일을 완주하려고 한 것이다. 그녀는 펜실베이니아주 던캐넌에서 출발해 매사추세츠주 노스애덤스로 향하는 길을 걷기도 했는데, 서쪽을 걸어보니 확실히 보이는 풍경이 완전히 달랐다.

"신문 기사를 읽었는데 오리건주 탄생 100주년을 기념해서 마차들이 오리건으로 떠난다더군요. 그러자 개척시대에 새 땅을 찾아 마차 뒤를 따라 걸어가던 여자들이 생각났어요." 엠마는 캔자

스주 정크션 시티에서 한 기자에게 이렇게 이야기했다. "나는 이번 여름에 뭐 할 일이 없나 찾고 있었는데, 오리건까지 걸어보는 게 제일 좋은 일이라고 생각한 겁니다."

1959년 5월 4일 엠마는 미주리주의 인디펜던스를 떠난다. 전임 대통령인 해리 트루먼이 대평원을 가로질러 가는 일곱 대의 마차 행렬에 손을 흔들며 작별을 고한 지 2주 후의 일이다. 6월 3일, 그녀는 콜로라도주 덴버에서 집으로 엽서 한 장을 보내 산 위에 눈이 아름답게 쌓였으며, 오리건주 주지사가 자신을 명예 특사로 임명했고, 또 길에서 만난 친구들과 함께 잠시 머물고 있다는 소식을 알렸다. "나는 잘 지내고 있단다." 그녀는 엽서에 이렇게 적었다. 한 달 후 그녀는 아이다호주 포커텔로에서 마차 행렬을 앞지르게 되었다. 여행은 힘들었다. 그녀는 와이오밍주의 황무지를 지나며 무려 14일간 야외에서 밤을 보내야 했다.

언론에서는 그녀를 일컬어 "미국에서 가장 유명한 도보 여행자"라고 불렀고 매일 새로운 소식을 알렸다. 그리고 또다시 걷기를 멈추지 않는 이 할머니에게 관심을 쏟기 시작했다.

"내 다리는 마치 기계 장치와 비슷해서요," 엠마가 한 기자에게 말했다. "사람들을 만나 한번 멈추면 다시 시동을 걸기 위해 무척이나 애를 써야 합니다."

7월 27일 엠마는 콜럼버스에 살고 있는 딸 루시에게 편지 한 통을 보낸다. 오리건주 미첨Meacham에 도착한 후의 일이다. "일이 점점 재미있게 돌아가고 있단다." 그녀는 편지에 이렇게 적었다.

로데오 경기를 보러 갔다. 만 명도 넘는 사람들이 모인 가운데 스피커를 통해 내 이름이 소개되었고 나는 자리에서 일어나 쏟아지는 조명을 받으며 사람들에게 손을 흔들었단다. 스네이크 강을 가로지르는 길이가 100미터가 넘는 2차선 다리에 도착하니 고속도로 순찰대가 내가 걸어가는 동안 차들을 한쪽으로 통제시켜주더구나. 마치 내가 대단한 사람이라도 된 듯한 기분이었지. 내가 무사히 잘 건널 때까지 계속 살펴주었어. 100주년 기념식의 주최 측에서 보낸 직원이 고속도로까지 나와 내게 통행증을 주고는 운전기사가 딸린 차를 제공해주고, 필요한 옷가지들도 모두 마련해주며 공짜로 호텔에서 묵게 해주겠다고 하더라. 그리고 어느 날이든 하루를 정해 엠마 혹은 게이트우드 할머니의 날로 정할 거라고 했어. 나는 조금 흥분했지만 그것 때문에 잠을 못 이룰 정도는 아니었지. 네가 이곳으로 와서 나랑 함께 즐거운 시간을 보내면 좋겠구나. 아직 가야 할 길이 400킬로미터가량 더 남았다. 주변 사람들은 나를 아주 친절하게 대해준단다. 아주 즐거운 여행이 되도록 돕고 있지. 이곳은 사방이 매우 아름답다. 풀 한 포기 없는 땅을 다 지나고 이제 정말 경치가 좋은 곳으로 들어왔어. 내일이면 펜들턴에 도착할 거고 머지않아 컬럼비아 강을 따라 내려가게 되겠지. 그곳도 역시 아름다운 곳이라고 들었다. 베이커라는 상점에서는 옷과 신발, 그리고 가방을 선물받았는데, 포틀랜드의 상공회의소 편으로 보내왔더구나. 내게 답장을 쓰겠다면 포틀랜드 우체국을 지정 주소로 정해두마. 모든 것이 다 잘되기를 바란다. 사랑한다. 엄마가.

엠마의 도착을 기다리고 있던 오리건주에서는 수많은 사람들이 길가에 모여들어 환호성을 보내기 시작했다. 심지어 지나가던 화물 열차의 승무원도 손을 흔들며 "기차에 태워드릴까요?"라고 말하기도 했다.

사람들이 몰려들어 사진을 찍고 똑같은 질문을 계속해서 하기 시작하자 엠마의 인내심도 한계에 다다른 것 같았다. 사람들의 관심은 이제 감당할 수 없을 지경이 되었고 엠마의 신경은 너덜너덜해졌다. 그녀는 한 기자에게 마치 "서커스의 구경거리가 된 듯한 기분이었다"고 토로했다. 엠마는 손수건으로 얼굴의 일부를 가리고 고개를 숙인 채 사람들 사이를 지나가기 시작했다.

라그랜디 근처 미첨의 서쪽에서 자동차를 모는 사람들 한 무리가 그녀를 길가에 불러 세웠다. 그렇지만 그들이 엠마의 사진을 찍고 시끄럽게 질문들을 쏟아내기 시작하자 엠마는 아무 말 없이 가던 길을 갔다. 좀 더 서쪽으로 가서 더 댈래스The Dalles 외곽에 접어들었을 때는 귀찮게 구는 기자에게 돌을 집어 던지기도 했다. 포틀랜드에 들어서기 며칠 전 후드 강 근처에서 한 젊은 사진 기자가 그녀에게 다가와 앞에 앉아 사진을 찍으려고 했다. 엠마는 우산을 휘둘러 기자의 이마를 후려쳤고 그러자 커다란 붉은색 상처가 나면서 피가 흘러내렸다. 깜짝 놀란 엠마는 사과했지만, 다음 날 실린 기사에서 엠마는 "성질이 불같다"는 말을 들었고, 얻어맞은 기자는 "마치 노새라도 때리듯 나를 후려쳤다"라고 말했다.

8월 7일이 되자 그녀가 걸어온 길은 어느새 3,000킬로미터가 넘었다. 엠마는 포틀랜드로 들어가는 마지막 짧은 구간을 한 번에 주파했다. 기념식 주최측에서 환영 나온 사람들과 신문기자들, 응원을 나온 사람들은 그녀를 따라 걷다가 숨이 다 가쁠 지경이었다. 포틀랜드는 열기로 가득했다. 시 당국에서는 오늘을 "게이트우드 할머니의 날"이라고 선포했고 환영 나온 사람들은 시 경계선에 꽃가루를 뿌리며 그녀를 맞이했다. 경찰은 엠마가 지나갈 수 있도록 교통을 통제했고 이제는 수백 명이 넘는 사람들이 일정 거리를 유지하며 그녀와 함께 걷고 있었다. 〈오리거니언Oregonian〉지의 말을 빌리면 이렇게 많은 사람이 몰려든 일은 전례가 없었다고 한다.

엠마는 테이프 커팅식을 위해 준비된 곳으로 다가가다 결국 눈물을 흘렸고 테이프를 밀치고 낯선 사람의 품 안에 안겨 울음을 터트리고 말았다. 그녀는 모든 것에, 특히 그중에서도 몰려나온 사람들에게 어떤 충격을 받은 것 같았다. 엠마는 존 피텐저 서장과 함께 경찰차에 올라타 잠시 동안 사람들을 피할 수 있었다. 다시 평정심을 되찾은 엠마는 원래 자리로 돌아가 붉은색 올즈모빌 컨버터블 뒷좌석에 탑승했고 환하게 웃었다. 차는 오리건주 탄생 100주년을 기념하는 박람회장을 향해 행진을 시작했다.

"사람들이 대체 나를 뭐라고 생각하는 걸까요?" 엠마가 포틀랜드 시장에게 물었다.

"흠, 영국의 엘리자베스 여왕이요?"

엠마는 샤워를 한 뒤 낡고 더러운 면 블라우스와 치마를 벗고 사람들에게 선물받은 옷으로 갈아입었다. 엷은 분홍색 알랑송 레이스가 달린 에벌린 깁슨 프렌치 블루 치마와 거기에 어울리는 재킷이었다. 선물로 받은 푸른색 모자와 하얀색 장갑, 새 지갑으로 구색을 맞추었다. 그리고 시장과 경찰서장과 함께 샐러드며 삶은 게살 요리에 잘 구운 로스트비프로 점심까지 대접받았다. 엠마는 점심을 먹으며 신발 한 짝을 벗었지만 아무도 신경을 쓰는 것 같지 않았다. 그녀가 입고 온 낡은 옷과 우산은 역사 박물관에 전시품으로 수집되었다.

각지에서 선물들이 들어왔다. 엠마는 포틀랜드 방문 기념으로 시를 상징하는 열쇠를 선물받았다. 누군가는 새 우산을 선물하기도 했고 시계를 보내온 사람도 있었다. 그녀는 이스트 브로드웨이 후원회로부터 옷에 다는 황금 브로치와 금빛 기념패를 받았고 할리우드 후원회로부터는 과일이 가득 든 바구니를 받기도 했다. 엠마는 밝은 노란색 헬리콥터를 타고 포틀랜드 위를 날았다. 헬리콥터에서 내리자 한 여자가 다가와 사진을 찍으려 했는데 엠마는 반사적으로 카메라를 쳐 바닥에 떨어트리고는 그 즉시 크게 후회했다. 엠마는 진심으로 사과하며 사진을 찍으려고 달려드는 수많은 사람들 때문에 여전히 신경이 곤두서 있다고 설명했다.

포틀랜드에서는 엠마를 벤슨이라는 고급 호텔에 묵게 하며 극진히 대접했다. 그녀는 몹시 감격했고 모든 관심과 배려에 기뻐하는 것처럼 보였다. 그녀는 할리우드의 방송국으로 가서 아트 링클레터가 진행하는 〈하우스 파티〉라는 프로그램에 출연해 익살스럽게 무대를 꾸몄다. 그녀는 그밖에도 오리건주 100주년 기념 위원회와 오리건주 연안 협회의 초대도 받았다. 사람들은 그녀를 차에 태우고 바닷가로 데리고 갔다. 엠마는 메드퍼드로 이동했고 시사이드 시에서 길이 16미터의 연안 경비대 구조선을 타고 태평양을 건너 뉴포트 근처에 정박했다. 그리고 골드 비치에서 연어 낚시를 한 다음 우편선을 타고 아그네스^{Agness}로 갔다. 어디를 가든 엠마는 그 도시를 상징하는 열쇠를 기념품으로 받았다. 한 달이 지나 이제 떠날 시간이 되자 버스 회사에서는 엠마에게 무제한으로 이용할 수 있는 표를 주었고 그녀는 버스가 다니는 노선을 따라 시애틀, 스포캔, 글레이셔 국립공원, 위니펙, 시카고, 디트로이트, 콜럼버스, 그리고 갈리폴리스까지 어디든 마음대로 타고 내릴 수 있었다.

이제 엠마는 모두의 할머니가 되었다.

그해가 저물 무렵, 오리건주 〈UP통신〉에서는 1959년에 있었던 가장 큰 사건 사고들을 모아 정리했는데, 거기에는 포틀랜드 신문사의 파업, 후드 산에 추락한 두 대의 제트기, 샴쌍둥이 분리 수술의 성공, 컬럼비아 강에서 두 구의 시신을 찾아낸 것, 그리고 해리스버그 경찰 서장의 납치 사건 등이 포함되었다. 그중에서 가장 큰 사건으로 기록된 건 6톤이나 되는 폭약을 실은 트럭이 로즈버그 번화가에 서 있다가 불이 붙어 13명이 사망하고 1,000만 달러의 재산 손실을 입힌 일이며 그 아래 이런 문장이 실려 있었다.

"오하이오주 엠마 게이트우드 부인이 포틀랜드까지 도보로 완주했다."

· ₪ · ₪ · ₪ · ₪ ·

1959년 11월, 엠마는 고향으로 돌아간 지 2개월 후에 다시 할리우드의 NBC 스튜디오로 초청이 되어 그루초 막스가 진행하는 유명한 텔레비전 퀴즈쇼인 〈유 벳 유어 라이프You Bet Your Life〉에 유명작가인 맥스 슐만과 함께 출연하게 된다. 맥스 슐만은 도비 길리스가 주인공으로 등장하는 소설들을 집필했으며 당시 또 다른 도비 길리스 소설인 《나는 10대 난쟁이였다I Was a Teen-Age Dwarf》라는 소설을 막 출간한 참이었다. 11월에 녹화한 이 방송은 이듬해 1월에 방영이 되었으며 엠마는 벽 뒤에서 모습을 드러내 다소 어리숙한 모습으로 무대 위를 걸어 나오고 방청객들은 예의 바르게 박수갈채를 보낸다. 엠마는 수수한 치마에 짧은 웃옷을 걸치고 진주 목걸이를 하고 중간 높이의 굽이 있는 구두를 신었다. 쓰고 있는 두꺼운 돋보기안경 너머로 그녀의 눈이 아주 크게 보였다. 엠마는 무대 중앙으로 와서 그루초와 악수를 했다.

"엠마, 만나 뵙게 되어서 영광입니다." 그루초가 말했다. "그리고 맥스, 물론 우리는 이미 구면이지요. 자, 엠마, 고향이 어디시죠?"

"오하이오주 갈리폴리스입니다." 엠마가 대답했다.

"오하이오주 갈리폴리스라고요?"

"네."

"그곳 출신으로 아주 유명한 작가 한 사람이 있지 않나요?"

"네, 매킨타이어라는 분이 있습니다." 엠마가 대답했다.

"그래요, 오스카 오드 매킨타이어 맞습니다." 그루초가 맞장구를 쳤다.

"자, 그럼 매킨타이어에 대해 내가 기억하고 있는 게 맞는지 한번 살펴보도록 할까요?"

"흠, 그러시죠."

"매킨타이어는 당대 아주 유명한 칼럼니스트였습니다. 그는 언제나 갈리폴리스에 대한 이야기를 빠트리지 않았지만 살기는 뉴욕에 살았지 뭡니까." 그루초가 이야기를 하자 방청객들이 킥킥거렸다. "언제나 갈리폴리스 이야기를 입에 달고 살았다니까요. 그런데 엠마, 당신은 농촌에서 태어났지요?"

"네, 그래요."

"그것 말고는 없습니까?" 그루초가 물었다. "그러니까, 농촌에서 당신 말고 또 뭐가 태어나고 자랐나요?"

"담배랑, 옥수수랑 밀, 그리고 다른 말썽꾸러기들이요." 엠마는 대답하며 익살맞게 웃어보였다.

"엠마, 식구가 몇이나 되었나요?"

"15명이요."

"아, 15명이나요? 그렇다면 거기 분명 말썽꾸러기들이 섞여 있었겠군요."

엠마는 입을 꼭 다물었지만 웃음을 참지 못했다. 마치 틀니를 보이지 않으려고 애쓰는 것처럼 보였다.

"한 가족이 15명이나 되다니 괜찮을까요?" 그루초가 물었다. "적극 권장할 만한 일일까요?"

"오, 천만에요"

"그럴 일은 아니겠지요?"

"절대 아니죠." 엠마가 대답했다. "너무 많아요. 제대로 다 돌볼 수 없을 정도죠."

"자녀분이 있으십니까?"

"네, 11명 있어요." 엠마가 대답했다.

"와, 뭐라고요? 그러면 아까 한 말 하고 크게 다르군요. 입장을 분명히 해주시기 바랍니다, 엠마!" 그루초는 이렇게 말하고는 방청객들을 곁눈질했다.

그루초는 이번에는 맥스 슐만 쪽을 바라보았다.

"맥스, 당신이 쓴 책에서 아주 흥미로운 사실 한 가지를 발견했습니다. 책을 보아하니 당신은 우리 사회가 모계 중심으로 발전하고 있다고 썼더군요. 여기 계시는 엠마에게 그 부분에 대해 좀 자세하게 설명해주실 수 있습니까?"

"아, 물론입니다." 슐만이 대답했다. "지금 이 나라는 의심의 여지 없이 여성들이 이끌고 있어요. 그 문제에 대해서는 의문의 여지가 없습니다."

"저도 뭐 딱히 반박할 수가 없겠는데요." 그루초가 말했다.

"그루초 씨나 제가 어렸을 때는 아버지가 밤늦게 들어오면 낮 동안 아무리 힘들게 일을 했어도 결국 집안일의 결정은 아버지 몫이었습니다. 어머니는 빵을 굽고 옷을 빨고 비누도 직접 만들었을뿐더러, 저녁밥까지 차려내느라 아버지보다 더 지쳐 있었거든요. 그렇지만 지금은 세탁기와 건조기가 있고 빵은 가게에 가면 얼마든지 있으며 즉석식품도 즐비합니다. 아버지가 밤에 지쳐서 집에 돌아와서 보는 어머니 얼굴은 마치 시골에서 한 달간 휴가를 보낸 그런 얼굴이에요. 어머니 머릿속은 온갖 계획으로 가득 차 있지요. '여보, 서재에 물을 채워 수족관을 만드는 게 어떨까요? 아, 그리고 피터의 치아교정기를 손봐줘야 하겠는데 당신 생각은 어때요?' 요즘은 매사가 다 이런 식입니다. 그러면 이 가련하고 지친 아버지는 대답하지요. '여보, 당신이 다 알아서 하구려.' 자, 이렇게 우리는 여성들에게 권력을 넘겨주었고 여성들이 뭐든 알아서 결정하는 시대가 된 겁니다."

"아주 지극히 당연한 말씀이십니다." 그루초가 대답했다. "그렇게 해서 여성들이 집안을 이끌게 되었다 이 말씀이군요."

"그렇지만 분명히 말하는데, 여성들이 그런 방식을 마음에 들어 하면 안 된다고 생각합니다." 슐만이 말했다.

"동감입니다. 여성들은 매우 불안한 존재라고 생각해요." 그루초가 말했다.

"아마 여성들도 남성들이 가정과 국가를 이끌어가는 쪽을 더 원할 겁니다." 슐만이 말했다.

"그렇지만 남성 쪽에서 먼저 포기한 것 같군요."

"제 말이 바로 그 말입니다."

"남성들이 먼저 두 손을 든 거지요."

"그러니까 사실은 남성들이 의무를 등한시해서 그렇게 된 거랍니다."

"맞습니다."

"그래서 다들 불행해졌습니다." 슐만이 말했다. "남성들도 원치 않고 여성들도 원치 않는 결과가 나온 거예요. 그리고 아이들은 누가 엄마고 누가 아빠인지 잘 모르게 된 거고요."

이 대목에서 방청객들은 웃음을 터트렸다.

"자, 엠마, 당신은 어떻습니까?" 그루초가 물었다. "우리의 이 유치한 토론을 잘 들으셨겠지요. 아내가 가정을 이끌어가는 것이 올바른 일이라고 생각하십니까?"

엠마는 잠시 눈을 감고 침묵한 뒤 대답했다.

"아니요."

"그렇다면요, 자녀분들은 이미 다 장성하셨을 테니, 요즘엔 주로 어떤 일을 하고 있나요?"

"아, 그야 물론 걷기죠." 엠마가 대답했다.

"걷기라고요?"

"네."

"그러니까 그냥 걷는 걸 좋아한다 이 말씀이신가요? 그렇다면 주로 어디를 걷습니까?"

"오리건 트레일을 걸었어요."

"오리건 트레일이요? 거길 걸었다고요?" 그루초가 물었다.

"네, 그 길을 따라 걸었어요."

"탐험가인 루이스와 클라크처럼요?"

"네."

"그게 언제였요?"

"바로 올해죠."

"그러면 어떻게 하다 걷기 같은 취미를 갖게 되셨나요?"

"아, 별로 할 일이 없었거든요." 엠마가 대답했다. "아이들은 다 커서 결혼해서 떠났고 그저 뭔가 다른 일을 하고 싶었어요."

"실례지만 올해 몇 살이십니까?"

"일흔둘입니다."

"일흔둘이요? 그러면 도대체 이번에 얼마나 먼 거리를 걸었다는 건지…."

"3,300킬로미터 정도요."

스튜디오 안에 탄성이 울려 퍼졌다. 한 방청객이 박수를 치기 시작했다. 그리고 더 많은 사람들이 따라서 박수를 쳤다. 엠마는 별다른 표정의 변화를 보이지 않았다. 그녀는 바닥을 바라보며 고개를 조금 끄덕였다.

"무엇 때문에 그렇게 걸은 건가요?" 그루초가 물었다.

"음, 그냥 걷는 게 좋아서요."

"목적지에 도착하면 그다음에는 어떻게 합니까? 그저 방향을 바꿔 다시 돌아옵니까?"

"아니요. 올해는 오리건주 탄생 100주년 기념행사를 보기 위해 포틀랜드로 갔지요."

"어디서부터요?"

"미주리주 인디펜던스에서부터요."

"아이고, 맙소사" 방청석의 한 여성이 탄성을 뱉었다. 한 남자는 휘파람을 불었고 다른 사람들은 박수를 치기 시작했다. 수군거리는 소리가 들리기 시작했고 서로 바라보는 모습이 화면에도 보였다. 이제야 겨우 입가에 슬며시 미소를 띠우는 이 여인을 보고 사람들은 경탄해 마지않았다.

갈리아 카운티의 집으로 돌아온 엠마는 파파야 씨와 침엽수 묘목을 작은 주머니에 넣고 포틀랜드 시장 테리 슈렁크에게 배달이 되도록 주소를 적었다. 그리고 편지를 썼다. "방문이 아주 즐거웠습니다. 우리 가족은 모두 이곳에 있고, 아마 저도 여기 머물게 되겠지요."

집이란 그녀에게 진정한 안식처라기보다, 다시 길을 떠나기 위한 기지 같은 곳이었다.

제20장

새로운 길

GRANDMA
GATEWOOD'S
WALK

"바로 저기 있습니다." 버스 터미널 직원이 사무실 건너편 사람들이 몰려 있는 쪽을 가리키며 말했다. "푸른색 코트를 입고 있는 여성분이요."

기자는 직원이 가리키는 쪽으로 갔다. 72세의 노부인이 하얀색 장갑과 하얀색 블라우스, 그리고 두꺼운 안경을 쓰고 자리에 앉아 있었다. 겨울용 모자는 2월의 추위로부터 귀를 따뜻하게 해주고 있었다. 부인은 초조한 듯 보였다. 꽤 오래 앉아 있었던 모양이다. 기자가 다가가 자기소개를 했다.

"버스가 빨리 오지 않으면, 그냥 데이턴까지 걸어서 가겠어요." 부인이 말했다.

엠마는 오하이오주 칠리코시에 있었다. 데이턴까지는 120킬로미터가 넘는다. 그날은 목요일이었는데, 토요일까지 신시내티에 도착해야 했고, 또 그 전에 아들 넬슨을 만나고 싶어 했다.

기자는 평범한 질문을 던졌다. 엠마가 그동안 천 번은 더 대답했을 질문이었다. 왜 도보 여행을 하는가? 왜 혼자 걷는가? 야생의 환경에서 어떻게 견뎌낼 수 있었는가? 엠마는 기자에게 자신이 미국 야영 및 도보 여행자 협회의 평생 회원으로 등록되어 있으며, 오하이오주의 언덕들을 연결하는 도보 여행 코스를 만드는 일을 하고 있다고 말했다. 몇 개월 전 엠마가 창단 회원으로 참여한 비영리 재단인 벅아이Buckeye 트레일의 운영 위원회에서는 주 정부로부터 허가를 받아 이리호의 남쪽에서 잘레스키 주립 휴양림을 거쳐 신시내티로 이어지는 트레일을 표시하기 시작했다. 이 일을 모두 끝마치는 데는 4년에서 5년은 걸릴 것으로 예상되었다. "미국에서 가장 유명한 트레일 전문 도보 여행자" 〈콜럼버스 디스패치〉에서는 이 프로젝트를 다룬 기사를 실으며 엠마를 이렇게 불렀다.

기자는 트레일을 걷기에 충분한 체력을 어떻게 유지하느냐고 물었다.

"운동이 가장 중요해요." 엠마가 대답했다. "고작해야 비누 하나를 사려고 몇백 미터를 차를 타고 가는 사람들이 너무 많아요."

"그러면 이제는 어디로 가실 계획인가요?" 기자가 물었다.

"난 항상 배를 타고 싶었어요." 엠마가 대답했다.

1960년 2월 23일 루시에게 편지 한 통이 도착한다. 엠마는 미시시피 강을 오가는 증기선인 델타 퀸호에 올라 신시내티로부터 뉴올리언스로 향한다. 델타 퀸에는 뉴올리언스에서 열리는 축제인 마르디 그라Mardi Gras를 보기 위해 미국 15개 주와 캐나다에서 온 승객 130명도 함께 타고 있었다. 전날 밤 멤피스에 정박 중이던 델타 퀸은 증기 엔진을 이용한 오르간 연주를 처음으로 선보였고 5,000명의 넘는 관객과 멤피스 시장이 강둑에 서서 음악을 즐겼다. 엠마는 일기를 썼다. "지금까지 아주 멋진 시간이었다. 오늘 밤은 가면무도회가 있을 예정이다."

두 달 뒤인 4월 28일, 엠마는 애팔래치아 트레일의 새로운 남쪽 출발 지점인 조지아주 스프링어 산에서 길을 떠난다. 트레일을 세 번째로 완주하기 위해서였다. 그렇지만 120킬로미터 남짓을 걷고 노스캐롤라이나 딥 갭에서 여행을 포기해야 했다. 바람 때문에 엄청나게 많은 나무가 쓰러져 길을 막은 것이다. "100명의 성인이 3개월은 일을 해야 길을 낼 수 있을 것 같았습니다." 엠마는 지역 신문과의 인터뷰에서 이렇게 말했다.

6월 2일, 펜실베이니아주 허시 근처 135킬로미터의 호스슈 트레일을 걷고 있는 엠마가 사진으로 포착되었다. 엠마는 그때 한 무리의 소년들에게 혹시 음식을 좀 나눠줄 수 있느냐고 묻고 있었다.

13일 후인 6월 15일, 한 기자가 펜실베이니아주 윈드 갭에서 153킬로미터가량 떨어진 곳에서 엠마를 발견했다. 엠마는 기자에게 자신이 "대략 북쪽으로 가고 있다"고 말했다. 아마 캐나다를 의미하는 것 같았다.

"건강해 보이시네요." 기자가 말했다.

"안 건강하길 바랐나요?" 엠마가 대꾸했다.

기자는 지금도 계속 엽서로 자녀들과 연락을 하고 있냐고 물었다.

"아이들에게 엽서는 쓰지요." 엠마가 대답했다. "그렇지만 아무 것도 이야기 안 해요. 요란을 떨어봐야 아무런 소용이 없다는 걸 잘 아니까. 난 그저 내가 하고 싶은 일을 하는 것뿐이니까요."

일주일 후 엠마는 뉴욕주 화이트 플레인즈White Plains에 있는 딸 루시의 집 앞에 섰다. 그리고 자기 발밑에서 잠을 청했던 고슴도치며, 돌담에 기대 잠을 자고 있을 때 발로 차서 쫓아버린 들쥐에 대한 이야기들을 했다.

2주일 후, 매사추세츠주 체셔에 살고 있는 한 주민이 지역 신문사에 전화를 걸었다. '못처럼 단단한' 할머니 도보 여행자가 지금 막 자기 집을 떠나 그레이록 산 근처 정상으로 향했다고 말해주었다. 그레이록 산은 매사추세츠주에서 가장 높은 봉우리로 나다니엘 호손이며 허먼 멜빌, 헨리 데이비드 소로 등의 작가들이 찬양했던 곳이다.

그로부터 며칠 뒤, 일간지 〈노스애덤스 트랜스크립트 North Adams Transcript〉에는 "도보 여행자들의 왕 할머니가 15분간 비행하는 비행기 표를 끊어 애팔래치아 트레일을 하늘에서 내려다볼 예정"이라는 기사가 실렸다.

23일 후인 8월 7일, 엠마가 오리건 트레일을 완주한 후 1년이 되는 날, 그녀는 버몬트주의 롱 트레일을 뒤로하고 국경을 넘어 캐나다로 향한다. 그곳에는 그녀를 보고 환호하는 군중도 없고 그저 나무들뿐이었다. 그럼에도 불구하고 그녀는 행복했다. 엠마는 집에 있는 가족들에게 편지를 보냈다.

힘들지만 모든 역경에도 불구하고 나는 끝까지 해냈단다. 도중에 만난 산 몇 개는 내 나이를 생각하면 꽤 힘든 도전이었지. 나도 내가 과연 해낼 수 있을지 몇 번이고 생각하고 또 생각했단다. 하지만 한 발 한 발 끈질기게 내디며 캐나다에 도착했다. 이번에는 오두막이며 쉼터가 충분히 있어 밖에서 자는 일은 없었단다. 그리고 세 번 정도 다른 사람과 함께 야영을 한 일이 있어. 북쪽으로부터 출발한 두 남자 아이를 만난 적이 있는데 내가 예상한 것만큼은 더 나아가지 못할 것 같더라. 아침 일찍 일어나 길을 나서기엔 좀 게을러 보였거든. 조금이라도 멀리 가려면 둘 중 하나라도 부지런해야 하는데 말이지. 나는 이번에도 혼자 여행을 했지만 서두르지 않고 천천히 움직여서 다친 곳이 하나도 없구나. 브레드로프Breadloaf 산에서는 어미 곰과 새끼 곰을 보기도 했는데, 새끼 곰이 나무 위로 올라가자 어미가 이리저리 뛰어다니면서 으르렁거리더구나. 나는 한 10미터쯤 떨어져 있었지. 내가 가려는 길과 곰들이 너무 가까이 있어서 지나갈 수가 없었어. 그래서 뒤로 물러나 얼마간 바위 위에 앉아 있었더니 금방 가버리더구나. 한번은 고슴도치를 불에 구워 먹기도 했어. 우선 불 속에 던져 가시를 다 뽑아낸 다음 가죽을 벗겼지. 보기에도 괜찮았고 냄새도 그닥 나쁘지 않더구나. 막대기에 꿰어 불에 구운 다음 소금을 뿌려 한 입 베어 물어보았는데 한두 번 씹고 나서 그만 뱉어버렸지. 이삼일이 지나도 그 냄새가 입안에서 가시지 않았어. 처음에는 고슴도치가 돼지고기 비슷할 거라 생각했는데 내 착각이었어. 나머지 고슴도치 고기를 그냥 불 속에 던져 다 태워버리고 말았지.

올해 나는 모두 합쳐서 1,125킬로미터가량을 걸었고 테니스화는 두 켤레가 닳아 떨어졌다. 이제 나는 일흔두 살이고 아직도 더 많이 걸을 수 있단다.

1960년, 엠마 게이트우드가 배와 비행기, 그리고 대부분은 자기 두 발로 미국 전역을 여행하고 있을 때 재미있는 일이 벌어지고 있었다. 그해 4월, 2명의 영국 공수부대 대원인 34세 패트릭 멀로니 하사와 33세의 머빈 에번스 하사가 샌프란시스코를 출발해 걸어서 뉴욕으로 향했던 것이다. 두 사람은 70일 만에 이 여정을 끝내 79일이라는 미국 횡단 기록을 깨트리는 것이 목표였다. 79일은 1926년 이후 깨지지 않은 기록이었다.

그보다 얼마 전에는 〈뉴요커〉에 글을 올리는 J. M. 플래글러라는 작가가 마침 장거리 도보 여행자인 에드워드 웨스턴과 그와 함께했던 미국 도보 여행자들을 기리는 글을 기고했다. 플래글러는 "요즘 세상에 인내심을 가지고 장거리를 빠르게 걷는 도보 여행은 어느덧 사라져버린 행위가 되었다"라고 썼다.

도보 여행에 대한 기사가 다시 언론에 등장했고 앞선 2명의 공수부대원 말고도 장거리 도보 여행에 도전하는 사람이 또 나타났다. 영국의 채식주의자인 바버라 무어 박사가 과일과 푸성귀, 녹즙만으로도 미국식 식사인 고기와 커피를 능가하는 지구력을 얻을 수 있다는 사실을 증명하기 위해 5,230킬로미터의 미국 횡단에 도전한 것이다. 무어 박사는 자신만의 식생활 개선을 통해 스스로 백혈병을 치료했다고 주장하는 사람이었다. 그리고 100세에 아이를 출산하고 150세까지 살 계획이라고도 했다.

가는 길 내내 보급품을 가득 실은 차를 대동한 이 채식주의자는 뉴욕으로 가고 있는 2명의 공수부대원을 어느 지점에선가 앞지를 것이라고 호언장담했고, 실제로 서부 어디에선가 두 사람이 자고 있을 때 최소 한 번 이상은 앞지르기도 했다. 그렇지만 남들과 경쟁을 하고 있는 게 아니라고 했던 두 남자는 이내 다시 앞서갔고 무어 박사가 차에 치여 인디애나주의 소도시인 브라질의 한 병원에 입원을 하게 되자 따라잡을 수 없을 만큼 먼 거리를 앞질러 가버렸다.

두 공수부대원이 펜실베이니아주 베들레헴에 도착했을 무렵, 무어 박사는 두 사람이 차를 얻어 타고 가면서 사람들을 속였다고 비난을 퍼부었다. 그녀는 기자들에게 두 사람이 여정의 3분의 1 이상을 차를 타고 이동했다는 사실을 법정에서 맹세할 수 있다고 주장했다. 두 군인은 66일 만에 미국 횡단을 마쳐 기록을 경신했다. 무어 박사는 85일 만에 힘겹게 완주를 마치고 타임스 스퀘어에 절뚝거리며 나타나 구경꾼들 사이로 걸어갔다. 그리고 공수부대원들이 더 쉬운 길을 찾아갔다고 투덜거렸다.

엠마도 두 영국 공수부대원들에 대해 알고 있었고 어느 기자에게 두 사람을 만나고 싶다는 이야기도 했다. 그렇다면 무어 박사에 대해서는 어떨까?

"어떤 사람들은 내가 무어 박사라는 여자를 꼭 만나야 한다고 생각하는 모양인데, 우리 둘이 만나봐야 뭐 할 이야기가 있을 것 같지는 않군요." 엠마가 말했다.

와중에 새로운 일도 일어났다. 같은 해 〈뉴스위크〉에서 그 조짐을 포착했다. 바다 건너 영국에서도 걷기가 대유행이라는 것이었다. 그것도 장거리 걷기 말이다. 앞서 이야기한 채식주의자 박사와 두 군인뿐만이 아니었다. 어떤 남자는 노리치에서 런던까지 177킬로미터나 되는 길을 불과 30시간 만에 걸었고, 250명이나 되는 여자들이 영국군 보충부대를 대표해 버밍엄에서 런던까지 걸어갔다. 세인트 올번스에 있는 어느 항해용 정밀시계 회사 사장은 요즘 아이들이 너무 힘이 없고 무기력하다고 생각했고 남성 직원 400명에게 15시간 만에 80킬로미터를 걷는 일에 도전해보라고 제안했다. 총 32명이 도전했는데 그중 16명이 성공했다고 한다.

미국에서는 걷기 열풍이 이보다 조금 늦게 시작되었다. 그렇지만 1963년이 되자 장거리 걷기가 미 전역을 휩쓸기 시작했다. "해병대원이 행진한다. 여자아이들이 행진한다. 다시 말해 모든 사람들이 다 행진하고 있다." 2월에 〈AP통신〉에 올라온 글이다. 해병대 사령관인 데이비드 쇼업 장군이 오랫동안 잊고 있었던 시어도어 루스벨트 대통령의 해병대 훈련에 대한 특별 명령서를 찾아내 발표하자 엄청난 반향이 일어났다. 1908년 루스벨트 대통령은 해병대원이라면 3일 동안 총 20시간의 휴식을 취하며 80킬로미터는 행군할 수 있는 체력을 갖추어야 한다고 생각했다. 쇼업 장군은 이 서류를 존 F. 케네디 대통령에게 역사적인 유산이라며 알렸고 케네디 대통령은 지금의 해병대가 이 기준을 통과할 수 있는지 알고 싶어 했다. 해병대 사령부는 노스캐롤라이나주 르준 기지의 해병대

제2사단 장교들을 대상으로 시험을 해보라는 명령을 내린다. 케네디 대통령은 쇼업 장군에게 보내는 편지에 농담조로 덧붙였다. "루스벨트 대통령이 이런 생각을 한 것은 단지 해병대 장교들뿐만 아니라 대통령 자신의 가족과 각료 및 정부 인사들의 가족, 그리고 정말 운이 나쁘게도 이 시기 미국에서 근무하며 대통령과 함께 워싱턴 록 크리크 공원을 함께 걸었던 외국 대사들까지도 이 정도는 해낼 수 있어야 한다고 생각했던 게 아닐까요." 또 이런 말도 한다. "만일 이 시험을 통해 지금 해병대의 체력과 정신력이 최소한 선배 세대들과 비슷하다는 것을 확인할 수 있다면 샐린저 비서관에게 이 문제를 비공식적으로 확인해 백악관 직원들의 건강 상태에 대한 보고서를 올리라고 하겠습니다."

해병대 훈련에 대한 소문이 퍼지자마자 미국 전역의 사람들도 덩달아 80킬로미터 걷기에 도전하기 시작했다. 일리노이주의 보이스카우트 단원들, 워싱턴 D.C.의 공무원, 스탠포드 대학교의 학생들까지 나섰다. 신문에 이름을 내고 싶은 정치가들도 기자들과 함께 걷기에 나섰고 캘리포니아주 메리언 카운티의 고등학생 400여 명은 80킬로미터 걷기에 도전해 그중 97명이 성공했는데, 19명이 여학생이었다. 케네디 대통령의 동생이자 법무장관인 로버트 케네디는 17시간 50분 만에 80킬로미터를 완주했다.

"발에 생긴 물집이 새로운 개척자 정신의 상징이 되고 있다." 〈UP통신〉의 기사다.

"걷기란 자동차가 지배하는 미국에서 거의 잊혀져가고 있던 행위였다. 한때 대학가에서 금붕어 삼키기가 유행했던 것처럼 사회적으로 번졌다." 〈AP통신〉의 특보였다.

"더 놀라운 일은 미국 사람들 사이에서 일어나고 있는 신비하기 그지없는 화학반응이다." 〈뉴스위크〉의 기사에 나오는 대목이다. "나이와 직업을 불문하고 그동안 맥없이 늘어져 있던 수많은 시민들이 80킬로미터 걷기에 도전하고 있다. 최초로 기러기를 쫓아다녔던 털복숭이 선조들의 뒤를 이어서 말이다."

1963년 5월 패리스 화이트헤드라는 이름의 한 남자가 셰넌도어 국립공원의 트레일을 따라 걷다가 자기 쪽으로 걸어오고 있는 나이 든 여인을 보게 되었다. 그녀는 모자를 쓰고 운동화를 신었으며 비옷을 걸치고 있었다. 짐 꾸러미를 들고 있는 모습이 너무도 야성적으로 보여 남자는 단번에 그 사람이 누구인지 알아보았다. 바로 애팔래치아 트레일의 여왕, 게이트우드 할머니였다. 남자는 할머니에 대한 소문을 빠짐없이 다 알고 있었다. 애팔래치아 트레일을 두 번이나 완주했고 조지 워싱턴보다 더 많이 미국을 돌아다닌 사람. 남자는 나중에 친구에게 엠마를 만났던 그 순간에 대해 이야기했고 로날드 스트릭클런드는 자신의 책 《개척자Pathfinder》에서 그 만남에 대해 이렇게 기록한다. "트레일 전체에 걸친 그녀의 경험을 잘 알고 있는 터라 나는 그녀에게 어느 구간이 가장 좋았느냐고 물었다. 그러자 그녀는 이렇게 대답했다. '그거야 당연히 내리막길이지, 이 젊은 양반아.'"

1964년 여름도 저물어갈 무렵, 오하이오주의 환경보호 운동가이자 〈콜럼버스 디스패치 매거진〉이라는 잡지에 정기적으로 글을 기고하는 메릴 길필런이라는 사람이 뉴햄프셔주 고럼 남쪽의 핑크햄 고개 산장에 모습을 드러냈다. 그는 그곳에서 애팔래치아 트레일에 세 번째로 도전하고 있는 엠마 게이트우드를 만나기로 되어 있었다. 첫날 엠마가 보이지 않았을 때 길필런은 별로 걱정을 하지 않았다. 그렇지만 하루가 지나고 프레지덴셜 산맥의 계곡 기온이 영하로 떨어지자 점점 걱정이 되기 시작했다. 사흘째가 되자 수목 한계선 너머로는 눈이 내렸고 시속 80에서 95킬로미터 이상의 강풍이 불기 시작했다. 나흘째 되는 날, 길필런은 정신이 번쩍 들었다. 그는 애팔래치아 산악회에서 구간별 쉼터와 산장의 관리를 맡고 있는 책임자에게 이 사실을 알렸고 그는 할머니를 찾기 위해 각 쉼터와 숙박 시설에 무전으로 연락을 하기 시작했다. 하지만 엠마의 흔적은 찾을 길이 없었다. 이 책임자는 이제 수색을 요청해야 할 것 같다는 판단을 했고 미국 산림 관리청에 막 알리려는 순간 엠마가 나타났다. 그녀는 크로퍼드 고개로부터 몇 킬로미터가량 위쪽에 있는 미즈파 스프링 쉼터에 머물고 있었던 것이다. 이제 곧 그녀를 만날 수 있었다.

길필런은 엠마를 기다리면서 수백 명이 넘는 도보 여행자들이 오고 가는 모습을 바라보았다. 이곳을 관리하는 주인은 하루에 200명이 넘는 사람들이 오간다고 말했다. 대부분 대학생 정도의 나이이며 최신 유행하는 옷을 입고 최고급 배낭과 장비를 짊어지고 있었다.

비가 내리는 가문비나무 숲을 헤치고 엠마가 다른 사람들과 확연히 다른 모습으로 나타났다. 양가죽 조끼를 걸치고 손에는 길에서 주운 꽤 편해 보이는 장갑을 꼈다. 어깨에는 자루 하나를 짊어지고 있었다. 엠마를 알아본 젊은 여행자들이 그녀 주위에 모여들어 말 그대로 순수한 동경의 눈빛을 감추지 않고 트레일에 대한 질문을 해댔다. 그렇지만 엠마는 몸 상태가 좋지 않았다. 길을 떠난 첫날 넘어지는 바람에 무릎을 다쳤고, 상처 때문에 걷는 속도가 크게 느려져 제시간에 산장에 도착하지 못해 야외에서 잠을 자야 했다. 그리고 며칠 뒤에는 독일 셰퍼드의 공격을 받았다. 개는 엠마의 다리를 물었고 지팡이를 휘두르자 겨우 물러났다. 그때 물린 상처가 여전히 엠마를 괴롭히고 있었다.

그런데 길필런이 깜짝 놀랐던 건, 그런 엠마가 행복해 보였다는 점이다. 다치거나 개에게 물린 일 같은 건 아무런 문제도 되지 않는 것 같았다. 엠마의 웃는 얼굴 뒤에는 단호한 의지가 엿보였다. 그녀는 말했다.

"내가 살아온 인생에 비하면, 이 정도 트레일은 별거 아니더군요."

1964년 9월 17일, 애팔래치아 트레일에서 가장 어려운 구간 중 하나인 뉴햄프셔주 버몬트에서 메인주로 이어지는 길을 통과했다. 고체 수프와 땅콩 한 주먹을 씹으며 견딘 77세의 엠마 게이트우드가 마침내 트레일 완주의 최종 목적지인 레인보우 호수에 도착했다. 카타딘 산에서부터 걸어 트레일을 완주하려고 했던 1954년 이후 10년 만의 일이었다. 세 번째 여정을 마무리하기에 더없이 어울리는 곳이었다. 엠마는 애팔래치아 트레일 전체를 세 번이나 완주한 최초의 인물이 되었다.

신문에서는 엠마를 "미국, 아니 전 세계를 아우르는 도보 여행의 여왕", "오하이오 출신의 저명한 도보 여행자", "도보 여행자들 사이의 살아 있는 전설" 등으로 불렀다. 늘 그렇듯 엠마는 이번에도 트레일에 대해 쓴소리를 아끼지 않았다. 몇 군데 지점이 상태가 매우 좋지 않았다는 것인데, 그래도 지난번보다 그 숫자가 훨씬 줄어들기는 했다고도 덧붙였다.

왜 그렇게 걷는 일을 좋아하느냐는 기자들의 질문에는 이렇게 대답했다. "그냥 내가 좋아하는 소일거리 중 하나입니다."

엠마는 집을 팔고 그 돈으로 갈리아 카운티의 체셔 마을 변두리

에 트레일러하우스가 몇 채 있는 작은 땅을 구입했다. 집을 관리
하는 일은 아주 힘들었다. 세입자들은 집 밖에 쓰레기며 낡은 옷
가지와 빈 병들을 마구 쌓아두었고 그걸 청소하고 집 주변을 정리
정돈하는 일은 다 엠마의 몫이었던 것이다. 엔진으로 움직이는 잔
디 깎기가 고장이 나자 엠마는 수동식 기계로 잔디를 깎았다. 남
은 천을 모아 러그를 만들고, 학교에 가서 강연도 했다. 그리고 교
회에 가서는 창문을 닦는 봉사도 했다.

인생의 황혼기에 그녀가 보낸 일상을 남겨진 일기를 통해 살펴
보자.

1967년 5월 19일

곡괭이와 삽을 들고 트레일러 주변 길을 정리했다. 도랑을 파서 물
이 흘러가도록 하고 움푹 파인 곳이 있으면 메웠다. 우물 주변의 풀
을 뽑고 수레로 다섯 번이나 흙을 퍼다 날라 풀을 뽑은 자리를 덮었
다. 그런 다음 잔디를 심고 물을 주고 삽으로 땅을 다졌다. 오이 두 고
랑, 호박 두 고랑, 땅콩은 네 고랑을 심었다. 그리고 토끼들이 들어오
지 못하도록 주위에는 울타리를 쳤다. 쓰레기를 태우고 아스파라거
스와 상추 조금, 딸기도 몇 알 땄다. 우체국에 다녀와서 트레일러 지
지대를 고쳤다. 그러고 나니 여간 몸이 지치는 것이 아니었다.

엠마는 여행도 쉬지 않았다. 특히나 매년 열리는 미국 야영 및

도보 여행자 협회의 행사에는 빠지지 않았는데, 때로는 1만 명이나 되는 회원들이 모이는 자리였다. 엠마는 또한 언론에도 정기적으로 등장했다.

"사람들은 나이 든 할머니가 도보 여행을 다닌다는 걸 그냥 믿지 못하는 모양입니다." 엠마가 캔자스에서 만난 〈살리나 저널Salina Journal〉의 기자에게 말했다. "돈이라도 받지 않는 이상 나이 든 할머니가 그런 일을 할 수는 없다고들 생각하는 모양이지요. 그것 참 재미있는 생각이에요. 나는 트레일러에 살며 지금도 소나 말처럼 일하고 있어요. 그렇지만 왜 걸어서 여행하는 일은 못할 거라고 생각하는 걸까요. 내가 너무 나이가 많아서요? 나는 지붕 위에도 올라가고 나무도 직접 톱질해서 잘라요. 그렇지만 그걸 가지고 이러쿵저러쿵 말하는 사람은 아무도 없어요."

집으로 돌아온 엠마는 갈리아 카운티를 지나가는 도보 여행 트레일을 정리하고 길에 직접 표시하는 일을 시작했다. 언젠가는 이 길이 신시내티와 이리호를 잇는 벅아이 트레일과 연결될 것이라는 계획 때문이었다. 그녀는 오하이오 강을 따라 대략 50킬로미터가량을 먼저 살펴보고 정비를 했다. 그리고 연한 파란색 페인트로 나무에 가로 5센티미터 세로 15센티미터 크기로 표시를 했다. 엠마는 근처 농부들과 협의해 농지를 가로지를 수 있는 허락을 얻었고, 철조망이 세워진 땅을 넘기 위해 통나무와 바위를 이용한 일

1965년 미국 야영 및 도보 여행자 협회 행사에서.

루시 게이트우드 시즈 제공

종의 계단을 설치했다. 이제 여든두 살이 된 엠마는 아침 7시에서 저녁 6시까지 혼자 숲속에서 트레일을 만드는 일을 했다. "사람들은 내가 일자리를 구하러 나가면 나이가 너무 많다고들 말해요." 엠마가 지역 신문기자에게 이렇게 말했다. "별일이지요. 나는 '나이가 너무 많아진' 다음에도 웬만한 젊은 여자들보다 일을 더 많이 하고 있는데요."

그녀의 노력을 인정한 오하이오 주지사인 제임스 로즈는 콜럼버스 박람회장에서 열린 오하이오주 공로상 수여식장에서 엠마에게 환경 보호상을 수여한다. 엠마는 그 후 노스캐롤라이나주 폰타나

댐으로 가서 가을 단풍 도보 여행 주간의 특별 초대 손님으로 참여한다.

이런 모든 관심과 영광에도 불구하고 엠마는 자연에서 홀로 평화를 찾는 일을 계속한다. 그녀는 진귀한 야생화나 만개한 층층나무 꽃을 찾아 숲속을 헤매고 다녔다. "나는 오늘 언덕에 올라가봤단다. 가서 야생 능금을 찾아보았지." 엠마는 딸에게 편지를 썼다. "나는 곳곳에서 노루발풀을 찾아냈어. 그리고 탐험해보고 싶은 숲이 우거진 골짜기도 하나 발견했단다."

엠마의 전남편인 페리 게이트우드는 1968년 병에 걸린다. 노년

1971년 신시내티에서.

루시 게이트우드 시즈 제공

의 페리는 손자와 손녀들을 끔찍이 아끼는 할아버지였고 크라운 시티의 작은 마을에서 읍장을 연거푸 연임하기도 했다. 그는 많은 사람들에게 공정하고 근면한 사람으로 기억되었고 마음 따뜻한 할아버지, 사랑이 넘치는 증조할아버지로 기억된다. 하지만 그는 친자식들과는 거의 교류가 없었다. 자녀 중 몇 명은 아버지가 어머니에게 저질렀던 만행과 자신들이 직접 보고 들었던 일에 대해 찾아가 따져 물었다. 그는 아무것도 기억나지 않는다며 책임을 회피했다. 페리가 엠마의 명성에 대해 언급하는 것을 들은 사람은 아무도 없었다. 그렇지만 분명 그도 알고 있었으리라는 것이 사람들의 공통된 의견이다.

아들 넬슨에 따르면 아버지 페리는 죽기 얼마 전 마지막 부탁을 남겼다고 한다. 바로 엠마를 만나고 싶다는 것이었다. 엠마가 찾아와서 잠시라도 곁에 있어주기를 바랐다.

남편과 헤어진 후 1만 6천 킬로미터가 넘는 거리를 걸었던 이 여인은 그 짧은 거리만큼은 찾아가지 않았다.

그녀의 가족들은 엠마가 어디를 지나가고 있는지 일일이 확인하는 일 같은 건 하지 않았다. 엠마는 갈리아 카운티에서 소리도 없이 사라졌다가 새로운 이야깃거리를 잔뜩 들고 집으로 돌아오곤 했다.

1970년 폰타나 댐 근처에서.

루시 게이트우드 시즈 제공

"여행을 다니다가 인디언을 본 적도 있어요." 엠마가 헌팅턴의 한 기자에게 웃으며 말했다. 1972년의 일이다.

지난여름 러틀랜드 뒷산 쪽으로 올라갔어요. 산을 타고 올라가 반대편으로 내려오다 앞을 가로막는 울타리에 막 팔과 다리를 걸치려다 고개를 들어보니 숲속에 있는 한 남자가 보이더군요. 그는 총을 들고 있었어요. 나는 숲속에서 총에 맞아 죽을 순 없다는 생각에, "쏘지 말아요. 나는 게이트우드 할머니예요. 언제나 이 숲을 지나다니는 사람이라고요"라고 말했어요. 겉모습을 보아하니 인디언이거나, 최소

한 인디언의 피가 조금이라도 섞인 사람 같았어요. 그리고 표정을 보니 게이트우드라는 이름을 한 번도 들어본 적이 없는 얼굴이더군요. 얼마 지나지 않아 또 다른 남자가 나타났어요. 그 남자는 내게 자기들은 포츠머스에서 왔고 뇌조를 사냥하던 중이라고 하더군요. 그리고 그 말을 하는 남자가 실제로 자신이 인디언 혼혈이라고 덧붙였죠. "저 친구는 내가 아는 어떤 사람보다도 숲에 대해 더 잘 알지요." 남자가 이렇게 말하자 첫 번째 남자가 웃더군요. 그리고 나를 보더니 말해요. "숲속에서 별의별 걸 다 보며 살았는데, 지금까지 본 것 중에 할머니가 가장 이상해요"라고요.

엠마는 다시 걸음수를 늘려 지구 둘레의 절반에 육박하는 거리인 2만 2,500킬로미터 이상을 걷게 되었다. 그녀는 엄청난 도보 여행 기록을 세운 몇 안 되는 인물들 틈에 들어가게 되었다.

잊을 수 없는 이름

GRANDMA
GATEWOOD'S
WALK

∴

1973년

∴

엠마가 가장 사랑했던 장소 하나를 꼽으라면, 그건 아마 오하이오주 남동부 언덕들 사이에 깊숙이 자리를 잡고 있는 아름다운 사암 협곡, '올드맨스 케이브Old Man's Cave'일 것이다. 계곡을 따라 흐르는 물과 스며드는 지하수에 이리저리 침식된 곳이었다. 협곡을 따라 물이 굽이굽이 흐르고, 폭포와 꽤 깊은 웅덩이도 볼 수 있는데 급강하하는 높이는 30미터에 이르며 전체 개울 길이는 800미터가 넘게 이어진다. 축축하고 차가운 공기로 인해 캐나다 솔송나무나 주목 같은 북부지방에서나 볼 수 있는 나무들이 자라고 있다. 수만 년 전 빙하기가 물러난 이후부터 지금까지 이곳에서 자라나고 있는 나무들이다. 겨울이 오면 폭포가 얼어붙어 아름다운 얼음 조형물을 만들어낸다.

이 계곡이 올드맨스 케이브라고 불리는 이유는 한때 리처드 로라는 이름의 은둔자가 살았기 때문이다. 로는 오하이오 강가에서 아버지와 함께 1800년대 초까지 무역 사업에 종사했다. 그러다 숲으로 들어와 홀로 사는 삶을 택한다. 그가 몇 년 동안 사라져 소식이 끊기자 결국 사람들은 그가 죽었다고 생각하기에 이른다. 하지만 바로 그때 로는 다시 모습을 드러낸다. 그는 한 친구에게 자신은 형을 찾아 오자크 산맥에 갔지만 형이 죽은 것을 알게 되었다고

365

말한다. 로는 죽은 형의 아내인 형수에게 호킹 힐즈 사이 계곡에 금덩어리를 묻어두었으며 그걸 가져와 형의 식구들을 돌봐주겠다고 말한다. 다시 자신의 보금자리로 돌아온 로는 어느 아침 물을 마시기 위해 밖으로 나간다. 그리고 가지고 있던 소총의 개머리판으로 얼음을 두드려 깨트리려는 순간 총이 그의 턱을 향해 발사된다. 그의 시체는 며칠 후 사냥꾼들이 발견해 나무껍질로 감싸 계곡의 모래 언덕에 묻는다.

"정말 아름다운 계곡과 절벽들이었어요." 엠마의 이야기다. "사실, 나로서는 애팔래치아 트레일에서 본 그 어떤 곳보다 흥미롭다고 생각해요."

1967년 이후 매년 1월이면 엠마는 붉은색 베레모를 쓰고 연례행사로 호킹 힐즈를 통과해 올드맨스 케이브로 이어지는 10킬로미터 걷기에 나섰고 그녀와 함께 걷기 위해 전국 각지에서 사람들이 모여들었다. 엠마는 행사에서 수많은 새로운 친구들을 만들었다. 1972년, 84세가 되었을 때도 앞장서 행렬을 이끌었지만 이번에는 문제가 생겼다. 무릎 아래쪽이 아팠고 특히 종아리 쪽이었다. 엠마는 그동안 운동을 해서 고통을 이겨내보려고 노력해왔으나 더 이상은 무리였다. 그녀는 몇 개월 후 한 여성에게 이렇게 말했다.

"나는 숲으로 가고 싶어요. 그렇지만 다시 돌아올 수 있을지 장담을 못 하겠네요."

올드맨스 케이브로 이어지는 길에는 아주 힘든 구간들이 있었고 길을 따라서 자라난 거대한 나무뿌리를 기어올라야 하기도 했다. 엠마에게도 마침내 나이를 속일 수 없는 때가 온 것이다. 그녀는 겨울 풍경 속을 여행해보려 노력했다. 그러나 더 이상 안전하게 여행을 할 수 없게 되자, 몇몇 남자들이 엠마를 도와 힘든 구간을 지나갔다.

이듬해인 1973년, 어쩌면 이번이 엠마의 마지막 행사가 될 수도 있을지 모른다는 것을 감지한 주최 측은 이번 겨울 하이킹을 엠마를 기념하는 행사로 기획했다. 사람들이 엠마를 주인공으로 모시자 그녀는 걷기를 시작하는 출발점에 서서 이제는 그녀의 상징이 된 베레모를 쓰고 오랜 친구들에게 인사를 했다. 그 자리에는 2,500명 이상의 도보 여행자들이 모여 있었다. 점심 휴식시간에는 주지사가 그녀에게 지역사회 우수 활동상을 수여했다. "오하이오주의 야외 활동 활성화에 지대한 공로를 끼친 점"을 인정했다.

엠마는 그해 봄, 버스를 타고 여행을 떠났다. 목적지를 자유롭게 정할 수 있는 85달러짜리 버스표를 끊어 미국의 48개 주와 캐나다 3개 주를 방문했다. 그리고 가는 곳마다 친구나 가족을 만났다. 봄이 되자 엠마는 집에 엽서를 보냈다. 엽서 앞면은 펜실베이니아주 유료 고속도로 사진이었다. "세계에서 가장 경치가 좋은 고속도로." 뒷면에 엠마가 쓴 글씨는 알아보기가 힘들 정도였다. "즐거운 여행을 하고 있어." 엠마는 버지니아주 폴스 교회에 내려 에드워드 가비를 만난다. 그는 1970년에 있었던 자신의 애팔래치아 트레일 완주 경험을 담은 《애팔래치아 하이커Appalachian Hiker》라는 책을 써서 유명해진 사람이었다. 엠마는 에드워드에게 지금은 이름을 기억할 수 없는 이끼가 뒤덮인 산꼭대기에서 보낸 하룻밤에 대해 이야기를 해주었다. 하늘의 별이 꼭 어둠이라는 융단 위에 수백만 개나 되는 구멍이 뚫려 빛이 들어오는 것처럼 보이던 밤이었다.

"별들이 너무나 선명해 마치 손만 뻗으면 별들을 잡아 끌어내릴 수 있을 것만 같았어요." 엠마의 설명이었다. "아, 누워서 밤하늘을 바라보는데, 그 모습이 얼마나 아름답던지. 주위의 오래된 고목은 주변 환경이 허락하는 한 높고 두껍게 자라나 있더군요. 주변에는 또 작은 소나무들도 아주 많이 자라고 있었어요. 나는 우선 바람부터 피해야 했어요. 이해가 가나요? 어쨌든 다시 말하지만 정말 아름다운 밤이었어요. 나는 거기 누워서 별들을, 그리고 달을 바라보았답니다."

버스 여행의 마지막 목적지였던 플로리다주에서 엠마는 난생처음으로 에어컨 바람을 경험하는데, 몸이 추울뿐더러 아주 부자연스럽게 느껴졌다. 5월 하순에 집에 돌아왔을 때는 어딘지 몸이 조금 아팠고 그게 다 버스의 에어컨 바람 때문이려니 생각했다. 그렇다고 엠마의 일상이 달라지지는 않았다. 그녀는 텃밭을 가꾸기 위해 땅을 파고 정리했다. 콩과 감자, 연근과 옥수수를 심었다. 멀리 떨어져 사는 가족들에게 편지도 썼다. 일요일이면 주일학교와 교회에 나갔고 친구와 스크래블 보드게임도 했다. 화단 주변을 청소하고 산책로 주변을 정리했다. 토요일에 텃밭에서 일을 한 엠마는 다음 날인 일요일에 아들인 넬슨에게 전화를 걸어 몸이 좀 좋지 않은 것 같다고 말했다. 태어나서 지금까지 딱 한 번 병을 앓았던 어머니이기에 넬슨은 즉시 구급차를 불렀고, 고속도로 순찰대원이 구급차를 호위해주었다. 그리고 그가 도착했을 때 엠마는 이미 의식이 없었다.

다음 날 아침인 1973년 6월 4일, 넬슨의 아내와 여동생이 엠마의 침대 곁에 앉았다. 엠마는 눈을 떴다가 다시 감았다. 그리고 남북전쟁 당시 만들어진 노래인 '공화국 전투찬가Battle Hymn of the Republic'의 몇 소절을 흥얼거렸다. "내 눈은 우리 주님이 오시는 영광을 보았네….."

신문의 부고란에는 "도보 여행을 통해 미국은 물론 전 세계에서 유명세를 얻은 사람"이라는 글이 실렸다. 엠마의 딸 로위나가 어머니가 어떻게 잡지 기사를 통해 애팔래치아 트레일에 대해 알게 되었는지 설명한 이야기도 신문에 언급되었다.

"어머니는 '남자들이 할 수 있는 일이라면 나도 할 수 있어'라고 하셨어요."

오하이오주 의회에서는 그녀를 기리는 결의안을 통과시켰다. 의안에는 엠마가 생전에 했던 일들과 벅아이 트레일의 창설자라는 내용이 포함되었다. 또한 엠마를 "수많은 사람들, 특히 젊은이들에게 영감을 주어 야외 활동에 흥미를 가지고 그 진가를 이해할 수 있도록 해주었을 뿐만 아니라 인간을 둘러싼 자연환경과의 관계에도 눈을 뜨게 해준 사람"으로 기억했다.

사람들이 엠마 로위나 게이트우드를 땅에 묻었다. 갈리아 카운티의 오하이오 계곡 추모 공원 안에 있는 아름다운 언덕배기였다. 묘비명에는 간단하게 한 줄이 새겨졌다.

엠마 R. 게이트우드

할머니

∴

2012년 6월 7일

∴

루시 게이트우드 시즈가 펜실베이니아주 보일링 스프링스에 있는 산악 리조트의 산장 안에 홀로 앉아 있다. 저녁 먹으러 갈 준비를 하는 가족들을 기다리고 있는 중이다. 루시는 새들의 노랫소리를 들으며 커다란 유리 창문을 통해 숙소를 둘러싼 나무들을 바라보고 있다. 분명히 들어봤던 소리지만 어떤 새가 내는 소리인지 구별할 재간이 없다.

루시는 여든네 살이다. 하얗게 센 머리카락은 짧게 다듬었고 앞머리는 둥글게 말아 이마 위로 올렸다. 입고 있는 꽃무늬 블라우스는 단추를 끝까지 다 채웠다.

가족들 대부분이 이곳에 머물고 있다. 아들 둘과 딸 하나에 셋이나 되는 손주 녀석들까지. 그리고 루시의 언니인 루이즈도 곧 리조트에 도착할 예정이었다.

루시는 인도를 따라 걸어 내려오고 있는 한 남자를 본다. 턱수염이 나 있고 방수천을 씌운 커다란 배낭을 짊어졌다. 숙소 안으로 들어온 남자는 몸이 흠뻑 젖어 있다. 남자는 배낭을 내려놓지 않고 문 옆에 선 채로 손에 묻은 물을 털어낸다. 루시가 손을 흔들자 남자가 웃으며 인사를 한다.

"트레일을 따라오신 건가요?" 루시가 묻는다.

"네, 그렇습니다." 남자가 대답한다. "지금 막 도착했습니다."

"내 이름은 루시 게이트우드 시즈라고 해요." 남자가 가까이 다가오자 루시가 자기소개를 했다. "게이트우드 할머니가 제 어머니랍니다."

"설마요!" 남자가 놀라워하며 손을 내민다. "당신 어머니에 대한 글을 읽었는데 정말 믿을 수가 없더군요. 아주 감동적이었어요."

루시가 미소 짓는다.

"게이트우드 할머니가 애팔래치아 트레일을 세 번이나 완주했었죠?" 남자가 묻는다.

"두 번은 정식으로 완주를 한 거고 한 번은 구간별로 나눠서 한 거예요." 루시가 대답한다. "그리고 어머니가 출발한 곳은 지금처럼 스프링어 산이 아니라 오글소프 산이에요. 그러니 좀 더 길었지요."

"사실은 할머니 덕분에 이곳에 온 거나 다름없습니다." 남자가 말한다. "내 이름은 스테츠라고 합니다."

"안녕하세요, 스테츠. 나는 아까 말한 것처럼 루시라고 해요."

루시는 별반 개의치 않고 물을 뚝뚝 흘리고 있는 남자와 포옹을 한다.

"게이트우드 할머니라니," 남자가 말한다. "정말 잊을 수 없는 이름입니다."

스테츠의 진짜 이름은 크리스 오덤으로, 그는 물리학자이자 전직 로켓 과학자로 지금은 퀘이커 교도들이 운영하는 어느 기숙학교에서 물리학을 가르치고 있다. 오늘은 그가 트레일에 들어선 지 87일째 되는 날로 트레일의 절반 지점에 가까운 이곳 숙소에 머무르기 위해 온 것이다. 여기서 곧 가족들을 만나기로 했다. 크리스는 22년 전 대학에서 처음 이 트레일에 대해 알게 되었다. 여자친구네 집에 갔다가 벽에 붙어 있는 지도 한 장을 보고 무슨 지도냐고 물어보았는데, 이후 여자친구의 아버지가 애팔래치아 트레일에 대한 책 두 권을 보내주었다. 책에는 게이트우드 할머니에 대해 다음과 같은 이야기가 실려 있었다.

"엠마 게이트우드 부인, 아니 애팔래치아 트레일의 역사에서 게이트우드 할머니로 더 잘 알려져 있는 이 여성은 어쩌면 3,500킬로미터의 트레일을 완주한 모든 도보 여행자들 중에서 가장 유명한 사람일지도 모른다. 트레일을 경험한 여행자 거의 대부분은 여행을 하며 할머니에 대한 이야기를 들었고 그중에서 각자 자신이 좋아하는 부분이 있을 것이다. 엠마 게이트우드는 이제 애팔래치아 트레일의 전설적인 인물이 되었다."

크리스는 루시와 사진을 찍고 싶어 했고 두 사람은 벽난로 근처에 나란히 섰다.

"그런데 그때 어떤 기분이었나요? 어머니가 걱정되진 않았나요?" 크리스가 루시에게 묻는다.

"아뇨, 전혀요." 루시가 대답한다. "어머니는 대단한 분이었어요."

"22년 전에 나를 일깨워주신 분이죠." 크리스가 말한다. "게이트우드 할머니의 이야기에 금세 빠져들었으니까요."

게이트우드 할머니가 남긴 유산의 놀라운 실체는 보통 이런 식이었다. 할머니의 이야기를 알게 된 사람들은 어떤 식으로든 매료되었다. 남자든 여자든 상관없었고 세대를 뛰어넘는 감동이 있었다. 할머니의 여정은 이전에는 결코 볼 수 없었던 트레일에 대한 관심을 이끌어냈다. 그것은 흰 턱수염을 길게 기르고 등산화를 신은 채 나타나 자신을 켄 '벅아이' 보드웰이라며 루시에게 소개한 남자의 경우도 마찬가지였다. 보드웰은 신시내티의 집에서 아버지가 엠마에 대한 이야기를 큰 소리로 읽어주는 것을 들으며 처음 애팔래치아 트레일을 알게 되었다. 보드웰의 아버지는 신문을 통해 엠마의 소식을 계속 접했고 그 이야기는 어느 할머니의 걷기 여행으로 간략하게 정리되어 아들에게 전해진다. 보드웰은 중학교 시절부터 자신도 길을 떠나는 꿈을 키우기 시작한다.

"나를 '애팔래치아 트레일 열병'에 걸린 바보로 만든 원인 중 하나가 바로 게이트우드 할머니였죠." 보드웰의 말이다. "사람들끼리 있으면 애팔래치아 트레일에 대해 알고 있는 사람이 꼭 있었고, 그 다음은 더 이야기할 필요도 없었어요. 완전히 마음이 사로잡혀버리는 거죠."

보드웰은 1965년부터 애팔래치아 트레일을 구간별로 완주했고, 작년 여름 마지막 구간을 마쳤다. "수많은 사람들이 게이트우드 할머니 덕분에 트레일에 대해 알게 되었어요. 어쩌면 가장 중요한 트레일 광고 모델 중 한 사람이 아니었을까요. 나이 든 할머니가 혼자 트레일 전체를 한 번에 완주했다고? 그 이상의 광고 효과가 또 어디 있겠어요.”

애팔래치아 트레일의 두 번째 스루 하이커인 여행자 진 에스피의 이야기도 빠트릴 수 없다. 보이스카우트 출신의 이 남자는 1970년 대까지도 게이트우드 할머니의 이야기를 들어본 적이 없었다고 한다. 그는 이후 엠마의 일들을 알게 된 후 자신이 챙겨갔던 소형 천막이며 튼튼한 배낭 등에 대해서는 뭐라 할 말이 없었던 모양이다. “엠마 게이트우드가 자루에 필요한 물건들을 챙겨 어깨에 짊어지고 갔다는 건 뭔가 다른 속임수가 있었을 거라 생각했어요.” 에스피의 말이다. “산을 오르든 뭘 하든 두 손이 필요하잖아요. 정말 대단한 기술이라고 느꼈죠.”

엠마의 여행을 어떤 과학적인 방법으로 확인하려는 건 어려운 일일 것이다. 그렇지만 인터넷으로 세상이 연결된 지금, 수많은 도보 여행자들은 온라인으로 자신들의 여정에 대한 경험을 서로 나누고 있으며 그중에서 가장 유명한 사이트 중 하나인 ‘TrailJournals.com’에서는 지금까지 알고 있는 것보다 더 많은 엠마에 대한 이야기들이 오가고 있다. 누군가는 그저 “게이트우드 할머니를 기억하자!”라고 외치기도 하고 또 누군가는 좀 더 깊은 이야기를 나누기도 한다.

“어린 시절을 떠올려보면 우리 가족은 미국 야영 및 도보 여행자 협회 소속으로 아주 활발하게 활동을 했었는데, 거기서 나는 게이트우드 할머니를 만났다. 할머니는 협회의 첫 모임에 명예 손님으로 초빙되었고, 나는 모임이 열렸던 미주리주 오자크스 호수 주립공원에 부모님과 언니와 참석했다." 프래니로 알려져 있는 한 도보 여행자의 기록이다. "엠마 게이트우드는 그곳에 모인 아이들과 함께 주립공원 안의 트레일 주변을 함께 걸었다. 나는 이 활기 넘치는 할머니와 함께 걷는 것이 정말 즐거웠다. '나도 나중에 나이가 들면 저 할머니처럼 도보 여행을 해야지.' 속으로 다짐을 했었다."

"세월이 흐르면서 게이트우드 할머니의 이야기는 계속 마음속에 남아 있었고, 그렇다면 나는 왜 이런 도보 여행을 할 수 없는가에 대한 이유들을 떠올릴 때마다 할머니의 이야기가 큰 영감이 되어주었습니다." 로키라는 여성이 쓴 글이다.

"기요Guyot 산 꼭대기에 오르는 길에 게이트우드 할머니의 유령과 마주쳤다." 가토검프라는 사람은 이렇게 썼다. "숨을 몰아쉬며 거의 기절할 지경에 이르렀을 때 할머니의 모습이 나타났다. 나는 오래된 사진에서 봤던 그녀의 모습을 한눈에 알아볼 수 있었다."

트레일을 연구하고, 트레일의 역사에 대해 속속들이 아는 사람들 사이에서 엠마 게이트우드의 유산은 영원하다. "엠마 덕분에 애팔래치아 트레일에는 엄청난 관심이 쏟아졌다."《애팔래치아 트레일 걷기》의 저자인 래리 룩센버그의 말이다. "그녀의 도보 여행은 수많은 사람들에게 영감을 주었다. 길이 아무리 험하고 힘들어도 우리는 언제나 게이트우드 할머니를 생각하며 이렇게 이야기하는 것이다. '그 할머니도 해냈잖아'라고 말이다."

트레일에 대한 더 나은 관리와 유지를 이끌어낸 관심과 지적들 외에도, 엠마 게이트우드의 도보 여행은 보통의 미국 사람들과 그 길고도 험한 황무지 길 사이에 놓인 심리적 장벽을 깨트리는 역할을 했다. 엠마는 사람들에게 애팔래치아 트레일을 소개했으며 동시에 한 번에 완주가 가능하다는 사실을 증명해냈다. 화려한 장비나 안내 책자, 훈련이나 젊은 체력 없이도 말이다. 그저 한 발을 먼저 내딛고 그다음에 다른 발을 내디디면 된다. 500만 번 정도만 그렇게 하면 되는 것이다.

"엠마는 별다른 준비 없이 가볍게 트레일을 완주할 수 있다는 걸 사람들에게 보여주었고, 그런 그녀의 방식은 크게 틀리지 않았다." 에드워드 가비가 생전에 남긴 말이다. "그녀는 도보 여행을 하는 사람이라면 반드시 필요하다고 생각하는 대부분의 장비는 거의 갖고 있지 않았다. 그렇지만 아주 중요한 한 가지, 바로 '열망'을 가지고 있었다. 이루고자 하는 꿈이 있다면, 정말 다른 것들은 전혀 필요 없을 때가 있다."

룩센버그를 비롯해서 애팔래치아 트레일에 대한 연구와 조사를 했던 수많은 사람들은 에드워드 가비가 미국을 진정한 도보 여행의 시대로 이끌었다고 평가한다. 실제로 가비가 쓴 책인《애팔래치아 하이커》는 도보 여행에 대한 실용적인 내용을 담아 인기를 끌었고 1999년 그가 사망할 무렵에는 이미 세 번이나 판을 거듭해 출판되었다. 또한 책과 함께 가비의 도보 여행 역시 언론의 큰 관심을 끌었는데, 수많은 사람들이 1970년대 있었던 가비의 도보 여행과 그 내용을 기록한 책을 애팔래치아 트레일 역사에 있어 하나의 전환점으로 보았다. 바로 그 무렵에 트레일을 완주하는 사람들의 숫자가 놀라울 정도로 크게 늘기 시작했기 때문이다. 1936년에서 1969년까지 애팔래치아 트레일을 한 번에 완주한 사람은 모두 합쳐 59명에 불과했으나, 1970년에서 1979년까지는 그 숫자가 760명으로 크게 늘어났고, 1980년대에 들어서면 다시 그 두 배가 된다. 그리고 1990년대에는 80년대의 두 배가 되었다. 2000년과 2009년 사이에 애팔래치아 트레일 전체를 여행한 사람의 숫자는 거의 6,000여 명에 달한다. 이러한 모든 일의 출발점에 가비의 책이 있다고 해도 과언이 아닌 것이다.

그렇지만 좀 더 깊이 살펴보자. 1964년 엠마 게이트우드가 트레일을 세 번째로 완주했을 때, 같은 해 같은 일을 해낸 사람은 모두 4명이었다. 그리고 이후 3년 동안 고작 8명만이 그 일을 해냈을 뿐이다. 그러다가 1968년이 되면 6명이 트레일을 완주하고 1969년에는 10명이 그 일을 해낸다. 에드워드 가비가 트레일을 여행한 해인 1970년에도 다시 10명이 트레일을 완주하는데, 1971년이 되자 놀랍게도 이 숫자는 두 배 이상으로 뛰어 모두 21명이 3,500킬로미터의 애팔래치아 트레일을 완주하게 된다. 역대 가장 많은 숫자의 사람들이 같은 해에 트레일을 완주하는 기록이 세워졌는데, 여기서 한 가지 주목할 만한 사실은 1971년 12월 1일 전, 다시 말해 가비의 책이 출간되기 전에 21명이 트레일 완주를 마친다는 것이다. 당연히 이들은 책 출간 전에 여행을 시작한 것이며, 이제는 고인

이 된 에드워드 가비의 공을 무시할 수는 없겠으나 트레일 열풍의 시작은 확실히 책 출간 이전에 이미 시작된 것이라 볼 수 있다.

"엠마 게이트우드는 일반 대중들에게 애팔래치아 트레일에 대한 지식의 문을 활짝 열어젖혔다." 애팔래치아 트레일 박물관의 회원 담당 업무를 맡고 있는 로버트 크로일의 말이다. "그녀의 여행은 트레일에 꼭 필요했던 관심을 가져왔다. 그녀 덕분에 시작된 트레일에 대한 관심이 곧 트레일의 유지 보수 문제에 대한 관심으로 이어졌으며 오늘날까지도 계속되고 있다."

"엠마 게이트우드는 미국인이라면 누구나 알아보는 대중의 우상이자 애팔래치아 트레일의 상징이 되었다." 애팔래치아 트레일 보존 협회의 자료 제공 관리자였던 로리 포테이거의 말이다. "그녀는 스스로 그 자리에 올라섰다. 얼 셰퍼도 나름대로의 유산을 남겼지만, 대중을 위한 우상이라는 관점에서 볼 때 엠마는 애팔래치아 트레일 역사에서 아주 특별한 위치를 차지한다. 그녀의 이야기는 그야말로 매혹 그 자체다."

루시 게이트우드 시즈는 보일링 스프링스에 가족과 함께 와 있다. 엠마가 애팔래치아 트레일 명예의 전당에 오르게 되었기 때문이다. 루시는 그러한 어머니의 명예를 지켜온 사람이다. 11명이나 되던 엠마의 자녀들은 이제 넷만 남았고 루시는 그중에서도 막내다. 형제자매들은 모두 다 장수했고 평탄한 삶을 보냈다. 루시는 어머니가 남긴 편지와 일기, 사진들을 보관하고 있다. 또한 신문과 잡지 기사들을 스크랩북으로 만들어 관심 있는 사람들에게 보여주고 있다. 루시는 어머니에게 물려받은 기념품들, 낡은 신발과 반창고 통, 데님으로 직접 만든 자루 등을 박물관에 기증하기도 했다. 또한 어머니의 유산도 관리한다. 유명한 작가 빌 브라이슨이 자신의 애팔래치아 도보 여행 경험을 책으로 옮긴 베스트셀러 《나를 부르는 숲》에서 어머니에 대한 이야기를 언급했다는 것을 듣고 그 부분을 찾아 읽었지만 달갑지 않은 부분이 있었다.

"애팔래치아 트레일을 완주한 여행가들 중 어쩌면 가장 유명하면서 또 가장 많이 언급되고 기사화된 것이 분명한 사람은 바로 엠마 게이트우드 할머니이다." 빌 브라이슨은 자신의 책에서 이렇게 이야기한다. "그녀는 60대 후반에 이 트레일을 두 번이나 성공적으로 완주한다. 상식을 벗어난 행동에 형편없는 준비, 그리고 그녀 스스로가 위험 요소임에도 불구하고 말이다. 엠마는 사실 엄청나게 길을 잘 잃어버리는 사람이 아니었던가."

루시는 이 재치 넘치기로 유명한 작가에게 편지 한 통을 보낸다. 브라이슨은 정작 애팔래치아 트레일 전체의 39.5퍼센트밖에 걷지 못하고 포기한 사람이었다.

"상식을 벗어났다? 어쩌면 그럴 수도 있겠군요. 그렇지만 어머니는 아주 친절하신 분이었다는 걸 부디 잊지 말아주세요. 그리고 길을 잘 잃어버렸다고 하셨는데, 사실과 완전히 다르군요. 다만 길을 잘못 들어섰을 뿐입니다." 그리고 덧붙인다. "선생님께서도 부디 트레일을 완주하는 기쁨을 한번 누려보시기 바랍니다. 언젠가는 말이지요."

이제 루시의 이야기를 들어보자. 루시는 명예의 전당이 처음 만들어졌을 때 초대 명단에 엠마가 들어가지 못한 것을 아쉽게 생각했다. 마이런 에이버리, 진 에스피, 에드워드 가비, 벤턴 매카이, 아서 퍼킨스, 그리고 얼 셰퍼가 바로 1차로 명예의 전당에 오른 사람들이다. 루시는 아쉬운 마음을 감추지 않았다. 두 번째로 명예의 전당에 오를 사람들의 명단이 발표되자 그제야 루시는 서운한 마음을 털어버릴 수 있었다.

엠마가 생전에 루시와 루이즈에게 이렇게 말한 적이 있다. "언젠가 내가 세상을 떠나게 된다면, 사람들이 분명 나를 기리는 기념비를 세워줄 거다." 교만함이라고는 전혀 들어 있지 않은 아주 확신에 찬 어조였다.

엠마의 이야기는 틀리지 않았다. 명예의 전당 안에는 나무로 만든 엠마의 흉상이 세워져 있으며 받침대에는 그녀에 대한 이야기가 적혀 있다. 엠마는 애팔래치아 트레일 여행자들을 구분하는 세 가지 기준에서 선구자로 남아 있는데 바로 노년층이면서 여성이고 또한 모든 것을 간소화한 '초경량' 여행자라는 기준이었다. 엠마는 가능한 한 짐을 아주 적게 가지고 여행했으며 이런 방식은 최근에서야 유행을 하고 있다. 엠마는 심지어 '게이트우드 케이프'로 명명된 유사시에 천막으로도 사용할 수 있는 경량 비옷의 탄생에도 영감을 주었다.

엠마는 또한 아주 우수한 여행자로도 분류되었다. 그녀가 세 번째로 애팔래치아 트레일을 완주한 지 거의 40년이 지났지만 트레일 보존 위원회의 기록에 따르면 3,500킬로미터의 트레일을 세 번 이상 여행한 사람은 여자는 8명, 남자는 55명에 불과했다.

"어머니는 자신이 한 모든 일들에 아주 자긍심이 강했고 그 때문에 많은 대중의 관심을 받을 수 있었다고 생각해요." 루이즈의 말이다. "어머니는 자신이 한 일의 가치를 인정받게 될 거라 생각했고, 사람들은 결국 어머니를 기억하게 되었지요."

행사가 시작될 시간이 되고 루시도 준비를 마쳤다. 루시는 전에도 이와 비슷한 곳에서 연설을 한 적이 있지만 오늘 밤은 더 특별하다. 앨런베리 리조트 강당은 다음 세대들을 위한 애팔래치아 트레일의 보존에 관심이 있는 도보 여행자와 정치가, 기부자들로 가득하다. 그들은 트레일의 중요성과 불확실한 미래, 개발 사업과 자연 보호 문제를 어떻게 해결할지 이야기한다. 그리고 트레일의 선구자들에 대한 이야기가 시작되자 래리 룩센버그가 엠마를 언급한다.

"대부분의 여성들은 평온한 삶을 살게 되면 거기에 만족합니다." 그가 이야기를 이어간다.

"많은 사람들은 엠마 게이트우드 할머니를 도보 여행으로 유명인사가 된 첫 번째 인물이라고들 합니다. 그녀는 세월이 흘러도 잊혀지지 않을 여행자였습니다."

루시는 자신의 이름이 불리자 연단으로 향한다. 사람들은 조용히 자리에 앉아 있다.

"사람들은 어머니를 게이트우드 할머니라고 부르지요." 루시가 말한다. "그렇지만 저는 그냥 엄마라고 부릅니다."

⬤⬤ ⬤⬤ ⬤⬤ ⬤⬤ ⬤⬤ ⬤

사람들은 여전히 궁금해한다.

루시가 가는 곳마다, 게이트우드 할머니에 대한 이야기가 나올 때마다 그녀가 왜 그 먼 길을 걸었는지 알고 싶어 한다. 별로 놀랄 일도 아니다. 사람들이 던지는 이 질문은 심지어 최소한 한 번 이상 학술적인 연구로까지 이어지기도 했다. 2007년에 〈사람들은 왜 애팔래치아 트레일을 걷는가Why Individuals Hike the Appalachian Trail〉라는 제목으로 논문까지 발표되었다. 연구자들은 사람들이 생각하는 일반적인 이유가 바로 기준이 된다는 것을 알게 되었다. 사람들은 야외에 나가 도보 여행을 하며 인생의 즐거움을 느끼고 따뜻한 인간관계와 육체적인 도전, 인간애, 고독, 그리고 생존 문제를 고민하고 싶어 한다.

나는 엠마가 보여준 다양한 반응이나 대답을 그 모습 그대로 받아들이는 것으로도 충분하다는 생각이 든다. 어쩌면 엠마는 자신이 왜 자연에 도전하고 싶어 하는지 진지하게 혹은 오래 생각을 해본 적이 전혀 없을지도 모른다. 어쩌면 그녀의 말처럼 처음에는 그저 저 언덕 너머에는 뭐가 있을까, 하는 참을 수 없는 궁금증에서부터 시작이 되었는지도 모른다. 그것으로 첫 여행에 대한 설명은 충분하지 않을까. 그렇지만 이후에 엠마는 그 여정이 얼마나 힘든

것인지, 또 〈내셔널 지오그래픽〉의 기사가 얼마나 엉터리고 잘못된 것이었는지 깨닫게 된다.

그리고 그녀는 다시, 또다시 도전한다. 바로 이 지점부터 엠마는 내가 이해할 수 있는 범위를 넘어선다. 물론 빌 브라이슨이 말한 것처럼 엠마가 특이한 사람이었다고 넘어갈 수도 있다. 그렇지만 그건 너무 안이한 설명이 아닐까. 엠마를 보고 독특한 사람이었다고 평가하는 것은 결국 그녀가 걷는 일 자체가 이상하다고 말하는 것과 같다. 우리도 알다시피 엠마는 운전을 못했기에 평소 친구를 만나기 위해 5킬로미터나 10킬로미터쯤 걸어 다니는 건 별로 특별한 일도 아니었다. 장거리 도보 여행이라고는 해도 결국 그렇게 걷는 일을 조금 더 늘리는 것에 불과했다. 그저 A 지점에서 B 지점으로 이동하는 방법이었다. 그녀가 독특하고 상식 밖의 사람이었다고? 절대로 그렇지 않다.

루시는 어머니가 애팔래치아 트레일을 끝까지 완주하는 첫 번째 여성이 되기를 원했었다고 믿고 있다. 여기에 사소한 문제가 있다면 엠마를 애팔래치아로 이끈 잡지의 기사가 쓰여진 건 1949년으로, 엠마가 처음 여행을 시작한 1954년과 5년의 격차가 있다는 점이다. 그렇다면 다른 여성이 그 사이에 트레일을 먼저 완주했는지의 여부에 대해 엠마는 어떻게 알고 있었던 것일까? 어쩌면 상식적인 범위에서 루시의 생각이 맞을지도 모른다. 다만 여성이라는 성별의 문제가 가장 중요한 이유가 되었다면, 그전에 먼저 누군가 다른 여성이 트레일을 완주했는지 확인했어야 하지 않을까?

나는 엠마 게이트우드가 정직한 사람이었다고 믿는다. 또한 그녀가 한 대답이 포장된 말이었을 가능성도 똑같이 있다고 생각한다. 그 답변들은 정직한 것이면서 동시에 불완전한 것이었다. 그녀는 '과부'였을 때가 있었고, 자신만의 비밀을 감추어야만 했을 때가 있었다. 입안에서 피를 토하고 갈비뼈가 부러졌을 때, 그리고 감옥으로 끌려갔을 때가 있었다. 엠마가 트레일을 완주한 최초의 여성이 되려고 했다는 주장은 결국 그녀가 무엇인가를 향해 전진했다고 믿는 것이다. 나는 그것이 완전한 사실이라고 확신하지 않는다. 그녀가 무언가를 향해 걷고 있었다기보다, 오히려 무언가로부터 벗어나기 위해 걷고 있었다고 보는 편이 맞지 않을까.

질문에 대해 가장 적절하다고 생각되는 여러 가지 대답들 가운데 한 가지 공식적으로 기록된 선언과도 비슷한 문장이 있다. 이 대답은 진실인 동시에 질문에 대한 도전이다. 이 대답은 또한 어떤 특별한 비밀도 없다는 걸 뜻한다. 이 대답 속에는 대단하면서도 의심스러운 것이 숨어 있다. 아름다우면서도 자유롭고 신비로우며 용감하다. 평범한 말의 나열로부터의 탈출, 그리고 억압과 폭력으로부터의 탈출이다. 이 대답은 마침표와 물음표를 동시에 의미한다. 네 마디로 이루어진 대답이지만 수천 척의 배를 띄울 만큼 힘이 있다. 이 대답은 실망감과 만족감을 동시에 전해준다.

"왜냐하면 그렇게 하고 싶었으니까요."

에필로그

2013년 1월 세 번째 주 토요일, 나는 날이 밝기 전에 루이즈 게이트우드 라몽트를 태우고 오하이오주 콜럼버스 북쪽에 있는 그녀의 아파트에서 남동쪽으로 몇 시간 떨어져 있는 호킹 힐즈 주립공원으로 향했다. 우리가 도착했을 때 공원으로 수많은 사람들이 몰려들고 있었고 그들이 차에서 내려 세네 대의 스쿨버스 옆에 줄을 서기 시작했다. 버스가 사람들로 가득 차면 트레일의 시작 지점을 향해 언덕을 따라 내려갔다.

아침 날씨는 영하에 가까웠다. 도보 여행자들은 추운 날씨를 미리 준비한 것 같았다. 머리에서 발끝까지 파타고니아나 컬럼비아, 노스 페이스, 이글 크리크, 카멜백과 같은 유명한 고급 장비로 온몸을 둘러싸고 있었다. 카라비너에는 열쇠들이 대롱대롱 매달려 있었고 허리춤에는 스키 스틱이 보였으며 주머니에는 일회용 손난로까지 들어 있었다. 나는 중년의 남녀가 자리에 앉아 등산화에 스파이크를 부착하고 있는 모습을 보았다. 마치 자동차 바퀴에 스노우 체인을 채우는 것 같았다.

그런데 놀랍게도 루이즈는 회색 점퍼에 바지, 평범한 나이키 운동화를 신고 있었다. "장갑까지는 필요 없을 것 같군요." 집을 나설 때 그녀가 한 말이다. 루이즈는 두 달 후면 여든일곱 살이 된다.

"딸은 항상 나를 어린애 취급한다니까요." 루이즈는 전에도 몇 번이나 이 말을 내게 했었다.

사실 처음 콜럼버스를 찾아갔을 때 루이즈가 나와 함께 호킹 힐즈로 갈 거라고는 솔직히 기대하지 않았다. 나는 그저 안부나 전하러 간 것뿐이며 엠마 게이트우드를 기념하는 48회 겨울 도보 여행에 참여하기 전에 얼굴이나 볼 수 있을까 해서 들른 것이었다. 그렇지만 루이즈는 기꺼이 따라나서 이렇게 차가운 날씨 속에 어머니의 가느다란 지팡이를 단단히 움켜쥐고 내 옆에 서 있었다. 게이트우드 할머니의 마지막 겨울 여행이 끝난 지 40년이 흘렀지만 그녀의 딸은 이 기회를 놓치지 않을 참이었다.

또 한 가지 내가 예상하지 못한 것은 바로 수많은 사람들이었다. 나도 주립공원을 좋아하고 즐겨 찾는 사람이다. 텍사스 남서쪽의 아름다운 빅 벤드의 야영장이 가득 찬 모습이나, 뜨거운 플로리다의 오후 차가운 샘물이 솟아 나오는 곳에 사람들이 몰려 있는 모습을 본 적은 있으나, 내 평생 이렇게 수많은 사람들이 동시에 한 공원에 모여든 건 처음 보았다. 얼룩무늬 등산복이나 체크무늬 사냥모자만 제외한다면 마치 대규모 콘서트에 와 있는 느낌이었다. 남녀노소를 가리지 않고 수천 명이 넘는 사람들이 모여 있었으며 사방에는 차들이 가득했다. 차들이 서 있는 곳으로 내려가 번호판을 살펴보니 웨스트버지니아, 일리노이, 미시간, 켄터키는 물론 멕시코까지 출신지도 각양각색이었다. 이쯤 되면 어디선가 축제에서나 볼 수 있는 가판대와 푸드트럭도 찾을 수 있을 것 같았다.

루이즈와 나는 추운 날씨 속에 30분가량을 기다려 버스에 올라탔다. 트레일의 출발 지점에 도착하자 사람들이 줄지어 서 있었다. 올드맨스 케이브 근처의 트레일에 들어가기 위해 서 있는 줄은 마치 놀이동산에서 가장 인기 있는 놀이기구를 기다리는 줄과 비슷했다. 걷기 위해서, 자연을 보기 위해서, 올드맨스 케이브의 계곡을 따라 내려가 보기 위해 모두들 기다리고 있었다. 쥬라기 공원에나 나올 법한 거대한 나무들 아래쪽에서 비밀스러운 세상을 만나고 아름다운 폭포와 검은색 사암이 수천 년 동안 한 땀 한 땀 천천히 만들어낸 그 풍광을 보기 위해서 말이다.

그날 아침 대략 3,000명이 넘는 사람들이 함께 있었다고 생각했었는데 나중에 확인해보니 모두 합쳐 4,305명의 사람들이 10킬로미터에 가까운 길을 함께 걸어갔다고 한다. 그날 모인 사람들 대부분이 '게이트우드 할머니 걷기 행사'라고 적혀 있는 패치를 옷에 붙이고 있었다. 길의 시작 지점에는 거대한 바위 하나가 땅에 박혀 있는데, 사람들은 그곳에서 줄이 줄어들기를 기다리고 있었다. 바위 위에는 커다란 금속판이 붙어 있었고, 이런 글이 적혀 있었다.

게이트우드 할머니 기념 트레일
이 9.6킬로미터의 길은 활기 넘치는 여인이자 경험 많은 도보 여행자, 그리고 오랫동안 호킹 힐즈를 아껴온 게이트우드 할머니를 기념하기 위해 조성된 것이다.
길은 이곳에서 시작되어 시더 폭포를 지나 애쉬 케이브에서 끝난다.
1981년 1월 17일

나는 루이즈가 어머니에 대해 했던 이야기가 생각났다. 생전에 엠마는 "내가 죽고 나면 사람들이 나를 위해 기념비를 세워줄 것"이라고 말했다는데, 과연 그 말은 틀리지 않았다. 게이트우드 할머니 트레일은 주와 주 사이를 가로지르는 1,900킬로미터에 이르는 벅아이 트레일의 일부이며 동시에 뉴욕에서 노스다코타로 이어지는 7,400킬로미터의 노스 컨트리 트레일, 그리고 델라웨어에서 캘리포니아에 이르는 1만 1,000킬로미터나 되는 아메리칸 디스커버리 트레일의 일부가 되었다.

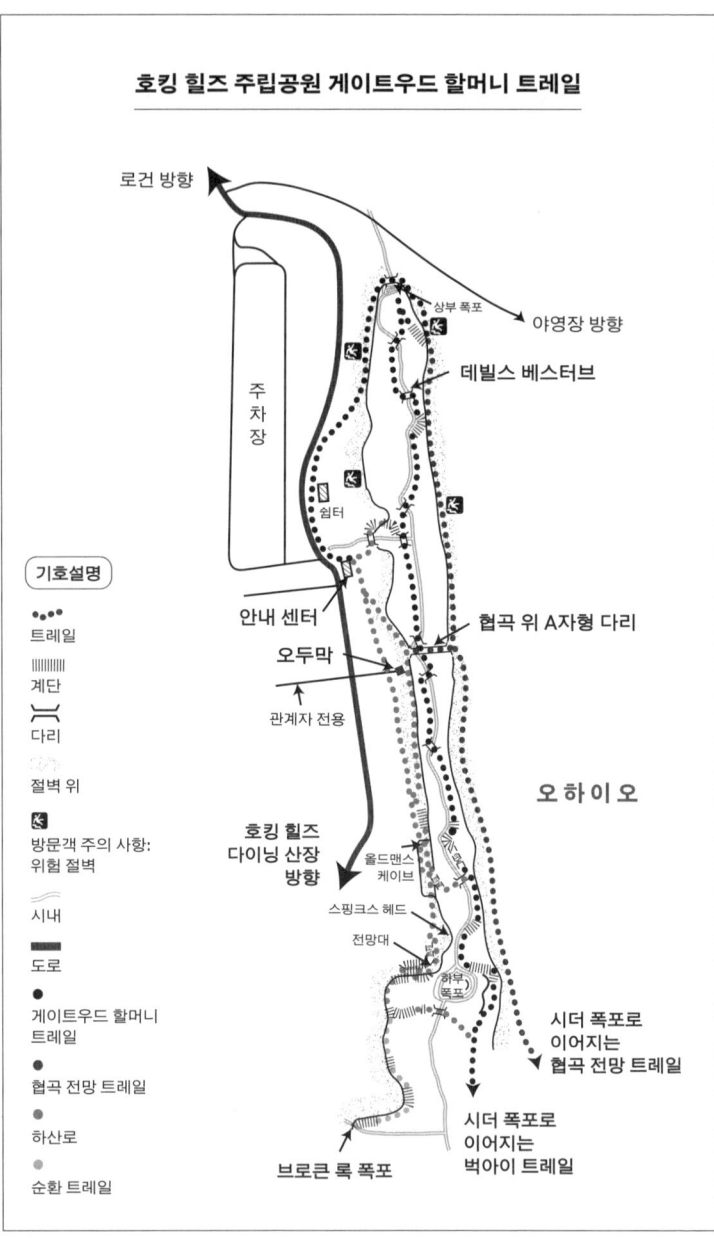

호킹 힐즈 주립공원 게이트우드 할머니 트레일

로건 방향

상부 폭포

야영장 방향

데빌스 베스터브

주차장

쉼터

협곡 위 A자형 다리

안내 센터

오두막

관계자 전용

오하이오

호킹 힐즈
다이닝 산장
방향

올드맨스
케이브

스핑크스 헤드

전망대

하부
폭포

시더 폭포로
이어지는
협곡 전망 트레일

시더 폭포로
이어지는
벅아이 트레일

브로큰 록 폭포

기호설명

••••• 트레일

‖‖‖‖‖ 계단

)(다리

절벽 위

방문객 주의 사항:
위험 절벽

시내

도로

● 게이트우드 할머니
트레일

● 협곡 전망 트레일

● 하산로

● 순환 트레일

우리는 천천히, 조심스럽게 협곡으로 이어지는 비탈길과 돌 위에 만들어진 오래된 계단을 따라 내려갔다. 이 계단에는 트레일 자원봉사자들이 얼음과 눈을 녹이기 위해 미리 염화칼슘을 뿌려두었다. 수많은 사람들 속에서도 어딘지 모르게 신성한 장소 같은 느낌이 들었다. 왜 엠마가 이곳을 그토록 좋아했는지, 왜 자기가 본 곳들 중에서 지형적으로 가장 흥미로운 곳이라고 했는지 쉽게 이해할 수 있었다. 올드맨스 케이브는 절벽의 한쪽 면 깊숙한 곳에 있었는데 시냇가에서 약 22미터가량 위쪽에 위치하고 있었고 그 크기는 길이가 76미터, 높이는 족히 15미터는 되었다.

"나를 업어야 할지도 모르겠군요." 루이즈가 말했다.

나는 기꺼이 그렇게 할 작정이었지만 루이즈는 젊은이처럼 용감하게 돌계단과 얼음이 엉겨 붙은 다리를 건넜다. 나는 엠마도 마지막 여행길에서 그녀의 딸과 똑같이 힘차게 걸었으리라 상상했다.

그 장면을 그리다 보니 나도 모르게 눈물이 나왔다. 우리는 30년 이상 이 행사에 참가해 같은 길을 걸었다는 한 남자와 이야기를 나누었다. 남자는 왜 자신이 반복해서 이곳을 다시 찾는지 설명하지 못했으나 나는 그 이유를 알 것 같았다. 왜 루이즈가 함께 오겠다고 했는지, 그리고 왜 내가 행사 시작을 불과 24시간 앞두고 갑작스럽게 비행기 표를 예약했는지 알 것 같았다. 왜 이 수많은 사람들이 매년 이 바위 앞에 줄을 서는지, 그리고 한 걸음 한 걸음 느리게 좁은 길을 통과해 게이트우드 할머니 트레일로 들어서는지 알 것만 같았다. 이곳에 오는 것만으로도 엠마와 같은 경험을 하게 되는 것이다. 엠마가 사랑했던 이 길을 걸으면 그녀에 대한 기억을 되살릴 수 있고 그녀에게 가까이 다가갈 수 있다. 그녀가 보았던 걸 볼 수도 있으며, 그녀가 걸었던 땅을 밟을 수 있다.

그리고 어느 날 갑자기 길을 떠나기로 결심하고 멈추지 않고 목적지까지 걷고 또 걸었던 한 여성과 더 가까워지는 느낌을 받을 수 있다. 나는 이 모든 것을 상상할 수 있었으나 정작 나 자신에 대해서는 조금 잊어버리고 말았다. 그녀의 발자취를 따라 걸으며 나는 내 사소한 문제들을 모두 잊어버렸다.

어머니의 길을 다시 찾은 루이즈는 편안해 보였다. 나는 얼음이 덮인 길에서 그녀를 부축하려 했지만 필요 없는 것 같았다. 나는 루이즈를 태우고 다시 콜럼버스로 돌아왔고 내년에 다시 이 길을 걷기로 약속했다.

감사의 글

나의 어머니, 도나 버루스 덕분에 엠마 게이트우드에 대해 알게 되었다. 어머니는 자신이 간직하고 있던 모험과 수수께끼가 가득한 꿈같은 이야기들을 내게 들려주었다. 그러다 엠마의 자손들을 만났고 그중에서도 루 테리와 나눈 대화가 큰 도움이 되었다.

아직까지 살아 있는 엠마의 네 자녀, 루이즈와 로위나, 넬슨, 그리고 특히 루시에게 감사의 마음을 전한다. 이들은 기꺼이 나를 맞아주고 귀한 시간을 내어 자신들이 알고 있는 어머니의 모습을 전달해주기 위해 애를 썼다. 또한 어머니가 남긴 편지와 사진, 일기장 등을 아무런 대가 없이 볼 수 있도록 해주었다. 이들에게 큰 마음의 빚을 지고 있다.

〈탬파베이 타임스〉의 친절한 동료들은 내가 책 작업 때문에 가끔 사라지거나 혹은 기사가 늦는 것을 이해해주었다. 닐 브라운, 마이크 윌슨, 레오노라 라피터 안톤, 레인 드그레고리, 제프 클린켄버그, 로라 라일리, 자넷 킬러, 에릭 드간스, 크레이그 피트먼, 매리 제인 파크에게 고마운 마음을 전한다. 존 카포야, 톰 프렌치, 닐 스위디, 마이클 브릭, 행크 스투버, 크리스 존스, 얼 스위프트, 그리고 매튜 알게오는 좋은 책을 쓰고 판매할 수 있는 법을 알려준 사람들이다.

미국의 수많은 모임들 중에 애팔래치아 트레일을 보존하는 사람들의 모임만큼 훌륭한 공동체는 없다고 생각한다. 자신이 가진 것들을 기꺼이 나누어주고 차를 태워주거나 트레일로 데려다준 수많은 사람들에게 모두 감사를 전할 수는 없을 것이다. 그렇지만 적어도 로리 포테이거, 래리 룩센버그, 폴 사니칸드로, 로버트 크로일, 베스티 베인브리지, 폴 레너두, 진 에스피, 피터 톰슨, 그리고 비요른 크루세에게라도 꼭 감사의 말을 전하고 싶다. 또한 내가 방문했던 트레일 근처 도시와 마을의 도서관 직원들은 엠마 게이트우드의 여정에 대한 옛이야기들을 찾는 데 많은 도움을 주었다.

마지막으로 끝없이 나를 격려해준 아내 제니퍼에게 고마움을 전한다. 내가 엠마의 영혼을 좇아 전국을 돌아다니는 동안 가정을 책임져준 아내가 아니었다면 이 책은 세상의 빛을 보지 못했을 것이다. 제니퍼는 심지어 다친 발목으로 나와 함께 카타딘 산에 올라 여정의 마지막을 지켜보았다. 나의 아이들, 애셔, 모리세, 베이는 천 번은 더 넘게 "아빠, 그 책은 언제 끝나나요?"라고 물어보았다. 이제는 대답해줄 수 있다.

"이제 다 끝났단다."

참고문헌

- Agee, James, and Walker Evans. 《Let Us Now Praise Famous Men》 Houghton Mifflin Co., 1939.
- Amato, Joseph A. 《On Foot: A History of Walking》 New York University Press, 2004.
- Bryson, Bill. 《A Walk in the Woods》 Broadway Books, 1998.
- Espy, Gene. 《The Trail of My Life》 Indigo Publishing, 2008.
- George, Jean Craighead. 《The American Walk Book》 E.P. Dutton, 1978.
- Hare, James. 《Hiking the Appalachian Trail(Volume One)》 Rodale Press, Inc., 1975.
- Hare, James. 《Hiking the Appalachian Trail(Volume Two)》 Rodale Press, Inc., 1975.
- Luxenberg, Larry. 《Walking the Appalachian Trail》 Stackpole Books, 1994.
- Marshall, Ian. 《Storyline: Exploring the Literature of the Appalachian Trail》 University of Virginia Press, 1998.
- Matthews, Estivaun, Charles A. Murray, and Pauline Rife. 《Gallia County One-Room Schools: The Cradle Years》 Braun-Brumfield, Inc., 1993.
- Morse, Joseph Laffan. 《The Unicorn Book of 1953》 Unicorn Books, Inc. 1954.
- Morse, Joseph Laffan. 《The Unicorn Book of 1954》 Unicorn Books, Inc. 1955.
- Morse, Joseph Laffan. 《The Unicorn Book of 1955》 Unicorn Books, Inc. 1956.

- Nicholson, Geoff. 《The Lost Art of Walking: The History, Science, Philosophy and Literature of Pedestrianism》 Riverhead Books, 2008.
- Seagrave, Kerry. 《America on Foot: Walking and Pedestrianism in the 20th Century》 McFarland and Company, Inc. 2006.
- Shaffer, Earl V. 《Walking with Spring: The First Solo Thru-Hike of the Legendary Appalachian Trail》 Appalachian Trail Conference, 1996.
- Solnit, Rebecca. 《Wanderlust: A History of Walking》 Penguin Books, 2000.
- Swift, Earl. 《The Big Roads: The Untold Story of the Engineers, Visionaries, and Trailblazers Who Created the American Superhighways》 Houghton Mifflin Harcourt, 2011.

게이트우드
할머니의 발자국

1판 1쇄 발행	2026년 3월 3일
1판 2쇄 발행	2026년 4월 3일

지은이	벤 몽고메리
옮긴이	우진하
발행처	(주)수오서재
발행인	황은희 장건태
책임편집	박세연
편집	최민화 마선영
디자인	권미리
마케팅	황혜란 안혜인
제작	제이오
주소	경기도 파주시 돌곶이길 170-2 (10883)
등록	2018년 10월 4일(제406-2018-000114호)
전화	031 955 9790
팩스	031 946 9796
전자우편	info@suobooks.com
홈페이지	www.suobooks.com
ISBN	979-11-93238-89-9 (03840) 책값은 뒤표지에 있습니다.